Wolkentänzerin

Das Buch

»Zuerst war Elizabeths Tod ein furchtbarer Schock gewesen, der verbissene Geschäftigkeit nach sich zog: endlose Listen von Menschen, die Kate anrufen musste, Einzelheiten, um die zu kümmern sie sich angeboten hatte. Doch es hatte sich nicht wie etwas angefühlt, das ihr beinahe ein Jahr später noch den Atem nehmen würde wie ein heftiger Stoß Trauer in den Solarplexus. Ihre Freundschaft war nicht alltäglich gewesen. Sie hatten keine gemeinsame Geschichte voller Jobs und Exfreunde. Elizabeth hatte sich nie auf Gespräche über eheliche Konflikte eingelassen oder zugegeben, dass es noch etwas anderes gab, das ihr wichtig war, außer oder sogar anstatt Windeln zu wechseln. Und gleichzeitig war sie mehr als eine Nachbarin gewesen, jemand, mit dem man einen trägen Nachmittag auf dem Spielplatz verbringen konnte. Aber das ist das Komische an Menschen, die in keine Schublade passen. Sie durchdringen nach und nach alles, und wenn sie plötzlich nicht mehr da sind, fehlen sie überall.«

Elizabeth war glücklich. Das hat sie immer gesagt. Doch nach ihrem Tod bei einem Flugzeugabsturz zeigt sich: Alles war ganz anders. Das erkennt Kate, als sie Elizabeths Tagebücher erbt. Einen Sommer lang, an der Küste Maines, liest Kate sich durch Elizabeths Leben und lernt ihre Freundin kennen, ihr Leben, so wie es wirklich war: Elizabeths Glück war eine Lüge. Kate muss sich eingestehen, dass sie ihre Freundin niemals wirklich kannte, dass sie aber auch niemals eine Chance dazu hatte. Am Ende dieses bittersüßen Sommers steht eine schwere Entscheidung: Soll Kate das Wissen über Elizabeth, ihre unerfüllten Träume, die Zukunftspläne und die rätselhaften Umstände, die zu ihrem Tod führten, offenbaren, oder verschließt sie die Geheimnisse zusammen mit den Tagebüchern und erhält so das Bild aufrecht, das Elizabeth sich gewünscht hat? Das einer zufriedenen Ehefrau, Mutter und besten Freundin.

Die Autorin

Nichole Bernier hat an der Columbia-Universität Journalismus studiert und ist Reise-Journalistin u. a. für die *Elle* und das *Condé Nast Traveller Magazine*. Sie hat fünf Kinder und lebt mit ihrer Familie in der Nähe von Boston. *Wolkentänzerin* ist ihr erster Roman.
Besuchen Sie die Autorin auf ihrer Homepage:
www.nicholebernier.com

Nichole Bernier

Wolkentänzerin

Roman

Aus dem Amerikanischen von
Corinna Rodewald

List Taschenbuch

Besuchen Sie uns im Internet:
www.list-taschenbuch.de

MIX
Papier aus verantwortungsvollen Quellen
FSC® C083411

Deutsche Erstausgabe im List Taschenbuch
List ist ein Verlag der Ullstein Buchverlage GmbH, Berlin.
1. Auflage März 2013

Titel der amerikanischen Originalausgabe: *The unfinished work of Elizabeth D.* (Crown, Imprint of the Crown Publishing Group, a division of Random House, Inc., New York)
Umschlaggestaltung: bürosüd° GmbH, München
Titelabbildung: © Stephen Carroll/Trevillion Images
Satz: LVD GmbH, Berlin
Gesetzt aus der Slimbach
Papier: Munkenprint von Arctic Paper Munkedals AB, Schweden
Druck und Bindearbeiten: CPI – Clausen & Bosse, Leck
Printed in Germany
ISBN 978-3-548-61125-9

JUNI 2002

Eins

Seit jeher schwang sich die George Washington Bridge elegant und monumental über den Hudson, hing scheinbar wie am seidenen Faden an ihren gewaltigen Pfeilern über dem Wasser. Kate betrachtete die langen dünnen Drahtseile, die am Autofenster vorbeischwirrten, während ihr Mann Richtung Osten über die Hängebrücke fuhr. Es war ein optimistischer Vertrauensbeweis, wie jede Platte, jede Strebe und jeder Träger – entgegen aller Vernunft – der Schwerkraft die Stirn boten.

Die Sonne brannte, ihre Strahlen glitzerten auf der Brücke und brachen sich auf dem Fluss. Die Autofahrer schirmten ihre Augen ab und starrten genau wie Kate auf das unter ihnen liegende Manhattan. Kate wusste nicht, was die anderen erwarteten. Rauchsäulen? Arabische Schriftzeichen am Himmel?

Sie jedenfalls erwartete dort, wo die Türme einst standen, irgendein sichtbares Zeichen der Tragödie.

Dann blickte sie Richtung Queens, auch wenn man aus dieser Entfernung unmöglich den Schauplatz sehen konnte. Nur wenige sahen überhaupt noch dorthin, doch für sie würde der Ort immer unvergessen bleiben.

Sie hatten die Brücke beinahe überquert, und Kate stieß die angehaltene Luft aus. Chris sah zu ihr herüber, doch sie schaute weiterhin möglichst unbeteiligt zum Fenster hinaus, in der Hoffnung, er würde ihr die Teilnahmlosigkeit abnehmen. Die feuchten Hände hatte sie in ihrem Schoß verschränkt.

Er sah in den Rückspiegel. Die Kinder schliefen noch.

»Arbeitet Dave schon wieder?«

Seine Stimme war leise und klang ernst, wie bei jemandem, der über eine schlechte Diagnose spricht.

Kate legte einen Fuß auf das Armaturenbrett.

»Seit ein paar Monaten. Seine Firma hat ihm so viel Zeit gegeben, wie er brauchte.«

Chris nickte zufrieden. Es war richtig von der Firma, und es gefiel ihm, wenn man etwas ohne großes Aufheben richtig machte.

»Wie regelt er das mit den Kindern? Hatte sie Familie in der Nähe?«

»Nein, es gibt niemanden.«

Der kühler Luftstrom aus der Lüftung verursachte eine Gänsehaut auf ihrem Bein.

»Er hat über eine Agentur ein Kindermädchen gefunden.«

»Es ist komisch, sich Elizabeths Kinder mit einem Kindermädchen vorzustellen.«

Das war auch ihr erster Gedanke gewesen. Als würde Starköchin Julia Child das Kochen an eine Haushälterin abgeben.

»Das machen doch viele, Chris. Nicht alle bleiben zu Hause bei ihren Kindern.«

Er sah sie unsicher an, als versuchte er einzuschätzen, was hinter ihrer Bemerkung stecken konnte.

»Du weißt, dass ich das nicht gemeint habe, Kate.«

Sie wandte sich wieder zum Fenster und rieb sich die Augen, als würden sie jucken. Ein Kindermädchen in Elizabeth Martins Haus. Es waren nicht die offensichtlichen Dinge, die sie am meisten mitnahmen – der Nachruf, die Trauerfeier, selbst der Anblick des Absturzortes, ein verkohltes Loch in Queens, das aussah, als könnte dort nie wieder etwas entstehen. Die Nebensächlichkeiten waren viel mächtiger. Eine angebrochene Packung Babymilchpulver auf der Arbeitsplatte in der Küche der Martins, als sie das erste Mal vorbeigekommen war, um auszuhelfen. Zu hören, dass Jonah vor ein paar Wochen seinen ersten Zahn verloren und Dave vergessen hatte, es der Zahnfee zu erzählen. Das waren die Kleinigkeiten, die manchen Tagen diesen dumpfen Schmerz verliehen, den Kate sich weder erklären noch abschütteln konnte.

Ein Schild wies auf die Abzweigung nach Connecticut hin. Falls dieser nächste Highway weniger verstopft sein sollte als die anderen, würden sie nur noch eine Stunde brauchen. In den zwei Jahren, seit sie nach Washington, D. C. gezogen waren, hatten sie noch keine optimale Uhrzeit für die Fahrt gefunden, der Verkehr auf dem Nordost-Korridor war zu jeder Tages- und Nachtzeit schrecklich. Am Abend würden sie ein Hotel an der Grenze zu Massachusetts suchen und am Morgen die erste Fähre zur Insel nehmen, diesen Sommer für sieben Wochen anstelle der üblichen zwei. Falls Chris dem nur zugestimmt hatte, weil er wusste, wie sehr Kate diese Zeit brauchte, so hatte er es sich nicht anmerken lassen. Und sie sagte nichts.

Dave hatte gefragt, ob sie auf der Durchreise vorbeikommen könnten, um die Truhe abzuholen. Kate konnte sich nicht vorstellen, sie mit in den Urlaub zu nehmen, doch Dave Martin hatte jetzt diese Wirkung auf Menschen: Sie waren hilfsbereit, sie änderten ihre Pläne, sie richteten sich nach ihm.

Es war das erste Mal, dass sie sich mit den Kindern, aber ohne Elizabeth trafen. Kate und Chris hatten James und Piper nicht mitgenommen, als sie zur Beerdigung hochgefahren waren, eine bedrückende Szenerie, die noch trauriger wurde, als der Säugling in der ersten Reihe sabberte und die Ärmchen nach dem Foto seiner Mutter auf der Staffelei ausstreckte. Nun würden die Kinder zusammen spielen wie in alten Zeiten, doch die Erwachsenen mussten in ungewohnte Rollen schlüpfen. Dave wäre Gastgeber und Gastgeberin zugleich, Kate nur ein höflicher Gast in der Küche. Er würde vielleicht das Baby auf der Hüfte schaukeln, während er das Essen auftat und Milch in kleine Tassen goss, und Kate würde ihre Hilfe anbieten und sich dabei alle Mühe geben, es nicht so aussehen zu lassen, als stelle sie seine Kompetenz in Frage. Sie war jetzt der einzige soziale Kitt für die Männer, die sich stets nur wegen ihrer Ehefrauen getroffen hatten, und jemand müsste auch bei den Kindern das Sagen haben. *Wir beschmeißen unsere Freunde nicht mit Sand* und *Warum wechseln wir uns nicht ab mit dem Bagger?* Das war Elizabeths Aufgabe gewesen.

Alles war Elizabeths Aufgabe gewesen.

Während Chris den Wagen von der Interstate auf den Highway steuerte, zog Kate die Nachricht heraus, die der Notar ihr als einzigen Anhaltspunkt geschickt hatte. Die gleichmäßige Handschrift erinnerte an die auf Elizabeths Arbeitsplatte verstreuten To-do-Listen, scheinbar wahllos notierte Aufgaben, die zu erledigen waren, und Einkaufszettel. In Schönschrift schlängelten sie sich über das Papier. Ein kleiner antiker Schlüssel war mit Klebeband an der Karte befestigt. *Ich würde der Auflistung der besonderen Vermächtnisse im Testament gern noch etwas hinzufügen. Bitte ändern Sie sie so, dass Katherine Spenser die Truhe mit meinen Tagebüchern erhält. Erklären Sie bitte in der entsprechenden juristischen Terminologie, dass ich sie ihr hinterlasse, weil sie ein unvoreingenommener und feinfühliger Mensch ist und wissen wird, was mit ihnen gemacht werden soll, und bitten Sie sie, vorne anzufangen. Ich bringe bald noch einen Brief für sie vorbei, der beiliegen soll.*

Je näher sie Connecticut kamen, umso weniger Gerümpel fand sich am Straßenrand. Alte Reifen und zurückgelassene Elektrogeräte wichen Birken, Azaleen und kleinen Tieren, die überfahren worden waren. Bäume säumten den Mittelstreifen, als wären sie die Wachposten der Vororte. Die Sonne hatte nicht nachgelassen, und Kates Sonnenbrille richtete nicht viel gegen das grelle Licht aus. Es ließ die Kopfschmerzen erneut aufflackern, die sie schon seit gestern mal mehr, mal weniger verspürte. Zweitageskopfschmerzen. Gehirntumor, dachte sie. Augenkrebs. Aneurysma.

Sie kurbelte das Fenster ein wenig herunter. Nicht heute. Eine warme Brise reinigte die verbrauchte Luft und verscheuchte den Geruch alter Erdnussbuttersandwiches.

Jedes Mal wenn sie Elizabeths Nachricht las, fiel ihr etwas anderes auf, eine Bemerkung jedoch besonders. Es war nicht so sehr die Tatsache, dass Elizabeth Tagebuch geführt hatte, obwohl sie das erstaunte, oder ihre Verwunderung darüber, was eine so unkomplizierte Person geschrieben haben mochte. *Heute habe ich Jonah und Anna davon überzeugen können, Truthahn-Sandwiches mit zur Schule zu nehmen.* Auch nicht die Erkenntnis, dass Elizabeth Angst vorm Fliegen gehabt hatte. Kate wusste auch davon, aber dass sie deshalb vor ihrer Reise ihr Testament ergänzte? Es war auch nicht der Widerspruch, dass sie zwar gewissenhaft genug gewesen war, eine Treuhänderin für ihre Tagebücher einzusetzen, jedoch nie den angekündigten Brief geschrieben hatte, der ihre Absichten verdeutlichen sollte. Was Kate am meisten auffiel, war die Wahl eines einzigen Wortes – *feinfühlig.* Nicht unbedingt ein Begriff, mit dem viele Menschen Kate beschreiben würden. Selbst Elizabeth gegenüber, die sie in ihrem Alltag als Mutter am häufigsten getroffen hatte, war sie nicht die Feinfühligkeit in Person gewesen. Doch Elizabeth hatte sie offenbar so gesehen. Jedes Mal wenn Kate daran dachte, fühlte sie sich, als hätte sie etwas verloren, von dem sie nicht einmal gewusst hatte, dass sie es besaß, ein nicht freigerubbeltes Los, das man Jahre zu spät findet, ein Volltreffer.

Kate erfuhr im letzten Juli von Elizabeths Reise an die Westküste. Auf dem Weg in den Sommerurlaub hatten die Spensers für eine Nacht einen Zwischenstopp in Connecticut eingelegt, und die beiden Frauen waren am Strand spazieren gegangen, wie immer, wenn Kate zu Besuch war. Elizabeth erwähnte das Geschenk, das sie von Dave zum Geburtstag bekommen hatte, einen Malerei-Workshop, der über ein langes Wochenende stattfand. Man konnte dort bei einem mexikanischen Maler lernen, der für seine abstrakten Landschaften bekannt war, hatte sie erzählt, ein Workshop-Guru, der Oaxaca so gut wie nie verließ. Die Worte sprudelten nur so aus ihr heraus, während sie wild gestikulierte und einen Strang getrockneten Seetangs zwischen den Fingern knetete wie einen Rosenkranz.

Normalerweise konnte Elizabeth nichts aus der Ruhe bringen, und so war dieses Gezappel sehr merkwürdig gewesen. Elizabeth nannte die Reise ein um zwei Jahre verfrühtes Geschenk zu ihrem Vierzigsten, das sie sich von Dave gewünscht hatte. Sie hatte einen günstigen Flug von JFK nach Los Angeles für den 9. August gefunden; Joshua Tree lag dann noch etwa 120 Meilen östlich, und sie freute sich sogar auf die Fahrt ganz allein. Eine Auszeit, um ihren Akku wieder aufzuladen, hatte sie gesagt, und der Seetangstreifen war ihr zwischen den Händen zerrissen.

Damals war Kate überrascht gewesen. Elizabeth reiste kaum und schien sich bislang auch nicht sonderlich dafür zu interessieren. Kate wusste, dass Elizabeth gemalt hatte, bevor sie und Dave heirateten, und dass sie noch hier und da zum Pinsel griff, doch es war nichts, das es Kate wert schien, quer durchs Land zu reisen und von einem Säugling getrennt zu sein.

Damals hatte sie Elizabeth das letzte Mal gesehen. Ihr Flieger hatte es nie über Queens hinaus geschafft. Von offizieller Stelle hieß es, es sei ein außergewöhnliches Unglück gewesen, ein Zusammentreffen ungünstiger Ereignisse – ungünstiger Wind, ein ungünstiges Steuer, eine ungünstige Entscheidung des Piloten. Jegliche tiefergehende Analyse des Absturzes oder der Willkür, dass Elizabeth gerade an Bord dieses Fliegers gewesen war, wurde schnell von den Ereignissen im September überschattet.

Zwei

Es war Juni, und an der Haustür der Martins hingen noch immer die Papierherzen vom Valentinstag, die mittlerweile von der Sonne ausgeblichen waren. Dave öffnete die Tür, als Kate die Stufen hochging, gefolgt von Chris und den Kindern.

»Meine Liebe, also wenn du nicht jedes Mal schöner bist, wenn ich dich treffe. Washington scheint dir irgendwie gutzutun. Komm her und lass dich umarmen.«

Seine ausgebreiteten Arme waren athletisch und glichen eher denen eines Quarterbacks als eines mittelmäßigen Golfers, der vor Jahren ausgestiegen war. Er hatte es nie auf die vorderen Plätze der Rangliste geschafft, und sein Standardkommentar dazu war, dass sich bei einem großen Golfer alles im Kopf abspielen müsste, und dort wollte er wirklich nicht so viel Zeit verbringen. Jedes Mal wenn er das sagte, hörte Kate das Gelächter aus den Lachkonserven einer Sitcom.

Sie löste sich aus seiner Umarmung und legte ihm kurz die Hand auf den Rücken, um ihm ihren Beistand zu signalisieren, ohne sich Klischees bedienen zu müssen. Er nickte kurz, dankbar. Ihr Blick fiel auf Jonah.

»Wow, wie groß du geworden bist! Liegt das daran, dass du jetzt mit dem Kindergarten fertig bist?«

Sie trat zur Seite, so dass Chris und die Kinder zu ihnen auf die Stufe kommen konnten.

»Kinder, ihr erinnert euch doch an Jonah, oder? Wir haben ihm unsere Goldfische geschenkt, als wir umgezogen sind.«

Sie machten große Augen. Es war ein Jahr vergangen seit

ihrem letzten Besuch und beinahe zwei seit ihrem Umzug, eine Ewigkeit für das Gedächtnis von Vier- und Sechsjährigen.

»Hey Mann«, sagte Chris und hob seine Hand, um Jonah zu begrüßen. Als seine Hand einsam in der Luft blieb, ließ er sie fallen und wuschelte dem Jungen stattdessen durch die Haare. »Wir haben uns ja ewig nicht gesehen. Wie läuft's?«

»Gut.« Jonah blinzelte in der Spätnachmittagssonne zu ihm auf. Die Lücke, wo seine Schneidezähne gewesen waren, wies die kleinen Zacken nachwachsender Zähne auf.

»Weißt du schon, dass meine Mom tot ist?«

Chris hielt in der Bewegung inne, und Dave sah auf den Boden. Mehrere Sekunden vergingen. Kate wartete darauf, dass Dave etwas Tröstendes zu seinem Sohn sagte oder ihnen erklärte, dass sein Verhalten nicht ungewöhnlich war, sondern Teil des Verarbeitungsprozesses. Er studierte jedoch weiter die Holzschwelle und bohrte seine Zehen in die Dielen.

Chris hockte sich vor den Jungen, so dass er sich auf Augenhöhe mit ihm befand.

»Ich weiß, Kumpel. Das tut mir wirklich leid. Meine Mom ist auch tot. Das ist ganz schön hart, was?«

»Ja«, sagte Jonah. »Sie ist jetzt im Himmel und kümmert sich um Dads Hund. Und ich wünsche mir ...«

Aus der Küche drang ein elektronisches Geräusch, ein Instrument oder ein Videospiel, und er sah sich um und versuchte abzuschätzen, welche seiner Schwestern wohl welches seiner Spielzeuge benutzte. »Äh, ich wünsche mir nur ...«

Kate und Chris warteten mit angespanntem Lächeln. Es gab eine Menge, das er sich wünschen konnte, und nichts davon war leicht anzusprechen. Der Junge zog an einem

Ärmel seines T-Shirts und verlor entweder den Faden oder ließ seinen Gedanken davonziehen.

»Dad hat gesagt, wir fahren an meinem Geburtstag nach Disneyland. Stimmt's, Dad?«

Dave hob den Kopf wie jemand, der gerade aufwachte. »Klar, Großer. Das machen wir.«

Er legte seinem Sohn die Hand auf die Schulter und lächelte angestrengt.

»Los, wir lassen unsere Freunde jetzt ins Haus und bieten ihnen was zu essen an, anstatt ihnen hier in der Tür die Ohren abzuquatschen.«

Im Sommer war das Haus der Martins immer die Adresse für spätnachmittägliche Spieltreffs und Margaritas am Sandkasten gewesen. Ihr Garten war ideal, die Kinder sicher und doch so unauffällig eingezäunt, dass sie sich nicht eingeschränkt fühlten. Die einfache Schaukel war nicht so extravagant, dass die Eltern zu sehr achtgeben mussten, und doch gut genug konstruiert, um die Kinder zu kleinen rebellischen Taten zu ermutigen und sie ihre Grenzen austesten zu lassen. Niemand lehnte je die Einladung zu einem Picknick bei den Martins ab, denn dies war eine der wenigen Gelegenheiten, wo Erwachsene und Kinder in friedlichen, nebeneinander bestehenden Welten redeten und spielten. Es schien sogar, als gäbe es dort weniger Moskitos als bei den Nachbarn. Es war ein vom Glück gesegneter Ort, und das hatte zu dem allgemeinen Eindruck beigetragen, dass Gott es gut meinte mit den Martins.

Chris stand schweigsam am Grill, er hatte den anderen den Rücken zugewandt und kratzte mit einer Stahlbürste die Burgerreste ab. Kate sah ihm dabei zu und dachte daran, dass sie diesen Mann nach ein paar Stunden Smalltalk in die Arme schließen durfte. Dave saß im Liegestuhl, die Beine hochgelegt, ein Bier in der Hand, und rief den Versteckenspielenden Kindern Tipps zu. Wann immer ein Kind in seine Nähe kam – egal, ob es ein Martin oder ein Spenser war –, packte er es am Arm oder Bein. Falls seine Kitzelattacken etwas überschwenglich ausfielen, so waren sich die Kinder dessen entweder nicht bewusst oder es störte sie nicht. Kate saß still auf der Terrasse inmitten des Trubels. Das Gefühl, dass jemand fehlte, hing wie dichter Nebel über ihnen, und alles sah anders aus, fühlte sich anders an.

Sie sah sich im Garten um. In dem kleinen Beet wucherte Unkraut, wo sonst die Tomaten wuchsen. Das Rosenspalier an der Hauswand schien ungerührt davon, dass die Gärtnerin fort war. Die schmiedeeiserne Bank, die hier und da bröckelte vom ersten Winter, in dem sie draußen geblieben war, und auf der sie gesessen hatten, als Elizabeth ihr erzählte, dass sie wieder schwanger war. Kate war plötzlich von einem Glücksgefühl überwältigt gewesen, als würde sie selbst ein Leben dazugewinnen. Mittlerweile dreizehn Monate alt, war Emily zwar kein Säugling mehr, aber auch noch nicht ganz Kleinkind. Kate hielt sie auf dem Schoß, der kleine stämmige Körper war warm und nah, das weiche Haar kitzelte ihre Wange.

Es war faszinierend, zuzusehen, wie Kinder heranwuchsen, wie sich die äußeren Merkmale herausbildeten, indem die Natur sich im genetischen Baukasten bediente, den Eltern ihrem Nachwuchs zur Verfügung stellen. Das Mädchen hatte die vollen Lippen seines Vaters, genau wie die vierjährige Schwester Anna, doch die Augen waren ganz Elizabeths, ein bezauberndes Blau, zwischen Kornblume und Saphir. Alle drei Kinder hatten Daves dichtes dunkles Haar geerbt, und ihre Mutter hatte es ihnen nur widerwillig geschnitten, selbst bei Jonah. Bisher hatte Dave es in Ruhe gelassen, und der Junge mit den kragenlangen Locken glich eher einem empfindsamen Giovanni als einem WASP – einem »weißen protestantischen Amerikaner angelsächsischer Herkunft« – aus Connecticut. Elizabeth konnte nie genug davon bekommen, ihre Gesichtszüge zu vergleichen, und man merkte an ihrer Faszination, wenn es um die Ähnlichkeiten und Unterschiede zwischen ihren eigenen Kindern ging, dass sie ein Einzelkind war. Ihnen Geschwister zu schenken, war das Beste, das sie für sie tun konnte, hatte sie gesagt. Kate beugte sich über Emilys Kopf und atmete den Duft von Johnsons Babyshampoo ein, ein Hormoncocktail, der bei Frauen, deren Kinder noch nicht lange aus den Windeln waren, einen Pawlow'schen Reflex auslöste: *noch eins.*

Emily streckte ihre pummeligen Finger nach dem Gebäck auf Kates Teller aus, ein Stück Obstkuchen und bunte Petit Fours. Kate hatte bei ihrer Lieblingsbäckerei in der Stadt angehalten, um Nachtisch zu kaufen, obwohl sie wusste, dass Dave sie damit aufziehen würde. Die Patissière, die kaum buk – eine unerschöpfliche Quelle für Witzeleien.

»Also wirklich, Kate«, hatte er in seinem weichen Südstaatler-Akzent gesagt, während er zusah, wie sie den Karton auf der Arbeitsfläche abstellte. »Du bist die Einzige unter uns, deren professionelle Fähigkeiten tatsächlich etwas taugen, und du setzt sie am wenigsten ein.«

»Du meinst, ich bin diejenige mit den Fähigkeiten, von denen *du* am meisten profitieren würdest«, entgegnete sie und stieß ihn mit dem Ellbogen an.

Es stimmte, dass sie weniger ambitioniert kochte und buk, seitdem sie Kinder hatte. Es nahm viel Zeit in Anspruch, selbst mit den handwerklichen Fertigkeiten, die ihr seit der Kochschule in Fleisch und Blut übergegangen waren. (*Der perfekte Beruf,* kommentierten ihre Eltern und ältere Schwester stets – und dachten bei sich: *für jemanden, dem eine akademische Laufbahn nicht liegt.*) In einem Haushalt mit kleinen Kindern gab es keinen großen Bedarf an Soufflé und Flammkuchen, und so konzentrierte sie ihre Fähigkeiten stattdessen auf praktischere Gerichte. Hühnchen-Pot-Pie zum Abendessen und Kekse backen mit den Kindern, bei dem ihre umfangreiche Sammlung von Ausstechformen zum Einsatz kam. Crêpes am Wochenende, viel draufgängerischer in der Luft gewendet, als sie es sich je unter Kollegen getraut hatte, zum großen Vergnügen der Kinder. Hin und wieder sprang sie für einen Patissier ein, der gekündigt hatte oder gefeuert wurde, und stets musste sie ihre Crème brûlée zubereiten, für die sie für den James-Beard-Preis nominiert worden war. Ab und zu wurde ihr eine vielversprechende Stelle angeboten, so wie jene, die gerade zur Debatte stand. Bei jedem dieser Anrufe hielt sie kurz inne, bevor sie sagte: *Nein danke, noch nicht.* Dieses letzte Angebot aber hatte sie noch nicht abgelehnt.

Dave wusste, was Kate zaubern konnte, wenn sie sich die Zeit nahm. An Elizabeths siebenunddreißigstem Geburtstag hatte sie einen dreistöckigen Schoko-Traum gebacken, für den sie einen ganzen Tag gebraucht hatte. An diesem Abend hatten die beiden Paare nach der dritten Flasche Wein das Scrabble-Brett hervorgeholt, aber Kate und Elizabeth hatten in ihrer Ausgelassenheit das Spiel sabotiert, Buchstaben geklaut und in Schlüpfrigkeiten umgeschoben. Sie hatten so lange von der Schokotorte genascht, bis ihnen schlecht geworden war, und sich geschworen, das jedes Jahr zu wiederholen.

Doch Kate wollte Dave lieber nicht daran erinnern. Vor einer Woche wäre Elizabeth neununddreißig geworden.

Die Dämmerung brach herein, und mit ihr setzte das Zirpen der Grillen ein. Dave trank sein zweites Bier aus und stand auf, um die leeren Teller ins Haus zu bringen. Kate folgte ihm mit den halbleeren Salat- und Soßenschüsseln. Die Küche sah im Grunde aus wie immer, nur unordentlicher. Auf den Arbeitsflächen lagen Tupperdosen, in den Regalen stapelten sich Kunstwerke der Kinder und alte Kataloge. Es hingen immer noch dieselben Bilder an der Wand: das Porträt eines jungen Mädchens, das ein Eis aß, und eine Ansicht zweier Stadthäuser aus rotbraunem Sandstein. In einem erleuchteten Fenster kämmte eine Mutter das lange Haar ihrer Tochter, und in einem anderen Fenster, ein wenig weiter entfernt, standen Menschen in einem schwach beleuchteten Zimmer auf einer Party zusammen, und eine Frau hatte den Kopf in ausgelassenem Gelächter zurückgeworfen. Kate hatte es nie besonders gemocht. Die Gegenüberstellung der beiden Szenen war irritierend, und selbst die Ölfarbe wirkte zäh und gereizt.

An der Kühlschranktür erkannte sie die Fotos der Martins wieder: Schnappschüsse vom letzten Sommerurlaub in den Hamptons, Elizabeths schulterlange Haare hellblond von der Sonne, Fotos von Annas Geburtstag vor zwei Jahren und Weihnachten mit Daves Eltern wenige Jahr zuvor. In der Mitte hing eine Fotografie von Emilys Geburt. Elizabeth im Krankenhaushemd hielt das Neugeborene mit den verquollenen Äuglein an ihre Brust, ein Mona-Lisa-Lächeln auf den Lippen, festgehalten auf dem Gipfel dieser Mutterschaft, die niemals verblasste.

Kate spürte einen Kloß im Hals, als sie versuchte, ihre Emotionen hinunterzuschlucken. Das Foto verschwamm, und Elizabeth und ihr blasses Nachthemd verschwanden in der farblosen Lakenlandschaft im Bett der Entbindungsstation. Kate blinzelte und atmete ruhig aus. Sie öffnete den Kühlschrank, stellte die Milch hinein und warf dann die Nachos und den Dip in den Mülleimer, Nacho für Nacho, um ein wenig Zeit zu gewinnen.

Dave hatte nichts bemerkt. Mit dem Rücken zu ihr spülte er die Teller ab, um sie anschließend in die Spülmaschine zu stellen. Er murmelte irgendetwas, doch seine Worte gingen im laufenden Wasser unter. Sie schnappte nur *Workshop* auf.

»Was sagst du?«

»Es gibt da etwas, das du über ihren Malerei-Workshop wissen solltest.«

Seine Stimme klang gelassen, aber er hatte die Schultern angespannt hochgezogen. Er drehte den Wasserhahn zu und wandte sich mit einem Geschirrtuch in den Händen zu ihr um.

»Du kannst es ja auch direkt von mir erfahren. Sie wollte irgendeinen Typen in L. A. treffen.«

Kate sah ihn an und versuchte sich an einen vorangegangenen Gesprächszusammenhang zu erinnern, doch es gab keinen. Sie musste annehmen, dass er über Elizabeth sprach.

»Was meinst du damit?«

»Bevor sie fuhr, schrieb sie in ihr Tagebuch, dass sie mit jemandem verreisen würde, der Michael hieß. Der Workshop-Typ hieß nicht Michael.«

Er drehte sich um und begann, das Geschirr vom Abtropfgestell abzutrocknen.

Seine Worte und sein Verhalten waren zu lässig. Kate wusste nicht, was sie sagen sollte – es zu leugnen oder Verständnis zu zeigen schien angebracht, doch er erwartete scheinbar weder das eine noch das andere von ihr. So wich sie stattdessen auf die banalste Frage aus.

»Du hast sie also gelesen?«

Schon während sie es sagte, wusste sie, dass es ein Fehler war. Er sah sie an, sein breites Gesicht war unergründlich, nichts von seiner üblichen Freundlichkeit darin.

»Nicht so richtig. Nur ein bisschen. Es war immer selbstverständlich, die Tagebücher lese ich nicht.«

Wie er das Wort aussprach – *Taaagebücher*, mit Betonung auf der ersten Silbe –, verlieh seinem Tonfall eine eigentümliche, ja sogar sarkastische Note. Sarkasmus. Und das von Dave Martin.

Er wandte sich zur Kaffeemaschine, obwohl Chris und Kate das Angebot abgelehnt hatten, und gab einen Löffel Kaffeepulver nach dem anderen hinein, viel zu viel für eine Kanne.

»In den letzten Monaten hat es in der Nachttischschublade gelegen, das Letzte von ihnen, und eine ganze Truhe voll davon steht verschlossen im Kleiderschrank. Elizabeth war anders letzten Sommer, wahrscheinlich geschafft vom Baby. Aber ich wollte einfach wissen, ob sie traurig war und uns vermissen würde, wenn sie das Haus verließ, oder ob sie einfach so verdammt froh war rauszukommen, dass wir ihr ganz egal waren. Ich dachte, es wäre wohl ein bisschen von beidem.«

Er schloss das Filterfach der Kaffeemaschine und drückte den roten Knopf.

»Auf der letzten Seite steht, dass sie sich darauf freute, diesen Michael zu treffen, und auf den Seiten davor noch mehr über ihn. Ich dachte mir, ich erzähl es dir, für den Fall, dass du dich darüber aufregst, wenn du es liest.«

Kate sah aus dem Fenster. Die Geräusche von Zankereien drangen herein, von Kindern, die das Höchstmaß an Wohlwollen schon ausgereizt hatten. Die Kaffeemaschine ächzte, während das Wasser sich durch das viel zu dicht gestopfte Pulver kämpfte, um Kaffee zu kochen, den niemand wollte.

»Dave«, sagte sie. »Wir reden hier von *Elizabeth.*« Die Betonung auf ihrem Namen unterstrich, wie absurd die Vorstellung war, dass etwas Unangemessenes dahintersteckte.

Er wandte sich von ihr ab, um die Pasta-Schüssel auszuspülen. Enorme Mengen von Essensresten landeten im Abfluss, potentielle Mittagessen für viele Tage. Dann der Rest des grünen Salats. Von der Arbeitsplatte das übriggebliebene Viertel einer frisch aufgeschnittenen Tomate, ein Stück rote Paprika. Elizabeth hätte alles ordentlich in Schnellverschlussbeutel verpackt und für die nächste Mahlzeit aufgehoben.

»Das kleine bisschen, das ich gelesen habe, hörte sich nicht wirklich nach Elizabeth an. Nicht dass es überhaupt jemals für meine Augen bestimmt gewesen wäre.«

Er drückte ein Scheibchen Gurke in den Abfluss. Das Ungesagte hing in der Luft: *Sonst hätte sie mir die Bücher hinterlassen.*

Als Dave Kate angerufen hatte, um ihr von der Ergänzung des Testaments zu erzählen, hatte er ihr keinerlei Hinweis gegeben, was sie mit den Tagebüchern *tun* sollte. *Das war nicht gerade ein Thema, über das Elizabeth und ich gesprochen haben*, hatte er mit ausdrucksloser Stimme gesagt. Dann hatte er geschwiegen und gewartet, dass Kate etwas Einfühlsames sagte, etwas, das sie als dem Vertrauen seiner Frau würdig erwies. Sie konnte sich nicht vorstellen, was in den Tagebüchern stehen mochte, er wahrscheinlich schon. Oder vielleicht lag das Problem auch darin, dass er es nicht konnte.

Dave schaltete den Abfallzerkleinerer ein, und das Jaulen drang durch die Essensreste und erlöste Kate, selbst wenn sie gewusst hätte, was sie sagen sollte.

Chris kam mit zwei Schlafanzügen in der Hand in die Küche.

»Ich ziehe die Kinder noch um, bevor wir fahren. Dann ist es einfacher, wenn wir beim Hotel ankommen und sie unterwegs schon eingeschlafen sind.«

Er sah von Kate zu Dave, die Anspannung zwischen den beiden konnte man mit den Händen greifen.

Kate fuhr sich mit der Hand durch die Haare und beschwor ihn in Gedanken, nicht nachzufragen.

»Wenn sie sich oben umziehen, sag ihnen, sie sollen noch ihre alten Goldfische begrüßen.«

»Goldfische?«

Sie rieb sich müde die Augen. »Weißt du nicht mehr? Wir haben sie hier bei den Kindern gelassen, statt sie mit nach Washington zu nehmen.«

Chris zog die Augenbrauen hoch, doch sie redete nicht weiter, und er ging, um die Kinder umzuziehen.

Sie sah auf die Wand, auf das Mädchen mit dem Eis, die starren, uneinigen Häuser. Dave brach das Schweigen.

»Schon komisch, Elizabeth konnte Goldfische nicht ausstehen. Sie hat sich richtig vor ihnen gegruselt. Aber sie hat sich um eure gekümmert, als wäre es ihre Berufung, und Jonah macht sich auch ziemlich gut.«

Am Abend vor dem Umzug der Spensers nach Washington war Kate zwischen ihrem eigenen leergefegten Haus und dem der Martins hin- und hergelaufen und hatte alles Mögliche verschenkt, was sie nicht mitnehmen konnten oder wollten: Pflanzen und die Propangasflasche, Lebensmittel aus der Gefriertruhe, die Goldfische. Nach der letzten Ladung stand Elizabeth unter der Lampe auf der Veranda, einen vertrockneten Geldbaum im Arm. Die fleischigen tränenförmigen Blätter der Pflanze fielen bereits ab, und das Aquarium stank nach Abwasser, doch Elizabeth hatte alles mit dem wertvollen Opfergaben gebührenden Ernst entgegengenommen.

Endlich gab es kleine Zeichen von Normalität für die Martins. Die beiden älteren Kinder schliefen wieder durch, sagte Dave. Die Leute hatten schließlich aufgehört, Lasagne vorbeizubringen. Und jetzt sabotierten die Tagebücher und was auch immer in ihnen geschrieben stand, den Heilungsprozess. Kate rang nach Worten, suchte nach irgendeinem aufmunternden Gedanken, doch fiel ihr keiner ein.

»Also, ich habe sie nie auch nur im Geringsten andeuten hören, dass sie unglücklich war. Himmel, sie hat euch über alles geliebt.«

Es war das Beste, was sie unter diesen Umständen sagen konnte.

Dave trocknete sich die Hände am Geschirrtuch ab, sah sie mit einem gequälten Lächeln an und bemühte sich, nicht zynisch zu klingen. Dafür war er zu höflich.

»Dann mal los«, sagte er. »Verladen wir deine hübsche Familie in euer Auto.«

Kate stand in der Einfahrt und sah durch die offene Heckklappe in das vollbeladene Auto. Auf den Koffern, der Wäsche und dem Strandspielzeug war gerade genug Platz für die kleine antike Truhe. Dave war im Haus und trieb die Kinder zusammen, damit sie auf Wiedersehen sagten.

Sie zog den Schlüssel des Notars heraus und steckte ihn in das Messingschloss der Truhe. Die betagten Beschläge ließen sich mit dem glatten Dreh hochwertiger Gepäckstücke öffnen, und als sie den Deckel anhob, fand sie darunter drei Stapel dicker Bücher, vielleicht ein Dutzend oder mehr. Die spiralgebundenen Notizbücher hatten selbstgemachte Einbände, manche waren bemalt, manche mit Fotos laminiert. Als sie ihre Hand ausstreckte, um ein mit einer dicken Farbschicht gestaltetes Buch zu berühren, tauchte Dave neben ihr auf. Er sah in die Truhe und wandte dann den Blick ab, als läge darin etwas Unanständiges. Sie bereute ihre Ungeduld und schloss den Deckel. Um den Schlüssel herauszuziehen, musste sie die Truhe wieder abschließen, und das ausgrenzende »Klick« fühlte sich wie eine weitere Beleidigung Dave gegenüber an. Sie steckte den Schlüssel in das Reißverschlussfach ihres Portemonnaies.

Dave überreichte ihr ein Notizbuch mit einem einfarbigen Einband, ohne ihr dabei in die Augen zu sehen.

»Hier. Das ist das aus dem Nachttisch.«

Sie nahm das unverzierte Buch und ließ es in ihrer Tasche verschwinden, als wäre es etwas Verbotenes.

Als das Auto rückwärts aus der Einfahrt fuhr, winkte Kate den Martins noch einmal zu, die zu viert aufgereiht fast genauso aussahen wie auf so vielen Urlaubsfotos, die Elizabeth geschossen hatte. Dave hielt noch den Zettel in der Hand, auf den sie die Telefonnummer in ihrem Ferienhaus geschrieben hatte. *Falls du etwas brauchst oder es schaffst, uns zu besuchen*, hatte sie gesagt. *Mein Handy funktioniert da draußen nicht so gut*. Er hatte zustimmend gebrummt, aber sie wusste, dass sie nichts von ihm hören würde. Beim Abschied, nachdem er ihr das letzte Tagebuch gegeben hatte, hatte er erleichtert geklungen, als ob er froh war, eine Aufgabe hinter sich gebracht zu haben.

Chris bog links ab, fuhr auf die Auffahrt und dann auf die Interstate. »Was war denn los? Eben in der Küche?«

Kate warf einen Blick auf die Kinder im Rückspiegel. Sie sahen sie neugierig an.

»Erzähl ich dir, wenn sie eingeschlafen sind.«

Er schaltete seinen Lieblings-Nachrichtensender ein, und die Stimme eines Moderators erfüllte das Auto mit Begriffen, die sie die Kinder nicht hören lassen wollte – *Terroristen, Bedrohung*. Sie drehte die hinteren Lautsprecher herunter und wünschte sich, das Radio komplett abschalten zu können. Ihr Leben lang war sie ein Nachrichtenjunkie gewesen, doch jetzt war die Informationsflut unwillkommen. Sie berührte die Metallspiralen des Notizbuchs auf ihrem Schoß und sah dann im Rückspiegel zu der Truhe, die über der Luftmatratze eingeklemmt war. Es war eine massive kleine Reisetruhe mit gewölbtem Deckel, mit einer dicken Schicht Schellack versehen und wer weiß wie alt, vielleicht hundert Jahre oder älter. Die Art von Truhe, die sie alle überleben würde. Sie hatte schon damit begonnen.

Chris fuhr nach Norden auf der I-95, parallel zum Atlantik, an einer kleinen, von Seegras eingefassten Bucht des Long Island Sound entlang. Das Wasser sah in der Dämmerung solide wie eine Teerdecke aus, die umliegenden Häuser wie eine dunkle Sackgasse. Sie blätterte in dem Tagebuch. Nur die ersten Seiten waren beschrieben. Der Einband war wie neu und nicht beklebt.

Egal wie oft Kate im vergangenen Monat versucht hatte, sich vorzustellen, was Elizabeth von ihr erwartet haben mochte, als sie ihr die Bücher vermachte, fielen ihr doch nur immer wieder die gleichen wenigen Möglichkeiten ein. Sie konnte die Tagebücher in einem Schließfach für die Kinder verwahren. Sie konnte sie für die darauffolgende Generation bestimmen, die Enkelkinder, für die die Bedeutung eines Malerei-Workshops nur eine Fußnote in der Familiengeschichte war. Sie konnte sie Dave überlassen, auch wenn Elizabeth das nicht getan hatte. Oder sie konnte mit ihnen ein Gedenkfeuer veranstalten.

Elizabeth hatte sich für keine dieser Möglichkeiten entschieden, sonst hätte sie sie in ihrem Testament festgehalten. Vielleicht hatte sie nicht gewusst, was sie wollte; vielleicht hatte sie nur gewusst, dass sie ihre Tagebücher jemandem anvertrauen wollte, der ein wenig objektiv sein konnte, Abstand zu allem hatte. Vielleicht wollte sie es erst später entscheiden, nur dass es nie ein Später gegeben hatte.

Die Junisonne hatte geschienen, als sie dieses letzte Mal am Strand spazieren gegangen waren. Elizabeths Hände kneteten angespannt den Seetangstreifen. *Es ist wirklich eine seltene Gelegenheit, einen Kurs mit ihm in den Staaten zu machen,* hatte sie gesagt. Kate konnte sich gut an das Gespräch erinnern. Der Kursleiter war berühmt für seine Landschaftsmalereien. Er war Mexikaner. Und sein Name war nicht Michael gewesen. Er hieß Jesús.

Kate betrachtete das Notizbuch auf ihren Knien. Erinnerungen an ihre Zeit in Southbrook lagerten hier, an einfache Jahre im Kreise ernsthafter junger Mütter mit vorhersehbarem Verhalten. Sie ahnte, dass die Lektüre dieser Aufzeichnungen nicht unbedingt zur Ruhe und Ausgeglichenheit beitragen würde, die sie sich von diesem Sommer erhoffte.

Drei

In Kates mitternächtlicher Vorstellung lief der Absturz so ab: Direkt nach dem Abheben neigt sich das Flugzeug stark. Den überraschten Passagieren stockt kurz der Atem. Ein unnatürlicher Schlenker und eine allzu heftige Gegenlenkung, Ausblicke auf die Stadt steigen in surrealen Winkeln auf. Die Klappen der Gepäckfächer springen auf wie verblüffte Münder, als das Flugzeug hin und her schwankt, dann das Aufheulen versagender Getriebe irgendwo weiter unten. Inmitten der Schreie und des Schreckens, der den Gang herunterrollenden Laptops und Handtaschen, sitzt blass und reglos Elizabeth, in ihrem Sitz erstarrt, als ihr bewusst wird, dass sie ihre Kinder nicht wiedersehen wird.

Falls sie genug Zeit gehabt hatte, war vermutlich eine Niemals-Parade vor ihren Augen abgelaufen: Geburtstage, Abschlussfeiern, Hochzeiten. Wie ihre Kinder als Erwachsene aussähen in einem Alter, in dem diese sich selbst kaum noch an das Gesicht ihrer Mutter erinnern würden, unsicher, was Erinnerung war und was nur ein Foto.

Wenn die Erkenntnis nur ein paar Sekunden gedauert hatte, war es wohl eher so verlaufen: Elizabeth greift nach der Armlehne, vielleicht nach der Hand ihres Sitznachbarn. Gebetsfetzen, ein verzweifelter Reflex. Sie ruft die Namen ihrer Kinder, Dave und schließlich nach ihrer eigenen Mutter, wie wir es angeblich alle tun. Ein jäher Schmerz oder eher ein jähes Nichts.

Diese Gedanken führten Kate stets an denselben Punkt: die Vision ihrer eigenen Kinder allein mit Chris, nachdem ihr etwas zugestoßen ist. Krankheit, Unfall – es war egal, wie es passiert wäre. Der Verlust würde an James und Piper hängen wie schlechtsitzende Kleidung, während sie durch die Stadt gingen, Leute würden ihnen den Kopf tätscheln und sie aufmerksamer als sonst begrüßen, manche würden sogar kleine Geschenke überreichen, wodurch die Kinder den Tod mit einem Feiertag durcheinanderbringen würden. Sie würden mit ihrem Vater zur Schule gehen, seine leeren Augen eine offene Tür zu einem Flur endloser kommender Tage. Während sie den Gang entlanggingen, würde die Menschenmenge fast unmerklich zurückweichen. Vorschullehrer und Eltern würden sie ein wenig zu herzlich begrüßen, und wenn die Kinder keine Regung zeigten, würden die Erwachsenen weitergehen, sich damit tröstend, dass sie es versucht hatten. Die Spensers würden sich in einer Trauerblase bewegen, und jeder, dem sie begegneten, würde kurzzeitig darin eingehüllt werden, denn die Blase würde die Spensers überallhin begleiten. Kate wusste das, hatte sie es doch bei den Martins erlebt. Die öffentliche Trauer, die verunsicherten Kinder, die immer noch aufgewühlt waren von dem »Sie kommt nicht mehr zurück«. Kate schauderte und schüttelte den Kopf, um das Bild loszuwerden.

Sie drehte sich auf den Rücken und wischte sich mit dem Bettlaken über das Gesicht. Dann schlug sie das Laken über der Brust um und legte die Hände darauf, eine Ruheposition, die manchmal funktionierte. Sie erkannte die Umrisse der Fenster, und ein weißer Lichtstreifen leuchtete unter der Tür. Der Rauchmelder hing wie ein starres Auge an der Decke. Chris' Atem roch trotz Zahnpasta nach Kaffee und war zu dicht an ihrem Ohr, feucht und abstoßend.

Sie ließ sich aus dem billigen Laken gleiten und ging durchs Zimmer. Die kleine Tischlampe neben dem Sessel würde Chris nicht wecken.

Neben dem Autoschlüssel und seinem Portemonnaie lagen zwei Wochenzeitschriften auf dem Schreibtisch. Eine berichtete über Anthrax, die andere über al-Qaida. Kate erschauderte bei Chris' Vorstellung von Strandlektüre. Ein hohläugiger Bin Laden starrte vom Titelblatt. Ein T-Shirt lag zu ihren Füßen, und sie legte es auf die Zeitschriften und setzte sich auf die Sesselkante.

Auf dem Highway fuhren Lastwagen vorbei, und der Lärm drang durch die nicht ausreichend schallisolierten Fenster. Die Tischlampe brummte mit elektronischem weißem Rauschen. Im Bad tropfte ein Wasserhahn.

Neben dem Schreibtisch blitzten Metallspiralen zwischen den gewebten Griffen ihrer Tasche hervor.

Sie griff hinein und zog das Notizbuch mit den wenigen Einträgen heraus, Elizabeths letztes.

9. Juli 2001

Habe Michael heute wieder in der Stadt gesehen. Wir haben uns im Central Park getroffen und im Schneidersitz auf der abgewetzten alten Decke gesessen, die ich immer beim Zwergenfußball benutze. Wir haben lange geredet, wahrscheinlich länger, als er eingeplant hatte, und ich habe mich sogar noch wohler gefühlt. Er hat meine Hände genommen und gesagt, dass er meinen Schmerz spüren kann, was tatsächlich gar nicht kitschig klang. Ich glaube, er ist zu Ironie gar nicht fähig.

Er hat mich gebeten, nach Joshua Tree zu kommen, hat mir vom Haus und der Landschaft erzählt, den Pferden, den endlosen Wanderwegen, der Wüste bei Nacht. Wenn er meinen Arm berührt, knistert es. Die Sonne strahlt von seinem glatten Schädel, anstatt nur darauf zu scheinen. Wenn er mir in die Augen sieht, fühlt es sich zum ersten Mal in meinem Leben so an, als ob mich jemand durch und durch kennt, und ja, ich würde ihm überallhin folgen.

22. Juli 2001

Kate war dieses Wochenende mit ihrer Familie da, sie haben einen Zwischenstopp gemacht auf ihrem Weg in den Urlaub. Wir sind am Strand spazieren gegangen, ein wunderschöner Morgen, aber ich war kurz davor, zu zerplatzen, so aufgedreht und erschlagen war ich. Ich kann gar nicht glauben, dass niemand merkt, wie es mir geht.

Wir haben über Kunst und das College gesprochen, und wow, sie versteht mich wirklich besser als jeder andere hier. Ich habe trotzdem der Versuchung widerstanden, ihr alles über die Reise zu erzählen, hab ihr nur die offizielle Version gegeben. Es geht einem nur selten besser, wenn man sich anderen anvertraut; sie können damit meistens nichts anfangen und sehen dich nur mit anderen Augen an. Aber vor allem will ich nicht, dass etwas davon rauskommt, ich will auf keinen Fall, dass es die Kinder irgendwie beeinflusst. Bisher ging's gut, und wie verquer es auch klingen mag, ich war selten so stolz auf mich.

Kate fasste sich mit zitternden Fingern an die Stirn. Sie wusste nicht, ob sie für das hier bereit war. Nicht nur für die Möglichkeit, dass Elizabeth eine Affäre hatte, sondern auch dafür, zu lesen, was ihre Freundin wirklich über sie gedacht hatte, all die kleinen Eindrücke und Urteile, die wir für uns behalten.

6. August 2001

Wegbeschreibung nach Joshua Tree ausgedruckt, Reservierung bestätigt und das restliche Geld, das ich noch brauche, am Automaten abgehoben. Ich muss die ganze Zeit daran denken, ob Dave die Abbuchungen diesen Monat bemerkt hat, und zwischendurch mache ich mir Sorgen, ob ich dieses Buch nicht auch wegschließen soll.

Noch drei Tage bis zur Abreise. Habe noch nie so sehr auf etwas hingefiebert oder so viel erwartet.

9. August 2001, 6.00 Uhr

Die Sonne ist schon aufgegangen, aber die Kinder sind noch nicht wach. Emily ist wieder eingeschlafen, nachdem ich sie gefüttert habe, und ich habe noch ein paar Minuten, bevor ich duschen gehe. Ich kann es kaum erwarten, aber bringe es auch kaum über mich, sie so klein zurückzulassen.

Jetzt muss ich mich zusammenreißen und den Kindern auf Wiedersehen sagen und daran denken, eine große Show daraus zu machen, wenn ich die Malsachen einpacke, die sie gekauft haben. Muss sie irgendwie mit all dem fürchterlichen Schreibkram reinquetschen. Und in all dieser Aufregung merke ich, wie ich an Kleinigkeiten hängenbleibe: Wird Dave hören, wenn Emily nachts weint, und Jonah rechtzeitig zum Bus bringen und daran denken, dass Anna sich an Apfelschale verschluckt? Alles, was schiefgehen könnte, wenn ich weg bin, gegen all das, was gutgehen könnte. So egoistisch.

»Kommt darauf an, wie man egoistisch definiert«, meint Michael.

Ich darf nicht darüber nachdenken, sonst schaffe ich

es nicht die Einfahrt hinunter, wenn sie mir Küsse zuwerfen und See you later, alligator, in a while, crocodile singen.

Kate schloss das Buch und lehnte den Kopf an den harten Motelsessel, der nach Zigaretten stank. Sie kratzte am abgenutzten Stoff des Sitzkissens, grüne und braune Fetzen in einem Gemisch von Leinen und Kunststoff. Chris' Atem stockte leicht bei jedem Atemzug.

Sie sah Elizabeth an einem Geldautomaten, wie sie Geld abhob und hoffte, dass es unbemerkt blieb, den älteren beiden Kindern sagte, sie sollten den Kinderwagen festhalten. Wie sie Scheine aus dem Geldschlitz zog und nur ein verstohlener Blick über die Schulter durch ein paar lose Haarsträhnen verriet, dass das Geld nicht für Benzin und Lebensmittel bestimmt war. Kate versuchte sich vorzustellen, wie Elizabeth im Schneidersitz auf einer Decke saß, neben einem Mann, der nicht Dave war, versuchte sich die Sonne und das Knistern vorzustellen, doch es gelang ihr nicht. Sie versuchte sich vorzustellen, wie es sich wohl anfühlte, wenn jemand einen wirklich kannte.

Chris schnarchte nun heftig, und im Kinderzimmer nebenan herrschte Stille. Sie zog den Autoschlüssel unter dem T-Shirt auf dem Schreibtisch hervor, und das Foto Bin Ladens kam wieder zum Vorschein. Seine Augen folgten ihr wie ein dämonisches Gemälde. Sie schaltete die Lampe aus. An der Tür hielt sie inne, als ihr der Kartenschlüssel zum Motelzimmer und der antike Schlüssel zu Elizabeths Truhe einfielen.

Das Licht vom Gang fiel ins Zimmer, aber niemand rührte sich. Sie schloss die Tür sachte hinter sich und ging zum Parkplatz, der kaum beleuchtet und von Bäumen umringt war. Auf dem dahinterliegenden Highway fuhren in regelmäßigen Abständen Autos vorbei.

Kate schloss den Kofferraum und die Truhe auf, legte das schmucklose Notizbuch oben auf den Stapel und kramte nach dem vorangegangenen. Sie schlug die Bücher auf, sah die Daten aus den 80ern und 90ern und schließlich 2000 und 2001. Auf dem Einband klebte ein Foto von Elizabeth mit Jonah und Anna, alle drei lachend in der Sonne. Elizabeths Lächeln und ihre Haltung wirkten auf eine Art und Weise befreit und gelöst, wie Kate sie selten erlebt hatte. Es war ein umwerfendes Bild, bittersüß wie ein Ereignis, das einen schon nostalgisch um sein Vergehen stimmt, obwohl es gerade erst stattfindet.

Kate schlug das Buch auf. Sie wollte es eigentlich mit reinnehmen, konnte aber nicht anders, als es im schummrigen Licht der Innenbeleuchtung durchzublättern, gleichermaßen neugierig und sich elend fühlend bei dem Gedanken, zu erfahren, wie es dazu kam, dass dieser Michael mit der aufrichtigsten Frau der Welt Händchen hielt – mit einer Mutter, die jeden Tag mit offenen Armen empfangen hatte, wie es Elternmagazine einem rieten, da die Kinder groß würden, bevor man sich versah.

Sie hatte das Gefühl, jemand wäre in der Nähe und beobachtete sie. Sie bekam eine Gänsehaut. Schnell drehte sie sich um, konnte aber auf dem beinahe leeren Parkplatz niemanden entdecken. Nur ein schmaler Grünstreifen mit Bäumen trennte das Motel vom Highway, und der Asphalt vibrierte unter ihren Füßen, wenn ein Lastwagen vorbeirollte. Sie wandte sich wieder zum Auto und dem Notizbuch zu, doch das Gefühl von auf ihr ruhenden Augen blieb, Augen von einem Blau zwischen Kornblume und Saphir. *Bitten Sie sie, vorne anzufangen.*

Langsam legte sie das mit dem Foto beklebte Buch zurück in die Truhe – obenauf, wo sie es jederzeit wiederfinden würde – und nahm das unterste Buch vom linken

Stapel. Der Einband war mit Aufklebern verschönert, die Art, wie man sie in den Ständern mit den Grußkarten findet: Tulpen, Smileys, Kätzchen. Das Datum auf der ersten Seite war 1976, da war Elizabeth, die ein Jahr älter als Kate gewesen war, nach Kates Rechnung zwölf Jahre alt. Sie zog es heraus und hielt es kurz fest – *siehst Du, ich fange hier an*. Dann schlug sie es auf und begann zu lesen.

12. April 1976

Liebes Tagebuch,
Dr. Trinker sagt, ich soll anfangen, Tagebuch zu führen, um meine Gedanken aufzuschreiben, und so tun, als würde ich Briefe an meine beste Freundin oder an mich selbst schreiben, und dass es mir dabei helfen wird, zu »verarbeiten« und »weiterzumachen«. Nur um das mal klarzustellen, ich finde, das ist eine beknackte Idee, zu schreiben, um sich besser zu fühlen. Aber als ich heute mit dem Fahrrad an dem Baguette-Laden vorbeigefahren bin, an dem ich mit Anna an ihrem Geburtstag im Februar war, habe ich keine Luft mehr bekommen und musste absteigen und den Kopf zwischen die Knie legen wie bei einem Asthmaanfall. Deswegen probier ich's jetzt aus. Sie war so stolz darauf, acht geworden zu sein, und total aufgeregt, dass wir mit dem Fahrrad in die Stadt fuhren, ich dachte schon, sie würde platzen, als wir zur Zoohandlung gefahren sind und ich ihr gesagt habe, dass ich ihr einen Fisch als Geschenk kaufe. Sie hat darauf bestanden, dass ich auch einen für mich kaufe, damit ihrer einen Freund im Aquarium hat. Ihrer ist letzte Woche gestorben. War ja klar.

Unterschreibt man auch, wenn man seinem Tagebuch einen Brief schreibt?
Liebe Grüße
Lizzie Drogan

Kate hörte auf zu lesen, als sie ein Geräusch hörte, ein Rascheln in den Bäumen hinter dem Auto. Der bewaldete Streifen war wie eine Wand aus Schatten. Sie hielt den Atem an, doch alles war ruhig, dann erzitterte der Boden wieder, als sich ein Laster hinter den Bäumen näherte. Die Heckklappe stand noch offen, und Kate wurde bewusst, dass sie genau im Licht stand und von jedem gesehen werden konnte, der von der Interstate abfuhr, von jedem, der um zwei Uhr morgens am Hintereingang eines Motels umherstreifte.

Sie schloss den Kofferraum, drückte auf den Transponder des Autoschlüssels, und der Schließton zwitscherte. Etwas sauste neben ihren Füßen unter dem Auto hervor. Sie erschrak und sprang zurück, das Tagebuch fiel ihr aus der Hand. Geduckt lief ein dunkles, kleines Tier in Richtung Müllcontainer davon, der gestreifte Schwanz hüpfte dabei wie das Fähnchen an einem Mädchenfahrrad.

Im Motelzimmer war es dunkel und still, als Kate zurückkam. Sie setzte sich in den Sessel, knipste die Lampe wieder an und betrachtete das Schreibheft in ihren Händen. Sie hatte nie ein Foto von Elizabeth als Kind gesehen, und der freudlose Ton des Tagebucheintrags rief kaum Erinnerungen an sie hervor. Kate versuchte, sie sich als zwölfjähriges Mädchen vorzustellen, das in die Stadt radelt, Aprilsonne auf die Hosenbeine gesprenkelt. Wie es durch die Gänge eines Schreibwarenladens streift, *beknackt* murmelt, dann mit seiner Auswahl nach Hause fährt und später in einem kleinen Rausch vorpubertärer Begeisterung Kätzchen auf den Buchdeckel klebt. So hatte Elizabeth unter Zwang angefangen, Tagebuch zu schreiben, und daraus war eine Gewohnheit geworden, die sie ihr ganzes Leben lang begleiten sollte.

15. April 1976

Liebes Tagebuch,
heute hat wieder niemand im Bus mit mir geredet. Ich habe aus dem Fenster gestarrt und versucht, an etwas anderes zu denken, als wir an der Taylor Street und dem kleinen Kreuz am Straßenrand vorbeikamen. Ich habe mich noch nie in meinem Leben so allein gefühlt. Alle um mich rum sind schon den ganzen Monat über so panisch, als wäre ich giftig. Als ob es ansteckend wär, wenn eine Schwester stirbt, und ich deswegen heiß glühen würde. Ich wünschte, ich könnte wegziehen.
Liebe Grüße
Lizzie D

Eine Schwester. Kate spürte, wie der Sessel absackte und der Boden unter ihren Füßen schwankte. Wie konnte Elizabeth eine Schwester gehabt und Kate nichts davon erzählt haben? Weder über den Verlust noch davon, überhaupt eine gehabt zu haben. Sie hatte erwähnt, dass sie Einzelkind war, hatte aber so wenig darüber gesprochen, dass Kate davon ausgegangen war, dass es das Übliche war: Eltern, die sich nicht sicher waren, was ein Kind einem abverlangte, die fanden, dass eines genug war, oder vielleicht keins mehr bekommen konnten, so dass eine Leere entstanden war, die bei Elizabeth dazu geführt hatte, sich für drei zu entscheiden. *Vielleicht noch mehr*, hatte sie immer gesagt.

Kate atmete aus. Sie dachte daran, wie Piper sich an James schmiegte, wenn sie im Auto schliefen, Kopf an Kopf, mit den hohen symmetrischen Augenbrauen, die wie ein beiläufiger Kommentar zu Kates Entwicklung von ihrem Beruf zur Ehefrau und Mutter wirkten. Sie dachte an ihre Schwester, Rachel. Eine Schwester war Kameradin und Konkurrentin, diejenige, die den Schmelztiegel am besten verstand, in dem man geformt worden war. Eine der wenigen, die einen zu einem Ganzen machten und einen als halben Menschen zurückließen, wenn man sie verlor.

Doch in der Flut von Mitgefühl gab es ihr einen Stich, dass sie nichts davon gewusst hatte.

27. April 1976

Liebes Tagebuch,
ich habe Mom gesagt, dass ich nach der Schule mit zu Sherry gehe. Ich bin noch nie alleine auf einem Friedhof gewesen. Auf einem Grab hat jemand Kuscheltiere und kleine Spielzeugautos an den Grabstein gelegt, und an den Daten habe ich erkannt, dass ein ganz kleines Kind da begraben ist. Ich hatte Angst, dass ich wieder einen Asthmaanfall bekomme, aber als ich zu Annas Grab kam, habe ich aufgehört zu weinen. Das Gras ist noch nicht gewachsen, und es gibt auch noch keinen Grabstein. Also hab ich dagesessen und die Erde angestarrt.
Ich weiß nicht, was man macht, wenn man auf den Friedhof geht, und wahrscheinlich hätte ich beten sollen oder so, aber ich konnte nicht aufhören, daran zu denken, dass sie da unter der Erde liegt. Richtig ihr Körper mit dem grünen Kleid für den Fototag an der Schule, wie auf der Totenwache. Aber er sah da gar nicht aus wie sie, außer das Bettelarmband und die

Haare, und die waren auch merkwürdig, so steif wie die von einer Puppe. Es gab überhaupt nichts, das aussah, wie sie wirklich war, nicht ihr dusseliges Gesicht und wie sie mir immer nachgelaufen ist, was mir so auf die Nerven ging, ich aber nicht »Lass das!« rufen konnte. Wer würde denn schon gemein sein zu einem Kind, das einfach nur die ganze Zeit mit einem zusammen sein will?
Da wusste ich, dass sie bei Gott ist, weil da gar keine Anna im Sarg war. Ich hab das auf der Beerdigung gar nicht so sehr gespürt, obwohl man das da wahrscheinlich eigentlich spüren sollte. Aber wenn man sich einen Körper anschaut, und da ist kein bisschen Leben drin, was auch nur irgendwie ist, wie der Mensch wirklich war, nicht mal wie jemand, der schläft, und viel starrer als eine Statue, dann muss man einfach wissen, dass es einen Gott gibt. Weil irgendwas mehr aus einem Körper machen muss als nur einen Körper, nicht nur das Blut, das darin herumfließt.

29. April 1976
Die Beratungslehrerin hat mir einen Job über Mother's Helpers besorgt. Sie dachte, das würde mir guttun, auch wenn ich nicht gern babysitte und kleine Kinder mir irgendwie auf die Nerven gehen. Die Mutter hat ganz viel gelächelt und immer das Baby am Haar berührt, es umarmt und an sich gedrückt, und ich habe mich gefragt, ob Mom auch so zu mir war, als ich klein war, bevor sie anfing, mich Nörgeline und Grummelstilzchen zu nennen. Die Mutter hat mich nach meiner Familie gefragt und wie ich die Schule finde, die Beratungslehrerin hat ihr also anscheinend nichts von Anna erzählt. Was ich komisch fand, obwohl sie im

Nachbarort wohnt, aber ich habe das Gefühl, dass hier in der Gegend jeder Bescheid weiß, auf jeden Fall kommt mir das im Laden immer so vor. Als sie gefragt hat, ob ich Geschwister habe, wusste ich nicht, was ich sagen soll. Was soll ich denn jetzt sagen?
Das habe ich Mom beim Abwaschen gefragt, und sie war erst mal ganz lange still, und dann hat sie aus dem Fenster über dem Waschbecken gesehen, und ich wusste nicht, ob sie jetzt sauer war oder gleich anfängt zu weinen. Aber nichts von beidem ist passiert. Sie hat gesagt, dass es besser ist, zu sagen, dass ich keine Geschwister habe, weil es für die Leute unangenehm ist, wenn ich erklären muss, dass ich eine Schwester hatte, die gerade gestorben ist, und dass die Leute es nicht mögen, wenn etwas unangenehm ist. Manches sagt man, und manches verschweigt man lieber. Und es ist ja auch die Wahrheit.
Ich wünschte, Mom und Dad hätten mehr als zwei Kinder. Es ist irgendwie nicht so schlau, wenn man das als Eltern so macht, und wenn dann das gute Kind vielleicht stirbt und man nur noch eins hat, die Nörgeline.

12. Mai 1976

Ich bin heute noch mal zum Friedhof gegangen und habe Annas Palomino-Pony mitgenommen. Ich musste mich in ihr Zimmer schleichen, um es zu holen, Mom mag es nämlich nicht, wenn ich dort reingehe. Alles ist wie immer, es liegen sogar noch Anziehsachen von ihr auf dem Boden, und das Bett ist nicht gemacht.
Ich habe Dr. Trinker davon erzählt, wie sauer Mom auf mich war, als sie mich letzte Woche dabei erwischt hat, wie ich in Annas Bett geschlafen habe. Dr. Trinker

wollte mit ihr reden, aber ein paar Tage später hat Mom gesagt, dass ich nicht mehr zu ihr gehen würde. Sie findet, ich muss mit keinem Arzt mehr reden und dass es uns allen doch ziemlich gutgeht.

15. Juni 1976

Herzlichen Glückwunsch zu meinem Geburtstag! 13! Ich bin jetzt ein Teenager. Wahrscheinlich sollte ich jetzt stundenlang telefonieren und in der Stadt rumlaufen. Sherry ist noch mit mir befreundet, aber das war's schon. Ich glaube, zuerst wusste niemand, was er sagen sollte, ich ja auch nicht, und dann haben sie einfach immer weiter nichts gesagt, bis es zu merkwürdig geworden ist, und jetzt sagt niemand mehr: »Hey Lizzie D«. Ich bin nur noch das Mädchen, dessen Schwester gestorben ist.

Aber jetzt die großen Neuigkeiten: Wir ziehen nach Connecticut. Mom ist einverstanden, dass ich mir die Haare schneiden und Ohrlöcher stechen lasse, und ich nenne mich Elizabeth, nicht mehr Lizzie. Und in Connecticut bin ich nur anders als die anderen, weil ich aus Vermont komme. Die Leute, die wir da kennenlernen, werden nicht mal wissen, dass ich eine Schwester hatte. Mom findet, dass ein neuer Anfang gut ist und dass Privates am besten privat bleibt, und wir wollen nicht, dass die Leute die ganze Zeit so komisch deswegen sind wie hier. Sie sagt auch, dass ich mehr lächeln soll, wenn ich Freunde haben will.

Ich war auf dem Friedhof, um Anna von Connecticut zu erzählen. Ich habe ein schlechtes Gewissen, sie hierzulassen. Es fühlt sich falsch an, dass sie allein bleibt und niemand zu Besuch kommt und ihr Blumen bringt. Ich habe ein paar von Moms Tulpenzwiebeln gepflanzt, auch wenn auf einem Schild steht, dass man nichts pflanzen darf. Ich hoffe, ich hab es richtig gemacht. Ich finde den Gedanken schrecklich, dass die Tulpen mit dem hübschen Teil nach unten wachsen, wo niemand sie sieht. Und ich habe gesagt, dass es mir leidtut, so gut es ging, weil ich kaum atmen konnte. Es tut mir so, so leid.

Als Kate aufwachte, registrierte sie zweierlei: Ein Kind stand links neben ihr, und ihr Hals war so verdreht, dass sie sich nicht zu ihm umwenden konnte.

»Mom, warum schläfst du hier?«

Tinker Bell war auf Augenhöhe, ein Siebdruck auf einem Polyester-Nachthemd. »Bist du krank? Können wir trotzdem mit der Fähre fahren?«

Kate streckte die Arme über den Kopf und spürte ein verspanntes Ziehen in Nacken und Schultern. Sie hätte nicht auf dem Sessel einschlafen sollen.

»Nein, ich bin nicht krank. Wir fahren auf jeden Fall heute mit der Fähre. Ist James schon wach?«

»Er liest im Bett«, antwortete Piper.

James hatte schon früh angefangen zu lesen. Anfänglich hatte er ihr laut vorgelesen, damit aber aufgehört, als er begriff, dass Erwachsene beim Lesen nicht mitsprachen. Jetzt las er alles – ältere Erstlesebücher, Zeitungen und Zeitschriften, selbst Kates E-Mails, wenn sie ihren Laptop offen ließ. Sie wusste nicht, wie viel er verstand, bekam aber langsam das Gefühl, sie sollte darauf achten, was für Lesestoff herumlag. Das Tagesgeschehen heutzutage war nicht unbedingt kindertaugliche Lektüre.

Kate strich ihrer Tochter über den Rücken.

»Okay, dann ziehen wir uns mal an, damit wir rechtzeitig da sind.«

Chris lag noch im Bett, ein Bein seitlich unter dem Laken herausgestreckt. Sie ging zu ihm hinüber und dehnte dabei ihren Nacken.

»Es ist Viertel vor acht. Wir sollten uns fertigmachen, wenn wir es zur Fähre um neun schaffen wollen.«

Er murmelte etwas, aber nichts rührte sich unter dem Laken.

»Ich gehe duschen. Hilf du den Kindern beim Anziehen, okay?«

Sie ging ins Bad, zog Yogahose und Trägershirt aus und drehte den Thermostat der Dusche so heiß es ging. Sollten andere Frauen doch in der Badewanne sitzen; eine vernünftig prasselnde Dusche entspannte Kate besser als jede Massage, weckte sie effektiver als Kaffee. Sie stellte sich mit gesenktem Kopf unter die Brause, so dass das heiße Wasser auf ihren verspannten Nacken und die Schultern trommelte. Viele ihrer besten Einfälle kamen ihr unter der Dusche. Als sie vor Jahren in Restaurants in Manhattan gearbeitet hatte, stieg sie oft mit neuen Ideen für Desserts aus der winzigen Duschkabine in ihrer Wohnung, mal ganz wörtlich – Lavendelseife, also nach Lavendel duftender Gugelhupf –, mal übertragen – Eiscreme mit blassen Diamanten karamellisierten Zuckers, arrangiert nach dem geometrischen Muster ihrer Badezimmerfliesen.

Das Wasser strömte aus dem alten Duschkopf des Motels und hallte in dem kleinen gefliesten Badezimmer wider. Sie dachte daran, was alles erledigt werden musste, sobald sie in ihrem Ferienhaus ankamen. Sie hatten den Eigentümern versprochen, den Propangastank zu füllen, die Gartenmöbel sauberzumachen, im Keller nach Nagetieren und um die Veranda herum nach Kaninchen zu schauen. Und sie sollte möglichst bald einen Tisch reservieren für ihren Hochzeitstag; das Restaurant war so beliebt geworden. Doch inmitten dieser praktischen Aufgaben blieben ihre Gedanken immer wieder bei der jungen Elizabeth hängen. Ein kleines ernstes Gesicht, an die Scheibe gepresst, als sie an der Taylor Street vorbeifuhren, ein Mädchen namens Nörgeline, das herauszufinden versuchte, ob es der Definition eines Einzelkinds entsprach. Fünfundzwanzig Jahre später hatte Nörgeline im Schneidersitz auf einer Decke gesessen und mit einem Mann Händchen gehalten, der nicht ihr Ehemann war. Und hatte sichergestellt, dass im Falle ihres Todes nicht ihr Mann ihre Tagebücher erhalten sollte.

Kate hielt normalerweise nichts von Mutmaßungen und Vorverurteilungen; es war unmöglich zu verstehen, was in der Welt eines anderen geschah, was jemanden veranlasste, irgendetwas zu tun oder zu lassen. Diese Einstellung hatte sie vollkommen verinnerlicht. *Unvoreingenommen und feinfühlig*, hatte Elizabeth es genannt.

Vor fünf Jahren war ihre Nähe noch nicht selbstverständlich, war die Spielgruppe einfach nur eine Spielgruppe gewesen. Kates langjährige Freunde von der Kochschule lebten mittlerweile über das gesamte Land verstreut und arbeiteten in Restaurants auf der ganzen Welt. Bei ihren seltenen Treffen waren alle total ausgelassen. Voller Ironie und Witz erzählten sie von ihrem Leben und ihrer Arbeit, niemand nahm ein Blatt vor den Mund – sie lachten und alberten herum –, und sie fühlte sich so sehr zu Hause, wie sie es in der ruhigen, verkopften Enge ihres Elternhauses nie erlebt hatte. Unter ihresgleichen hatte sie endlich das Gefühl, ernst genommen und akzeptiert zu werden und nicht daran gemessen zu werden, was sie nicht konnte. Nur ihr Familienleben klammerte sie bewusst aus; wenige der Frauen, mit denen sie ihre Ausbildung absolviert hatte, waren mittlerweile Mutter, und die Männer, die

Kinder hatten, sprachen nur selten darüber. Kate achtete darauf, nicht in Muttergefilde abzudriften, wenn sie mit ihnen zusammen war, und wenn es doch hin und wieder passierte, wurden die Augen ihrer Kolleginnen ganz glasig, genau wie bei ihrer älteren Schwester.

Elizabeth war weder stürmisch noch ironisch. Sie sagte nichts, was sie nicht auch so meinte, und vergaß nichts, was man selbst erzählt hatte. Sie erinnerte sich an Geburtstage und alte Geschichten, rief an, wenn einem die Weisheitszähne gezogen worden waren. Man konnte sich bei ihr nicht so unsentimental und offen über die diversen Unzulänglichkeiten des Lebens Luft machen, die einen frustrierten, wie zum Beispiel, dass man manchmal seine Familie lieben und trotzdem sein Leben hassen konnte. Doch mit der Zeit schien das weniger wichtig. Man konnte seinen Frust über ein Kind ablassen – die verweigerten Mahlzeiten und die Trotzanfälle, dabei den Teil überspringen, in dem man den Raum verlassen musste und wie ein gestrandeter Fisch nach Luft schnappte, um nichts zu tun, das man später bereuen würde –, und sie würde zuhören und so tun, als bemerke sie die unterdrückten Tränen nicht, weil sie wusste, dass sie nicht bemerkt werden sollten. Elizabeth wurde beinahe von selbst zu der Person, die man öfter als alle anderen traf, das bequeme T-Shirt, nach dem man an Tagen griff, an denen man niemanden beeindrucken musste. Auch als Kate wegzog, war Elizabeth noch da, rief in regelmäßigen Abständen an, verlässlich wie die Gezeiten. Und dann war sie eines Tages nicht mehr da.

Kate drehte die Dusche ab, und das Quietschen der Armatur hallte im gefliesten Raum. Sie wrang das Wasser aus ihren Haaren, rubbelte die Spitzen mit einem Handtuch trocken und erinnerte sich mit einem Kloß im Hals daran, wie Elizabeth das Gleiche bei den Kindern der Spielgruppe gemacht hatte, wenn sie durch den Rasensprenger gelaufen waren. Wie sie zwischen ihnen umhergegangen war, als gehöre ihr ein kleines Stück von ihnen allen, wie sie so die kleinen Köpfchen dieser Welt ein bisschen trockener rubbelte.

Zuerst war Elizabeths Tod ein furchtbarer Schock gewesen, der verbissene Geschäftigkeit nach sich zog: endlose Listen von Menschen, die Kate anrufen musste, Einzelheiten, um die zu kümmern sie sich angeboten hatte. Doch es hatte sich nicht wie etwas angefühlt, das ihr beinahe ein Jahr später noch den Atem nehmen würde wie ein heftiger Stoß Trauer in den Solarplexus. Ihre enge Freundschaft war nicht alltäglich gewesen. Sie hatten keine gemeinsame Geschichte voller Jobs und Exfreunde. Elizabeth hatte sich nie auf Gespräche über eheliche Konflikte eingelassen oder zugegeben, dass es noch etwas anderes gab, das ihr wichtig war, außer oder sogar anstatt Windeln zu wechseln. Und gleichzeitig war sie mehr als eine Nachbarin gewesen, jemand, mit dem man einen trägen Nachmittag auf dem Spielplatz verbringen konnte.

Aber das ist das Komische an Menschen, die in keine Schublade passen. Sie durchdringen nach und nach alles, und wenn sie plötzlich nicht mehr da sind, fehlen sie überall.

Vier

Autos standen im Leerlauf vor der rostigen Kette, die über der Straße zum Fähranleger hing. Kurz vor neun Uhr fuhren die Fahrzeuge eins nach dem anderen die Rampe hinauf in das dickbäuchige Autodeck der größten Fähre, die Great Rock Island ansteuerte. Lastwagen schoben sich hinein, kratzten am Tor entlang und krochen vorwärts, bis sie Stoßstange an Stoßstange standen und im Einklang mit dem Schiff schaukelten wie Zootiere, die man für den Transport ruhiggestellt hatte.

Die Zahl der Frachttransporte auf der Fähre schien sich jedes Jahr zu erhöhen. Als Kate vor zwanzig Jahren zum ersten Mal auf die Insel gefahren war – als Highschool-Babysitterin einer Familie, die ihren vierwöchigen Jahresurlaub hier verbrachte –, hatte es nur zwei Fähren am Tag gegeben und keine Lastwagen. Damals konnte man kaum etwas auf der Insel finden, was nicht dort angebaut wurde. Zuckermais gab es an den zahlreichen namenlosen Bauernständen, und alle kauften Pie bei einer Frau aus der Gartenlaube, die weder Karte noch Öffnungszeiten hatte. Täglich bildeten sich Schlangen für Meeresfrüchte am südwestlichen Kai, und fast jeden Nachmittag gab es frischen Fisch, Hummer und Muscheln.

Die Geschichte des Hafens prägte die Geschichte von Great Rock. Im neunzehnten Jahrhundert bildete der Walfang die Lebensgrundlage der Gemeinde, als die meisten Bewohner entweder auf der Jagd nach dem Öl der Pottwale waren oder sich um das Wohlergehen der Walfänger sorgten. Vieles erinnerte in dem Hafenstädtchen noch an diese

Zeit. Die Kapitänsvillen nahmen die erstklassigen Grundstücke an der Hafenfront ein, die alte Walfangkirche bildete noch immer das Dorfzentrum, und der schmale Glockenturm war ein beliebtes Motiv auf Postkarten und Gemälden.

In der zweiten Hälfte des zwanzigsten Jahrhunderts, nachdem große Fischereikonzerne kleinere Boote aus dem Wasser vertrieben hatten, verlor die Fischfanggeschichte der Insel an Bedeutung. Die Villen standen leer und verfielen, viele von ihnen wurden in Wohnanlagen unterteilt und untervermietet. Die Kriminalität stieg, und Geschäfte, die den Winter über geschlossen wurden, bekamen Besuch von Vandalen und Hausbesetzern. Selbst die Walfangkirche fiel Wind und Wetter, Graffiti und Vernachlässigung anheim, und spätestens seit den Achtzigerjahren nutzte man sie weniger für Gebete für die Fischer als für diverse Selbsthilfegruppen der ganzjährigen Bewohner, wie die Anonymen Alkoholiker, die Narcotics Anonymous und die Künstlervereinigung aus der Nebensaison, deren Mitglieder zum größten Teil aus den anderen beiden Gruppen stammten.

Es war Jahrzehnte her, dass die Fischer sich ein anständiges Auskommen verdienen konnten. Doch als Great Rock als Ausflugsort für Touristen an Beliebtheit zunahm, kehrte die Verehrung des Walfangs zurück, so wie man sich auch auf die Geschichte der Insel besann. Nostalgie wurde marktfähig, und lokale Unternehmen stürzten sich auf das Erbe des Walfangs wie Enkel auf das Hab und Gut einer wohlhabenden krankelnden Matriarchin. Die Namen der Läden und Restaurants wurden mit allen nur denkbaren Anspielungen versehen. Da waren das Uhrengeschäft *Whale of a Time*, der Haarschmuckladen *Thar She Bows* und die Kneipe *Blubbering Idiots*. Jedes Jahr wenn Kate hier Urlaub machte, schien es ihr, als hätte die Betreuung und Bewirtung von Touristen mehr und mehr höchste Priorität. Besucher waren nun das Hauptgeschäft der Insel, und die Insel arbeitete hart, um ihren Hunger zu stillen.

Der Hunger war jedoch unstillbar geworden, und die Veränderungen in der Stadt waren deutlich zu spüren. Wo einst ein Geschäft des Kunsthandwerksvereins für Gobelinstickerei ansässig war, standen nun 400-Dollar-Schuhe im kunstvoll arrangierten Schaufenster einer Boutique. Das Diner servierte Cola in schicken Designerbechern. Die Kapitänshäuser an der Hafenfront waren wieder zu Familienvillen umfunktioniert worden und als Ferienhäuser bei Geschäftsführern aus der Filmbranche beliebt. Die Walfangkirche war eine gefragte Location für Hochzeiten, seitdem sie restauriert und ihr glänzendes Geländer für die Hochzeitsseiten der *New York Times* fotografiert worden war. All das hielt die Denkmalschützer auf Trab, für immer in die Vergangenheit gewandt und ständig misstrauisch gegenüber Neuem.

Was nicht bedeutete, dass die Insel vollends verdorben war. Wenn man an der nördlichen Küste blieb, der verschlafenen Ackerbauseite, und nur für ein Eis oder ein Abendessen einen Ausflug in die Stadt unternahm, konnte man noch einen ganz altmodischen Inselurlaub verbringen, so wie Kate und Chris ihn liebten. Vor ihrer Hochzeit hatten sie ein Ferienhaus am Wasser entdeckt, das nicht in den Anzeigen für Ferienhäuser auftauchte, einfach und bescheiden mit einem schmalen Streifen Strand. Sie hatten ihren Fund für sich behalten. Jedes Jahr im September schickten sie den Hauseigentümern eine Dankeskarte mit Fotos der Kinder, wie sie im Garten spielten, einen Karton mit Kates selbstgebackenen Madeleines und einen Verrechnungsscheck für dieselben zwei Wochen im folgenden Sommer. In diesem Jahr machten die Besitzer eine harte Zeit durch und hatten den sieben Wochen zugestimmt, zu einem günstigeren Preis, wenn sie sich im Gegenzug um Haus und Grundstück kümmerten. Chris hatte mit seiner Firma verhandelt und würde von dort aus arbeiten.

Erst als sich die Fähre ein gutes Stück von der Küste entfernt hatte, wollten die Kinder in die Kantine gehen und Karten spielen. Kate rutschte auf eine Bank, während Chris sich mit ihnen für Orangensaft und Bagels anstellte. Große Fenster gaben den Blick auf den Atlantik zu drei Seiten frei. Die Farbe des Himmels passte zum Wasser, heute war er eher austernfarben als bleiern. Auf beinahe allen Überfahrten, an die Kate sich erinnerte, war der Himmel bedeckt gewesen, und mittlerweile verband sie grau mit Urlaub wie andere marineblau mit Segeln oder rosa mit kleinen Mädchen. Grau waren das schindelverkleidete Haus, das sie mieteten, und die dunklen Wellen, die man aus dem Fenster sah. Auch die Pullis, die die Kinder über ihren Badesachen trugen, und die Sandklaffmuscheln, die sie häufig in graubraune Brühe getunkt aßen. Grau bedeutete eine Auszeit vom Alltag.

Kate und Chris hatten sich vor zehn Jahren in New York kennengelernt, als sie achtundzwanzig und er zweiunddreißig war. Sie war Patissière in einem Boutique-Hotel auf der Upper East Side, und er gehörte zu einem kleinen Team von Hotelentwicklern, die Pläne für einen neuen Standort ausarbeiteten. Die Gespräche wurden beim Abendessen in der kleinen privaten Ecke im hinteren Teil der Küche geführt. Das war im Hotel der exklusivste Ort für besondere Veranstaltungen, ein Tisch für acht Personen unter einer Sammlung alter Kupfertöpfe. Der Tisch erblühte mit einem fast bis unter die Decke ragenden Gesteck von Marcel, dem renommierten Floristen des Couture-Brautladens gegenüber, und war mit dem kostbarsten Markenporzellan des Hotels gedeckt. Dass er sich nicht außerhalb der Reichweite von Fettspritzern befand, störte nicht, war nur ein kleines Detail, das einmal zu einem Rechtsstreit über einen ruinierten Hermes-Anzug geführt hatte. Der Tisch lockte manch bedeutenden Geschäftsmann an und war ganz einfach als *Der Küchentisch* bekannt, in einem prätentiösen Versuch, unprätentiös zu sein.

Das wahre Verkaufsargument jedoch war die Interaktion mit den Köchen. Nur ein paar Schritte entfernt erhob der Chefkoch gemeinsam mit den Leitern der verschiedenen Küchenbereiche, zu denen auch Kate gehörte, die Essenszubereitung zur Performance Art. Es war eine hohe Position für jemanden in ihrem Alter und bestätigte Kates Eltern und ihre Schwester darin, dass jeder einfach nur *sein Ding* finden musste.

In den frühen Neunzigern wurde die Küche gerade zur Bühne, Köche erlangten den Status kleiner Berühmtheiten, und die Angestellten des *Küchentischs* demonstrierten Techniken und beantworteten Fragen der Gäste, was aber nur selten vorkam. Chris war jedoch beeindruckt und zum Niederknien gutaussehend noch dazu. Kate stellte gerade einen Brandteig her, der ihr um ein Haar misslang, als sie bemerkte, dass er sie beobachtete. Sein kupferfarbenes Haar war ziemlich lang für Investorenkreise, und die Fältchen um seine Augen – sie war nicht sicher, ob Alters-, Sonnen- oder Lachfalten – passten eher zu jemand Älterem. Er würde später sagen, dass ihr Gesicht – blass im Kontrast zu ihren schwarzen Haaren, die zu einem Pagenkopf mit dramatisch geradem Pony geschnitten waren, eingerahmt zwischen der Edelstahlplatte des Herds und der

Dunstabzugshaube – ihn an das Pariser Kabarett der 40er Jahre denken ließ.

Er war ihr schon während des Essens aufgefallen, und zwar dadurch, was er nicht war: großspurig, laut oder fordernd, normalerweise Standard bei den Egomanen, die in die Küche kamen. Er bedankte sich nach jedem Gang bei den Angestellten. Er behandelte die Kellnerinnen nicht, als arbeiteten sie in einem Herrenklub. Er lachte nicht über die geschmacklosen Witze eines rotgesichtigen Kollegen. Und er war der Einzige, der sich nicht über die Küchenregeln hinwegsetzte und eine Zigarre anzündete – umso erstaunlicher, als Kate später erfuhr, dass er Raucher war und es kein leichtes Unterfangen war, ihn zum Aufhören zu bewegen, bevor sie heirateten.

Als er also Kate seine Visitenkarte gab und fragte, ob er sie wegen ein paar Kochtipps anrufen dürfe (er wollte am Wochenende Freunde zum Essen einladen, und was war eigentlich ein Brandteig?), hatte sie zugestimmt. Offensichtlich eine Ausrede und besonders durchsichtig, wenn man betrachtete, dass sich seine Kochkünste in all den Jahren, die sie ihn nun kannte, im Wesentlichen auf Zwiebelsuppe aus der Tüte mit Sour Cream beschränkten. Doch das war Kate egal gewesen. Sie hatte sich von seiner Direktheit angezogen gefühlt, die der ihren ähnlich war, und von der Vermutung, dass er wusste, was er wollte.

Chris zu heiraten war leichter, als Kate sich eine lebensverändernde Entscheidung jemals vorgestellt hatte. Sicher gab es die körperliche Anziehungskraft und Romantik, wie sie sie auch schon mit anderen erlebt hatte. Aber niemals zuvor hatte jemand ihr so aufmerksam zugehört, ohne etwas Bestimmtes von ihr zu erwarten, sei es nun ein Lachen oder aber Sex am Ende des Abends. Chris erwartete nur sie selbst, wie sie wirklich war. Sie wohnten drei Jahre in Manhattan, bevor James geboren wurde. Als Chris bei dem Hotelinvestor aufstieg, bereisten sie die Orte, an denen seine Firma Geschäfte mit kleinen unabhängigen Objekten vermittelt hatte: Belize, Siena, Phuket, Goa. Sie verließ das Hotel-Restaurant, stieg als Partnerin in einer Patisserie im West Village ein und moderierte eine kleine Kochsendung beim lokalen Kabelfernsehen. Ihr Aufhänger war Hilfe zur Selbsthilfe beim Kochen für Hausfrauen, die meinten, sie seien zu beschäftigt, um sich damit abzuplagen.

Der Slogan »Nennen Sie mir drei Lücken in Ihrem Tagesablauf, und ich verrate Ihnen ein tolles Abendessen« war zu ihrem Markenzeichen geworden. »Sie müssen es nur wirklich wollen, dann schaffen Sie es auch.«

Einige Zuschauer hatten ein Problem mit ihrer Botschaft gehabt. *Schenken Sie mir lieber drei Minuten Ruhe und dazu ein einfaches Essen aus drei Zutaten*, hatte jemand geschrieben. Und jemand anderes: *Setzen Sie ihr ein paar Kleinkinder vor die Füße, und dann schauen wir mal, ob sie es »schafft«. Nicht alles ist so einfach, wie es aussieht.*

Normalerweise warf sie die Briefe weg, nachdem sie sie gelesen hatte. Doch diese zweite Nachricht nahm sie mit nach Hause und legte sie in die oberste Schublade wie ein Schulzeugnis. Die Sendung bekam hohe Quoten und lief drei Jahre lang, was Kate in ihrem Glauben bestätigte, dass man vieles durch reine Willenskraft ermöglichen konnte.

Nächste Woche war ihr neunter Hochzeitstag. Sie konnte noch immer aufrichtig sagen, dass Chris ihr bester Freund war, und sie war sich sicher, dass er das Gleiche von ihr sagen würde. Auf Geschäftsreisen packte er immer sein Lieblingsfoto von ihr ein, sehr schmeichelhaft, ein Standbild aus der Kochsendung in einem Augenblick, in dem sie vor laufender Kamera ein Soufflé fallen ließ. Er fand, dass ihre Fähigkeit, über sich selbst zu lachen, so echt und unbefangen, es zum schönsten Foto machte, das er je gesehen hatte.

Seitdem sie Kinder hatten, hatte sich ihre Beziehung verändert. Ihre Wir-gegen-den-Rest-der-Welt-Verbindung fühlte sich nun eher wie eine Unternehmenspartnerschaft an, in der jeder seine eigene Abteilung leitete. Er half ihr mit den Kindern, wenn er da war, aber oft war das nicht der Fall. Wenn sie einen Zeitpunkt benennen sollte, an dem sie zum ersten Mal die Veränderung gespürt hatte, würde sie sagen: kurz nach James' Geburt, in den ersten Monaten, als ihre Liebe sich mit Verpflichtung vermischte und Nähe mit Isolation. Nach einigen Monaten hatte Kate sich entschieden, erst einmal nicht wieder zu arbeiten – der Mutterschaftsurlaub war so kurz, und die langen chaotischen Schichten, sehr früh oder sehr spät, schienen nicht damit vereinbar, eine Bindung zu einem Säugling aufzubauen. Die innige Verbundenheit war mit nichts zu vergleichen, was sie bisher erlebt hatte; sie hatte es nie für möglich gehalten, solch starke Gefühle für jemanden entwickeln zu können, der diese nur durch seine Anwesenheit, seine Bedürfnisse und irgendwann ein Lächeln erwidern konnte. Schon bald zogen sie in einen Vorort. Die Abgeschiedenheit war ebenfalls eine neue Erfahrung. Ganze Tage vergingen, an denen ihre Gespräche sich auf la-la-la und Diskussionen mit den Kabelnetzbetreibern beschränkten. Sie hatte keine andere Wahl gehabt, als über die Anlaufstelle für Zugezogene einer Spielgruppe beizutreten, nur um aus dem Haus zu kommen und Erwachsenengespräche zu führen.

Eines Abends kam Chris mit der Ankündigung nach Hause, er müsse für zwei Wochen nach Bhutan, mit entschuldigendem Blick und einem Ausdruck von schlechtem Gewissen im Gesicht, wohl wissend, dass dies von ihm erwartet wurde. Doch in diesem Blick hatte Kate noch etwas anderes gesehen: Vorfreude. Aufregung. Erleichterung. Sie glaubte ihm, wenn er sagte, er würde sie auf seinen Reisen vermissen, wusste aber auch, dass er es genoss, unterwegs zu sein, es auskostete, sich in einer neuen Umgebung so frei zu fühlen, wie sie beide früher, als sie zusammen gereist waren. Wichtiger aber war, dass sie auch hier eine Veränderung spürte: Er konnte nicht länger zugeben, wie viel Spaß es ihm machte. Das anzusprechen wäre kleinlich von ihr gewesen, wo er doch im Großen und Ganzen ein guter Ehemann und Vater war, und hätte sie noch dazu bedürftig erscheinen lassen, was sie noch schlimmer gefunden hätte. Wenn sie ihr kleines Reservoir an Beherrschung anzapfte, gelang es ihr, nichts zu sagen. Als sie kurze Zeit nach der Bhutan-Reise Wäsche wusch, fand sie in seiner Hosentasche etwas, das wie zerkrümelter Tabak aussah. Auch das erwähnte sie nicht.

Alles in allem hatten sie neun ziemlich beständige Jahre gehabt und standen gut da, selbst während sie erlebten, wie Freunde sich stritten und betrogen, aneinander herummeckerten und einander bloßstellten, sich scheiden ließen. Sie hatte nie an seiner Treue gezweifelt und hatte selbst keine Geheimnisse vor ihm, zumindest keine der Größenordnung von Elizabeths Fahrt nach Joshua Tree mit Michael. Auch wenn Kate bisweilen aufrührerische Gedanken hegte, so ging sie in der Praxis doch nur so weit, dass sie Hosentaschen durchsuchte, und selbst das nur, um sicherzugehen, dass Chris etwa kein Geld in seiner Hose vergessen hatte, bevor sie sie in die Waschmaschine steckte. Einmal hatte sie eine Visitenkarte gefunden, seine eigene, mit einer ausländischen Telefonnummer darauf und »Michelle« daruntergekritzelt. Sie hatte sie zusammen mit seinen Kragenstäbchen und ein paar Münzen auf seine Kommode gelegt, ohne einen weiteren Gedanken daran zu verschwenden.

Chris kam von der Kantinen-Schlange zurück, Piper und James neben sich, jeder mit Limonade und einem Eis in der Hand.

»Du kannst einfach das Wort *nein* nicht leiden, nicht wahr?«, fragte Kate ihn, als sie näher kamen. »Es ist gar nicht so schwer. Es fühlt sich manchmal sogar richtig gut an. Versuch's mal.«

Chris verzog sein noch von den Motellaken zerknittertes Gesicht zu einem Lächeln. Er hatte vor der Fähre keine Zeit mehr zum Duschen gehabt, aber das spielte keine Rolle. Er gehörte zu den Männern, die mit dem Alter immer besser aussahen, die, obwohl Kate ihm das niemals sagen würde, eine gewisse Ausstrahlung besaßen, die immer männlicher wurde, je mehr sie in ihrer eigenen Haut ankamen.

Ihr Blick fiel auf seine Schuhe, Espadrilles aus Leinen, die sie noch nicht kannte. War er in der Mittagspause rausgegangen, oder hatte er sie in einer freien Minute auf einer seiner Reisen gekauft? Vor ein paar Jahren wäre er mit ihr zusammen einkaufen gegangen oder hätte sie ihr gezeigt, wenn er nach Hause kam. *Was hältst du von denen, Süße?*, hätte er gefragt. *Zu ökomäßig?*

Kleinigkeiten, sagte sie sich. Es war normal, dass in einer vielbeschäftigten Familie irgendwann nicht mehr jedes belanglose Detail erwähnt wurde.

Fünf

Den Bungalow erreichte man über einen Feldweg, der aus kaum mehr als zwei Furchen bestand. Ein Dickicht aus Heidelbeeren, Lorbeerrosen und Wacholder wuchs am Wegesrand und kratzte an den Autos, die zu weit von der Spur abkamen. Nach ungefähr zweihundert Metern zweigte der Weg links in eine kleine Auffahrt ab. Das schindelverkleidete Haus sah täuschend unscheinbar und finster aus.

Kate drehte den Schlüssel im Schloss und stieß die Tür auf, die sich mit dem schmatzenden Geräusch einer Vakuumverpackung öffnete. Die Kinder stürmten an Kate vorbei ins Haus. Sie ließ zwei Kleidersäcke mit Bettwäsche auf den Boden fallen und sah sich in dem vertrauten rechteckigen Raum um, der Küche und Wohnbereich zugleich war. Sie zog die schweren Vorhänge zurück, die im Winter vor der Kälte schützen sollten, und der Raum weitete sich. Riesige Fenster an zwei Wänden gaben den Blick auf den weitläufigen Garten und den dahinterliegenden Ozean frei.

Das Haus war kompakt und raumsparend aufgeteilt, hatte sich aber nie beengt angefühlt. Innen verliehen ihm die weiß gekalkten Holzbalken und die schlichten cremefarbenen Wände den Eindruck von dezentem Luxus ohne einen einzigen teuren Einrichtungsgegenstand, außer einer antiken Standuhr, die aber ihre eigene Glaubwürdigkeit untergrub, indem sie nur nach Lust und Laune zur Stunde schlug.

Während Chris das Auto auslud, warf Kate einen Blick in die beiden Schlafzimmer, die von einem kleinen Flur hinter der Wohnküche abgingen. Sie waren beide gleich groß, doch das eine hatte ein eigenes kleines Badezimmer und Fenstertüren, die auf die umlaufende Veranda führten. Kate ging über den geflochtenen Teppich und öffnete eine Tür in der Ecke. Im Wandschrank war eine kurze Leiter hinter der Kleiderstange in die Wand eingebaut worden. Im Zimmer nebenan zankten sich die Kinder um die Betten. Kate berührte das glatte Holz der Leiter und ließ ihre Finger über eine abgenutzte Sprosse gleiten, während sie überlegte, hinüberzugehen und ihren Streit zu schlichten. Dann stieg sie hinauf und stieß die Luke in der Decke auf. Sie schlug hart auf den Boden der Dachkammer.

Diese seltsame Mischform aus Gewölbe und Speicher gehörte eigentlich nicht zum bewohnbaren Teil des Hauses. Die Eigentümer hatten den Dachboden unter dem niedrigen, in einer Spitze zusammenlaufenden Dach ausgebaut. An der höchsten Stelle gerade mal zwei Meter hoch, reichten die Dachschrägen dieser verwinkelten Erweiterung hinunter bis auf gut einen Meter an den Seiten, und an drei Wänden gaben Fenster den Blick zum Hafen frei. Kate kletterte durch die Öffnung und blickte aus dem engen Refugium auf das Wasser in der Ferne, ein gegensätzliches Bild von Weite inmitten räumlicher Begrenzung.

Unzählige Regalbretter waren entlang der Wände unter den Fenstern angebracht und mit einer großen Auswahl an Büchern bestückt. Es gab nur ein Möbelstück, eine Chaiselongue, die vor der einzigen fensterlosen Wand stand. Kate schaltete das Licht an, und zwei Wandlampen leuchteten rechts und links auf Schulterhöhe neben der Liege auf.

Hier wollte sie Elizabeths Tagebücher lesen, am Abend oder möglicherweise schon an diesem Nachmittag, wenn der Hausputz schnell vonstattenging.

21. Oktober 1979

Ich würde mich ja dafür entschuldigen, dass ich so lange nicht geschrieben habe, aber das stimmt nicht. Ich habe in den letzten drei Jahren geschrieben. Ich habe ein neues Tagebuch angefangen, als wir nach Connecticut gezogen sind. Aber ich habe den Fehler gemacht, zu viel über alles zu schreiben – die neue Schule und wie schwer es war, Freunde zu finden, wie sehr ich Anna vermisste, wie schlecht es Mom ging und wie es schlimmer wurde, nachdem Dad ausgezogen ist.

Und vor vier Monaten hat Mom es dann gefunden und weggeworfen. Sie hat meine persönlichsten Aufzeichnungen gelesen. Und dann vernichtet. Sie hat gesagt, dass ich gefälligst keine Details über ihr Privatleben zu schreiben hätte und dass ich natürlich wieder schreiben könnte, wenn ich etwas Positiveres und Lebensbejahendes mitzuteilen hätte. Mit so etwas muss ich mich jetzt die ganze Zeit herumschlagen, seitdem sie in der Spinner-Abteilung im Buchladen einkauft.

Also versuche ich es noch mal. Ich kann nicht versprechen, regelmäßig zu schreiben, aber schauen wir mal, wie es läuft.

29. November 1979

Thanksgiving war ~~ätzend~~ nicht so »positiv«, wie es hätte sein können. Mir hatte es schon davor gegraut, aber dann hat Claires Familie uns eingeladen, und Überraschung! Mom hat ja gesagt! Ich habe sofort angefangen, mir Sorgen zu machen. Was, wenn Mom zu viel »Cola« trank? Was, wenn sie etwas »nicht so Lebensbejahendes« sagte? Alles war möglich. Aber ich hätte mir gar keine Sorgen machen brauchen, weil es nie stattgefunden hat. Als ich an Thanksgiving aufge-

wacht bin, lag Mom schlafend auf dem Sofa, mit Beweismaterial auf dem Couchtisch, dass sie sich heimlich einen genehmigt hatte.
Ich bin lange laufen gegangen, und als ich nach Hause kam, war sie wach, aber ihr war hundeelend, und wir konnten auf keinen Fall zu Claire gehen. Ich wollte allein hingehen, aber da ist sie sauer geworden und hat geheult und gesagt: »Wir sind immer noch eine Familie, verdammt, auch wenn es keine besonders große Familie ist, und wir sollten zusammen feiern.« Ich musste Claire anrufen und sagen, dass wir uns beide einen Magen-Darm-Infekt eingefangen hatten, und uns entschuldigen. Dann fing Mom an, mit Töpfen zu klappern bei dem Versuch, ein tiefgefrorenes Hühnchen in einen Truthahn zu verwandeln, aber davon wurde ihr wieder schlecht, und ihr Magen-Darm-Infekt verteilte sich auf ihrem abgetragenen Flanellpyjama. Das hat man davon, wenn man sich heimlich einen genehmigt.

6. Dezember 1979

Komme gerade von einem Wochenende bei Dad nach Hause. Es ist schwer, ein Gesprächsthema mit ihm zu finden, aber wir haben uns dieses Mal besser verstanden. Je normaler und gutgelaunter ich mich verhalte, umso entspannter scheint er zu sein. Ich glaube, er fühlt sich total schuldig, wegen dem kaputten Zuhause und so. Oder vielleicht geht das allen so und man muss immer nur lächeln, lächeln, lächeln.

15. Dezember 1979

Heute hat mich Michael im Chemieunterricht angeguckt.

Der Name ließ Kate zusammenzucken.

Er hat sich umgedreht und gelächelt. Zuerst dachte ich, dass er nicht mich angeguckt hatte, aber dann hat er es noch mal getan, also habe ich zurückgelächelt. Als die Stunde fast zu Ende war, hat er sich ganz umgedreht, sich herübergelehnt und geflüstert: »Würdest du das weitergeben?«, und mir einen Zettel in die Hand gedrückt. Und als ich mich umsah, um zu gucken, was er meinte, lächelte Alexis Matthews mich an und streckte die Hand aus.
Ich hatte echt keine Lust, zum Mittagessen in die Kantine zu gehen, so sehr hab ich mich geschämt, also bin ich in die Kunsträume gegangen, um an dem Bild weiterzuarbeiten, das ich Mom zu Weihnachten male. Ich male ein Foto von Anna ab, auf dem sie sechs ist und mit einem Eis auf einer Bank sitzt mit diesem total zufriedenen, schläfrigen Lächeln. Das ist mein Lieblingsfoto von ihr. Ich hoffe, es gefällt Mom. Dieses ganze »Tun wir so, als ob es nie passiert wäre« hat bei uns nicht so gut funktioniert. Vielleicht macht es Mom glücklicher, wenn wir Anna bei uns haben, wie wir sie kannten.

12. Januar 1980
Ich bin mit Dad in Sarasota, auf einer seiner Betriebsprüfungen außerhalb. Wir sind schon seit fast zwei Wochen hier, und es macht total Spaß, windsurfen und segeln zu lernen. Aber ich bin mir sicher, dass er mich angelogen hat. Das kann auf keinen Fall ein verspätetes Weihnachtsgeschenk sein. Ich habe von meinen Lehrern die Erlaubnis bekommen und meine Schulbücher mitgenommen, aber ihm scheint es egal zu sein, ob ich meine Hausaufgaben mache oder nicht.

Ich glaube, dass Mom irgendwohin gefahren ist. Als sie gestern angerufen hat, war es ganz windig, als ob sie draußen wäre. Im Hintergrund waren Stimmen, und sie klang verwirrt und müde. Ich habe dreimal versucht, zu Hause anzurufen, aber niemand ist rangegangen.

Bevor wir losgefahren sind, habe ich sie von der Treppe aus gesehen, als sie dachten, ich würde gerade meine Sachen aus meinem Zimmer holen. Mom hat geweint. Dad hat sie nicht in den Arm genommen, aber ihr mit der Hand über die Schulter gerieben. Ich habe gehört, wie er gesagt hat: »Das wird dir bestimmt guttun. Für mich persönlich wäre so was nicht das Richtige, aber es kann nicht schaden.« Als ich ihn später danach gefragt habe, hat er so getan, als wüsste er nichts davon.

Weihnachten war in Ordnung. Ich glaube, ihr hat das Bild von Anna gefallen, aber ich weiß nicht, ob es wirklich eine so gute Idee war. Ich hatte es mir ganz schnulzig vorgestellt: Sie macht es auf, ihr bleibt die Luft weg, sie lächelt. Dann umarmt sie mich und sagt: »Wie wunderschön, Lizzie, danke. So können wir uns ganz wunderbar an sie erinnern.« Und dann reden wir darüber, wie sehr sie uns fehlt, und schwelgen vielleicht in ein paar lustigen Erinnerungen.

Es lief aber ganz anders: Als Mom das Bild auspackte, holte sie tief Luft und riss die Augen auf, als ob sie eine von diesen Naturkatastrophensendungen im Fernsehen sehen würde. Sie saß so lange so da, dass ich mich schon gefragt habe, was passieren würde, wenn sie weiteratmete. Nach bestimmt mindestens einer Minute hat sie gelächelt und langsam gesagt: »Danke schön, was für eine gute Malerin du bist. Ich muss mir noch überlegen, wo ich es wohl aufhänge.«

Dann ist sie nach oben gegangen. Als Dad mich abholte, um bei ihm Weihnachten zu feiern, habe ich versucht, sie aufzuwecken, um mich zu verabschieden. Aber neben ihrem Bett stand eine leere Flasche »Cola«, und ich glaube, sie hat nicht mal gemerkt, dass ich gegangen bin.

15. Juni 1980

Herzlichen Glückwunsch zu meinem Geburtstag! Ich habe ein gutes Gefühl für mein 17. Lebensjahr. Mom und Dad haben mir etwas zusammen geschenkt: eine Fahrradtour diesen Sommer, die von der Künstlervereinigung, wegen der ich ihnen so auf die Nerven gegangen bin. Den ganzen Juli über radele ich durch Colorado, mache Malkurse und schlafe in Jugendherbergen. Und wenn ich zurückkomme, sehe ich mir Colleges an, manche mit Mom, manche mit Dad.

Mom geht es viel besser. Seitdem ich in Florida war, benimmt sie sich fast wie eine ganz normale Mutter. Sie hat einen Job bei einer Werbeagentur bekommen und war seit Weihnachten nicht mehr krank. Ich habe sie auch einfach gefragt, wo sie hingefahren ist, als ich in Florida war. Sie behauptet natürlich, sie sei zu Hause gewesen, aber sie wurde ganz nervös und überfreundlich. Vielleicht hab ich mir das auch nur eingebildet. Jedenfalls wird das wohl auch eins der Themen sein, über die wir nicht sprechen.

Sie hat irgendwann auch das Bild von Anna aufgehängt. Wenn ich davorstehe, erinnere ich mich daran, dass es auch mal eine Zeit gab, in der ich nicht allein war, und das ist ein gutes Gefühl.

26. August 1980

Komme gerade zurück von der NYU. Als ich auf den Campus kam, wusste ich sofort, dass ich dorthin gehöre, auch wenn mir klar ist, dass weder Mom noch Dad das wollen. Ich sehe mich schon in Greenwich Village sitzen und die Leute und Häuser malen. Ich finde es toll, wie außer Kontrolle und rau und unordentlich alles ist, so ein Ort, an dem das wirkliche Leben tobt.

Die Pizzeria lag am Stadtrand und war einfach und günstig. Die Hitze aus der Küche drückte die Luft in Dunstschwaden herein. Die Industrieventilatoren zeigten wenig Wirkung, bliesen nicht einmal die Staubränder auf ihrem Gehäuse fort. Kate schob sich verschwitzte Haarsträhnen aus der Stirn und sah Chris über den Resopaltisch hinweg an.

»Ich kann es nicht fassen, dass wir das Haus für sieben ganze Wochen haben.«

»Du meinst, du kannst es nicht fassen, dass ich sieben Wochen lang nicht ins Büro gehe.« Er trank den letzten Schluck Wasser aus seinem Becher und ließ die Eiswürfel darin klimpern.

»Was glaubst du, wie oft du wegmusst?«

»Ich weiß es nicht. Wahrscheinlich muss ich nicht öfter als einmal die Woche fliegen.«

Kate hielt den Blick auf die Tischplatte gesenkt. Sie fummelte an dem gläsernen Käsestreuer herum und schlug die Kante gegen die graue Beschichtung.

Er lächelte schief. *Was war das denn?* Normalerweise beschwerte sie sich nicht über seine Reisen.

»Ich habe nicht die ganze Zeit Urlaub. Das wusstest du doch.«

»Ja, ich weiß. Ist schon okay.« Winzige Flugzeuge, die

von einer Seite auf die andere taumelten. Sie verzog keine Miene.

»Nicht jedes Mal über Nacht. Die meiste Arbeit wird von Boston aus sein diesen Sommer, aber manchmal werde ich mir auch ein Zimmer nehmen müssen.«

Als sie jünger waren, hatten sie diese Art von Kommentar über Leute gemacht, die in der Öffentlichkeit heftig rumknutschten. *Nehmt euch doch ein Zimmer!* Sie grinste ironisch.

»Kate.« Er hatte sie missverstanden. »Wenn ich länger wegbleiben muss, kann ja vielleicht deine Schwester herkommen.«

Rachel lebte noch in der Nähe ihrer Eltern in Palo Alto, hatte geheiratet und sich dort niedergelassen und war mittlerweile über die Universität von Stanford hinaus bekannt für ihre Forschungen zur Wirtschaftlichkeit des Mindestlohns. Sie drängte Kate immer wieder dazu, irgendwohin zu fliegen und sie zu treffen, »nur wir beide«, ohne dabei zu bedenken, dass das mit Kindern nicht leicht zu organisieren war. Rachels Bereitschaft, in ihrem hektischen Terminplan mit Lehre und Konferenzen Platz für ihre kleine Schwester zu schaffen, ihre einzige Schwester auf der ganzen Welt, schien jegliche Schwierigkeit zu übertrumpfen, die Kate damit haben mochte, kleine Kinder und einen reisenden Ehemann zurückzulassen.

Ihre Ausflüge, wenn sie es denn einmal fertigbrachten, planten sie mit den besten Absichten. Es schwang immer die Hoffnung mit, schwesterliche Nähe aufbauen zu können und den Altersunterschied zu überbrücken, diese vier Jahre, die Rachel in jeder Hinsicht so weit voraus erscheinen ließen. Schwieriger zu überbrücken aber waren die Verletzungen, die Kate als Kind von Rachel erfahren hatte, das gönnerhafte Lob über Kates Noten, das nur allzu deutlich machte, dass für Kate andere Maßstäbe galten. Und in seltenen grausamen Momenten Sätze wie: *Man weiß eben NIE, was man bei einer Adoption bekommt*, gemurmelt mit verwunderter Unschuldsmiene. Zu behaupten, dass ein jüngeres Geschwisterkind heimlich adoptiert worden war, gehörte natürlich zu den Gemeinheiten, mit denen Kinder sich gegenseitig quälten. Und als Kate den Beweis dafür gebraucht hatte, dass es nicht stimmte, hatte sie gewusst, wo sie die Fotos von ihrer Mutter während der Schwangerschaft finden konnte. Und trotzdem. In einer Familie, die in schnell aufflackernden Diskussionen aufblühte und intellektuelle Schlagfertigkeit schätzte, war Kate eine Außenseiterin gewesen, und Rachels Worte hatten weh getan.

Geistige Brillanz ging nicht immer mit gesellschaftlicher Gewandtheit einher, und Rachel war nicht der pflegeleichteste Partygast, weder gut in belangloser Konversation noch leicht zu amüsieren. Manchmal fragte sich Kate, ob die Entscheidung ihrer Schwester gegen Kinder das Ergebnis ihrer intellektuellen Leistungen war oder andersherum. Kate fand, dass Kinder großzuziehen bedeutete, Absurdes und Alltägliches würdigen zu wissen – die schlechten Wortspiele wie auch den Töpfchen-Humor – oder es zumindest zu tolerieren.

Und dennoch ließ sich eine enge Verbindung zwischen ihnen nicht leugnen. Ob es nun ihr Talent, andere nachzuahmen, oder der trockene Humor waren oder die Erinnerungen, die sie aus unbeschwerteren Kindertagen wachrief, Kates Gegenwart brachte eine seltene Mädchenhaftigkeit in Rachel zum Vorschein. Rachel besaß ein bezauberndes Lachen, das erstaunlich ungestüm sein konnte und geradezu unbekümmert glücklich klang. Wenn ihr Vater es hörte, sah er stets von seiner Arbeit in seinem mit Büchern vollgestellten Büro auf, nahm seine Brille ab und betrachtete die beiden lächelnd. In diesen Augenblicken war seine Freude offensichtlich, all seine Hoffnungen und Wünsche waren erfüllt, sollte sein gefährdetes Herz am nächsten Tag aufgeben. Aber für Kate war es auch ein anstrengender Tanz mit ihr in der Rolle der Witzigen als Ausgleich für die Schlaue.

»Darf ich malen, solange wir auf die Pizza warten?«, fragte James, und Kate gab ihm einen ihrer Notizblöcke aus ihrer Tasche.

»Ich auch. Lass uns Galgenraten spielen, Mom«, sagte Piper mit der Begeisterung von jemandem, der nicht wusste, was er nicht wusste, und den es auch nicht kümmerte. Sie hielt den Stift zwischen ihren vom Malen auf der Fähre dunkel verfärbten Fingern und malte sieben horizontale Striche unter einen vereinfachten Galgen. Das gesuchte Wort kannte wahrscheinlich nur Piper allein.

Selbstbewusst, so nannte es die Lehrerin aus der Vorschule. Begierig darauf, Neues zu lernen. Aber sehr empfindlich auf Kritik reagierend. Wenn sie feststellte, dass sie etwas nicht ganz richtig gemacht hatte – über die Linien gemalt, zu viele P in ihren Namen geschrieben –, legte sie den Stift hin und ging weg. Kate korrigierte die Bestrebungen ihrer Tochter fast nie; Perfektion lag ihr nicht. Nur woher kam dann Pipers Empfindlichkeit? Hatten ein Lehrer oder eine Lehrerin sie zu nachdrücklich gescholten? Ein Babysitter? Man wusste nie, was jemand anders zu den Kindern sagte und was er damit auslöste.

Der Kellner brachte die mit Gemüse und Salami beladene Pizza. Die Kinder nahmen jeweils ein Stück und pickten die Beläge herunter, die sie nicht mochten.

»Meldest du dich bei Max, solange wir hier sind?«

Chris klappte ein Stück zusammen und ließ Fett auf den Papierteller tropfen.

»Ja. Er kann dieses Jahr noch mehr Hilfe als sonst gebrauchen.«

Chris biss ab, und die Hälfte des Pizzastücks verschwand.

»Ich dachte, er wollte verkaufen.«

»Er hat ein Angebot bekommen, sich aber noch nicht entschieden. Aber er muss wirklich etwas tun.«

»Wäre auf jeden Fall schade, wenn er verkauft.«

Die Glocke an der Tür läutete, als noch eine Familie die Pizzeria betrat, ein Paar mit vier kleinen Kindern. Chris sah zu, wie sie an einem Tisch auf der anderen Seite des Restaurants Platz nahmen und jedes der Kinder sich still hinsetzte und die Karte studierte.

»Hast du den Typen wegen dieser Sache zurückgerufen?«

Kate wusste nicht, was er meinte, und sah ihn fragend an. Sie beobachtete, wie Piper zum zweiten Mal den Käsestreuer nahm, obwohl ihre Pizza bereits mit einer weißen Schicht bedeckt war. Kate tippte mit dem Finger auf den Teller ihrer Tochter, bedeutete ihr zu essen und stellte den Käsestreuer zurück neben die anderen Gewürze.

»Der Typ mit der Stelle. Dein Bekannter aus dem Restaurant in Dupont Circle, das neu eröffnet wird.«

Chris nahm ein paar Brokkoliröschen, die neben seiner Salami lagen, und platzierte sie zusammen mit den Stückchen grüner Paprika am Tellerrand wie die Kerne einer Wassermelone.

Kates Freund Anthony aus der Kochschule hatte angerufen, kurz bevor sie losgefahren waren. Er hatte eine Stelle als Koch in einem neuen Restaurant in Washington angenommen und wollte Kate als Patissière vorschlagen. Es war eine großartige Chance. Sie wollten hauptsächlich lokal und ökologisch angebaute Speisen zubereiten, und die Ausstattung sollte ein Team vornehmen, das fast in jedem Ort an der Ostküste Preise für sein Design erhalten hatte.

Sie schüttelte den Kopf.

»Ich bin noch nicht dazu gekommen.«

»Zu viel«, sagte er zustimmend.

»Nein, das nicht. Aber …«

»Au, das ist scharf!«, heulte Piper auf und hielt sich die Hand vor den Mund.

»Was? Ach Süße, du hast das Chilipulver draufgestreut«, sagte Kate und hielt dem Mädchen eine Serviette unter das Kinn. »Du solltest doch nur *Käse* draufstreuen.«

Chris legte Piper ein neues Stück auf den Teller und stellte den Käsestreuer daneben.

»Aber was?«, fragte er Kate. James spielte mit dem Chilipulver und schob den Streuer in Pipers Richtung. Kate nahm ihn ihm weg und stellte ihn auf den Nebentisch.

»Aber … Ich kann es mir einfach nicht richtig vorstellen«, sagte sie. »Wie es mit den Kindern gehen sollte.«

Restaurantschichten waren grausam. Sie müssten eine Tagesmutter anstellen, die flexibel in ihrer Stundeneinteilung war und auch lange Schichten arbeiten konnte, wenn Chris auf Reisen war. Sie hatten es schon einmal versucht. Als Piper ein Baby war, hatte Kate in einem neu eröffneten Bistro in der Stadt gearbeitet. Die Abende waren lang, und wenn sie nach Hause kam, stand sie immer noch unter Strom, in Gedanken bei Menüzusammenstellungen und enttäuschenden Lieferanten, so dass sie allzu häufig einen Kräutertee mit einer Tablette NyQuil brauchte, um abzuschalten. Einmal kam sie morgens in die Küche und sah, dass sie am Abend eine der Platten vom Gasherd angelassen hatte, eine Flamme, die über Stunden hinweg gefährlich niedrig vor sich hin züngelte. Zwei Wochen lang spukten ihr Szenarien im Kopf herum, was alles hätte passieren können – ein Funke, ein Auflodern, Chris fort und sie von Tabletten benebelt –, und schließlich kündigte sie im Restaurant. Es waren nicht die langen Schichten so bald nach der Geburt, die sie so mitnahmen, auch wenn sie das allen erzählte, sogar Chris. Es war die Erkenntnis, dass sie so sehr in ihrer Arbeit aufgehen konnte, dass sie das Wohlergehen ihrer Familie vernachlässigte, und diese Vorstellung hielt sie nicht aus.

»Ich weiß auch nicht, wie es klappen sollte. Es ist so umständlich«, stimmte Chris ihr zu. »Ich meine, was würden wir denn machen? Jemanden Vollzeit einstellen? Oder ein Au-pair-Mädchen?«

Er sah zu der anderen Familie hinüber. Die vier Kinder saßen still da und malten, ein Abbild von Disziplin und gutem Betragen – ohne Zweifel das Zeugnis eines Haushalts mit einem nichtberufstätigen Elternteil oder mit Eltern, deren Arbeitszeiten sich ergänzten.

Sie wollte gerade *Au-pairs sind günstiger* sagen, hielt sich aber zurück. Es könnte so wirken, als wolle sie auf ihre Finanzen anspielen und andeuten, dass ein zweites Einkommen nützlich sein könnte. Solche Andeutungen waren in der Vergangenheit nicht gut angekommen.

»Pâtisserie ist meistens frühmorgens«, sagte sie, als würde das alles vereinfachen.

»Nicht bei einer Neueröffnung. Da wird man in beides mit reingezogen. Wie würden wir denn solche Arbeitszeiten abdecken?«

»Keine Ahnung, Chris. Wir könnten jonglieren, kreativ werden. Das macht man doch, wenn man seine Arbeit liebt, oder? Einen Weg finden, damit es funktioniert?«

Sie sahen einander über den Tisch hinweg an, Gegner kurz vor einer Auseinandersetzung. Die Kinder bemerkten die Veränderung im Tonfall und blickten auf.

»Worüber redet ihr?«, fragte James.

»Nur darüber, was wir morgen machen wollen«, antwortete Kate.

»Ich will an den Strand. Und danach Minigolf spielen«, sagte James. »Das eine morgens, das andere nachmittags. Und dann schwimmen.«

»Du kannst aber nicht alles machen. Manchmal« – Chris wischte sich den Mund ab und warf Kate einen Blick zu – »muss man sich entscheiden.«

Nachts auf der Insel zu fahren war gespenstisch. Auf der Harvest Road gab es keine Straßenlaternen, und zwischen den dichten Bäumen standen nur wenige Häuser. Buscheichen und Pitchpines bildeten dunkle Mauern entlang der Straße, die hier und da den Blick auf Lama-Weiden freigaben wie in tiefe leere Zimmer.

Als sie auf ihren Feldweg abbogen, jagten Kaninchen im Scheinwerferlicht davon. Angeblich waren Kaninchen die Übeltäter bei einem Tularämie-Ausbruch vor einigen Jahren gewesen, eine Behauptung, die Kate noch immer erstaunte. Zwei Landschaftsgärtner waren an der Bakterieninfektion gestorben, was die Insel in Aufruhr versetzte. Obwohl Tularämie, die Hasenpest, nur selten tödlich verlief, hatten die Zeitungen an der Ostküste Karikaturen zähnefletschender Nagetiere gebracht (»Meister Lampe hat Fieber«) und Urlauber ihre Ferienhäuser abgesagt. Als Kate und Chris sich entschlossen hatten, trotzdem zu kommen – der Rummel schien albern, die Wahrscheinlichkeit einer Infektion gering –, hatten sie darüber nachgedacht, zu prassen und ein besseres Ferienhaus zu suchen, da die Mieten so niedrig waren. Letztendlich waren sie aber doch zu ihrem Bungalow zurückgekehrt. Sie brauchten wirklich nichts Größeres, die Lage war ideal, und Nostalgie überwog die Vorteile eines komfortableren Hauses.

Kaninchen, so gutmütig wie Fabelfiguren. Ihre getrockneten Köttel verursachten die Ansteckung, wenn sie vom

Wind herumgewirbelt wurden und Menschen die Partikel einatmeten, so harmlos wie Staub. Sie sah den Kaninchen nach und rieb sich am Hals, wo sie ein heißes Kribbeln spürte.

Wenn in diesem Jahr Tularämie ausgebrochen wäre, käme ihr der Rummel nicht annähernd so albern vor, noch hielte sie die Wahrscheinlichkeit einer Ansteckung für gering. Wahrscheinlichkeiten hatten nichts zu bedeuten.

Sechs

Kate las mittlerweile kaum noch die Zeitung. Chris hatte sie auf dem Terrassentisch liegengelassen, und die Schlagzeilen waren halb verdeckt vom Frühstücksgeschirr. Schreckensnachrichten stachen zwischen den leeren Müslischalen und marmeladenverschmierten Tellern hervor: TERRORISTEN FÜRCHTEN, DASS ZIVILHAUSHALTE UMGEHEND CIPROFLOXACIN-VORRÄTE ANSCHAFFEN. Und weiter unten: ERKRANKUNGEN MIT UMWELTGIFTEN IN VERBINDUNG GEBRACHT. Sie sah von der Zeitung auf und in den Garten. Mit der Sonne im Gesicht spielten die Kinder Krocket und hüpften über die Törchen. ATTENTATE IN VORORTEN.

Sie konnte nicht anders, als einen Teller zur Seite zu schieben, um den ganzen Artikel zu lesen.

Von offizieller Stelle heißt es, dass Selbstmordattentate in Vororten nicht verhindert werden können. ... Regierungsmitglieder in Washington räumten ein, dass es unmöglich sei, einen Selbstmordattentäter an einem überfüllten öffentlichen Ort wie einem Einkaufszentrum oder einer Fußgängerzone ausfindig zu machen und eine Bombenexplosion abzuwenden. »Wenn jemand fest entschlossen ist, auf einem öffentlichen Platz Verwüstung anzurichten, ist es so gut wie unmöglich, diese Person aufzuhalten«, so ein Regierungsmitglied, das anonym zu bleiben wünscht. Ein weiteres Mitglied des Nachrichtendienstes warnte vor Terrorzellen, die durch Attentate in Kleinstädten die Zuversicht der USA weiter erschüttern wollen.

Kate schob den Teller wieder auf die Zeitung und lehnte sich zurück, nahm ihre Kaffeetasse und sah den Kindern zu.

Jeden Tag gab es etwas Neues, irgendeine Gefahr, von der man am Tag davor noch nicht den Schimmer einer Ahnung hatte. Zu Anfang schien alles möglich, jeden Moment konnte es eine Sondersendung wegen eines neuen Vorfalls geben, sei es über einen Wasserspeicher in Kalifornien, der mit Anthrax verseucht wurde, über Rinderwahnsinn, der bei US-amerikanischem Vieh festgestellt oder über den Ebolavirus, der am JFK-Flughafen übertragen wurde. Die Nachrichten überraschten sie nicht länger, auch wenn sie Kate nicht gleichgültig ließen. Sie fand es eher erstaunlich, dass sich schon wieder ein neuer Weg auftat, der ihr das Gefühl gab, sie befände sich in einer Escher-Zeichnung, in der die Grundpfeiler der Welt verrückt worden waren.

Sie hatte stets ganz normale Sicherheitsvorkehrungen getroffen. Ein Feuerlöscher in der Küche, eine Alarmanlage am Haus. Aber die Gefahren hatten sich im letzten Jahr verändert. Vor ein paar Monaten hatte es die Panik gegeben, dass sich jemand an der Wasserversorgung von Washington zu schaffen gemacht hatte, und kurze Zeit später hatte eine Bombendrohung die Evakuierung der U-Bahn erfordert, als Kate gerade auf die Bahn wartete. Eine halbe Stunde lang hatte sie sich langsam durch die Tunnel nach oben zum Ausgang geschoben, umgeben von verängstigten Pendlern, die nach jeder noch so winzigen Information gierten.

Die wenigen Vorsichtsmaßnahmen, die sie treffen konnte, hatte sie ergriffen. Falls die Situation in Washington unerträglich würde, könnten sie sich in ein Wochenendhaus von Freunden auf dem Land in Maryland zurückziehen. Im Auto hatte sie Vorräte an Wasserflaschen und Konserven angelegt. Sie und Chris hatten sich gemeinsam für das Häuschen entschieden – die meisten ihrer Bekannten in Washington besaßen so einen Zufluchtsort –, aber den schweren Vorratskarton hatte sie persönlich in den Kofferraum gestellt. Als Chris ihn entdeckte, hatte er die Augen verdreht. *Das kann doch wohl nicht dein Ernst sein. Wir sind hier in Washington, Kate, nicht in Tschernobyl.* Sie hatte in sein Lachen eingestimmt und den Karton wieder herausgenommen. Bisher hatte Chris die Vorräte in der Reserveradmulde noch nicht entdeckt.

Kate schob die Zeitung zur Seite und trank den letzten Schluck Kaffee, der letzte, den sie im Haus hatten. Sie nahm ihren Stift und schrieb eine Einkaufsliste, angefangen bei Frühstückszutaten bis hin zu den Lebensmitteln, die sie für ihre Lieblingsgerichte benötigten. *Reisessig, Ingwer, Hühnchenbrust.* Im Garten spielten die Kinder nun nicht mehr Krocket, sondern Dreckdusche, wobei sie sich Gras und Erde über den Kopf gossen. *Waschmittel,* fügte sie hinzu. *Shampoo.*

Heute Abend würde sie allerdings nicht kochen, zumindest nichts Besonderes. Nur etwas Einfaches für die Kinder. Sie hatten eine Babysitterin aus einer Liste von Collegestudenten auf der Insel ausgewählt und würden ihren Hochzeitstag in ihrem Lieblingsrestaurant feiern. *Phlox* hatte vor fünf Jahren eröffnet, zunächst als ein buntes Café im Wald, das eine Kult-Anhängerschaft für frische Meeresfrüchte und ökologisch angebautes Obst und Gemüse aus dem eigenen Garten anzog. Schon bald hatten die Zeitungen und Magazine davon Wind bekommen, und das Café hatte sich um eine Lounge erweitert, die Urlauber auf der Suche nach dem neuesten Trend anzog. Die Plätze waren begehrt, obwohl die meisten Gäste die Qualität kaum zu würdigen wussten; sie würden auch Wolfsbarsch aus algenverdreckten Becken essen, wenn es nur in schicker Schrift auf der Karte stand.

Kate sollte sich eigentlich auf den Abend freuen, auf gutes Essen, das von jemand anderem zubereitet und weggeräumt wurde. Sie wollte sich die Haare zurechtmachen und das rosa Sommerkleid anziehen, das nach ihrem Geschmack zwar zu weiblich war, Chris aber gern an ihr mochte. Sie würden ein Glas Wein trinken, die Leute an der Bar beobachten und sich ungestört über Gott und die Welt unterhalten, wie in alten Zeiten. Kates schräger Sinn für Humor wäre wieder da, und Chris würde sie mit dem entspannten Lächeln ansehen, das nichts mit seiner Arbeit zu tun hatte, und wenn sie zum Bungalow zurückkamen, würden sie schnell die Babysitterin bezahlen und vorm Zubettgehen keine Zahnseide benutzen.

Doch die Skepsis schlich sich wieder ein, dieses Gefühl, dass keine Sache hielt, was sie versprach, also wozu das Ganze? Es war dieselbe Zerrissenheit und Enttäuschung, die sie vor ein paar Wochen empfunden hatte, als sie mit Freundinnen essen gegangen war. Sie mochte die Frauen wirklich, es waren Mütter aus Pipers Vorschule, aber sie hatte sich den ganzen Abend lang fehl am Platz gefühlt. Sie konnte sich nicht auf das Gespräch einstellen, und ihre Antworten schienen immer knapp danebenzuliegen. Renovierungen im Eigenheim waren nie ihre Stärke gewesen. Aber selbst als sie über die Aktivitäten ihrer Kinder gesprochen hatten, hatte sie vergeblich nach etwas gesucht, das sie hätte beitragen können. Nichts davon war von Bedeutung. Sie wurde einfach das Gefühl nicht los, sich auf nichts verlassen zu können.

Seit Elizabeths Tod ging ihr das so, aber anstatt dass dieses Gefühl mit der Zeit verblasste, verstärkte es sich. Manchmal war es wie ein Nebel, als hätte sie nichts im Kopf, das sich mitzuteilen lohnte; manchmal war es eine steigende Panik davor, dass jeden Moment etwas gänzlich schiefgehen könnte. Sie hatte sich immer Gedanken um die Sicherheit ihrer Familie gemacht, doch jetzt war es anders. Überall und nirgends lauerten Gefahren, unmittelbar und doch schwer greifbar, und niemand war darauf vorbereitet. Als ob nur Kate allein die Fährte aufnahm, so unmerklich wie der metallische Geruch, der in der Luft hing, kurz bevor es zu regnen anfing.

Mit Chris hatte sie nicht darüber geredet. Sie wusste nicht wie. Seine Antwort konnte sie sich allerdings schon vorstellen. Nachdem er aufgehört hätte zu grinsen – denn mit Sicherheit würde er erst einmal glauben, dass sie nur Spaß machte –, würde sein verständnisvoller Blick sich in Mitleid verwandeln. Er würde ihr vorschlagen, öfter rauszugehen, ins Fitnessstudio, um wieder zu schwimmen, oder vielleicht einem dieser Netzwerke für Köchinnen beizutreten. Möglicherweise würde er es auch als Bestätigung dafür sehen, dass sie doch diese neue Stelle antreten sollte, weil es sie verrückt machte, nicht zu arbeiten. Oder noch schlimmer, er würde bei sich denken, dass sie zu verrückt war, um zu arbeiten, und dass sie sich »jemanden zum Reden« suchen sollte, weil es doch eine große Sache war, eine Freundin zu verlieren, und, nun ja, vielleicht hatte das Danach sie auch ganz besonders hart getroffen. Falls er so etwas tatsächlich vorschlug, wäre das gewaltig: er, der Typ Mann, der sich immer aus eigener Kraft wieder aufrappelte und in dessen Wortschatz der Begriff *Therapie* nicht existierte. Gerade davor hatte sie Angst: nicht vor professioneller Hilfe – daran hatte sie auch schon gedacht, es aber nicht für nötig gehalten –, sondern davor, dass Chris sie ansah und für labil und schwach befand.

Es war schon lange her, seitdem sie gemeinsam essen gegangen waren, nur sie beide. Sie konnte sich die stockende Unterhaltung vorstellen, ein Satz nach dem anderen, der im Schweigen verhallte, bis sie schließlich darüber plauderten, wie das Wetter am nächsten Tag werden sollte und ob sie an den Strand gehen würden. Zu Hause vergingen ganze Abende, an denen sie sich wortlos umeinander herum- und aneinander vorbeibewegten, stundenlang in ihre eigenen Angelegenheiten vertieft. Sie war dankbar für ein paar Stunden, in denen sie sich still konzentrieren konnte, aber gelegentlich spürte sie den Verlust stiller Zweisamkeit, gleichgesinnten Schweigens. Ihr Alltag war so unterschiedlich, dass sie nicht mehr beurteilen konnte, ob sie Gleichgesinnte waren.

War es möglich, fragte sich Kate, zusammen und dennoch allein zu sein? Sie versuchte sich vorzustellen, wie Chris reagieren würde, wenn sie nach dem Essen mit ihrem Buch oder Laptop in sein Büro kam und sich dort auf das Sofa setzte anstatt ins Wohnzimmer, so wie sie es in den ersten Jahren getan hatte. Er würde möglicherweise überrascht von seinem Bildschirm aufsehen und sie dann lächelnd willkommen heißen. *Na du.* Oder es könnte einen Moment des Zögerns geben. Sie würde ganz still neben ihm sitzen. Die Präsenz des anderen im Raum wurde ihre Gedankengänge dämpfen, und sie würden aufschauen, wenn der andere sich auf seinem Platz bewegte oder den Blick schweifen ließ. Sie würde vielleicht hier und da kommentieren, was sie gerade las, aber aus dem Kontext gerissen wäre es nicht leicht zu verstehen. Nach einer Stunde oder so würde sie aufstehen, sich strecken und murmeln, dass sie zu Bett ging, und am nächsten Abend würde sie sich wieder ins Wohnzimmer setzen. Für sich zu sein war ein Geschenk. Aber für sich zu sein mit jemand anderem, das war eine Kunst.

Kate hatte sich in dieser Hinsicht nie über Elizabeths und Daves Beziehung Gedanken gemacht. Sicherlich hatten die beiden eine unangestrengte Vertrautheit miteinander geteilt. Elizabeth, die ein Buch las, während Dave auf dem Ledersofa saß und Werbematerial für neues Golfzubehör durchsah. Wenn er aufstand, um sich einen Kaffee zu machen oder eine Schale Eis zu holen, und sie in seiner geselligen Art fragte, ob sie auch etwas wollte, lächelte sie ihn an, erfreut über seine Aufmerksamkeit. Vielleicht war es aber auch gar nicht so gewesen. Vielleicht hatte Elizabeth sich gewünscht, dass er der Typ Mann wäre, der mit zwei Gläsern Wein zurückkam, sich vor den Fernseher stellte und ihr das Buch aus der Hand nahm. Vielleicht hatte es in Wirklichkeit viele unerfüllte Wünsche gegeben.

Zwei Abende lang hatte Kate in der Dachkammer noch im Tagebuch gelesen, als schon längst das letzte Boot mit Positionslichtern wie phosphoreszierende Fische in den dunklen Hafen eingefahren war. Am zweiten Abend hatte sie gezögert, bevor sie das Buch aufschlug. Wenn sie gefragt worden wäre, wie ihre Freundin wohl in der Highschool gewesen war, hätte Kate sich das rosige Gesicht einer Jahrbuchredakteurin vorgestellt, ein All-American-Girl, das Babysitterin für die gesamte Nachbarschaft war. Der Mensch, der hier in Erscheinung trat, hatte ein deutlich weniger sonniges Gemüt, war zwar unabhängiger und kreativer, aber viel einsamer. Kate wünschte, sie hätte ein Foto, und fragte sich, ob Elizabeth sich früher mehr aus Mode gemacht hatte, bevor sie eine der Mütter wurde, an deren Ohren zu Halloween kleine Kürbisse baumelten.

Die Einträge vom vorigen Abend begleiteten Elizabeth durch ihr letztes Jahr an der Highschool. Sie hatte unheimlich viel geschrieben und schien Einzelheiten aufzuzeichnen, wie andere Mädchen ihren Freundinnen Beobachtungen zuflüsterten. Während sie auf Nachricht von den Colleges wartete, vertrieb sie sich die Zeit mit Malen und Gelegenheitsjobs. Wie auch ihre Freunde experimentierte sie mit Alkohol. Am Wochenende auf Partys zu trinken gab ihr ein diffuses Gefühl, als ob die Grenze verschwamm, an der sie aufhörte und jemand anders begann. Sie und Michael saßen oft im Auto und hörten Radio. Wenn er Elizabeth küsste, legte er ihr die Hand auf die Wange und versuchte nicht sofort, sie unter ihr T-Shirt gleiten zu lassen, was sie als Zeichen seiner Anständigkeit wertete. Sie hoffte darauf, dass er mittags bald allein mit ihr in der Kantine sitzen wollen würde, so wie die Pärchen.

Ihre Kunstlehrerin empfahl sie einer Galerie, die Nachwuchstalente vertrat, und Elizabeth schrieb begeistert über den Verkauf zweier Werke für je $ 100. Ihr Lieblingsbild behielt sie, und eine Skizze davon in ihrem Tagebuch zeigte ein an Warhol erinnerndes Gemälde sich wiederholender und überlappender Fahrradreifen. Schließlich lag ein dicker Umschlag von der NYU in der Post.

Elizabeth schrieb den ganzen Frühling und Sommer über in ihr Tagebuch, Seiten über Seiten voller Sehnsucht nach engeren Freundschaften, einer konventionelleren Mutter, einer richtigen Beziehung mit Michael. Doch als die Monate verstrichen und ihre Hoffnungen nicht erfüllt wurden, kühlte sich der Ton ihrer jugendlichen Sehnsüchte ab. Sie traf Michael abends häufiger, träumte aber nicht länger davon, dass er sie aufforderte, sich mit ihm an einen Tisch in der Kantine zu setzen. Ebenso gab sie es auf, anzudeuten, dass ihre Familie einmal größer gewesen war, als Michael weder Neugier noch persönliches Interesse zeigte.

Unten in der Dunkelheit schlug die Standuhr ein Mal, und Kate zwang sich, das Buch zu schließen. Tu es nicht, mahnte Kate innerlich. Vertrau ihm nicht. Doch natürlich war es längst zu spät für solche Warnungen.

Sieben

Eine Brise hob die Tischdecke am Saum an, als der Sommelier den Wein öffnete und Kate einen Fingerbreit einschenkte. Sie schwenkte das Glas nur leicht, weil sie es nicht leiden konnte, wenn man seine Weinkenntnisse zur Schau stellte, und nickte, nachdem sie den Wein probiert hatte. Der Sommelier schenkte ihnen zwei Gläser ein und ließ sie allein.

Die Außenterrasse war neu, ein Anbau wie auch die Lounge, die nach guten Kritiken in überregionalen Gastronomiepublikationen angebaut worden war. Um die geflieste Fläche herum standen kegelförmig gestutzte Büsche und verhinderten, dass die Gäste mit ihren Stühlen im Gemüsegarten landeten. Kate und Chris waren vom Oberkellner zu dicht am Koi-Teich platziert worden. Sollte Kate aus Versehen ihr Messer fallen lassen, würde es wie eine Harpune ins Wasser eintauchen.

Im letzten Sommer hatte es dort, wo sie jetzt saßen, nur vier Tische mit Blick auf Hochbeete voller Blumen und Reihen verschiedener Salatsorten gegeben. Die Tische waren so angeordnet gewesen, dass Chris beim Dessert eine Hand unter ihr Kleid gleiten ließ und seine vom Weinglas kühlen Finger kleine Wasserperlen auf ihrem Oberschenkel hinterließen.

Chris lehnte sich auf seinem Stuhl zurück, ein Stuhlbein nur Zentimeter vom Teichrand entfernt, und lächelte. Er genoss es, wenn sie den Wein bestellte und souverän die Menüauswahl traf. Kate konnte seine Freude daran erkennen, wie er jede ihrer Bewegungen verfolgte, ihre Hand auf dem Glas, ihre Lippen am Glasrand; sie spürte seinen Blick auf ihrem Hals, als sie einen Schluck Wein kostete. Er kratzte mit dem Fingernagel am Korken und sah sie über den Tisch hinweg an.

»Das Kleid gefällt mir. Du siehst schön aus heute Abend.«

»Du auch.«

Sie meinte es ernst. Der Sommer stand ihm gut. Obwohl er kupferfarbenes Haar hatte, bräunte ihn die Sonne mehr, als dass sie sein Gesicht rötete, und brachte goldene Strähnen in seinem grau durchzogenen Haar hervor. Der Hemdkragen umrahmte seinen starken Nacken, und sein Kinn war noch immer markant. Jegliches Gewicht, das er zugenommen hatte, nachdem er mit dem Rauchen aufgehört hatte, war er durch vernünftige Ernährung und Bewegung wieder losgeworden.

Sie warf einen Blick auf seine Schuhe, braune Loafers.

»Die Ökosandalen hast du heute Abend zu Hause gelassen?«

»Gefallen sie dir nicht? Ich dachte, die wären genau dein Ding.«

Er streckte einen Fuß neben dem Tisch aus. »Habe ich auf dem Seattle-Trip letzten Monat gekauft. Das Hotel hat mit einem dieser Teambuilding-Kurse im Hochseilgarten gedroht.«

»Die findest du doch toll.«

»Genau wie Sich-im-Kreis-fallen-Lassen und tiefsinnige Gespräche am Lagerfeuer führen.«

Sie lächelten sich wissend an, den gleichen Gedanken im Kopf über erzwungene Nähe in einer Gruppe.

Lärm aus der Lounge drang durch die Tür zu ihnen, die geselligen Geräusche einer Runde, in der jeder jeden kennt. Hinten auf der Terrasse war es ruhiger. Glühwürmchen leuchteten hinter den Formschnitthecken, und ein leichter

Wind ließ die Leinenserviette in Kates Schoß rascheln. Die Kois ruhten, schnellten vorwärts und verharrten wieder.

Chris faltete die Hände auf dem Bauch und sah Kate mit einem Ausdruck an, den sie als erwartungsvoll deutete. Es gab nichts zu sagen, und sie lächelte. Die Sekunden verstrichen, während sie weiter nachdachte und lächelte, und ihre Lippen fühlten sich wie aus Holz geschnitzt an.

»Was ist los?«, fragte Chris.

»Was? Nichts. Wieso?«

»Du bist so still.« Er sah über die Terrasse, und erneut entstand eine Pause. Sie war an der Reihe. Hitze stieg an ihrem Hals auf, und sie legte kühlend die Finger darauf.

»Wie läuft es denn mit dem Projekt in Seattle?«, setzte sie an. »Macht ihr es?«

»Wahrscheinlich schon. Der Standort ist großartig. Es muss ein bisschen renoviert werden und wird ziemlich viel Marketing brauchen, aber es könnte funktionieren.«

Auf der anderen Seite der Terrasse klapperte ein Tablett, ein Glas zerbrach, und eine Frau wich vor den Spritzern zurück. Ausrufe über ein Kleid wurden laut, Entschuldigungen ausgeteilt und eilig Mineralwasser herbeigebracht. Noch ein paar Augenblicke lang vernahm man Gemurmel. Kate sah Chris an, und angestrengt versuchte sie, sich das Gesprächsthema wieder ins Gedächtnis zu rufen.

»Heißt das, du wirst oft dorthin fahren müssen?«

»Wahrscheinlich noch ein paarmal. Aber immer nur kurz.«

Er lächelte belustigt, wusste er doch, dass sie sich gar nicht so sehr für das Projekt interessierte.

»Ich dachte mir, dass wir vielleicht auch einen Urlaub daraus machen könnten. Wir könnten mit den Kindern bei Mount Rainier wandern gehen und mit der Fähre nach Vancouver Island fahren. Kanntest du nicht jemanden aus der Schule, der dort ein Bed and Breakfast aufgemacht hat?«

Der Kellner kam mit ihren Vorspeisen und stellte eine Schüssel gedünstete Muscheln vor Chris auf den Tisch und einen Rote-Bete-Salat mit Gorgonzola vor Kate. Die gewürfelte Rote Bete färbte das Weiß des blau geäderten Käses blutrot.

Sie stellte sich vor, wie sie James und Piper nach Seattle mitnahmen, auf den Fischmarkt gingen und dann nach Mount Rainier fuhren, wo sie auf Wanderwegen in die dünnen Wolken hochmarschierten. Sie würden die Fähre über den Puget Sound nach Kanada nehmen, an den Regierungsgebäuden und vertäuten Jachten vorbeischlendern und zum frühen Abendessen in das Hotel gehen, das wie ein Schloss aussah. Möglicherweise würde es ihnen so sehr gefallen, dass sie blieben. Als Kate mit Anfang zwanzig gereist war, hatte sie wie die meisten ihrer Bekannten das kanadische Ahornblatt auf ihren Rucksack genäht, um mit dieser altbekannten Taktik antiamerikanische Reaktionen im Ausland zu vermeiden. Ihre Kinder würden mit reinem Gletscherwasser aufwachsen und ihre Sätze bald ständig wie Fragen klingen lassen. Sie wären sicher vor all jenen, die gegen den umstritteneren Nachbarn im Süden Krieg führten. Kate aß ein Stück Rote Bete und leckte die roten Zinken ihrer Gabel ab.

Chris bestellte den Nachtisch und reichte dem Kellner die Karte. Kate trank den letzten Schluck Wein, ihr zweites Glas. Ein prickelndes Gefühl stieg in ihr auf, ihre Kopfhaut kribbelte, die Finger, die Lippen, alles fühlte sich schwerelos und lebendig an. Die Sorgen vom Morgen schienen albern. Es ging ihnen gut. Ihr ging es gut. Sie musste vielleicht nur etwas öfter rauskommen; so einfach war das.

Chris lehnte sich zurück und legte die Hände gefaltet auf den Bauch. »Du hast gestern wieder ganz schön lange die Tagebücher gelesen.«

Kate griff nach der Weinflasche und goss erst ein wenig in ihr eigenes Glas und dann den Rest in seines.

»Es ist seltsam, zu lesen, was jemand von seinem Leben erwartet, wenn er noch keine Ahnung hat, was tatsächlich passieren wird. Elizabeth hat früher total für Kunst geschwärmt. Sie wollte Malerin in New York werden.«

Chris schob sein Glas vor und zurück und beobachtete, wie der Wein darin hin und her schwappte. Mit einem Blick über die Terrasse fragte er: »Weißt du schon, was sie mit diesem Michael zu tun hatte?«

Darum ging es letztendlich immer. Das Einzige, das im Leben einer achtunddreißigjährigen Frau interessierte, war nicht, was sie getan hatte, sondern wovon sie niemandem erzählt hatte.

»Nein«, antwortete Kate, »ich bin immer noch bei den Highschooljahren. Wirklich traurig. Sie war ein ziemlich einsamer Teenager und hatte kein besonders gutes Verhältnis zu ihren Eltern.«

»Das hört sich gar nicht nach Elizabeth an.«

»Ich weiß. Es ist, als ob ich etwas über eine Fremde lese.«

Die Spielgruppe war von der Anlaufstelle für Zugezogene bunt zusammengewürfelt worden. Kate hatte die anderen sieben Mütter zuerst ein wenig übertrieben gefunden, zu früh am Morgen zu sehr zurechtgemacht, und ihre Unterhaltungen waren belanglos. Über die drei Jahre jedoch, die Kate Teil der Gruppe war, hatte sich eine Kameradschaft entwickelt: Partys zu besonderen Anlässen, vorgekochte Mahlzeiten in Krisenzeiten. Kate hatte sich Elizabeth am nächsten gefühlt. Bei ihr hatte sie nicht mit aller Macht versucht, das Schweigen zu überbrücken, wenn es eigentlich nichts Bestimmtes zu sagen gab. In diesem Schweigen hatte sie ein stummes Einvernehmen gespürt, sie wusste gar nicht genau, worüber eigentlich. Es waren grundsätzliche Übereinstimmungen, die das Wichtige im Leben betrafen. Doch Schweigen konnte, genauso wie Alleinsein, Behagen oder Unbehagen bereiten, konnte verschiedene Wahrheiten bergen.

»Ich kann immer noch nicht fassen, dass sie mir nie von ihrer Schwester erzählt hat.«

Kate dachte *Affäre*, als sie »Schwester« sagte.

»Vielleicht hatte sie sich einfach daran gewöhnt, es für sich zu behalten. Oder es gab nie den richtigen Zeitpunkt. Unser Finanzchef hat mir auch erst nach Jahren erzählt, dass er Alkoholiker und trocken ist.« Chris dachte kurz nach. »Erinnerst du dich an Andy, unseren Kommunikationsleiter?«

»Klar, das ist der, mit dem wir essen waren, oder? Mit ihm und seiner Frau, kurz bevor wir umgezogen sind.«

»Ich habe gerade erst herausgefunden, dass sie seine zweite Frau ist. Seine erste Frau, die Mutter seiner Kinder, ist vor ein paar Jahren an Krebs gestorben.«

Kate versuchte sich an das gemeinsame Essen zu erinnern, ob sie über irgendetwas gesprochen hatten, das auf eine zweite Ehe hätte hindeuten können.

»Er hat es jetzt erst erwähnt? Ihr beiden reist doch so oft zusammen.«

»Ja, ziemlich oft. Wie gesagt, vermutlich kam es einfach nie zur Sprache.«

Der Kellner brachte das Dessert, ein Käsekuchen mit Granatapfelsoße für Chris und ein Fondue für Kate. Sie spießte eine Rispe Beeren auf und tauchte sie in die Schokolade. Ein paar Sekunden blieb der Abdruck der Früchte erhalten und glättete sich dann wieder, als hätten die Beeren nie eine Spur hinterlassen.

»Am Fünfzehnten war Elizabeths Geburtstag. Neununddreißig wäre sie geworden.«

Kate strich mit der langen, dünnen Gabel über die Schokoladenoberfläche. »Letztes Jahr an ihrem Geburtstag war Emily erst einen Monat alt. Heute vor einem Jahr hatten sie keine Ahnung, was auf sie zukommen würde.«

Kate fragte sich, was Elizabeth wohl gedacht haben mochte, als sie die Kerzen ausblies. Jedes Jahr dachte Kate: *dass meine Familie glücklich und gesund bleibt,* aber an ihrem eigenen achtunddreißigsten Geburtstag vor drei Monaten war ihr Wunsch ihr plötzlich bedeutungslos erschienen. Wie glücklich ist glücklich? Wie gesund ist gesund?

»Ich frage mich, ob sie irgendetwas anders gemacht hätte, wenn sie gewusst hätte, dass es ihr letztes Jahr war.«

Chris war einen Moment lang still und betrachtete sie. »Das machst du oft in letzter Zeit.«

»Was mache ich oft?«

»Zurückschauen. Im Nachhinein analysieren. ›Heute vor einem Jahr.‹ ›Heute vor zwei Monaten.‹«

Er streckte die Beine aus, und seine Knie knackten leise, erst das eine, dann das andere. »Ich verstehe nicht, was du daran so spannend findest.«

Er sagte das, als wäre er nur neugierig, aber da war noch etwas anderes. Geduld. Oder Ungeduld. Das eine verdeckte manchmal das andere, wenn man es achtsam genug anging.

»Es zerreißt einem einfach nur das Herz, wenn man zurückblickt auf diese Person, die nichts davon ahnt, was ihr zustoßen wird. Wenn man sich vorstellt, wie jemand unbedarft und vergnügt sein Leben lebt und dabei nicht ahnt, dass ein bedeutendes Ereignis schon bald sein Leben aus der Bahn werfen wird. Manchmal frage ich mich, wie wir leben würden, wenn wir es schon vorher wüssten.«

Die Leichtigkeit, die sie eben noch vom Wein verspürt hatte, war verflogen, und Kate war jetzt nur noch müde. Sie wusste nicht, was ihre Unterhaltung auf einmal hatte kippen lassen. Sie wusste nur, dass sie nicht länger darüber reden wollte. Sie sah sich suchend nach dem Kellner um. Sie brauchte etwas anderes, eine Tasse Kaffee vielleicht oder ein Glas Portwein.

»Na ja, was auch immer passiert, passiert, und niemand kann es vorher wissen«, stellte Chris fest. »Das sagt nichts über die Person aus, die man damals war, und hat auch nichts mit Naivität zu tun.«

Sie hatte einen Nerv getroffen.

»Es ist auch kein Urteil.«

Ihm gefiel der Gedanke nicht, für etwas zur Verantwortung gezogen zu werden, von dem man gar nichts wusste.

»Es macht mich einfach nur neugierig. Wenn überhaupt, ist es bloß ein Realitätscheck für das Leben, das man führt. Zum Beispiel diese Bombendrohung in der U-Bahn …«

Er schüttelte den Kopf. »Du musst damit aufhören, Kate. Es war ein falscher Alarm.«

Es ging so endlos durch den schummrigen Tunnel. Sie hatten sich alle langsam zum Ausgang hingeschoben. Sie war sicher, dass sie Rauch gerochen hatte, hatte die Hand vor den Mund gehalten und schon mit dem Erstickungsgefühl und der Hitze gerechnet.

Die Fonduegabel zitterte zwischen ihren Fingern, und Kate legte sie auf den Dessertteller.

»Ich weiß. Darum geht es nicht.«

»Das Wichtigste ist, dass es dir und den Kindern gutgeht, dass es uns allen gutgeht. Wir wissen nie, was kommt, also lass uns jeden Tag genießen. Oder etwa nicht?«

Darum ging es ihr überhaupt nicht. Sie sah mit gerunzelter Stirn auf ihre Schokolade.

»Ich wünschte, du würdest das Leben etwas leichter nehmen, Kate, und nicht immer zurückblicken und grübeln. Das bringt nichts. Es verändert den Lauf der Welt nicht.« Er schnippte ein paar Krümel vom Tisch in den Teich, und die fetten Kois drehten sich automatisch nach ihnen um.

Zurückblicken. So konnte man es auch nennen. Er hatte nicht unrecht; im letzten Jahr war es zu einem selbstverständlichen Bestandteil ihres mentalen Werkzeugkastens geworden, eine Art, die Zeit zu messen und ihr einen Sinn zu geben. *Heute vor einem Jahr.* Als wäre es möglich, eine bestimmte Zeitspanne zu nehmen und zwei Augenblicke nebeneinanderzuplatzieren, das Wissen des späteren Zeitpunkts mit dem Unwissen des ersten zusammenzubringen und dadurch den Stoß zu mildern. Es gab die Kate von vor einem Jahr, bevor die Welt nicht nur einmal, sondern gleich zweimal einstürzte. Und es gab die Kate danach.

»Ich habe gelesen, dass es einen Babyboom geben wird«, sagte Chris und pikste seine Gabel in das letzte Stück Käsekuchen. »Wegen der ganzen Leute, die sich nach letztem Herbst verkrochen haben und nun noch ein Kind bekommen. Du weißt schon, in die Zukunft investieren, Zuversicht, Hoffnung und das alles.«

Er sah auf seinen Teller, und seine Stimme klang gleichgültig, oder vielmehr sollte sie gleichgültig klingen. Doch dann blickte er auf, um zu sehen, wie sie auf seine Worte reagierte, und warf ihr ein schiefes Lächeln zu.

Sie lachte ungläubig. »Du meinst es ernst. Obwohl du so viel unterwegs bist, meinst du es tatsächlich ernst?«

»Es ist doch schon besser geworden. Das musst du doch zugeben.«

Es stimmte. Es stimmte auch, dass sie sich an seine Reisen gewöhnt hatte und es dadurch kleine Erleichterungen im Alltag gab. Sie kochte einfachere Gerichte. Nachts war es ruhiger, und sie wachte seltener auf. Als Chris begonnen hatte, so viel zu reisen, hätte sie nicht vermutet, dass sie irgendwann so denken würde.

Kate schüttelte den Kopf. »Was ist aus ›Zwei und vorbei‹ geworden?«

»Na ja, wir bekommen es doch ziemlich gut hin mit zweien, oder? Die beiden gehören doch wohl zu den glücklichsten und zufriedensten Kindern, die es gibt.«

»Manchmal.«

»Manchmal.«

Kate dachte an Emily Martin auf ihrem Schoß, die mit neugierigen Patschhändchen nach dem Essen auf ihrem Teller griff. Der Duft ihres Babyshampoos. Sie würde lügen, wenn sie behauptete, es wäre ihr noch nicht in den Sinn gekommen. Doch eine ganze Weile schon nicht mehr. Es schien gefährlich, mehr Kinder zu haben, als man Hände besaß.

Als sie am Haus ankamen und die Babysitterin bezahlten, wollte Chris noch hinunter zum Strand gehen, ein wenig frische Luft schnappen und sich die Schiffe im Hafen anschauen. Kate warf einen Blick ins Kinderzimmer, steckte Pipers Beine wieder unter die Bettdecke und hob James' Stoffdinosaurier vom Boden auf, den er angeblich nicht mehr mit ins Bett nahm. Im Schlafzimmer brannte das Licht bereits, und sie stieg aus dem rosafarbenen Kleid und zog ein schwarzes Trägershirt über. Heute Abend würde sie nicht in den Tagebüchern lesen.

Sie putzte sich die Zähne und beeilte sich mit der Gesichtspflege, irgendein albernes Antifaltenzeug, empfohlen von einem Wellnesscenter. Sie hatte dort ein kostenloses Beratungsgespräch bei einer Auktion in der Vorschule gewonnen, doch hier hatte der kostenlose Teil auch schon geendet. Kate hatte immer noch ein schlechtes Gewissen, wenn sie die zwei winzigen Fläschchen mit dem Serum öffnete. So hatten sie es genannt, Serum, mit der Bedeutungsschwere von etwas, das James Bonds Aktentasche entsprungen war, wahrscheinlich um den Preis zu rechtfertigen. Und trotzdem hatte sie es gekauft. Was, wenn doch etwas dran war an den Zuckermolekülen und den unaussprechlichen Säuren? Warum tat man sich so schwer damit, zu glauben, dass etwas, das man nicht sah oder verstand, eine Wirkung haben könnte, wo es doch Gott weiß wie vieles gab, das schädlich war. Sie wandte sich vom Spiegel ab und schaltete das Licht im Bad aus.

Als sie zurück ins Schlafzimmer kam, entdeckte sie ein Notizbuch aufgeschlagen auf dem Bett. Es war genauso groß wie die Bücher von Elizabeth, hatte aber einen unbekannten Einband und war wahrscheinlich eines der von weiter unten in der Truhe. Die Tür zum Wandschrank stand offen. Und auch die Luke über der Leiter. Warum sollte die Babysitterin hier herumschnüffeln? Woher sollte sie überhaupt von der Dachkammer wissen und sich für die Tagebücher interessieren?

Die Hintertür wurde leise geöffnet und geschlossen, um die Kinder nicht zu wecken, und Kate legte das Buch auf ihren Nachttisch. Chris erschien in der Tür mit vom Wind verwuschelten Haaren und aufgeknöpftem Hemd. Er lehnte sich an den Türrahmen und musterte Kate in ihrem engen abgetragenen Top.

In einer Ehe war mit der Zeit vieles vorhersehbar, es gab bestimmte Signale und Abläufe, und Kate fand, dass Frauenzeitschriften das zu Unrecht kritisierten. Eindeutige Gesten ersetzten explizite Fragen und Antworten, und niemand verletzte die Gefühle des anderen mit zweideutigen Botschaften. Eine Hand auf der Schulter bedeutete etwas anderes als eine Hand unten auf dem Rücken; ein flüchtiger Kuss auf die Wange hieß gute Nacht, und nur einen Bruchteil länger verhieß etwas anderes. Selbst ein altes Top hatte eine Bedeutung.

Als sie im Bett auseinanderrollten und Chris sich einen Moment später wieder zu ihr umdrehte, sie langsam küsste und dann innehielt, wusste Kate also, was es bedeutete: *Zwischen uns ist alles in Ordnung, oder?* Er hatte ihre Gedanken beim Abendessen etwas zu locker abgetan, und das wusste er. Es hatte die Intimität zwischen ihnen nicht verhindert, doch hieß das nicht unbedingt, dass alles bereits vergessen war. Sie konnte den Kuss erwidern, ihn in die Länge ziehen so wie er und ihm dadurch versichern, dass sie nicht gekränkt und alles beim Alten war. Auch wenn es nicht so war. Doch das stand gerade nicht zur Debatte. Genauso wenig wie das Verlangen, das früher einfach da gewesen war, ihre Bedürfnisse und das, was die Berührungen auslöste, sich verändert hatten.

Als sie den Kuss erwiderte, küsste sie Chris ein wenig länger als sonst. *Alles in Ordnung.*

Dabei schmeckte sie etwas unter der Zahnpasta, das sie vorher nicht bemerkt hatte, einen Geschmack, der nicht vom Pinot noir, dem Käsekuchen oder den Muscheln kam. Bitter und beißend, versteckt unter Zahncreme und Mundspülung, lag der Geschmack von Tabak.

Nein, dachte sie. Oh nein. Du hast so hart darum gekämpft.

Sie stellte sich Chris am Strand vor. Wie er über die Schulter sah, um sicherzugehen, dass sich das Haus außer

Sichtweite befand, bevor er den Kopf beugte und mit einem Streichholz in der hohlen Hand die Zigarette anzündete. Wie er tief inhalierte und die Augen genüsslich zusammenkniff, ein Genuss, den die Heimlichkeit noch versüßte.

Acht

Die Monate, in denen Chris versucht hatte, das Rauchen aufzugeben, zählten nicht zu den besten ihrer Beziehung. Kurz nach ihrer Verlobung hatte Kate ihn dazu gedrängt aufzuhören. Er kannte die alarmierenden Statistiken, gab jedoch vor, ihnen keinen Glauben zu schenken, und beschuldigte übereifrige medizinische Institutionen, Gesundheitsfanatiker und die Medien.

Dann hatte er eines Tages verkündet, er hätte aufgehört. Er weigerte sich, darüber zu reden, wie er es geschafft hatte. Er hätte es einfach still hinter sich bringen wollen. Nur stellte sich heraus, dass es nicht stimmte. In den Monaten zwischen seinem Gelöbnis und Kates Entdeckung, dass er es nicht eingehalten hatte, fand sie immer mal wieder Zigarettenstummel in seiner Wohnung oder Streichhölzer in seinem Auto. Die seien noch von damals, hatte er abgewinkt, oder von jemand anderem. Einmal hatte er ihr ganz aufrichtig und ruhig in die Augen gesehen und behauptet, dass das, was sie an ihm roch, kein Zigarettenrauch war. Es war, als würde er behaupten, die Erde sei eine Scheibe. Sie versuchte, diese Widersprüche miteinander zu vereinbaren, die beide der Wahrheit entsprachen: So roch Tabakrauch. Und Chris log nicht.

Er war so nüchtern bei dieser und anderen Lügen, dass Kate mehr als nur verletzt von seiner Unehrlichkeit war, als sie die Wahrheit erfuhr. Sie schämte sich ihrer Naivität, und dieses ihr fremde Gefühl, zum Narren gehalten worden zu sein, brachte etwas in ihrem Selbstverständnis zum Kippen.

Sie waren darüber hinweggekommen, denn letztendlich ging es nur ums Rauchen. Zwei Gewissheiten begleiteten Kate jedoch von nun an: die Erkenntnis, wie gut Chris etwas verbergen konnte, und die Bestätigung, dass sie etwas so Offensichtliches übersehen konnte.

Lange nachdem Chris sich umgedreht hatte und sein Atem tief und gleichmäßig geworden war, lag Kate noch wach. Als sie begriff, dass sie nicht einschlafen würde, kletterte sie mit dem Tagebuch, das sie aufgeschlagen auf ihrem Bett gefunden hatte, die Treppe in die Dachkammer hinauf. Bevor sie es zurück in die Truhe legte, hielt sie es einen Moment lang in den Händen; das Buch war schon mehrere Jahre weiter als das, in dem sie gerade las. Sie blätterte ein paar Seiten um, entdeckte den Begriff »meine Strafe« und begann zu lesen.

Doch in dem Augenblick spürte sie etwas auf ihrer Schulter oder vielmehr in ihrer Schulter. Es war nicht wirklich eine Berührung, wahrscheinlich eher das Zucken ermüdeter Muskeln, aber es fühlte sich wie eine Berührung an, so wie die Hand einer Großmutter, die sich sanft erinnernd auf die Schulter eines Kindes legt. Um die feinen Härchen auf Kates Arm zog sich die Haut zusammen. Jedes einzelne helle Haar auf ihrer gebräunten Haut richtete sich auf. Sie sah sich vorsichtig um, auch wenn sie wusste, dass sie nichts sehen würde, dort war niemand. Dann legte sie das Buch langsam zurück in die Truhe.

Sie setzte sich mit dem Tagebuch aus Elizabeths Collegejahren, das sie gerade las, auf die Chaiselongue.

5. Oktober 1981, New York University

Ich war umsichtig, ich war vorsichtig, aber nicht den Umständen entsprechend (furchtbare Wortwahl) um- oder vorsichtig genug. Es ist unfassbar. Ich habe keine Ahnung, was ich machen soll.

Das stimmt nicht. Ich weiß es.

Dummes, dummes Mädchen. Und ich muss mich auch alleine darum kümmern. Michael anzurufen kommt nicht in Frage, so wie er sich am Ende der Ferien verhalten hat. Ich habe ihm von Anna und dem Unfall erzählt, und als ich fertig war, habe ich wie ein Kleinkind geheult, und er hat reagiert, als hätte ich ihn gerade zur Paartherapie angemeldet. Als ich dann abgereist bin, habe ich ihm meine neue Nummer im Wohnheim gegeben, und er hat ausgesehen, als ob er es nicht abwarten könnte, sie wegzuschmeißen.

Gestern Abend konnte ich niemanden um mich ertragen und bin spazieren gegangen. Washington Square bis Union Square, die Park Avenue hoch bis zur Grand Central Station, weiter zum Central Park, am Plaza vorbei, wo gerade eine Braut wie im Märchen ganz dämlich die Stufen herunterstolzierte, dann wieder runter bis zum Gramercy Park und auf die Zwanzigste, und da habe ich mich an den Zaun gegenüber vom National Arts Club gesetzt. Gerade letzte Woche habe ich mir geschworen, eines Tages dort eine Ausstellung zu haben.

Ich habe lange nur dagesessen. Es ist so ein beeindruckendes kleines Gebäude, in das so brillante Leute hineingehen und dann ein paar Minuten später mit einem Glas Wein in der Hand oben hinter dem großen Erkerfenster auftauchen, und sogar wie diese Leute sich an der Nase kratzen, sieht künstlerisch und kulti-

viert aus. Sie scheinen immun gegen alles, als würde ihnen nie etwas Schlimmes zustoßen, das sie von ihren Plänen abbringen könnte. Könnte ich das College aufgeben und arbeiten gehen, um alleine ein Kind großzuziehen, und dann doch irgendwann dort im Salon stehen und Komplimente zur gelungenen Ausstellung entgegennehmen? Scheint mir nicht so. Ich kann mir kein einziges Alleinerziehenden-Szenario vorstellen, das auch nur annähernd Sinn ergibt. Ich kann doch keine Mutter sein. Ich übernehme ja kaum Verantwortung für mich selbst.

Mein Arzttermin ist nächste Woche. Es ist nur ein winziges Knäuel von Zellen, wie eine Joghurtkultur oder so. Das rede ich mir zumindest ein.

Kate musste den Eintrag und die darauffolgenden Seiten mehrere Male durchlesen. Nicht wegen ihrer Fassungslosigkeit darüber, dass Elizabeth eine Abtreibung hinter sich hatte oder dass sie Kate nie davon erzählt hatte. Sondern weil Elizabeth so wenig darüber nachgedacht zu haben schien oder zumindest nicht darüber geschrieben hatte. Nach der nächsten Seite wurde es nie wieder erwähnt.

Die Einträge aus Elizabeths Zeit am College lasen sich wie ein Roman, so wenig Ähnlichkeit hatten sie mit der Frau, die Kate gekannt hatte. Elizabeth hatte sich in die New Yorker Kunstszene gestürzt. Sie trat einem studentischen Künstlerkollektiv bei und arbeitete bei Mixed-Media-Ausstellungen mit. Zwischen den Seiten steckende Fotos zeigten ungewöhnliche Leinwandformate mit gewagten Mustern, manche versehen mit Schleifen von Wettbewerben, allesamt in der unteren rechten Ecke signiert: Elizabeth D.

Ihre Eintragungen waren mal verärgert, mal distanziert,

dann wieder kühl und unabhängig. Sie entschied sich für Psychologie im Hauptfach und spann Theorien darüber, warum Menschen sich so und nicht anders verhielten. Regelmäßig schrieb sie über ihre Mutter und machte sich Gedanken über deren Verschlossenheit und Fixierung auf Selbsthilfe-Ratgeber. Ihren Vater erwähnte sie nur hin und wieder. Er kam gelegentlich in die Stadt und ging mit ihr essen. Einmal besuchte er eine ihrer Ausstellungen, doch sie tobte vor Wut, als er sagte, dass ihre Bilder ihn an van Gogh erinnerten. (*Mit Sicherheit das Einzige, was ihm einfiel, weil er der einzige MALER war, der ihm einfiel.*) Sie blieb den Sommer über in New York und sammelte zusätzliche Scheine in Psychologie, um ein Semester lang Kunst in Florenz studieren zu können.

In ihrem zweiten Studienjahr wohnte Elizabeth in einem ehemaligen Fabrikgebäude ohne Fahrstuhl auf der Avenue A mit zwei Frauen aus dem Kollektiv, Haviland und Rue, und ihr Apartment wurde zum Treffpunkt für Künstler und Schriftsteller. Sie rauchten Nelkenzigaretten, tranken billigen Wein und bewunderten die Arbeiten von Georgia O'Keeffe und Frida Kahlo. Gegen Ende des vierten Semesters erwähnte sie ein paar Männer, mit denen sie sich traf, ein Vietnamese, ein Pakistani. Wie sie über Nationalitäten und Kulturen schrieb, ließ vermuten, dass sie entweder kosmopolitisch in ihren Liebschaften war oder verliebt in die Vorstellung, kosmopolitisch zu sein.

Auf einem Foto, das mit einer Büroklammer an einer Seite befestigt war, sah man Elizabeth zwischen zwei ausgefallen aussehenden Frauen auf einem Sofa sitzen. Kate nahm das Foto heraus und betrachtete es. Elizabeth war beinahe nicht zu erkennen. Ihre Haare waren asymmetrisch geschnitten, links reichten sie bis zum Kinn, rechts in einer stoppeligen Kurve bis zum Ohr. Sie schmiegte sich innig an eine Frau mit wildem schwarzem Haar und dunklem Kajalstrich um die Augen, die theatralisch an einer Zigarette zog. Kate hielt das Bild nah vor sich, als würde es dadurch glaubwürdiger.

Elizabeths Eltern zahlten die Studiengebühren, doch sie arbeitete zusätzlich in einem Café im West Village für ihre Miete und Lebensmittel sowie für Trinkgelder, die *ungefähr einer Tube Cadmiumgelb pro Stunde* entsprachen. Sie liebte das Café und das Ritual, bevor sie öffnete, wenn sie den Café du jour mahlte und die Milch für den Cappuccino perfekt aufschäumte, um ihn in der Konsistenz steif geschlagener Sahne aus dem Edelstahlkännchen zu löffeln. Sie äußerte sich jedoch kritisch über die Gäste, Firmentypen, die davon redeten, *irgendwann einmal so einen süßen Laden wie diesen hier zu kaufen*, und Mütter, die mit lauten Kindern und Kinderwagen hereinspazierten, zu lange blieben, herumjammerten und alles vollkrümelten. *Warum musste man mit Kindern ins Café gehen? Die Mütter sind unglücklich, die Kinder sind unglücklich und die Leute drum herum sowieso.*

Kate fühlte sich gescholten und war zugleich amüsiert. Das hast du auch gemacht, dachte sie. *Wir* haben das gemacht, zusammen, andauernd.

Kate war selbst auch nicht der überschwengliche Babysitter-Typ gewesen, hatte Kinder aber schon immer unterhaltsam gefunden – wie sie Wörter falsch aussprachen, ihren rechten Fuß in den linken Stiefel steckten und noch lange nach Halloween ihre Verkleidungen trugen. Sie hatte sich damals noch nicht näher mit Familienplanung beschäftigt, war aber überzeugt davon, dass sie Kinder haben würde, sobald der richtige Zeitpunkt dafür gekommen war.

Elizabeths Ablehnung gegenüber Kindern war seltsam. Wie konnte jemand, der keine Freude an Kindern hatte und sie als störend empfand, nicht nur seine eigenen, sondern jedes einzelne Kind aus der Spielgruppe so begeistert annehmen? Das passte nicht zusammen.

Elizabeth schrieb weniger über ihr Semester in Florenz, als dass sie es malte, Seite um Seite voller Kunst und Architektur, Parks mit Baumskulpturen, florentinisches Treiben mit Kommentaren am Seitenrand. Sie hatte den Dom gezeichnet, sich immer wieder aus verschiedenen Perspektiven den Glockenturm vorgenommen. Sie skizzierte die Ladenzeile auf dem Ponte Vecchio und die Statuen und Brunnen im Boboli-Garten. Ein ganzer Abschnitt war Michelangelos *David* gewidmet. Auf Kates ungeschultes Auge wirkten die Zeichnungen wie das Werk einer talentierten Hand, auf einer Seite realistische Skizzen, die auf der nächsten unkonventionell abgewandelt wurden. Sie konnte sich nicht vorstellen, solch eine Begabung zu haben und sie dann einfach aufzugeben.

In Florenz wohnte Elizabeth mit einer Handvoll Kommilitonen aus ihrem Austauschprogramm in einer kleinen Pension in der Nähe des Palazzo Pitti und schien relativ viel Zeit mit der *Patrona* des Hauses und ihren drei kleinen Kindern zu verbringen. Es gab Skizzen aus dem Familienalltag, eine Frau mit markantem Gesicht, die in der Küche Gemüse schnitt, ein kleiner Junge mit widerspenstigen Locken bis über den Kragen, der Katzen fütterte. Rezepte am Seitenrand für Carbonara-Soße und Maronenkuchen und eine Anleitung, wie man Brotteig ansetzte.

Als das Semester zu Ende war, beschloss Elizabeth, länger zu bleiben, und ihr Tutor war damit einverstanden, ihren Studentenstatus einzufrieren. Ihre Mutter besuchte sie daraufhin, und Elizabeth war klar, dass sie sie dazu überreden wollte, an die Uni zurückzukehren. *Sie hat ihr wahres verqueres Gesicht gezeigt: Es geht darum, etwas zu Ende zu bringen, hat sie gesagt, es durchzuhalten. Es ist schlechtes Karma, wenn man sein Leben nicht ins Gleichgewicht bringt.* Elizabeth blieb den ganzen Herbst, nahm eine Stelle in einer Trattoria an und brachte mehrere Tage die Woche damit zu, im Tausch gegen einen Platz im Atelier die Pinsel eines Kunstlehrers in Santo Spirito zu reinigen und sich um die Anmeldungen zu kümmern.

Kate las die Aufzeichnungen wie einen Reisebericht. Sie war mit Chris an exotische Orte gereist und hatte im Zuge ihrer Ausbildung ein paar Praktika im Ausland absolviert, war aber nie in Italien gewesen. Tatsächlich hatte sie sich nie länger als eine Woche außerhalb der Vereinigten Staaten aufgehalten, nie lange genug, um so in das Leben und die Kultur einzutauchen, dass sie sich nicht mehr wie eine bloße Beobachterin fühlte. Wenn Kate mit Elizabeth darüber gesprochen hatte, wie sehr sie Chris um seine Reisen beneidete, hatte diese ihr mit aufmerksamem Lächeln zugehört, ihr Auslandssemester aber nur nebenbei erwähnt.

In den Einträgen aus Florenz hörte Elizabeth sich glücklicher an, als Kate sie bisher in den Tagebüchern erlebt hatte. Das kam nicht nur daher, dass sie sich amusierte und selbstsicherer geworden war, obwohl das auch eine Rolle spielte. Es lag so viel Optimismus darin, wie sie ihre Lebenssituation und ihre Zukunftspläne beschrieb, keine Spur von Sehnsucht danach, irgendwo anders zu sein. Und doch war sie noch nicht die Freundin, die Kate gekannt hatte. Ihr fiel es nicht leicht, den Unterschied in Worte zu fassen: Vielleicht war es das lebhafte Temperament oder ihre Offenheit. Elizabeth war noch nicht zur stillen Beobachterin geworden.

17. September 1984

Es treibt mich in den Wahnsinn, dass ich nicht konsequent durcharbeiten kann. Eine Woche lang läuft's prima, ich gehe komplett darin auf, und dann komme ich ins Atelier und finde alles scheiße, nichts als langweiliger Klischee-Müll, mit falschen Helligkeitsabstufungen und ungefähr so einfallsreich wie eine Hallmark-Grußkarte. Stundenlang verzweifle ich darüber, bin sicher, dass ich nur meine Zeit verschwende, und fühle mich wie die Karikatur eines kleinen Mädchens, das schauspielert. Ich will schon fast nach Hause fahren und einfach mein Studium abschließen. Dann arbeite ich ein paar Tage in der Trattoria, und wenn ich dann wieder ins Atelier gehe, sieht es schon nicht mehr so schlimm aus. Ein neuer Tag, ein neues Licht.

29. November 1984

Dad hat gestern Abend angerufen, auf dem Haustelefon bei Signora P, das hat er noch nie getan. Hat erst mal Small Talk gemacht, überhaupt nicht sein Ding, und gefragt, wann ich nach Hause komme. Was ist los, Dad, spuck's aus.

»Deine Mutter ist krank«, hat er gesagt. »Sie sollte nicht mehr alleine wohnen.«

Sie spielte natürlich alles herunter, als ich sie anrief, und war sauer, dass Dad es mir erzählt hat. Aber sie hat furchtbar geklungen und nicht diskutiert, als ich gelogen habe, dass ich mein Rückflugticket schon gebucht hätte. Ich kann nichts Konkretes aus ihr heraus-

bekommen, außer dass es keine Überraschung für sie ist und dass sie anscheinend schon eine ganze Weile krank ist.

Morgen lasse ich meine Bilder verschiffen und hole meinen Lohn in der Trattoria ab, um meine Miete bei Sra. P zu begleichen. Sie hat gerade abgewaschen, als ich ihr erzählt habe, dass ich abreise. Ich saß auf dem Hocker in der Ecke, dessen Beine schon so angeknackst sind, dass man meint, er würde jeden Moment zusammenbrechen, und habe die Katze gestreichelt. Ich sagte, dass ich in ein paar Tagen nach Hause fliege, dass meine Mutter krank ist, zumindest so gut ich das in meinem begrenzten Italienisch konnte. Sie hat aufgehört abzuwaschen, die Hände tropfnass über dem Waschbecken, und gefragt, was es sei. Ich wusste das Wort für Krebs nicht, also habe ich mir auf die Brust geklopft. Sie dachte, ich meine das Herz – mal di cuore? –, und ich habe fieberhaft nach einem anderen Wort gesucht, als dem was die Männer auf der Straße benutzen, wenn sie über Frauen reden. Mammella. Die Katze rieb ihren Kopf an meinen Beinen wie eine kleine Ziege, und ich beugte mich zu ihr hinunter und tat so, als würde ich mich nur für sie interessieren.

Aber Sra. P wusste es besser. »Cara mia«, hat sie gesagt und ist zu mir herübergekommen. Sie hat mich in den Arm genommen und dabei nasse Spuren auf meinem Rücken hinterlassen.

Neun

Der Fahrradweg führte über den nördlichsten Teil von Great Rock, eine fünf Meilen lange Schleife, die bis zu den Anlegestellen der Hummerboote reichte und durchs Naturschutzgebiet und die Wiesen der Lamafarm verlief, die für ihre handgefärbte Wolle bekannt war. Die Strecke war zu lang für Piper, so dass Chris mit ihr angeln gegangen war. Die beiden trugen die Verantwortung für das Abendessen, wenn nicht per Angelrute, dann über die Fischläden am Hafen.

Für James waren fünf Meilen auf dem Fahrrad ein zumutbares Ziel. Zu Hause hatte Kate ihn an einem Samstagmorgen im Frühling auf eine 3-Meilen-Radtour mitgenommen. Ein Überbleibsel vom Sonnenaufgang hatte noch den Himmel gefärbt, als sie an den Denkmälern vorbei und um das Flutbecken herum radelten, die Bäume mit Kirschblüten übersät wie von einem späten Schneesturm. Sie wollten das Weiße Haus besuchen, doch hatte kürzlich eine Terrorwarnung die Sicherheitskräfte in Verteidigungsstellung gebracht. So spähten sie also durch die hohen Absperrungen, um einen Blick auf die berühmten weißen Säulen zu erhaschen. Als sie dort standen und schauten, startete gerade der Helikopter des Präsidenten und flog davon, *schrapp-schrapp-schrapp* vor dem rosa zerlaufenden Himmel. Während sie ihm zusah, wie er in der Ferne immer kleiner wurde, hatte Kate sich unglaublich verwurzelt gefühlt, gebunden in jeder Hinsicht.

Jahrelang war das Reisen als Familie etwas gewesen, bei dem alles festgelegt werden musste und die Flexibilität von sperrigem Gepäck und einem von Mittagsschlaf, Mahlzeiten und Launen bestimmten Tagesablauf eingeschränkt wurde. Es hatte den Anschein gehabt, als würden diese Jahre bis in alle Ewigkeit andauern, und ein kleiner Teil von Kate hatte sich das sogar gewünscht. Erinnerungen selbst an die schwierigen Zeiten – die Kinder, die im Auto, im Flugzeug, im Hotel bis zur Erschöpfung weinten – nahmen eine nostalgische Patina an. Kate hatte den Kindern zugesehen, wie sie schließlich einschliefen, die verschwollenen Münder nun entspannt, und war dabei zu gleichen Teilen erleichtert und untröstlich gewesen. Sie hatte gedacht, dass sie niemals wieder so vollständig die Ihren sein würden wie in diesen Augenblicken der Kapitulation. Die Freiheit, ungebunden zu verreisen, kündigte sich bereits in naher Zukunft an. Und doch ahnte Kate, dass diese Freiheit, ebenso wie vieles andere, das sie überraschte, mit einer Wehmut über zu schnell Vergangenes einhergehen würde.

Der befestigte Weg verlief parallel zur Harvest Road und war so breit, dass zwei Radfahrer nebeneinanderfahren oder sich begegnen konnten. Zwischen dem Weg und der Straße stand ein einfacher niedriger Holzzaun, an dem hier und da Wildrosen oder Giftefeu heraufwucherten. Auf den Wiesen zu ihrer Rechten wuchsen schwarze Heidelbeersträucher und Farnmyrte. Ein zerknautschter Hügel nach dem anderen schwang sich hinunter bis zum Gezeitenbecken. Das Plover-Neck-Schutzgebiet war Kates Lieblingsziel. Andernorts auf der Insel wurden ganze Landstriche für Bebauungen kahlgeschlagen, doch das Schutzgebiet war davor sicher. Die Natur folgte ihren eigenen Gesetzen, und die Felder verwandelten sich langsam in Wälder. Vom Gezeitenbecken aus breiteten sich die Weißfichten und Waldkiefern heimlich auf den Hügeln aus wie in einer stummen Guerilla-Bewegung, die auf den Wiesen eindrang.

Eine Gruppe Radfahrer kam ihnen entgegen, und Kate sah, wie James ins Schwanken geriet. Es brachte ihn aus dem Konzept, mit dem Fahrrad auf seiner Seite bleiben zu müssen. Je mehr er sich darauf konzentrierte, den Fahrrädern auszuweichen, umso mehr schien sein Rad einer suggestiven Anziehungskraft zu folgen. Widerstand ließ seinen kleinen emsigen Rücken steif werden.

»James, schau einfach weiter geradeaus, du machst das super«, rief Kate ihm zu. Die Radfahrer fuhren einer nach dem anderen vorbei und wichen ihm großzügig aus. Die letzte Radlerin, eine Frau, die etwa zehn Jahre älter war als Kate, lächelte sie wissend an. *So niedlich*, sagte das Lächeln. *Geht so schnell vorbei.*

Nachdem sie vorbeigefahren waren, trat James rückwärts in die Pedale und bremste dann mit den Füßen auf der Erde ab. »Ich halte an«, rief er Kate zu. »Ich mache eine Trinkpause.«

Das war sein Muster: sich zwingen, die Sache durchzuhalten, und aufhören, sobald er sie gemeistert hatte. Angst, Erfolg, Entspannung. Er war schon immer nur angespannt Risiken eingegangen. Doch in letzter Zeit hatte er angefangen, das zu überspielen, war gleichgültig, wenn ihm etwas gelang, und täuschte Desinteresse vor, wenn nicht. Kate kam es vor, als liefe vor ihren Augen eine Dokumentation über Entwicklungspsychologie ab, bei der die sich herausbildenden Fähigkeiten von den Eigenschaften beider Elternteile geformt wurden – von Chris' natürlichen Begabungen und Kates ernsthafter Konzentration. Kaum merklich, und doch hatte James sich in so kurzer Zeit so sehr verändert. Kate musste an das Schild denken, das ihr im Krankenhaus, in dem sie beide Kinder zur Welt gebracht hatte, aufgefallen war. Über der Tür zum Säuglingszimmer stand dort in bunten Buchstaben: »Wenn du genau hinsiehst, kannst du uns beim Wachsen zusehen!«

Natürlich gingen Veränderungen nicht in spürbaren Ausbrüchen vonstatten, aber wenn sie wieder arbeiten ging, würde es sich so anfühlen. Sie würde eines Abends nach Hause kommen und von der Tagesmutter erfahren, dass James' Fahrrad weg war. Wenn sie nachhakte, würde er zugeben, dass er es am Tag zuvor an der Hecke liegen gelassen hatte, was sie nicht bemerkt hätte, als sie spätabends vorfuhr. Wenn sie immer noch nicht lockerließ, würde sie von ihm hören, dass die älteren Jungs, die im Gegensatz zu ihm auf dem Hinterrad fahren konnten, ihn gehänselt hatten und dass er nicht mehr Rad fahren, sondern mit etwas Härterem anfangen wollte, wie Karate. Und Kate würde nichts davon ahnen, bis das Drama schon im letzten Akt spielte und das Rad verschwunden war.

Elizabeth hatte bei fast allem als Erste Bescheid gewusst, denn nahezu alles war bei ihr zu Hause passiert. Nachdem ihre Kinder geboren wurden, hatte sie nie wieder außer Haus gearbeitet. Sie hatte wohl mal eine Stelle als Assistentin in der Werbebranche gehabt, doch hatte sie kaum über ihren alten Beruf gesprochen, so wie sie generell kaum von ihrem Leben vor den Kindern erzählt hatte. Sie hatte ihr vormaliges Singledasein so abgehandelt, als interessierten diese Jahre sie nicht, als wären sie Einzelheiten eines vor langer Zeit gelesenen Romans. Und doch hatten die Passagen aus Elizabeths Zeit in Florenz Kate an die ausgeschmückten Reiseberichte von Autoren erinnert, die im Ausland gelebt hatten, von Menschen, die sich durch ihre Faszination für eine andere Kultur und ihre Freude darüber, sich darin aufgenommen zu fühlen, selbst entdeckt hatten. Seitdem sie die florentinischen Tagebücher gelesen hatte, hatte sich Kates Verlustgefühl beim Gedanken an Elizabeth verändert. Es war eingefärbt von einer Bitterkeit darüber, dass ihr etwas verwehrt geblieben war. Als wäre ihr etwas vorenthalten worden, was sie unter anderen Umständen möglicherweise bekommen hätte.

Kate und James saßen mit ihren Wasserflaschen im Gras am Rande der Lamafarm. Kate packte einen Müsliriegel aus, brach ihn in zwei Teile und reichte James die eine Hälfte. »Du wirst immer besser auf dem Fahrrad. Ist es sehr ungewohnt, damit auf dem Radweg zu fahren?«

»Nein, gar nicht, macht aber mehr Spaß.«

Kate sah über die Wiese zu den Lamas, die sich mit ihrem ganz eigenen betulichen Gang bewegten und die Lippen vorstreckten, als könnten sie es nicht abwarten, den anderen etwas zu berichten.

»Es war einmal vor langer Zeit, bevor ich deinen Dad kennenlernte, da reiste ich in ein Land namens Peru ...«

»Das weiß ich schon, Mom«, sagte James ungeduldig.

»Na gut. Ich hörte jedenfalls von einer Farm, auf der sie wunderschöne Pullis aus der Wolle ihrer eigenen Lamas anfertigten. Ich kam zu einer Wiese wie dieser hier, voller Lamas, und ich fuhr überall herum, um das Farmhaus zu finden. Aber dann habe ich die Orientierung verloren, und die Straße führte nur hoch auf eine Klippe, also musste ich umkehren und wieder wegfahren, ohne die Farm jemals gefunden zu haben. Es war wirklich merkwürdig, als lebten die Lamas ganz allein auf einer Farm mitten in Peru und versorgten sich selbst.«

James inspizierte den Müsliriegel. Er überlegte, ob er

die Cranberry-Stückchen und Sonnenblumenkerne herunterpicken sollte wie das Gemüse von einer Pizza.

»Wie kann eine Mom verlorengehen?«

»Verlorengehen?« Kate hielt inne, verunsichert. Wollte er die Wahrheit wissen oder die Versicherung haben, dass sie sich nicht verfahren würde?

»Na ja, wie jeder andere auch. Ich brauche Karten und so, und manchmal biege ich falsch ab. Aber hier war ich schon ganz oft.«

Er verscheuchte eine Fliege, die auf seinem Müsliriegel landen wollte. »Das meine ich nicht. Wie hat Mrs Martin ihre Mutter verloren?«

Ah, das meinte er mit verlorengehen. Kate hörte auf zu kauen und versuchte nachzuvollziehen, was er wusste und woher. Das Tagebuch auf ihrem Bett neulich abends. Nicht die Babysitterin, sondern James.

Soweit sie wusste, war er bisher noch nie allein oben in der Dachkammer gewesen. Sie hatte den Kindern zwar flüchtig von der Truhe mit den Tagebüchern erzählt, doch James hatte kein Interesse gezeigt. Der Gedanke, dass ihr Sohn alt genug war, um die Tagebücher von jemand anderem zu lesen und sogar so viel davon zu verstehen, überstieg ihre Vorstellungskraft. Ihr Baby, das den ganzen Tag über geschlafen und nachts herumgelärmt, immer den Einsatz für Tag und Nacht verpasst hatte, grübelte jetzt über erste Spuren von Erwachsenentrauer nach. Wie geht eine Mom verloren? Von nun an würde sie die Truhe abschließen.

»Hast du das im Tagebuch gelesen? Bist du in die Dachkammer hochgeklettert zu meiner Truhe, die von den Martins?«

»Nein«, erwiderte er mit einem Mal wie beiläufig. »Das habe ich mir selbst überlegt.«

Sie hatte zu schnell reagiert und jegliche Vertrautheit verscheucht, die hätte entstehen können. »James.«

»Wirklich. Ich hab nur darüber nachgedacht. Darüber, wie Leute verlorengehen.«

Sie schwieg. Informationen von einem Kind zu erhalten war wie das Füttern eines schreckhaften Tiers.

»Ich bin nicht sauer, dass du es gelesen hast, auch wenn es nicht okay war. Ich bin nur überrascht, dass es dich überhaupt interessiert.«

Er biss erneut von seinem Müsliriegel ab und bückte sich, um an einem Mückenstich zu kratzen. Sie versuchte es noch einmal.

»Als ich ein kleines Mädchen war, habe ich mich immer mit irgendwelchen Sachen versteckt, genau wie du. Unser Haus hatte nicht so einen tollen Raum auf dem Dachboden wie hier, aber meine Grandma hatte einen großen Wandschrank mit einem Fenster drin. Ich habe immer gern in dem Schrank unter ihren Kleidern gesessen und mir ihre alten Fotoalben angeschaut.«

Sie lehnte sich zurück und sah zu einem Lama, das auf sie zukam und dessen hocherhobener Kopf auf und ab wippte.

»Es ist irgendwie wie in einem Baumhaus da oben«, sagte James. »Als Piper gemalt hat, habe ich die Babysitterin gefragt, ob ich mein Buch mit nach oben nehmen darf und da lesen kann wie du.«

Kate betrachtete weiter die Lamas. »Aber dann hast du die ganzen Tagebücher mit den coolen Umschlägen gesehen.« Er nickte.

Das war eine der Gelegenheiten, die die Schule belehrbare Momente nannte, und Kate wog ab, welchen Erziehungsweg sie einschlagen sollte, »Respektiere anderer Leute Sachen« oder »Was es bedeutet, jemanden zu verlieren«. Verlieren gewann.

»Weißt du, was das für Bücher sind, James?«

»Ja. Das sind Geschichten von Mrs Martin.«

»So ungefähr. Sie hat über ihr Leben geschrieben, für sich selbst, darüber, was sie glücklich oder traurig gemacht hat.«

Er dachte darüber nach und stellte es in den Kontext dessen, was er über Bücher wusste. Büchereien, Geschichten. Erlebnisse, die für andere Leute aufgeschrieben wurden. »Warum hat sie die geschrieben?«

Kate hatte sich das ebenfalls gefragt. Vielleicht hatte Elizabeth das Bedürfnis gehabt, darüber zu schreiben, was sie erlebte und fühlte, vor allem, weil sie sich niemand anderem anvertraute. Oder vielleicht wollte sie die Bücher bewahren, wie um zu zeigen, dass all dies wirklich passiert war, dass es eine Bedeutung gehabt hatte.

»Manche Leute schreiben gern auf, was sie erleben und worüber sie nachdenken, damit sie sich später daran erinnern können, wenn sie älter sind.«

»Vielleicht damit andere Leute sich an sie erinnern können, wenn sie nicht mehr da sind.«

»Vielleicht.«

Er faltete das Papier von dem Müsliriegel zusammen und schob es unter einen Marienkäfer. »Schreibst du auch solche Bücher?«, fragte er.

»Nein.« Kate schüttelte den Kopf.

Der Marienkäfer kletterte über das gelbe Logo auf James' Daumen zu, und Kate fragte sich, ob James wohl das Papier fallen lassen würde, wenn der Käfer ihn berührte, oder ob er ihn auf seine Hand krabbeln lassen würde. Fallen lassen wahrscheinlich.

»Vielleicht solltest du es aber«, sagte er, »damit wir uns auch an dich erinnern können, wenn du nicht mehr da bist.«

Etwas in Kates Brust zog sich zusammen. Im vergangenen Jahr hatte es einige Fragen über den Tod gegeben – hauptsächlich von James, Piper war noch zu klein – jedoch nicht so viele, wie sie erwartet hatte, und sie hatte die Antworten einfach gehalten. Mrs Martin war nicht mehr da, ihr Flugzeug war bei einem Unfall abgestürzt. Manchmal passierten solche traurigen Unfälle. Und manchmal trugen schlechte Menschen die Schuld an Tragödien. James schien sich mit dieser Version der Ereignisse zufriedenzugeben, wollte aber gelegentlich mehr erfahren. Immer wenn er diese Tür öffnete, versuchte sie ihm zu zeigen, dass sich dahinter nichts verbarg, was besonders furchterregend war, oder ließ es zumindest so erscheinen.

»Das wird wahrscheinlich noch ganz, ganz lange dauern«, sagte Kate. James pustete den Marienkäfer an. Er hatte das Interesse an Kate verloren. Sie legte ihm die Hand aufs Bein und beugte sich vor.

»Man darf traurig sein, wenn jemand stirbt, und es ist normal, manchmal darüber nachzudenken, dass wir die Menschen, die wir lieben, vielleicht verlieren. Aber das passiert nur ganz selten und normalerweise erst, wenn die Menschen schon ganz alt sind.« *Lügnerin*, dachte sie.

James spielte weiter mit dem Papier, drehte es um und beobachtete, wie der Käfer weitermarschierte, selbst als seine Welt auf dem Kopf stand. »Ist das auch mit ihrem Baby passiert?«

»Wessen Baby?«

»Mrs Martins Baby, das verlorengegangen ist.«

Kate war einen Augenblick verwirrt. Ein Baby verloren? So hatte Elizabeth nicht über die Abtreibung geschrieben. Dann rieb sie sich die Schläfen, als ihr bewusst wurde, was noch bevorstand. Oh, Elizabeth.

»Das weiß ich nicht. Aber manchmal wachsen Babys nicht gesund heran, wenn sie noch im Bauch von ihrer

Mom sind. Manchmal geht es ihnen, auch nachdem sie geboren wurden, nicht gut.«

James sah sein Fahrrad an, und vielleicht versuchte er, den Regeln einen Sinn zu geben, die für Leben und Sterben galten: Manchmal ist man alt, manchmal ist man krank, manchmal ist man weder das eine noch das andere. Oder er dachte einfach darüber nach, dass er einen Lego-Roboter bauen würde, wenn sie nach Hause kamen.

»Das ist traurig«, sagte er.

»Ja.«

Mit Blick auf die Herde saßen sie beieinander, und Kate kamen belanglose Schnipsel aus der Zeit in den Sinn, als sie noch strickte und die Kinder Babys waren. Lamas haben keine oberen Zähne, doch die ausgewachsenen männlichen Tiere bekommen große untere Eckzähne zum Kämpfen; Lamas kommunizieren viel über Summen, und sie summen, sowohl wenn sie zufrieden als auch, wenn sie aggressiv gestimmt sind.

Wie schwer haben es die Lamas, dachte Kate, wenn das gleiche Geräusch sowohl Freude als auch Gefahr bedeuten kann.

Zehn

Kate saß auf der Chaiselongue in der Dachkammer, die nur von den Wandlampen schwach erleuchtet war. Im Tagebuch packte Elizabeth gerade ihre Sachen für ihre Abreise aus Florenz. Ein letztes Mal besuchte sie ihre Lieblingsorte – die Lederhändler auf dem San-Lorenzo-Markt, die Essensstände auf dem Mercato Centrale, die Wildschweinstatue auf dem Mercato de Porcellino, deren Nase sie rieb wie alle, die dem Aberglauben folgten, dass es Glück brachte. Sie wusste nicht, ob sie zurückkommen würde. Sie wusste nicht, ob sie nach Hause fuhr, um ihrer Mutter bei der Genesung zu helfen oder um mit ansehen zu müssen, wie sie sich nicht erholte.

3. Dezember 1984

Als ich gestern vom Flughafen kam, schlief Mom gerade auf dem Sofa. Ich hatte sie erst im August das letzte Mal gesehen, aber der Unterschied war furchtbar. Alles an ihr ist dünn und grau. Am schlimmsten ist ihre Nase. Mir war nicht bewusst, dass eine knochige Nase ein Gesicht so verändern kann. Sie schlief im Sitzen, mit der weißen Decke, die Tante Lucy ihr zur Hochzeit gehäkelt hatte, als sie daran erkrankt war. Mein ganzes Leben lang ist die Decke immer in der antiken Truhe geblieben, weil Mom fand, sie sei zu wertvoll, wie übrigens auch die Truhe, eines der wenigen schönen Sachen von Grandma. Und jetzt lag da die Decke, mit einem verrutschten Teller darauf und mit Krümeln übersät.

Das Haus ist das Abbild der Verwahrlosung. Der Kühlschrank ist so gut wie leer, und das bisschen, was schlecht werden konnte, ist bereits verschimmelt. Ich habe fünf tote Fische aus dem Aquarium gefischt, aber es sah so aus, als würden sich ein paar lebendige hinter der Burg verstecken, also habe ich ein bisschen Futter reingeschüttet. Ich kann es nicht fassen, dass sie immer noch Annas Aquarium hat.
Sie hat mich gefragt, wie lange ich bleiben würde, aber aus ihrem Tonfall konnte ich heraushören, dass sie eigentlich fragte: »Wann fährst du wieder?« Als ob ich in diesem Arrangement diejenige wäre, die sie von etwas abhält.
Ich müsste lügen, wenn ich behaupten würde, ich hätte nicht darüber nachgedacht, den nächsten Flieger nach Florenz zu nehmen, aber hier ist buchstäblich niemand sonst für sie da. Und ehrlich gesagt gibt es auch niemanden, der für mich da wäre.

Kate fragte sich, ob Elizabeth jemals zurückgeblickt hatte, sich vorgestellt hatte, wie ihr Leben verlaufen wäre, wenn sie in Italien geblieben wäre. Aber wie sie Elizabeth einschätzte, hätte sie das niemals offen zugegeben.

Die ganze zweite Woche auf der Insel las Kate über das Jahr, in dem Elizabeth sich um Amelia kümmerte. Drei Aufgaben wechselten sich regelmäßig ab: sicherstellen, dass ihre Mutter die Medikamente einnahm, sie zu ihren Arztterminen bringen und versuchen, sie zum Essen zu bewegen. An guten Tagen fuhren sie spazieren; Elizabeth nahm eine Thermoskanne Pfefferminztee mit, und sie fuhren durch den historischen Stadtteil, wo sie sich zwischen den vornehm renovierten viktorianischen Gebäuden hindurchschlängelten. Zum Schluss kamen sie stets an den Strand, wo sie von dem Parkplatz aus, an dem Elizabeth früher mit Michael gesessen hatte, den Möwen über dem Wasser zusahen.

Während die Monate verstrichen, schien das Verhältnis der beiden entspannter zu werden, wenn auch nicht enger. *Ich habe nicht die emotionalen Erleuchtungen, die man angeblich bekommt, wenn man sich so intensiv um jemanden kümmert. Wir sind herzlich zueinander, und manchmal spürt man Wärme, aber das war auch schon alles. Ich rechne es ihr hoch an, dass sie in den letzten Jahren etwas normaler geworden ist, und hin und wieder spüre ich einen Anflug von Nähe. Aber ich habe immer noch das Gefühl, dass ich absolut nichts über sie weiß.*

Ja, dachte Kate. Ich weiß genau, was du meinst.

Im März erhielten Amelia und Elizabeth einen Anruf wegen der Hypothek. Um ihre Finanzen stand es nicht gut. Etwa um die gleiche Zeit rief die Werbeagentur an, für die Amelia halbtags gearbeitet hatte, und erkundigte sich, ob sie bald zurückkommen würde oder ob sie sich nach einem dauerhaften Ersatz umsehen sollten. Spontan fragte Elizabeth, ob sie vorübergehend die Stelle ihrer Mutter übernehmen könne, und gab als Referenz die Galerie in SoHo an, in der sie in ihrem zweiten Studienjahr gearbeitet hatte. Sie begann, drei Tage die Woche in der Agentur zu arbeiten, zu der sie mit dem Auto ihrer Mutter nach Stamford fuhr, und nach wenigen Monaten wurde sie Assistentin in der Designabteilung. Sie legte Überstunden ein und half den Grafikern aus, bis aus ihrem Bluff echte Kenntnisse im

Umgang mit den Computerprogrammen wurden. Als schließlich eine Stelle frei wurde, fragte niemand nach ihren Zeugnissen oder ihrem Abschluss.

Im Mai bekam Amelia Anspruch auf eine klinische Studie im Yale-New-Haven-Krankenhaus, was bedeutete, dass sie mehrmals pro Woche gefahren werden musste. Zunächst sperrte sich Malcolm, Elizabeths Chef, dagegen, sich auf ihren Terminplan einstellen zu müssen, und drängte sie, eine andere Lösung für die Fahrten ihrer Mutter zu finden. *Was soll ich denn machen, einen Taxiservice bezahlen? Irgendeine Krankenschwester anstellen? Dafür bin ich nicht nach Hause gekommen. Ich verstehe vielleicht manchen Fremden besser als sie, aber ich bin nicht nach Hause gekommen, um jemand anderen dafür zu bezahlen, dass er sich um meine Mutter kümmert.* Letztendlich ließ Malcolm Elizabeth für ein verringertes Gehalt in Teilzeit von zu Hause aus arbeiten.

Eine Zeitlang befand sich Amelia in der Warteschleife. *So nennt ihr Team das, als wäre sie eine 747, die über LaGuardia kreist.* Doch im Sommer verschlechterte sich ihr Zustand.

12. August 1985

Es streut sich. Es geht ihr viel schlechter, und sie isst fast gar nichts mehr. Ich mache ihr Shakes mit Bio-Babynahrungsflocken und kaufe alberne Strohhalme aus dem Spielzeugladen, weil die sie zum Lächeln bringen. Aber nichts davon macht einen großartigen Unterschied. Sie ist meistens gereizt, aber dann und wann, wenn ich ihre Medikamente gerade richtig dosiere, bekomme ich ein Bruchstück von ihr zu sehen, das ich noch nicht kenne. Oder vielleicht war sie auch schon immer so und hat es nur nicht gezeigt. Oder nur mir nicht gezeigt. Heute Nachmittag habe ich sie dazu bewegen können, über ihr Buch zu reden, das alte zerlesene Ding, das sie jahrelang wie eine Bibel mit sich herumgeschleppt hat. Wahrscheinlich lag es mehr an ihrer Bereitwilligkeit generell oder ihrem Gemütszustand als an irgendetwas, das ich gesagt oder getan habe, denn sie hat bisher nie auf meine Fragen geantwortet. Ich habe ein paarmal einen Blick in das Buch geworfen, während sie schlief. Es wird viel über Feuer und die Seele gefaselt, wie man Ärger kanalisiert, und über schlechte Angewohnheiten, Wahrheit und Göttlichkeit. Auf dem Schutzumschlag ist ein langhaariger Typ abgebildet. Ich glaube, er hat was mit dem Ort zu tun, wo sie hin ist, als ich während der Highschool mit Dad in Sarasota war. Ist nur so ein Bauchgefühl.

»Schönes Cover«, habe ich gesagt und daraufgezeigt. »Würde toll aussehen, wenn man es malt.« Das finde ich wirklich. Im Hintergrund sind asiatisch anmutende Pinselstriche auf einem blättrigen Muster, das bestimmt hübsch war, bevor es so schmuddelig und so viel geknickt wurde. Mir war bewusst, dass ich das Buch dadurch trivialisieren könnte, aber man sucht ja nach einem Aufhänger, wo es eben geht.

»Schönes Cover«, ahmte sie mich nach. »Dir geht es immer nur um die Ästhetik. Ich wünschte, du hättest etwas, woran du wirklich glauben könntest, Lizzie.«

Ich brauchte einen Moment, um den Ärger hinunterzuschlucken, der immer bei mir hochkommt, wenn sie Kunst als eine Erklärung dafür benutzt, dass es mir an diesem oder jenem mangelt. Ich versuchte, eine Entgegnung zu finden, die offen und nicht defensiv klang. Ich versuchte, mir vorzustellen, wie es sich anfühlen muss, wenn man weiß, dass man nicht mehr viel Zeit hat und dass es einem nicht gelingt, diese eine Sache, die einem im Leben wichtig ist, weiterzugeben. Wie es ist, eine Mutter zu sein, deren Kind einem nicht ähnelt und wahrscheinlich eine Enttäuschung darstellt und eine ständige Erinnerung an das Kind ist, das einem nicht geblieben ist.

»Ich glaube an vieles«, habe ich gesagt.

Sie schüttelte den Kopf. »Du bist verschlossen, Lizzie, nicht empfänglich. Du wirkst abweisend auf andere.«

Da konnte ich nicht mehr anders. »Verschlossen? Woher habe ich das wohl, Mom? Du bist die Königin der Heimlichtuerei.« Ich sah auf das Buch und wollte noch hinzufügen: Auch wenn du bei diesen Leuten vielleicht anders warst. Aber ich habe nichts gesagt.

Sie sah mich mit ihren glänzenden morphingetränkten Augen durchdringend an und sagte: »Es gehört zum Erwachsenwerden dazu, dass man seine Fehler akzeptiert und anstatt andere dafür verantwortlich zu machen, sie einfach selbst in Ordnung bringt. Manchmal können Menschen das alleine, manchmal brauchen sie Hilfe. Ich rede nicht bloß über Religion«, hat sie gesagt. »Glaube bedeutet auch, dass man an sich selbst glaubt und daran, was Menschen mit ihrem Geist bewerkstelligen können, mehrere Menschen, die sich zusammentun. Es ist unglaublich, was man mit der richtigen Einstellung und der richtigen Unterstützung erreichen kann.«

Normalerweise fühle ich mich unwohl, wenn jemand mir so von der Kraft des positiven Denkens vorschwärmt. Kleine Gemeinheiten kommen mir in den Sinn. Wie Notnagel. Hoffnungsloser Fall. Und Freak. Aber meine Mutter ist nicht unintelligent, und welche Art von Selbsthilfe sich auch in ihr verankert hatte, wie könnte ich behaupten, es hätte nicht geholfen? Nachdem sie weg war, hat sie aufgehört zu trinken, schien weniger wütend, hat angefangen, über Anna zu reden, hat einen guten Job bekommen und wirkte ganz einfach glücklicher. Ich bin keine Expertin darin, wie die Welt funktioniert. Sie ist vielleicht rund und logisch, und wir stammen alle von Affen ab und so weiter, aber es könnte auch intelligente Lebensformen auf dem Mars geben, und ganz vielleicht gibt es auch intelligente Lebensformen in Kulten um positiv denkende Langhaar-Gurus …

Kate erkannte sich darin wieder. Diese Passage erinnerte sie an ihre eigene Überzeugung: Man kann nie wissen. Manchmal erkennt man etwas besonders Wertvolles nicht, manchmal gibt es Erklärungen für scheinbar Unerklärliches. Das hatten sie und Elizabeth gemeinsam gehabt. Wenn jemand nicht offen war für etwas, hatte Elizabeth immer gesagt: *Sie hat Angst, dass ihr Gehirn eine Erkältung bekommt.*

… Sie war gereizt, aber sie machte nicht dicht, also habe ich weitergefragt. »Mom, wieso bist du dorthin gegangen? Als ich damals mit Dad nach Florida gefahren bin?«
Ich dachte, wenn sie mir das sagt, könnte ich mir den Rest schon zusammenreimen – warum jemand irgendwohin fährt, um sich anderen zu öffnen und Kraft aus der Gemeinschaft zu schöpfen, wenn ihr eigen Fleisch und Blut genau vor ihr steht und das Gleiche sucht.
Sie drückte mit dem Daumen auf die Morphiumpumpe und sah aus dem Fenster auf die Hortensienbüsche an der Bordsteinkante, die in drei oder vier Farbtönen wie Zuckerwatte blühten. Sie weiß so gut wie nichts über Gärtnern, außer dass die Hortensien mehrjährig sind,

und doch ist sie jedes Jahr irgendwie überrascht, dass sie wiederkommen, als könne Mutter Erde es sich anders überlegt haben. Als könnten die Möwen von San Juan Capistrano eines Tages sagen: Scheiß drauf, lass uns nach Long Beach fliegen. Ich denke mal, wenn so etwas Willkürliches passieren kann, wie dass ein achtjähriges Mädchen auf einer wenig befahrenen Straße auf ihrem Fahrrad überfahren wird, warum sollten dann nicht auch die Blumen aufhören zu blühen?
Sie schloss die Augen, aber ich wusste, dass sie nicht schlief, noch nicht. Sie mag mir ein Rätsel sein, aber ich kann trotzdem erkennen, ob sie wirklich nicht zuhört oder ob sie nur so tut, als täte sie es nicht. Sie hat fast nie direkt auf meine Fragen geantwortet, da fängt sie wahrscheinlich nicht jetzt damit an.
Dann aus dem Nichts: »Es gibt Zeiten im Leben, in denen es einem hilft, wenn man Menschen findet, die eine Kraft haben, über die man selbst nicht verfügt, und die Energie einer Gemeinschaft an einem Ort, der so etwas besonders begünstigt.«
Ich habe abgewartet, ob sie noch mehr sagen würde, aber sie sank nur tiefer in ihr Kissen und seufzte. »Sei so nett und schließ die Rollos, ja?« Und das war's auch schon an Vertraulichkeiten.

Später im August ließ Elizabeth sich von der Agentur beurlauben. Malcolm versuchte, sie dazu zu überreden, von zu Hause aus zu arbeiten – nachts, zu unüblichen Zeiten –, doch Amelias Zustand hatte sich zu sehr verschlimmert. *Offensichtlich hat er keine Erfahrungen mit Krebs gemacht, wenn er glaubt, dass es einen Unterschied zwischen Tag und Nacht gibt.*

Eines Nachmittags, nachdem Elizabeth auf dem Markt

Kürbisse gekauft hatte, um die Veranda zu schmücken, fand sie eine Nachricht ihres ehemaligen Freundes Michael auf dem Anrufbeantworter. Er war für das Homecoming-Spiel der Schule in der Stadt und hatte von Mrs Drogans Erkrankung gehört. Elizabeth rief ihn zunächst nicht zurück, war dann aber doch neugierig. Einige Tage später trafen sie sich auf einen Drink.

Er bekam bereits eine Glatze, ein Detail, das Kate zusammenschrecken ließ. *Die Sonne strahlt von seinem glatten Schädel …* Eine Brille verlieh ihm einen ernsthaften, nachdenklichen Ausdruck. Er interessierte sich für Elizabeths Malerei und war ein guter Zuhörer, was sie beides überraschte. Sie widerstand der Versuchung, ihm von der Schwangerschaft zu erzählen – *Ich kann mir nicht vorstellen, dass das zu irgendetwas gut sein könnte* – und hielt ihm die Wange hin, als er sich vorbeugte, um ihr einen Abschiedskuss zu geben.

Kate klappte das Buch zu und lehnte sich in der schattigen Dachkammer zurück. Das war die letzte Seite des Tagebuchs. Sie sah aus dem Fenster auf den Ozean und auf ein Boot, das im dunklen Hafen vertäut war und an dessen Mast und Segeln kleine Lichterketten befestigt waren.

Elizabeth hatte nicht lange darüber nachgedacht, ob sie aus Florenz zurückkehren sollte, als sie erfuhr, dass ihre Mutter krank war. Sie hatte es einfach getan. Ihre Leinwände in Schiffscontainer verladen, ihre Miete bezahlt und das Leben hinter sich gelassen, das sie so liebte, um sich um jemanden zu kümmern, der sich in den schwierigen Jahren kaum um sie selbst gekümmert hatte. Was Kate auch immer gelesen hatte, das sich nicht nach der Freundin anhörte, die sie gekannt hatte – das hier konnte sie sich gut vorstellen.

Kurz nachdem Piper geboren worden war, hatte Kate eine Brustdrüsenentzündung bekommen. Innerhalb eines Nachmittags wurden ihre wunden Brüste steinhart und fiebrig heiß, und sie kämpfte sich damit ab, sich um James und das Baby zu kümmern, während ihr Fieber rapide stieg. Chris war auf Reisen, also kam Elizabeth mit ihren Kindern herüber und versorgte alle vier, während Kate schweißgebadet mit Eisbeuteln auf der Brust im Bett lag. Elizabeth überzeugte Kates Geburtshelferin, ein Rezept übers Telefon auszustellen, und rief dann eine andere Freundin aus der Spielgruppe an, um sie zur Apotheke zu schicken. Dave war ebenfalls unterwegs, und Elizabeth blieb bis spät in die Nacht mit ihren Kindern bei Kate, bis das Fieber schließlich sank und Kate in der Lage war, sich selbst um ihre Kinder zu kümmern. Elizabeths Sachkunde und Mitgefühl waren mit nichts zu vergleichen, was Kate bisher erlebt hatte. Sie war eine Mischung aus Krankenschwester und perfekter Angehöriger, jemand, der versteht, dass Krankenpflege vor allem ein Umsorgen ist und es um viel mehr geht als nur darum, die Krankheit zu überlisten.

Der Mond hing als schmaler Streifen über der Bucht, die sich wie eine weite gesprenkelte Sandebene vor dem Fenster ausbreitete. Unten im Badezimmer lief das Wasser, als Chris sich vorm Zubettgehen die Zähne putzte.

Kate konnte sich ohne weiteres vorstellen, wie Elizabeth sich um ihre Mutter kümmerte, jedoch nicht, wie es war, keine Hoffnung dabei zu haben. Sie hatte nie jemandem nahegestanden, der ernsthaft krank war. Sie musste noch nie dem Verfall zusehen, wissend, dass all die Pflege – vom sorgsamen Verabreichen der Medikamente bis hin zum Austeilen von Brühe – nie zu einer Genesung führen würde, nur der Vorbereitung und der Linderung diente und bisweilen nicht einmal dem. Kates unmittelbarste Erfahrung mit dem Tod war Elizabeth gewesen, und dafür hatte es weder eine Vorbereitung noch Linderung gegeben.

Wie traurig, dachte Kate, dass Elizabeths Mutter krank wurde, bevor Elizabeth heiratete und von ihrem Mann unterstützt wurde. Oder überhaupt von jemandem Unterstützung bekam. Nach ihrer Rückkehr aus Florenz hatte Elizabeth nie ausdrücklich über Einsamkeit geschrieben, doch auf jeder Seite war sie zu spüren.

Dave war der Typ Mensch, der wahrscheinlich gut mit Krankheit umgehen konnte. Für Kates Geschmack hatte sein Süßholzraspeln zu wenig Substanz, und der Südstaatlerakzent mit seinen offenen und gedehnten Vokalen wirkte wie glücklich in der Sonne krabbelnde Baumwollkapselkäfer. Allerdings hatte solch ein Charme möglicherweise eine lindernde Wirkung und machte unangenehme Augenblicke erträglich. Vielleicht gab es einen passenden Zeitpunkt für Plattitüden, wenn Wahrheit nicht trösten konnte.

Kate nahm das nächste Tagebuch vom Stapel, ein mit Pastellkreide bemaltes Buch. Das darunterliegende war mit dem vergrößerten und laminierten Foto von Elizabeth, Jonah und Anna beklebt, das Kate schon in der Nacht auf dem Parkplatz vor dem Motel gesehen hatte. Die Kinder lachten, als würde sie gerade jemand kitzeln, Anna presste das Kinn fest auf die Brust, ein Kleinkindgrinsen im Gesicht, Jonah warf in freudiger Verzückung den Kopf zurück. Elizabeth lächelte, und ihr Blick war auf die dunklen Locken ihres Sohnes gerichtet. Ihre blonden Haare fielen den Kindern ins Gesicht und fingen das Licht ein wie bei einem Rauschgoldengel. Das Foto war grellweiß überbelichtet, und man konnte keinen Hintergrund erkennen. Nur Haare, Augen und Lachen und Elizabeth, die dort im sengenden Sonnenlicht halb verschwand. Es sah aus wie der Ort, an den sie an dem Tag im August aufgefahren war, wenn man an so etwas glaubte.

Kate wollte das Buch zurück in die Truhe legen, doch sie konnte es nicht. Also stellte sie es auf das Bücherbord unter dem Fenster ihrem Sitzplatz gegenüber. Sie setzte sich und betrachtete es einige Augenblicke, ein Bild, das sie sich einprägen wollte. Dann klappte sie die Truhe zu und verschloss sie für die Nacht.

Nur noch einen Eintrag, sagte sie sich, und Kreide vom gestreiften Buchdeckel überzog ihre Hand.

25. September 1985

Es geht ihr noch schlechter. Sie kann nicht mehr lesen. Ihre Sehkraft lässt nach, und sie schläft nach einer halben Seite ein, also lese ich ihr vor. Sie mochte Reisemagazine immer gern, da habe ich ihr eins gekauft mit einer Titelgeschichte über Sedona.

Als ich fertig war, sagte sie: »Die Wüste ist ein sehr spiritueller Ort, Anna«. Sie nennt mich jetzt Anna. Es macht sie glücklich, deswegen korrigiere ich sie nicht. »Wusstest du«, fragte sie, »dass manche Leute glauben, man kann die Kakteen summen hören, wenn man still genug ist?« Mit ihren Fingern wie Strohhalme berührte sie das Foto eines Saguarokaktus. Ich nahm die Handcreme vom Rollwagen, drückte mir einen Klecks auf die Handfläche und massierte die Creme in ihre knochigen Fingerknöchel bis zu den Fingerspitzen ein. Sie sah mich mit hochgezogenen Augenbrauen an oder mit dem, was von ihnen übrig ist, und dann wie-

der auf die Zeitschrift. »Ich habe mich immer gefragt, ob das wahr sein könnte«, sagte sie. Das Summen.

Ich betrachtete den Kaktus, die Stacheln auf den vertikalen Falten. Auf dem Foto war ein winziger Vogel abgebildet, der auf der Gabelung eines Arms saß, entweder ungerührt von den Nadeln oder auf der Suche nach Schutz vor etwas anderem. Wer weiß, vielleicht war das Summen eine Art Nachhalleffekt auf der freien Fläche oder eine Art metaphysisches Echo des Sandes, der Sonne, der Eidechsen. Oder ein Kaktus kann einfach summen wie eine Muschel.

Ich sah von ihren Händen auf, und sie schaute mich immer noch an, abwartend. Ich nickte und lächelte. Wer weiß?

»Kommst du zu Bett?«, rief Chris nach oben.

Kate sah hinunter auf das Buch und überflog den nächsten Eintrag. *Habe heute das Haus verkauft. Den Papierkram unterschrieben, die Schlüssel meiner Mutter in der Küche gelassen und die Tür hinter mir zugezogen.*

»Gleich.«

Sie hörte, dass er noch einen Moment am Fuße der Leiter stehen blieb, als würde er noch etwas sagen wollen. Kurze Zeit später dann das Quietschen der Bettfedern. Kate wartete, überlegte, ob sie zu ihm gehen sollte. Dann blätterte sie um.

Elizabeth zog in eine eigene Wohnung nach Stamford, eine Einzimmerwohnung in einem viktorianischen Mietshaus. Es war in keinem besonders guten Zustand, hatte aber einen gewissen Charme und bot eine bisher nie gekannte

Unabhängigkeit. Zum ersten Mal fühlte sich ihr Leben vollständig an. *Jetzt sind keine Einzelteile von mir mehr überall verstreut. Ich habe alle Schäfchen im Trockenen. Alles, was noch bei meinem Vater war, hat er mir vorbeigebracht, bevor er nach L. A. gezogen ist. Meine restlichen Bilder habe ich aus dem Keller meiner Mutter geholt und hier hinter den Fernseher gequetscht. Ihre antike Truhe habe ich mitgenommen, darin werde ich meine Tagebücher aufbewahren. Wahrscheinlich der schönste Gegenstand, den ich besitze.*

Abends ging Elizabeth laufen, Meile um Meile durch Stamford, und danach holte sie sich etwas zu essen und setzte sich damit vor den Fernseher. Ihre Arbeitskollegen waren die einzigen Freunde, die sie erwähnte, doch schien sie sie außerhalb der Arbeit nicht oft zu treffen. Sie dachte über den Vorwurf ihrer Mutter nach, dass sie abweisend und nicht zugänglich war, und vermutete, dass sie recht hatte. Schon als Kind hatte man ihr gesagt, sie solle lächeln, sie wusste aber nicht wie, ohne dass es gezwungen aussah. Sie war sich im Klaren darüber, dass sie etwas ändern musste. *Ich schließe mich keinen Gruppen an, ich habe keine Kontakte außer ein paar Leuten hier und da und habe seit dem Künstlerkollektiv nirgendwo dazugehört, was irgendwie einer Gemeinschaft gleichkommen würde. Ich könnte hier verrotten, und niemandem würde es auffallen.*

Hier hielt Kate inne. Elizabeth war das Herz der Spielgruppe gewesen, war innerhalb kurzer Zeit unentbehrlich geworden. Kate hatte Elizabeths Lächeln immer als ihren natürlichen Gesichtsausdruck empfunden. Wenn es für sie nicht selbstverständlich gewesen war, Teil einer Gruppe zu sein, musste sie irgendwann einmal viel geübt haben, oder sie hatte es sehr gut versteckt. Dann berichtigte Kate sich. Unter Freunden täuschte man nichts vor.

Als Elizabeth ihren Freunden von der Arbeit erzählte, dass sie das Haus ihrer Mutter verkauft hatte, schlugen Jody und Peg aus ihrer Abteilung vor, das mit einem Wochenendausflug zu feiern. Sie planten ein langes Wochenende um die Abgabetermine für ein Golfturnier einer ihrer Kunden herum und buchten einen Flug zu einem Folkfestival in Colorado. *Wandern und Wellness. Freundinnenzeit. Mit einem Bier in der Hand zu irgendeiner Band tanzen. Ich habe Angst, sie zu enttäuschen, weil ich nicht so unbeschwert und gesprächig bin, wenn es um Themen geht, bei denen Frauen normalerweise unbeschwert und gesprächig werden. Aber ich bin froh, dass sie es vorgeschlagen haben.*

Der Ausflug war ein Erfolg, und sie sprachen darüber, in Zukunft mehr zusammen zu unternehmen. Aber innerhalb eines Jahres war Jody verheiratet und kurze Zeit später auch Peg.

Elizabeth verbrachte die meisten Wochenenden mit ausgeliehenen Videos. *So will ich in zehn Jahren nicht leben. Mich um Annas altes Aquarium kümmern, allein im Wohnzimmer mit Essen vom Thailänder.*

1. Februar 1989

Meine erste Nacht in der neuen Bude: Ich bin wieder New Yorkerin! Ich werde vielleicht fünfmal ausgeraubt, bevor ich die Miete für nächsten Monat zahle, und es ist ein elendes Loch im vierten Stock ohne Aufzug, aber ich finde es fantastisch. Ich habe die Vororte so unglaublich satt. Ich brauchte frische Luft, musste mein Leben mal aerifizieren. Malcolm wäre so stolz auf mich, so ein treffender Gebrauch von Golfterminologie! Wenn er nicht so sauer wäre, dass ich jetzt für die Konkurrenz arbeite, mitten auf der Madison Avenue.

20. April 1989

Sie nennen sie die Central-Park-Läuferin, ein Name, der zu jeder der Tausenden von uns passen würde, die wir abends um das Reservoir laufen mit der heimlichen Angst davor, dass so etwas passiert. Ich war vielleicht zwanzig Minuten vorher an genau der Stelle. Hätte ich ein bisschen länger für die Dehnübungen gebraucht oder wäre ans Telefon gegangen, bevor ich aus der Wohnung bin, wäre ich in dem Moment da gewesen.

Wie oft im Leben kommt es zu einer Beinahkatastrophe? Jeder Tag besteht aus diesen winzigen Entscheidungen mit 57 000 sich verzweigenden Auswirkungen. Du nimmst eine andere U-Bahn als sonst und streifst einen Fremden, der eine Hirnhautentzündung hat, oder du hast Augenkontakt mit jemandem, in den du dich verliebst. Oder man kauft einen Lottoschein in der einen Woche woanders als sonst und kassiert total ab, oder man verpasst den Zug, der dann entgleist. Alles ist so beschissen willkürlich. Alles hat Konsequenzen, die Leben oder Tod oder Liebe oder Bankrott bedeuten oder was weiß ich. Wenn man darüber nachdenkt, kann einen das wirklich lähmen. Aber man muss sein Leben leben. Was gibt es für Alternativen?

In der Dachkammer wurde es fünf Grad kälter. Kate schlang die Arme um sich und rollte sich auf der Chaiselongue zusammen. Elizabeth hatte ihren Flieger damals nur ausgewählt, weil er eine Stunde später abflog. Das war der einzige Grund. Sie hatte darüber in einer E-Mail Witze gemacht: *Ich zahle $ 50 mehr, um ausschlafen zu können.* Willkürlicher ging es nicht mehr.

Fast das ganze letzte Jahr über hatte sich Kate beim Verlassen des Hauses die Frage gestellt, wann es passieren würde. Irgendwo braute sich schon das nächste Ereignis zusammen, ein Akt der Zerstörung, der entweder das Vorangegangene wiederholen oder es übertreffen würde, was kaum vorstellbar war. Ein verdächtiger Rucksack im Einkaufszentrum. Eine wirksame Tablette, die in das McMillan-Wasserreservoir geworfen wurde, ein ganzes Glas davon. Die Chemikalie würde sich in den Washingtoner Wasserleitungen verbreiten und Giftstoffe in Kates Küche träufeln, wenn sie den Hahn aufdrehte, bevor die Meldung über das vergiftete Wasser in den Nachrichten kam. Es gab zufällige Unfälle, wie Elizabeths Absturz, und es gab vorsätzliche Unfälle. Doch das Ergebnis war das gleiche, und alles war reine Willkür.

Elf

Das Festnetztelefon klingelte blechern und altmodisch in der Küche des Bungalows. Kate hatte nur wenigen Menschen die Nummer als Alternative zu ihrem unzuverlässigen Handy gegeben. Es kamen so wenige Anrufe über das Festnetz, dass sie schon gar nicht mehr daran dachten, und das Klingeln durchbrach die morgendliche Stille wie eine Sirene.

Kate stand im Garten und hielt den Wasserschlauch auf das Planschbecken; sie wartete, dass Chris abnahm. Das Telefon verstummte mitten im dritten Klingeln. Sie hörte Chris im Haus plaudern und dann Stille.

Mein Vater, dachte sie. Etwas ist meinem Vater zugestoßen. Wenn er abends noch spät an der Uni arbeitete, vergaß er manchmal seine Herztabletten.

Chris kam auf die Veranda und sah sie mit einem Ausdruck an, den sie nicht deuten konnte.

»Meine Eltern?«

»Nein, es ist Dave.«

Sie zog die Augenbrauen hoch, und Chris zuckte die Achseln. Sie ließ den Schlauch ins Becken fallen, wo er sich im seichten Wasser wie eine freigelassene Schlange wand.

Kate hatte nicht erwartet, von ihm zu hören, während sie hier waren, und wäre zugegebenermaßen auch nicht überrascht gewesen, wenn er den Kontakt zu ihr nicht mehr suchte. Er hatte nur *Mach's gut* gesagt, nachdem er die Truhe ins Auto verladen hatte, sein Tonfall war so endgültig wie ein Platzverweis.

Sie nahm den Hörer vom Küchentresen. »Hi Dave, wie geht's euch?«

»Och, alles bestens – aber die Hitze ist unglaublich. Wie gefällt euch Insulanern dort draußen der Sommer?« Seine Stimme klang unbeschwert und zum Scherzen aufgelegt, so wie Kate sie im vergangenen Jahr nicht oft gehört hatte.

»Ach, uns geht's gut. Strand und Eis, Eis und Strand«, antwortete sie. »Auch wenn das die Kinder nicht vom Streiten abhält.«

»Jonah zieht die ›Ich wünschte, ich hätte Brüder und keine Schwestern‹-Nummer ab.«

»Da muss man den Text aus dem Kindergarten zu Hilfe nehmen: ›Wir sind hier nicht bei Wünsch dir was‹«, sagte Kate.

»Das war Elizabeths Mantra.«

Im Garten kreischten James und Piper, als Chris mit dem Schlauch auf sie zielte und den Wasserstrahl mit dem Daumen auf der Düse in einen Sprühregen verwandelte. Juchzend rannten sie außer Reichweite des Wassers, nur um sofort wieder hineinzulaufen.

»Hört sich an, als hätten die Kinder Spaß«, sagte Dave. Durch die Leitung konnte Kate Emilys dünnes, aber hohes Quengeln hören, so nah, dass sie das Kind vor sich sah, wie es sich fordernd an Daves Schienbein drückte.

»Okay, Em, du brauchst eine neue Windel«, sagte er. »Gut, Kate, ich wollte nur mal hören, wie's euch geht, und sichergehen, dass die Truhe gut mit euch angekommen ist.«

»Auf jeden Fall. Gut verstaut an einem sicheren Ort. Wirklich ein schönes antikes Stück.« Kate bemerkte ihren munteren Tonfall und war genervt darüber, dass sie ihre Nervosität nicht unterdrücken konnte.

»Elizabeth hat sie von ihrer Mutter oder ihrer Tante bekommen, glaube ich.«

Seine Stimme klang matt. Er wollte nicht über den antiquarischen Wert der Truhe reden. »Na gut. Ich hab mich nur gefragt, ob alles gut läuft, mit dem Haus, mit den Tagebüchern und so. Aber ich bin sicher, dass du alles gut im Griff hast.«

Er war neugierig. Die möglichen Konsequenzen erwachten zischend zum Leben. Kate sah an die geweißten Deckenbalken und suchte nach einer belanglosen Formulierung.

»Na ja, die Tagebücher zu lesen dauert länger, als ich gedacht habe. Ich bin gerade erst bei den Jahren nach dem College.«

Dave sagte eine Weile nichts. Entweder war er erstaunt, oder er wollte, dass sie es annahm. »Dann hast du dich also dazu entschlossen, sie zu lesen?«

»Darum ging es doch, oder?«

Er seufzte, als wäre dies noch eine weitere Last, die er auf sich nehmen musste. Als er sprach, war die Beschwingtheit aus seiner Stimme verschwunden. »Ich dachte, du würdest sie vielleicht nur aufbewahren.«

Kate schob ein paar Krümel auf dem Küchentresen zusammen. »Wenn sie sie nur aufbewahrt haben wollte, hätte sie sich ein Schließfach besorgen können. Dazu brauchte sie mich nicht.«

»Das kann ich nicht beurteilen. Schwer zu sagen.«

Seine Ausdrucksweise war quälend langsam geworden.

»Manchmal weiß man ja auch nicht genau, was man will, und alles muss sich erst einmal setzen.«

Kate wickelte sich die Spiralen der alten Telefonschnur um den Finger. Der Kunststoff war von Jahrzehnten ruheloser Hände ergraut und an mehreren Stellen falsch verknäult, wodurch Kate an kurzer Leine an den Küchentresen gebunden war. Sie könnte die Anweisung in der Nachricht des Notars erwähnen. *Bitten Sie sie, vorne anzufangen.* Doch schien ihr das eine taktlose Erinnerung daran, dass Elizabeth nicht ihn ausgewählt hatte. Erdnussbutter, Brot und Marmelade lagen dort um Kate herum verstreut, wo Chris ihnen Sandwiches für ihren Lunch am Strand zubereitet hatte. Sie konnte nach einer Entschuldigung suchen, behaupten, ihrer Familie irgendwo helfen zu müssen.

»Es sind eine Menge Bücher«, brachte Kate schließlich heraus, als wäre ihre bloße Anzahl Grund genug, dass sie gelesen werden mussten. »Ich nehme mal an, dass das Schreiben ein gutes Ventil für sie war als Kind.« Sie ließ die Andeutung im Raum stehen, dass Elizabeth vielleicht besonders produktiv in ihrer Jugend gewesen war, dass es vielleicht nicht ganz so viele heikle Informationen über ihr Erwachsenenleben gab. Das war lächerlich, denn die heikelste Sache lag bereits auf dem Tisch: Elizabeth auf einer Decke mit einem Mann namens Michael.

»Ihre Kindheit war nicht gerade die glücklichste«, sagte Dave.

»Scheint so.«

Sie schwiegen erneut. Kates Kinder kamen in ihren nassen Badesachen hereingerannt und wollten irgendetwas. Kate schüttelte den Kopf und wandte sich ab.

»Sie hat nicht viel über die Vergangenheit gesprochen«, sagte Dave. »Ich habe sie erst eine ganze Weile nach dem Tod ihrer Mutter kennengelernt, und selbst dann hat sie nicht gern darüber geredet.«

»Krebs muss wirklich furchtbar sein, wenn man es so unmittelbar mitbekommt.« *Morphingetränkte Augen, Finger wie Strohhalme.* Kate fragte sich, wie viel Elizabeth Dave von dem Jahr erzählt hatte, in dem sie sich um ihre Mutter gekümmert hatte, ob er verstehen konnte, wie schlimm so etwas wurde.

»Hast du schon die letzten Bücher gelesen?«, fragte er. »Über letzten Sommer?«

Das war also der Grund für seinen Anruf. Seine Stimme war angespannt, obwohl er sich bemühte, beiläufig zu klingen.

»So weit bin ich noch nicht.« Kate war nicht auf diese Direktheit vorbereitet. »Ich habe vorne angefangen, wie sie es wollte.«

Dave schwieg. »So stand es in der Nachricht vom Notar«, fügte sie hinzu. Dann wusste er es eben.

Als sie die Nachricht vom Notar erwähnte, brachte er das Gespräch zum Abschluss. »Puh, also wirklich, so wie es hier in der Küche stinkt, wartet hier eine Windel auf mich, die gewechselt werden will. Ich sollte mich mal darum kümmern. Freut mich, dass ihr eine schöne Zeit da draußen habt.«

Kate atmete aus. »Ihr könnt wirklich gern mal herkommen. Wir haben nicht viel Platz zum Schlafen, aber wir rücken gern ein bisschen zusammen.«

»Ja, wir können ja mal drüber nachdenken.« Er klang höflich, doch Kate wusste, dass er nicht kommen würde.

Es war klar und windig am Nordstrand. Am Eingang, wo der schmale Pfad durch die Dünen sich zum Sand hin öffnete, war alles von Handtüchern übersät. Kate und Chris liefen ein paar hundert Meter mit den Kindern, bevor James eine Stelle fand, die ihm gut genug für eine Sandburg erschien.

Chris machte den Anfang und hob einen runden Graben aus, für den Piper ganz, ganz viel Wasser haben wollte, damit es ein richtiger Burggraben würde. Aus feuchtem Sand bauten sie einen Festungszaun, und Piper holte Eimer um Eimer mit Meerwasser herbei. Doch der Burggraben wollte nicht halten; die Furche saugte jede Ladung Seetangwasser auf, die sie hineinschütteten. Piper lief immer wieder zum Meer, ein Sisyphos mit Pferdeschwanz, aber das Wasser war immer schon versickert, bevor sie mit dem nächsten Eimer wiederkehrte.

Kinder von benachbarten Handtüchern schlossen sich dem Burgbau an, und Chris war von seinen Pflichten entbunden. Er ließ sich auf einem Klappstuhl neben Kate nieder, griff nach der Sonnencreme und verteilte etwas davon in einem umgekehrten V über Nase und Wangen.

Sie saßen. Kaum zu glauben, aber sie saßen wirklich.

»Ich würde ja mein Buch rausholen, aber ich habe so eine Ahnung, dass sie es mitbekommen würden und der Bann gebrochen wäre«, bemerkte Kate. »Ich glaube, wir sind zum ersten Mal am Strand und sitzen beide, seitdem wir Kinder haben.«

Aus Gewohnheit sah er zu den Kindern, die jetzt näher am Wasser spielten. »Na ja, wir waren ja am Cape Cod.«

»Aber da waren sie nicht *dabei*.«

»Gott, nein.« Er beugte sich zu ihr und streichelte ihr Schienbein.

In dem Jahr hatten Kate und Chris ein Haus in den Dünen für ein verlängertes Wochenende gemietet, und Rachel hatte vorgeschlagen, solange bei den Kindern zu wohnen. Als auch ihre Mutter sich angeboten hatte, war Kate nicht sicher, wer erleichterter war, Rachel oder sie selbst.

Das trübe Wochenende hatte damals beinahe alle Strandbesucher vertrieben. Kate und Chris hatten in den geschützten Dünen unterhalb ihrer Veranda gesessen, warm genug war es, und sie hatten gelesen und gedöst und ein Scrabble-Spiel aus dem Regal des Ferienhauses hervorgeholt. Am

Abend hatten sie ihr Essen und ihren Wein mit hinausgenommen und sich für den Sonnenuntergang in den Strandhafer gesetzt. Kate lehnte sich gerade mit geschlossenen Augen zurück, als Chris ins Haus ging, um noch eine Flasche Wein zu holen, und bemerkte erst, als er lässig wieder neben ihr saß, dass er splitternackt herausspaziert war. Ihr kreischendes Lachen hatte die Aufmerksamkeit eines älteren Paares auf sie gezogen, das weiter unten vorbeiging. Wieder zu Hause, sagten sie sich, dass sie Glück gehabt hatten, ohne eine Vorladung davongekommen zu sein, und ohne die Anfänge eines Kindes, das sie Sandy nennen müssten.

Piper verfolgte weiter ihren hoffnungslosen Staffellauf. Schließlich legte sie sich der Länge nach in den Burggraben, um das Wasser am Versickern zu hindern, doch schließlich überwog das Vergnügen, sich im nassen Sand zu wälzen und sich damit zu panieren. Kate versuchte sich daran zu erinnern, seit wann es ihr keinen Spaß mehr machte, in welchem Alter anstelle des Vergnügens, sich im Sand zu wälzen, Empfindlichkeiten wie *Das juckt* oder *Alles ist dreckig* oder sogar *Dingsda sieht im Badeanzug besser aus als ich* getreten waren. Sie hatte keine Eile, ihre Tochter an diesem Punkt zu sehen.

»Ich habe gestern Abend herausgefunden, dass Elizabeths Mutter an Brustkrebs gestorben ist«, erzählte sie Chris und vergrub die Zehen im warmen Sand. »Sie hat Kunst in Florenz studiert und ist nach Hause gekommen, um sich um sie zu kümmern. Hat einfach ihre Sachen gepackt und die Schule hingeschmissen, um nach Hause zu fahren und sie zu pflegen.«

»Das passt zu ihr«, entgegnete Chris. »Wow, Krebs. Das muss heftig gewesen sein.«

»Es hört sich schrecklich an, wie es sich langsam verschlimmert hat. Das ist wirklich eine der furchtbarsten Arten, zu sterben.«

»Ich weiß nicht. ALS ist auch kein Spaziergang. Ein Haiangriff wäre ziemlich gruselig. Oder allmähliche Dehydrierung auf einer einsamen Insel.«

»Hör auf, Witze zu machen, Chris. Krebs kommt so häufig vor, das ist unheimlich.« Kate setzte ihre Sonnenbrille auf und drückte ihren Stuhl tiefer in den Sand. »Ich bin so froh, dass du aufgehört hast zu rauchen.«

Er gab einen zustimmenden Laut von sich. Sie betrachtete ihn einen Moment aus den Augenwinkeln, suchte nach Spuren von Erröten oder anderen Zeichen dafür, dass er nicht die Wahrheit sagte, doch er sah ausdruckslos geradeaus. Wenn sie noch mehr sagte, würde es sie beide wieder an den Punkt bringen, wo das Vertrauen nicht selbstverständlich war, und die ganze Urlaubsstimmung würde sich verändern.

Mittlerweile halfen fünf Kinder James und Piper am Ufer und arbeiteten mit ihren Schaufeln und Eimern an einer zweiten Ebene für die Burgmauern. Chris rief ihnen zu: »Sieht super aus, Leute, aber nehmt nicht zu nassen Sand. Wenn er zu schwer ist, krachen euch die Mauern ein.« Er zog seine Wasserflasche aus dem Sand und nahm einen langen Schluck. »Was wollte Dave denn heute Morgen? Kommen sie uns besuchen?«

Das war's also schon. Sie würden das Rauchen übergehen. Sie versuchte sich daran zu erinnern, in welchem Jahr sie ans Cape gefahren waren, welcher Hochzeitstag es gewesen war. Vor drei Jahren? Es fühlte sich viel länger her an.

»Ich weiß es nicht«, antwortete sie. »Ich habe sie noch mal eingeladen. Aber er hatte seine höfliche Stimme, das bedeutet, dass er nicht darauf zurückkommen wird.«

Chris nickte. »Dave hält ja alles ganz gut zusammen, aber er ist wirklich immer ein bisschen zu höflich. Ich glaube nicht, dass ich ihn jemals gereizt gesehen habe. Ich habe das Gefühl, er lässt einen genau so viel sehen, wie er einem zeigen will.«

Sie kleckste sich ein wenig Sonnencreme auf die Handfläche und massierte sie in Dekolleté und Nacken ein.

»Heute Morgen hat er mich gefragt, wie weit ich schon bei den Tagebüchern gekommen bin. Ich glaube, er ist hin- und hergerissen zwischen dem Wunsch, die Wahrheit über sie zu erfahren, und gleichzeitig nichts wissen zu wollen.«

Chris schüttelte den Kopf. »So ein Verlust, und dann solche Erkenntnisse über die Person zu bekommen, von der man dachte, man kannte sie? Das ist wirklich ziemlich heftig.« Er sah James dabei zu, wie er sich breitbeinig über die Burgmauern stellte und sich selbst zum König erklären wollte.

»Wahrscheinlich kann man niemanden wirklich kennen. Sie wäre die Letzte, von der ich vermutet hätte, dass sie etwas mit jemand anderem anfangen würde.«

»Wir sollten keine voreiligen Schlüsse ziehen, Chris. Ich meine, sie ging doch komplett in ihrer Familie auf. Alles, was sie getan hat, war für sie.«

Zwei Frauen im Bikini gingen genau vor den Kindern, die die Burgen ausbesserten, am Wasser entlang. Als ihnen beinahe der Sand von James' Schaufel vor die Füße flog, hüpften sie geziert zurück, als hätten sie sich verbrannt. Beide hatten langes, volles Haar, sorgfältig in Form geföhnt und gebürstet. Als sie weitergingen, wippten ihre Brüste in den Bikinioberteilen wie Bojen im Wasser.

Chris sah ihnen nach, als sie vorbeigingen. Kate schaute ihn an, bis er bemerkte, dass sie ihn beobachtete, und beide blickten wieder zu den Kindern und den Sandburgen.

»Nur weil Elizabeth eine perfekte Mutter war, heißt das nicht, dass sie keine Affäre gehabt haben könnte. Aber wenn es wirklich so war, erzählst du es Dave dann? Oder gibst du ihm die Bücher?«

Unvoreingenommen und feinfühlig. Kate sah zu, wie sich die Frauen am Strand entfernten.

»Ich muss abwarten, was sich richtig anfühlt. Ich weiß nicht, was grausamer wäre – Dave den Beweis zu liefern oder ihn im Ungewissen darüber zu lassen, was sie getan hat. Wahrscheinlich kommt es darauf an, ob die Wahrheit ihm irgendwie weiterhelfen würde oder ihn nur verletzt.«

Chris runzelte die Stirn. »Findest du nicht, dass du da zu sehr eingreifst? Wenn du entscheidest, welche Art von Wahrheit er verkraften kann?«

»Ich ›entscheide‹ gar nichts. Ich weiß einfach nicht, was angemessen ist, wie sehr ich ihn einbeziehen soll. Dave und die Kinder haben ihre eigenen Erinnerungen an sie, und das könnte alles zerschossen werden. Das hätte sie nicht gewollt.«

»Vielleicht hätte sie daran denken sollen, bevor sie anfing, herumzuvögeln und es in ihr Tagebuch zu schreiben. Findest du nicht, Dave hat ein Recht darauf, zu wissen, ob sein Leben nur ein Schwindel war?«

»Ein Schwindel? Also komm. Jeder hat doch kleine Geheimnisse vor seinem Partner. Ein Gedanke, etwas, das man mal gemacht hat. Oder eine schlechte Angewohnheit.« Sie bemühte sich, ihre Stimme bei den letzten beiden Worten nicht zu spitz klingen zu lassen, und starrte auf das Wasser. »Aber selbst wenn sie Geheimnisse hatte, steht ihr immer noch eine Privatsphäre zu. Die Wünsche eines Menschen hören nicht auf, real zu sein, nur weil er nicht mehr da ist.« Kate lehnte sich in ihrem Stuhl zurück, überrascht über ihre eigene Vehemenz.

Chris drehte sich zu ihr, seine Augen waren hinter den dunklen Brillengläsern verborgen.

»Dave ist derjenige, der noch da ist, und sein Leben zählt auch, Kate.« Er griff nach der Wasserflasche, die jedoch leer war, so dass er sie in den Sand warf. »Nichts für ungut, aber vielleicht geht es bei diesem Projekt mittlerweile zu sehr um dich und deine Vorstellung von dir als Elizabeths Beschützerin.«

Kate setzte zu einer Erwiderung an und beugte sich vor, wurde jedoch vom Tumult bei der Sandburg unterbrochen. Sechs Kinder standen nun zwischen den Mauern, darunter auch Piper, und hüpften auf den Überresten der Türme und Erker auf und ab und kreischten voll zerstörerischen Entzückens. James stand daneben, er war den Tränen nahe.

»Hört auf! Aufhören!«, schrie er sie an. »ICH BIN DER KÖNIG! DAS IST MEINE BURG! NICHT KAPUTTMACHEN!«

Aber es war zu spät. Die Mauern waren bereits eingestürzt.

Zwölf

In der dritten Urlaubswoche hatten sie ein Bauernhoflager für die Kinder vorgesehen, eine Insel strukturierter Zeit in ihrem leeren Kalender. Kate hatte eigentlich vorgehabt, ganz allein Kajaktouren und Vogelbeobachtungsausflüge zu unternehmen, während die Kinder beschäftigt waren. Jeden Morgen jedoch, wenn sie aus der Einfahrt fuhr, die Kinder mit ihren Rucksäcken auf dem Rücksitz saßen und Chris sich zum Arbeiten hingesetzt hatte, wiederholte sich das Ritual: Zuerst schwomm sie im Meer, glücklich, die mühelose Beweglichkeit wiederzuentdecken, die einst so natürlich war. Dann streifte sie ein ärmelloses Baumwollkleid über ihren Badeanzug und ging ins Café, um weiterzulesen.

In New York hatte Elizabeth sich in eine Vielzahl von Aktivitäten gestürzt. Sie trat einem Berufsverband von Grafikdesignern bei und wurde Vorstandsmitglied im New York Road Runners Club. Sie verliebte sich von neuem in die Stadt. *Mein Samstagmorgen: im Park laufen gehen, dann einen Bagel mit Räucherlachs im Deli holen, wo der ausgeflippte Typ immer so rumschreit, und das Roller Derby beim Brunnen ansehen. Sie stellen Ghettoblaster, riesige Lautsprecherboxen und Pylone auf, und lauter verschiedene Menschen treiben sich dort herum: Kinder und Transvestiten und komische alte Käuze. Ich finde diesen verrückten Ort wirklich großartig, keiner macht sich Gedanken darüber, wie er aussieht, sie freuen sich und skaten und sind einfach genau so, wie sie sind.*

Elizabeth hatte viele Verabredungen, manche mit Männern, die sie zufällig im Fitnessstudio oder in einer Bar getroffen hatte. Einmal lief es nicht gut. Ein Mann aus dem Fitnessstudio war sehr dominant und bedrohte sie. Sie schwor sich, nie wieder mit Fremden auszugehen. *Neue Regeln, das 2-Punkte-System: Ich muss zwei Anhaltspunkte haben, zwei Menschen, die für denjenigen bürgen. Schwing dich wieder in den Sattel, Nörgeline. Aber die zwei Punkte bleiben, keine Ausnahmen.*

Kate legte das Tagebuch auf den Tisch und sah sich auf der Terrasse des Cafés um. Während der Kochschule und danach hatte sie einen großen Freundes- und Kollegenkreis in New York gehabt. Erlebnisse mit komplett Unbekannten waren ungewöhnlich. Bis auf Chris. Er hatte allerdings bodenständig gewirkt, ruhig, sicher und zuverlässig; er hatte ein waches Bewusstsein für andere Menschen gezeigt, schien sich unter ihnen wohl zu fühlen und zu wissen, was ihn mit ihnen verband oder ihn von ihnen unterschied. Kate hatte das Gefühl gehabt, mehr aufs Spiel zu setzen, wenn sie ihm ihre Nummer nicht gab. Doch hatte sie das Sicherheitsnetz von Mitbewohnern gehabt, die stets wussten, wo und mit wem sie zusammen war. Elizabeth hatte allein gelebt. Es war riskant, einen Unbekannten in New York zu treffen.

In der Kochschule in Manhattan machte Kate eine wichtige Erfahrung: Tatsächlich war New York der großartigste Ort auf der Welt und nicht Kalifornien! Die Menschen hatten das gleiche Tempo wie sie und denselben Humor. Egal ob tagsüber oder nachts, immer konnte man Umwerfendes erleben. Der Lärm war ihr egal, und sie übersah den Dreck. Kate entbrannte so sehr für diese Stadt, dass ihre Familie und alten Freunde in Palo Alto die Augen verdrehten, wenn sie darüber sprach. Auf diese Weise lernte sie eine nützliche Lektion: Die meisten, die nicht in New York lebten, waren nicht gut darauf zu sprechen, dass New Yorker auf ihrer inneren Landkarte den Big Apple im Zentrum der Welt platzierten, wenn auch New Yorker das niemals so ausdrücken würden. Als sie später in die Spielgruppe in Southbrook kam, stellte sie fest, dass wenige der Frauen in die Stadt fuhren, wenn sie nicht gerade ihren Hochzeitstag hatten oder ihre Kinder für die Radio City Music Hall in ihren besten Festtagssachen herausputzten. Wenn man über die Stadt wie ein Insider sprach, die Trommel so für die Restaurants rührte, dass ihr Vorort daneben wie ein kleines Dorf aussah, war man wie einer dieser Auswanderer, die zurückkamen und nicht damit aufhören konnten, darüber zu reden, wie viel besser alles in Europa war.

Kate sah sich noch einmal das Datum von Elizabeths letztem Eintrag an. 12. Juni 1989. Zu diesem Zeitpunkt war Kate seit einem Jahr mit der Kochschule fertig gewesen, wohnte auf der Upper West Side und hatte Chris noch nicht kennengelernt. Wie schade, dachte Kate, dass sie Elizabeth zu der Zeit noch nicht gekannt hatte. Der Gedanke überraschte sie. Es wäre ihr nicht in den Sinn gekommen, sich zu wünschen, sie hätte diese Zeit – kinderlos und ein bisschen wild – mit Elizabeth geteilt.

Sie hatte noch eine Stunde, bis sie die Kinder vom Bauernhof abholen musste. Kate ging noch einmal zum Tresen, um sich einen Scone zu holen und ihren Kaffee nachfüllen zu lassen.

Elizabeth meldete sich für einen Malkurs an einer Kunstschule in Greenwich Village an. Der Lehrer hatte Kultstatus bei den jungen Künstlern, die sich von seinen Verbindungen zu Galerien bis nach London und seinem Ansehen in der New Yorker Gesellschaft beeindrucken ließen. Drei Semester lang belegte Elizabeth bei ihm Kurse, mit dem Ziel, eine Mappe zu erstellen, mit der sie eine Ausstellung bestreiten könnte. Die Kurse fanden abends statt, und schon bald blieb Elizabeth länger, bis sie schließlich über Nacht blieb.

Es war schwer, sich Elizabeth mit Männern vor Dave vorzustellen. Für Kate hatte das sinnliche Davor immer genauso zur Intimität gehört wie der eigentliche Liebesakt. Zwischen ihr und manchen Kollegen hatte es sich in der Küche so aufgeladen, hatte es in der Hitze, der Eile und dem Umgang miteinander so sehr geknistert, bis dann eines Abends klar war, dass sie nicht allein nach Hause gehen würden. Doch es gab Frauen, für die Sexualität wie eine Nebensache schien, eine rein biologische Angelegenheit. Anscheinend war Elizabeth damals eine dieser Frauen gewesen.

8. Februar 1990

Als heute Morgen mein Wecker klingelte, starrte Ted mich genervt an. Manchmal stört ihn der Wecker, obwohl er um neun unterrichtet und auch nicht viel länger schlafen könnte. Als ich aus der Dusche kam und mich abgetrocknet habe, hat er mich ganz provokativ angesehen. Nicht im Sinne von »Komm doch noch mal ins Bett«, sondern eher im Sinne von »Jetzt erzähl ich dir mal einen«. Ich zog mir einen Tanga an und dachte, beides wäre möglich. Entweder er würde meinen flachen weißen Hintern kommentieren und mich wieder ins Bett ziehen, oder er würde anfangen herumzumosern.

Dann kam es: »Ich verstehe einfach nicht, wie du noch diesen Job machen kannst.«

Aber dieses Mal ist er wirklich zu weit gegangen. Er behauptete, ich würde mich für Wodka-Werbung und Golfbroschüren verkaufen und doch bloß »in verdammte Tasten hauen«.
Später sind mir tausend Dinge eingefallen, die ich hätte sagen können, aber in dem Moment brachte ich nur heraus, dass ich im Gegensatz zu ihm zumindest meine Miete zahlen kann.
Das war's also. Was soll's. Es war nett, die ganzen Vernissagen und Abendessen, und wow, er wusste wirklich, wie er mich in Fahrt bringt. Und die Zeit im Atelier war wirklich toll, da konnte ich mich immer verlieren, aber seien wir mal ehrlich: Ich werde niemals meine Arbeit aufgeben und »artiste« werden. Mir gefällt meine Arbeit ja. So, jetzt ist es raus. Ich mag es, eine Seite zu entwerfen, die auf einer Verpackung, in einer Zeitschrift oder auf einem Plakat landet, ich mag es, wenn die Schrift und die Farbe einfach stimmen. Darin liegen eine Art künstlerisches Geschick und Schönheit. Und in Geld auf dem Konto genauso. Dieser flache weiße Hintern wird schön seinen Job behalten, aber nicht seinen Freund!

Die Tagebucheinträge vom Frühling und Sommer spiegelten eine Person wider, die mit ihrem Leben zufrieden war. Elizabeths 27. Geburtstag kam und ging vorbei. Sie verabredete sich mit Leuten vom Lauftreff, lief einen Halbmarathon und hatte eine kurze und desaströse Beziehung mit ihrem Chef, Fitch. *Ich weiß nicht, warum ich mich so dazu verpflichtet gefühlt habe, ihm treu zu sein, wenn er es ganz offensichtlich nicht war. Vielleicht ist Treue nur etwas für Schwäne und Kleingeistige, die zu ängstlich oder zu fantasielos sind, um die Alternativen zu sehen.*

Alternativen. Zu Treue. Die Worte stachen heraus, als wären sie mit roter Tinte geschrieben worden.

Das Wenige, das Elizabeth in den folgenden Monaten schrieb, drehte sich zumeist um die Arbeit. Sie wurde Projektleiterin für die Getränke- und Spirituosenkunden und kümmerte sich um die Werbematerialien für Sportveranstaltungen. Sie plünderte ihre Ersparnisse für einen großen Bildschirm, damit sie auch von zu Hause aus arbeiten konnte, und begann nebenbei, auf freiberuflicher Basis Aufträge anzunehmen. Während ihre Ersparnisse langsam wieder zunahmen, träumte sie davon, eines Tages ihr eigenes Heim zu erstehen. Nach Fitch gab es ein paar kurze und leidenschaftliche Beziehungen mit Männern, die nur mit ihren Initialen erwähnt wurden. Das schien umsichtig, oder vielleicht war es auch geheimnistuerisch.

Dann verließ Fitch die Agentur, und es änderte sich einiges in der Abteilung. Jemand anders erhielt den Posten, auf den sie gehofft hatte. Elizabeth hatte sehr gute Rückmeldungen erhalten, mehrere große Kampagnen an Land gezogen und arbeitete schon genauso lange in der Firma. Sie nahm daher an, dass die Personalabteilung von der Beziehung mit ihrem Chef erfahren hatte oder dass Fitch verraten hatte, dass sie keinen Abschluss besaß.

… Mir ist aufgefallen, dass es bei den wenigen Gelegenheiten, wenn es im Gespräch mit anderen auf dieses Thema kam, immer die gleiche herablassend mitleidige Resonanz gab. Fitch war der Meinung, dass ich meinen Abschluss hätte nachholen können, wenn ich mich nur ein bisschen reingehängt hätte. Wahrscheinlich hat er recht.

Ich bin eine Studienabbrecherin, ich gebe zu schnell auf. Nennen wir es doch beim Namen. Damals pas-

sierte das einfach so, eins ergab das andere: erst Florenz, dann nach Hause, um mich um meine Mutter zu kümmern, anfangen zu arbeiten und dann stehen geblieben. So hat sich ein Lebensweg ergeben. Lauter Entscheidungen, die irgendwann eine Eigendynamik entwickeln.

Kate legte das Buch etwas zu kraftvoll auf den Tisch, und es schlug mit der Kante auf die hölzerne Tischplatte. Die Frau am Nebentisch sah kurz zu ihr herüber und dann wieder auf ihre Kinder.

Diese Seite von Elizabeth hatte Kate noch nie gesehen, kühl und verbittert. Es war das Gegenteil von Fatalismus, diese krasse Erkenntnis darüber, welche Auswirkungen Entscheidungen hatten, die zu dem Zeitpunkt gar nicht wie Entscheidungen gewirkt hatten. Das College war also für sie beide ein wunder Punkt gewesen. Vielleicht hatte Elizabeth, indem sie Dave heiratete und Kinder bekam – und zwar drei hintereinander –, ihr Muster zufälliger Entscheidungen aufbrechen wollen, vielleicht war das ihre große bewusste Entscheidung gewesen. Interessant, dass das Thema nie in ihren Gesprächen aufgekommen war, ob sie schon immer Mutter werden wollten. Kate konnte sich nicht einmal daran erinnern, wie Elizabeth und Dave sich kennengelernt hatten.

Elizabeths Freundin Peg aus der alten Firma hatte einen neuen Job angefangen, und um das zu feiern, wollte Peg wieder mit ihren beiden Freundinnen zum Folkfestival nach Telluride fahren. Peg und Jody ließen also ihre Kinder und Ehemänner zu Hause, und die drei Frauen gingen wandern, ließen sich massieren und unternahmen eine Fahrt im Geländewagen durch eine Geisterstadt aus der Goldgräberzeit. Sie tanzten mit Männern in gebatikten T-Shirts und verschütteten dabei Bier aus Plastikbechern auf ihre nackten Füße. Einer der Männer fragte Elizabeth nach ihrer Telefonnummer, doch sie gab ihm einen Korb. Peg warf ihr vor, sich nicht genug Mühe zu geben, Leute kennenzulernen. Elizabeth verabscheute Blind Dates, ließ sich aber auf eine Verabredung mit Pegs Cousin Steven in New York ein, nur damit sie Ruhe gab.

Sie trafen sich in einem Restaurant auf der Lower East Side, das unglaublich angesagt war. Als sie eintraf, saß er bereits im Burberry-Mantel an der Bar mit einem Martini in der manikürten Hand. Sie dachte sich sofort Ausreden aus, um früher gehen zu können. Doch er überraschte sie; er war ein gewandter und lebhafter Gesprächspartner und stellte einnehmende Fragen. Er sah ihr in die Augen, während er sprach, lächelte und vermied sämtliche negativen Themen.Und er erkundigte sich mehr nach ihr, als er von sich selbst preisgab, was ihr das warme, wenn auch oberflächliche Gefühl vermittelte, dass er sie interessant fand und sie mochte.

Sie gaben sich flüchtige Abschiedsküsschen und murmelten etwas davon, sich wiederzusehen, doch Elizabeth wusste, dass sie es beide nicht so meinten. Aber sie hatte etwas Wichtiges gelernt: wie man ungezwungen mit Menschen umging und ihnen das Gefühl gab, mit ihnen etwas gemeinsam zu haben. Es war ihr Mangel an dieser Begabung, das erkannte sie nun, weshalb sie den Job nicht bekommen hatte.

7. September 1992

Das Golfturnier hat dieses Jahr mehr Spaß gemacht als sonst. Der Typ, den ich auf dem Telluride Festival kennengelernt habe, war auch da. Ich dachte erst, er würde uns auf den Arm nehmen, als er sagte, er sei professioneller Golfer, doch gestern stand er im Firmenzelt und gab unserem Kunden, einem alten Freund von ihm, eine Golfstunde. Ich habe ihn kaum erkannt, so geschniegelt sah er in weißem Poloshirt und adretter karierter Hose aus.

»Was ist das denn?«, habe ich gefragt und an sein Visor-Cap geschnipst. »Darfst du hier nichts Gebatiktes anziehen, Dan?«

»Also, da trifft mich doch der Schlag«, hat er geantwortet, und er klang plötzlich fünfmal mehr nach Südstaatler als noch zwei Sekunden zuvor. »Wenn das mal nicht die Schönheit aus Telluride ist, die mir nicht ihre Nummer geben wollte.«

Den ganzen Nachmittag über war er ziemlich anstrengend, zu Scherzen aufgelegt bis zum Gehtnichtmehr. Er hatte einen schwarzen Hund dabei, der ihm überallhin folgte, obwohl eigentlich keine Hunde auf dem Gelände erlaubt sind. Er wollte mir unbedingt dabei helfen, mein Putten zu verbessern, auch wenn ich ihm erklärt habe, dass man nichts verbessern kann, wenn die Betroffene noch nie gegolft hat. (»Golf spielen«, hat er mich korrigiert. »Man spielt Golf. Golf ist ein ganz eigenständiges glückliches Substantiv.«) Wenn wir nebeneinandergegangen sind, hat er mir immer die Hand auf den Oberarm gelegt, als wären wir beim Debütantenball. Als ob er sich selbst auf die Schippe nehmen würde mit seinem albernen Verhalten. Metakitsch.

Als Peg dann so tat, als würde sie ihm heimlich meine Nummer zustecken – hahaha, zwinker, zwinker –, habe ich keinen Aufstand gemacht. Er benimmt sich ein bisschen übertrieben, scheint aber harmlos. Entspricht das den zwei Punkten, wenn eine Referenz von einem selbst aus dem Urlaub kommt?
»Tschüs, Dan!«, habe ich ihm dann zugerufen und ihm über die Schulter zugewinkt, so direkt geflirtet habe ich wahrscheinlich noch nie.
»Ich höre auf alle Namen, die du mir gibst, »Schätzchen«, hat er geantwortet. »Aber eigentlich heiße ich Dave.«

Dreizehn

Kate betrat die Bäckerei, und eine Glocke läutete. Die alte Fliegengittertür klappte mit einem Knall hinter ihr zu.

»Komme sofort«, ertönte eine Stimme aus dem Hinterzimmer.

Kate sah sich in dem kleinen Verkaufsraum um. Das *Flour* sah genauso aus wie im letzten Sommer, genauso wie in den letzten sieben Jahren, seitdem Max es gekauft hatte, also im Grunde so, wie fünfzehn Jahre lang unter den Vorbesitzern. Um die Hütte im Wald etwas aufzuhellen, hatte er die Wände mit hellgrüner Farbe gestrichen und sie im Innern mit Holzverkleidung, handbemalter Keramik und frischen Blumen heimeliger gemacht, aber das war auch schon alles. Das knarrende Fliegengitter hätte man leicht mit einem neuen Scharnier versehen können, doch es war wahrscheinlich absichtlich nie repariert worden. In der anheimelnden Unvollkommenheit, manch einer würde es vielleicht auch vorsätzliche Vernachlässigung nennen, spiegelte sich der Stolz des Inhabers, dass die Backwaren für sich selbst sprechen würden. Er hatte sich häufig geirrt, doch darin nicht. Kate würde diesen Ort vermissen, falls Max verkaufen musste.

Kräftige Hände schoben den Vorhang, der den Verkaufsraum der Bäckerei von der Küche trennte, beiseite, und eine weiße Schürze erschien, die das schrille Hawaiihemd darunter kaum verdeckte.

Max lächelte, als er Kate entdeckte. »Kaaaatie!« Er breitete die Arme aus und zog sie an seine hibiskusverzierte Brust. »Jesus, Maria und Josef, ich war kurz davor, Studenten anzuheuern.«

»Tu das nicht«, riet Kate ihm ab. »Lass uns nichts überstürzen.«

Die Umarmung dauerte einen Moment länger, schließlich hatten sie sich seit seiner Trennung noch nicht gesehen. Dann löste sich Kate und sah Max an. Sein gewelltes graues Haar, einst so üppig, dass Klassenkameraden ihn Vidal nannten, war seit letztem Sommer dünner geworden, und unter seinen Augen lagen dunkle Schatten. Er legte den Kopf schief und setzte ein theatralisches Lächeln auf, um ihren prüfenden Blick zu verspotten. *Hier ist alles in Ordnung, Leute. Weiter geht's.*

»Oh, Max«, brachte Kate heraus.

Sein Lächeln erstarb, und er rieb ihr mit den Fingerknöcheln über die Schultern, seine Art, Zuneigung zu zeigen. Dann ging er zurück durch den Vorhang.

»Wie lange bist du dieses Jahr hier? Länger als sonst, oder?«

»Sieben Wochen.« Sie folgte ihm in die Küche.

»Wir haben einen guten Vertrag bekommen, und Chris arbeitet von hier aus.«

Im kistenförmigen Raum hinter dem Vorhang herrschte die vertraute Atmosphäre eines ordentlichen Flohmarkts. Überall an den Wänden standen Regale, die mit abgenutzten aber gutorganisierten Küchengeräten und Behältern bestückt waren. Dazwischen befanden sich zwei Fenster. Kate bemerkte die Schrammen und die abblätternde Farbe an den Wänden. Max war bisher immer sorgfältig darauf bedacht gewesen, in der Nebensaison die Küche zu streichen.

»Wie läuft das Geschäft?«, erkundigte sich Kate.

»Ach, ganz gut.« Er griff hinter ihr in die Glasvitrine für das Gebäck und warf ihr einen Rugelach zu, als würde er ihn loswerden wollen. »Aber die Investoren machen alle möglichen Vorschläge. Sie wollen mehr Tische und einen WLAN-Anschluss. Und dann käme hier wirklich die ganze Bagage an, die Schriftsteller und Mütter mit Kinderwagen und was weiß ich noch alles. Das würde das ganze Ambiente zerstören und mich mit dem Lärm noch dazu. Das mache ich nicht mit.«

»Das finde ich gut. Die Welt braucht wirklich nicht noch einen Ort, wo man seine Mails checken kann.«

»Das kannst du laut sagen, meine Liebe.«

Kate lehnte sich an die Kücheninsel. »Und was ist mit dem Angebot? Hast du dich schon entschieden?«

»Nein.« Er nahm einen Schwamm und wischte mit kreisenden, langsamen Bewegungen über die Arbeitsfläche.

»Musst du ihnen nicht bald Bescheid geben?«

»Ein bisschen Zeit habe ich noch.«

Die Bäckerei genoss hohes Ansehen und hatte Geschichte. Schon lange bevor Max sie übernommen hatte, waren die Inselbewohner an diesen abgelegenen Ort auf der Harvest Road gekommen, um frühmorgens die altmodischen kuchenähnlichen Donuts zu erstehen, ein Geheimtipp unter den Einheimischen und den Eingeweihten. Als Max die Bäckerei kaufte, erweiterte er das Angebot, und nun zählten auch Sommergäste und Wochenendtouristen zu seiner Kundschaft. Es gab Quiche mit ungewöhnlichen Gemüsesorten und Käse. Rhabarbermuffins mit Streuseln. Winzige Beeren-Tartes überzogen mit Amarettomarmelade, so hübsch verpackt wie Fabergé-Eier. Kate versuchte sich Max hinter dem Schaufenster des Ladenlokals irgendeiner charakterlosen Bäckerei vorzustellen, wie er einen Neuanfang startete. Wie er abends zu Hause Scotch trank und sich wieder daran zu gewöhnen bemühte, dass er für jemand anderen arbeitete und allein lebte.

»Gott, das ist wirklich zum Kotzen.«

Kate trat gegen den Holzsockel der Kochinsel.

»Ich hasse ihn wirklich dafür.« Ihre Stimme stockte, und Max sah sie mit müden Augen an. Sie hatten das alles bereits am Telefon besprochen.

Er trat hinter sie und nahm sie in den Arm. Seine Wärme und der wohltuende Geruch von Hefe und Seife, der ihn schon immer ausmachte, umhüllte sie. Sein weiches graues Haar berührte ihre Wange, so wie sie es sich bei ihrem Vater niemals vorstellen könnte, der so kurzes Haar hatte.

»Lass uns nach Italien fahren«, schlug sie vor. »Wir finden ihn.«

»Ich wünschte nur, er hätte seine ganzen Fitnessgeräte mitgenommen, wenn er mich schon ausnehmen musste«, sagte Max. »Ich habe keine Lust mehr auf Sportfreaks. Diese ganzen Metallgeräte im Haus sind wirklich schrecklich, wie sich aufplusternde Roboter.«

»Verkauf sie. Lass sie verschrotten. Oder stell die verdammten Dinger so ein, dass sie Brotteig kneten.«

Er lächelte. »Also, wann kannst du herkommen? Sag mir, dass du nächste Woche arbeiten kannst. Ich muss einen Haufen Tartes backen für ein Abendessen in einer der Hafenvillen.«

Die Kinder waren auf dem Bauernhof, und Chris arbeitete, würde aber nicht auf Reisen gehen. Kate ging zum Abtropfgestell und nahm zwei Muffinbleche, um sie in den Schrank zu stellen. »Ich könnte vielleicht für eine kleine Weile reinkommen. Lass mich aber vorher mit Chris absprechen, ob er sich um die Kinder kümmern kann, wenn sie vom Bauernhof kommen.«

»Bring sie doch mit. Wir geben ihnen Pinsel.« Er deutete auf die Wände. »›Farbe verdeckt alle Wunden.‹« Er machte sich über sich lustig, indem er sich selbst zitierte.

Max hatte als Architekt in New York gearbeitet, bevor er

sich für die Kochschule entschieden hatte. Seiner Amateur-Begeisterung wohnten echte Fertigkeiten inne, und er hatte die freie Wahl bei den besten Ausbildungsstätten, ein wunder Punkt bei denjenigen, die Hobbyköche und zweite Laufbahnen belächelten. Kritiker störte es umso mehr, als er seine Stelle bei einem der besten Köche New Yorks aufgab und diese urbane Chance vergeudete, wie sie es nannten, nur um ein Bäckerei-Café zu übernehmen. Auf einer Insel! Als er gerade dort begonnen hatte, hatte Kate ihn mehrmals als Gast in ihre Sendung eingeladen und Aufnahmen in seiner Küche gemacht, während sie im Urlaub war.

Zu behaupten, dass das *Flour* wie ein Blitz eingeschlagen hätte, entspräche nicht der Wahrheit, auch wenn einige Kritiken es so dargestellt hatten. In den darauffolgenden Jahren war Max immer wieder darauf angesprochen worden, seine Marke zu erweitern, doch er hatte abgelehnt. Entscheide dich, was dein Meisterwerk werden soll, und mach es ordentlich, hatte er gesagt.

Er hatte es ordentlich gemacht. Doch dann brannte William nach Mailand durch, mit einem sehr viel jüngeren Mann und mit fast allen gemeinsamen Ersparnissen.

Kate sah Max dabei zu, wie er die Kochinsel abwischte. Seine Arme waren stark wie Baumstämme, aber er bewegte sich wie jemand, der sich zerbrechlich fühlte. Er wischte die Krümel zu einem akkuraten Häufchen und schob sie dann wie kleine Scherben in seine hohle Hand. Nachdem er sie in die Spüle geworfen hatte, sah er in den Garten. Die dichten Büsche hinter der Bäckerei endeten an einer kleinen Klippe, wo sich ein steiniger Pfad hinunter zum Atlantik schlängelte. Kate kannte den Pfad gut. Im Sommer nachdem James geboren wurde, hatte sie in der Bäckerei gearbeitet und war für einen Moment hinausgegangen, um frische Luft zu schnappen. Sie war einfach weitergegangen, hungrig nach wilder Natur und lärmenden Geräuschen. Wind war durch die Tupelobäume gefahren, und die Wellen hatten sich an den Felsen gebrochen wie Porzellan, das man auf den Boden warf. Unten an der Klippe hatte sie sich auf einen Felsblock gesetzt und war von heftigen Schluchzern geschüttelt worden, so überwältigt war sie von dem Kontrast der Enge ihres Alltags zu der quirligen Gemeinschaft in der Bäckerei – das Gefangensein in ihrer stillen Liebe im Gegensatz zu der Verbindung mit etwas Größerem.

Sie folgte Max' Blick aus dem Fenster. »Lass uns einen Spaziergang machen.«

Er wehrte den Vorschlag mit einer Handbewegung ab, er wollte nicht spazieren gehen und reden.

»Ich wollte eigentlich gerade los, als du kamst. Rate mal, wer in der Stadt ist!«

Kate sah ihn verständnislos an. Sie hatte schon seit einiger Zeit mit keinem ihrer Freunde von der Kochschule gesprochen.

»Fiona und Charles«, half er ihr auf die Sprünge.

»Tatsächlich? Fiona?«

Kate hatte sie seit Jahren nicht mehr gesehen, damals hatten sie gerade geheiratet.

»Sind gerade heute angekommen. Ich wollte mit ihnen was trinken gehen. Komm doch mit.«

Fiona würde alles an sich reißen, und Charles – nun ja, Charles war Charles. Aber vielleicht war es das, was Max gerade brauchte, ihre Gedankenlosigkeit.

Kate grinste. »Na ja, er kann dir zumindest Tipps für deine Steuern geben. Lass mich nur kurz bei Chris anrufen, er wartet auf mich.«

»Immer wartet jemand auf einen.« Er löste seine Schürze und zog sie sich über den Kopf. »Außerdem siehst du auch aus, als könntest du einen Drink vertragen. Ich will ja nicht taktlos sein, meine Liebe, aber du siehst nicht aus wie du selbst. Hast du dir wieder einen billigen Haarschnitt verpassen lassen?«

»Danke für die Blumen.«

Sie fuhr sich mit der Hand durch ihren ungekämmten Bob, der wirklich einen Friseur vertragen konnte. »Nein, ist nur rausgewachsen.«

Max schaltete das Licht in der Küche aus und drehte sich um, um den Vorhang für sie zur Seite zu halten.

»Hast du abgenommen?«

»Nö.«

Er musterte sie, als sie an ihm vorbeiging, und legte ihr eine Hand auf den Rücken. »Du siehst ganz erschöpft aus. Du solltest ein bisschen Wimperntusche auftragen oder so.«

»Ja, genau, den Kindern ist es total wichtig, dass meine Wimpern viel Volumen haben.«

»Fang ja nicht damit an, dich gehenzulassen. Du darfst dich von den ganzen dummen Puten nicht unterkriegen lassen.«

Durch und durch ein Produkt der Siebziger, besaß Max noch immer ein T-Shirt mit dem Cartoon von Sandra Boynton, dem Truthahn mit seinem Markenzeichen, dem gleichgültigen Blick. Das T-Shirt war am Hals schon zerfleddert, doch Max nannte es ein antikes Werk post-ironischen Ausdrucks. Er nannte alle altmodischen Kleidungsstücke, von denen er sich nicht trennen wollte, Werke post-ironischen Ausdrucks.

»Nein, wirklich nicht«, bekräftigte er leise, als er die Tür hinter ihnen zuzog. »Man darf sich von den ganzen dummen Puten nicht unterkriegen lassen.«

Die alte Kneipe war schon so lange Kate zurückdenken konnte kurz vorm Einstürzen, so gefährlich nah wie sie am Kanal stand. Jedes Mal wenn Kate eintrat, überkam sie das beunruhigende Gefühl, dass das gesamte Gebäude umkippen und versinken würde, wenn zu viele Gäste auf einmal im hinteren Teil der Bar säßen.

»Kate! Max erzählte, dass du vielleicht auch hier draußen auf der Insel bist.« Fiona winkte und ließ das Platin und die Edelsteine auf ihrer Armbanduhr aufblitzen. Sie hatte sich die Haare lang wachsen lassen und trug sogar Lippenstift. Kate hätte sie nicht wiedererkannt.

»Du erinnerst dich an meinen Mann Charles?«

Er saß neben Fiona mit gegeltem Haar so steif wie sein Hemd mit Button-Down-Kragen.

Auf der Kochschule wurde Fiona wegen ihres harten Umgangstons von allen nur Sergeant genannt. Sie hatte kurzes Haar, militärisch kurz, und ihre Augen, die *Ihr könnt mich alle mal* sagten, sprühten vor Freiheit. Ein paar Jahre nach der Schule hörte Kate, dass sie einen Journalisten geheiratet hatte, der bei einem Wirtschaftsmagazin für Aktien und Wertpapiere zuständig war. Die Freunde, die zur Hochzeit eingeladen waren, amüsierten sich unendlich darüber, dass der Sergeant nicht nur geheiratet hatte, sondern dazu auch noch einen Wirtschaftsjournalisten, einen Wichtigtuer, der im Finanzbereich nicht besonders glänzte, außer damit, dass sein Name zufällig der gleiche war wie der eines großen Investors. Also wirklich, ein Finanzreporter namens Charles Schwab.

Kate hatte sich einmal mit ihnen getroffen, noch zu Anfang ihrer Ehe. Mittlerweile hatten sie ein Kind und lebten in einem Bostoner Vorort. Fiona arbeitete in der Küche des spießigsten französischen Restaurants der Stadt und lackierte sich die Zehennägel pink. Ein Beweis dafür, nahm

Kate an, dass man sich mit genügend Willenskraft in jemand anderen verwandeln konnte.

Sie brachten einander mit höflichem Geplänkel auf den neuesten Stand. So wie Fiona herumscherzte, wusste sie offensichtlich nicht, wie es Max gerade ging. Kate sah weg, während er vage Antworten auf Fragen über seine Bäckerei und Zukunftspläne gab. In der ersten Gesprächspause gab Max dem Barkeeper ein Zeichen. »Zwei Martini bitte.« Er schob Kate eine Serviette zu.

»Danke, Max, ich nehme nur ein Bier«, wehrte Kate ab.

»Seit wann trinkst du Bier? Das geht mit mehr Stil, trink was für Erwachsene.«

Kate zuckte die Schultern. Es war lange her, seitdem sie einen richtigen Drink getrunken hatte.

»Mit Olive oder Zeste?«, fragte er sie.

»Zeste.« Selbst das Wort fühlte sich mit einem Mal komisch an in ihrem Mund, als würde jemand anders es aussprechen.

»Habe ich richtig gehört, dass ihr nach Washington gezogen seid?«, erkundigte sich Fiona.

»Ja, vor zwei Jahren. Chris' Firma wollte, dass er bei ihnen am Hauptsitz arbeitet.«

Fiona nickte. »Und wo arbeitest du jetzt?« In Fionas Kopf war schon immer eine Datenbank von Restaurants in praktisch jeder Stadt abgespeichert gewesen.

»Nirgendwo fest. Ein bisschen hier und da, wenn ich gebraucht werde, aber nicht regelmäßig. Ich bin mit den Kindern zu Hause geblieben. Bisher.«

Fiona lächelte, als hätte Kate ihr gerade erzählt, sie würde die Kräuter aus ihrem Blumenkasten verkaufen. »Das ist toll. Es ist so eine besondere Zeit, wenn sie klein sind.«

»Weißt du, Kate, ich habe von einem Catering-Service

gehört, der in Washington aufmacht«, warf Max ein. »Klein, aber gute Aufträge. Veranstaltungen beim Smithsonian, im Zoo, so was alles. Das wäre doch eine gute Gelegenheit, um sich wieder einzufinden.«

»Es gibt ein paar großartige Optionen da draußen«, stimmte Kate zu. Catering wäre eine Möglichkeit, Teilzeit zu arbeiten. Und doch vermisste sie die Restaurants, ihre Atmosphäre, dazuzugehören. Jeder Tag folgte einem bestimmten Rhythmus, in dem Koordinierung sich zu einem kaum erträglichen Durcheinander steigerte. Es konnte das größte Chaos am anderen Ende der Küche ausbrechen, aber das machte ihr selten etwas aus, sondern verstärkte ihre Konzentration nur. Und dann beruhigte es sich wieder, so war es immer, und alle formierten sich neu, und am nächsten Tag begann es wieder von vorn, es war ein ständiger Kreislauf.

»Warte, mir fällt grad wieder ein – hat Anthony dich wegen des Restaurants in Dupont Circle angerufen?«, fragte Max. »Er will dich unbedingt dabeihaben.«

»Ja, es hört sich wunderbar an.« Kate wirbelte mit dem Finger in ihrem Glas und drückte die Zitronenschale an den Rand. »Klein & Ashbaugh machen das Design für sie. Es wird richtig schön.«

»Nicht nur das, es wird total abheben.« Max zog die Augenbrauen angesichts Kates Untertreibung hoch. »Es ist großartig, dabei zu sein.«

»Aber lange Arbeitszeiten.«

Fiona sah sie neugierig an und nahm einen langen Schluck aus ihrem Weinglas.

»Fiona, wie lange bist du zu Hause geblieben, als deine Tochter geboren wurde?«, fragte Max. »Zwei Stunden?«

Charles schüttelte den Kopf. »Wenn überhaupt. Ich glaube, sie hat den Brotteig so weit vorbereitet, dass sie ihn gehen lassen konnte, und dann war sie rechtzeitig aus dem Krankenhaus wieder da, um ihn zu schlagen.«

Kate lachte und rutschte auf ihrem Stuhl hin und her. Sie suchte mit dem Blick nach einer Schale Nüsse oder Popcorn, etwas, um ihre Hände zu beschäftigen.

»Na ja, bevor ich irgendetwas annehme, müssen wir entscheiden, ob wir in Washington bleiben. Chris reist ziemlich viel, und ich glaube, im Grunde ist es mittlerweile relativ egal, wo er wohnt. Wir könnten überall hinziehen.« Es kam ihr so leicht über die Lippen, als entspräche es der Wahrheit.

Max sah ihr einen Moment lang mit Wärme in seinem Blick direkt in die Augen und wechselte das Thema. »Ihr wohnt mitten in der Stadt, oder? In der Nähe vom Zoo?«

»Der Zoo ist quasi unser zweites Zuhause. Die Kinder reden über die Pandabären, als wären es ihre Haustiere. Tian Tian hier, Mei Xiang da ...«

»Tolle Stadt. Ich habe mal ein paar Jahre lang für eine kleine Zeitung dort gearbeitet«, erklärte Charles und zupfte an seinen Hemdsärmeln. »Ich habe nebenbei auch ein Finanz-Rundschreiben angefangen, ziemlich gewagt, aber ihr könnt euch ja vorstellen, dass es mit meinem Namen ziemlich gut anlief.«

Er nahm einen Schluck von seinem Drink, um Kate die Gelegenheit zu geben, ihre Bewunderung zum Ausdruck zu bringen. Der Lärm in der Bar füllte die lange Pause.

»Wie auch immer«, sagte er schließlich. »Gefällt es euch dort?«

»Ja, schon. Die Museen, das Wetter ... Jeder findet Washington toll.« Kate lehnte sich mit ihrem Drink in der Hand zurück. Die U-Bahn-Tunnel, die verängstigten Pendler. Lange, langsame Rolltreppen, unvorstellbar hoch.

»Aber es ist eine Unternehmensstadt, irgendwie seelenlos. Mir fehlt New York.«

»Du warst ja nicht *in* New York, meine Liebe«, bemerkte Max sanft. »Du warst in Connecticut.«

»Ihr habt in Connecticut gewohnt?« Fiona lachte. »Huh, wow. Achtung, Vorort. Ich würde es mir nicht so gern mit dir verderben auf einer Lehrer-Eltern-Veranstaltung.«

Kate lachte, hob aber verwirrt die Augenbrauen. »Was meinst du?«

»Dich, du boshaftes Ding. Wie du Jasper Friedling während der Prüfungen gequält hast.«

Kate schüttelte den Kopf. Sie konnte sich nicht daran erinnern.

»Weißt du nicht mehr? Du hast seine Sachen versteckt. Du hast den Schneebesen und den Spachtel woanders hingelegt, und er ist beinahe wahnsinnig geworden. Alles auf Zeit, und seine Küchengerätschaften tauchten in falschen Schubladen oder im Kühlschrank auf. Er war so auf 180, er lief schon dunkelrot an.«

Kate warf den Kopf zurück und lachte lauthals. In der ganzen Kneipe drehten sich Köpfe nach ihr um. Gott, das hatte sie vergessen! Die fünfzehn Jahre, die seit der Kochschule vergangen waren, fühlten sich an wie tausend. Damals hatte sie so viel gebacken und gekocht, dass ihre aufgesprungenen Hände nicht mehr verheilten. Aber sie hatte es so sehr genossen! Nie mehr war die Zeit so schnell vergangen wie in den Stunden, wenn sie ein Menü zusammenstellte.

»Hinterhältige Frau«, schalt Max sie. »Deine armen Kinder sind verflucht.«

Kate neigte den Kopf und lachte immer noch leise. »Es war wirklich gemein. Aber der Typ war furchtbar, wie ein kleiner Napoleon.«

Auch das Gemeinschaftsgefühl in der Schule und den Restaurants schien einmalig gewesen zu sein. Die Emotionen kochten hoch, alles war unmittelbar und echt, niemand nahm ein Blatt vor den Mund. Selbst ihre Scherze waren rau und ehrlich gewesen. Heute war niemand mehr wirklich offensiv-witzig und geradeheraus oder zurechtweisend, wenn jemand zu weit ging. Gegenseitige Sozialkontrolle. Alles in Kates Welt war eng und subtil geworden, kleine passiv-aggressive Sticheleien. Ihr war es anders lieber. Da wusste man zumindest, woran man war.

Sie dachte an Elizabeth, die ihrem Exfreund die Meinung gesagt hatte, als er ihre Arbeit kritisierte, und an die unvermittelte Trennung. Das entsprach eigentlich auch Kate – erst handeln, dann über die Konsequenzen nachdenken. Elizabeth war in dieser Zeit aufrichtig und frei gewesen. Etwas, das Kate ihr nie zugetraut hätte. Doch sie hatte den Eindruck, dass es gerade im Begriff war, zu verschwinden. Wie seltsam, dass sie das traurig stimmte. Sie hatte Elizabeth damals nicht gekannt und würde niemals das Ausmaß dessen kennen, was verlorengegangen war.

»Ich habe gehört, dass Jasper sogar noch schlimmer geworden ist, seitdem er sein eigenes Restaurant eröffnet hat«, mutmaßte Max.

»Aber hast du mitbekommen, was er jetzt macht?«, fragte Fiona. »Er spendet zehn Prozent seines Gewinns an Familien, die von den Terroranschlägen betroffen sind.«

»Jasper *Friedling*? Der Mann, der einem nicht einmal Kleingeld für den Kaffeeautomaten geben wollte?«

Kate konnte es nicht glauben.

»Der Vater einer der Freundinnen seiner Tochter hatte einen Verkaufsstand im World Trade Center. Er hatte fünf Kinder und bekam keine Vorsorgeleistungen. Jasper hat mit ihnen angefangen und der Ehefrau zehn Prozent vom Gewinn einer Woche gegeben. Jetzt spendet er jede Woche an eine andere Familie.«

Kate spielte mit ihrem Glas. Ihr Lächeln schwand. Sie hatte so viele Lebensläufe gelesen und konnte sich diesen Mann gut vorstellen. Ein Vater mit seinem Verkaufsstand. Vielleicht war er nur einen Augenblick zu lange geblieben, vielleicht wollte er seinen Stand nicht verlassen – Lebensmittel oder Blumen, imitierte Designerhandtaschen. Hatte sich Sorgen gemacht, dass er die nächsten fünf Paar Turnschuhe nicht bezahlen könnte, wenn er seine Waren zurückließ, und so war er nicht gerannt, als er noch die Gelegenheit dazu hatte. Kate schob den Gedanken beiseite, sie wollte ihn nicht der Sammlung der Nachrufe und Schnappschüsse hinzufügen, die so erschütternd waren in ihrer mächtigen Kürze. Als sie die Nachrufe und andere Nachrichten gelesen hatte, war ihr klargeworden, dass die Stadt, die sie vermisste, die Elizabeth und sie geformt hatte, nicht mehr existierte.

»Kaum zu glauben. Jasper Friedling als wohltätiger Spender«, sagte Max. »Wer hätte das gedacht?«

Fiona strich mit einem sorgfältig manikürten Fingernagel die Kanten ihrer Serviette platt. Charles seufzte und griff nach einer Schale Nüsschen. Niemand sprach. Das war meistens der Fall, wenn dieser Tag erwähnt wurde. *Kanntest du jemanden, der … Mein Schwager arbeitete …*

Max hob sein Glas, um die Aufmerksamkeit des Barkeepers auf sich zu ziehen, und wandte sich an Kate.

»Noch einen?«

Sie sah auf die Uhr. Sechs. »Danke, nein. Ich muss los.« Sie versuchte, Max Geld dazulassen, doch er winkte ab.

»Denk dran«, erinnerte er sie. »Nächste Woche: Tartes.«

Auf der Straße wurde sie vom Licht geblendet, das im Gegensatz zur gedimmten Beleuchtung in der Kneipe grell wirkte. Während sie versuchte, sich zu orientieren, erklang über ihr ein lautes Dröhnen. Sie zuckte zusammen und blickte auf. Ein kleines Flugzeug flog tief über den Hafen und war so nah, dass sie die Nummer an der Seite und das Profil des Piloten erkennen konnte. Flugzeuge waren doch sonst nicht so tief und so laut. Es hielt direkt auf den Glockenturm auf der anderen Straßenseite zu. Das hämmernde Jaulen des Propellers ging Kate durch Mark und Bein. Sie legte beide Hände über den Kopf und ließ ihre Handtasche fallen.

Die Passanten auf dem Bürgersteig gingen weiter, als wäre nichts geschehen, und sahen kaum zum Himmel. Jemand fragte sie, ob alles in Ordnung sei, und ein anderer half ihr, Handy, Portemonnaie und Schlüssel einzusammeln, die auf dem Asphalt verstreut lagen.

Sie murmelte ein Dankeschön und sah dem Flugzeug hinterher, das nun zur Landebahn im Zentrum der Insel flog. Es wurde immer kleiner, bis sein verklingendes Dröhnen sich schließlich nicht mehr von dem Schiffshorn einer ankommenden Fähre unterschied.

Die Haustür war unverschlossen, und drinnen herrschte Stille. Ein Zettel lag auf dem Tresen: *Sind zur Pizzeria, Manicotti holen. Bis gleich.*

Kate betrachtete die im Wohnzimmer verstreuten Sachen, die ihre Familie hinterlassen hatte. Aufgeschlagene Bücher, eine Menagerie von Plastiktieren. Ein Haufen Legosteine. Chris' aufgeklappter Laptop, Akku fast leer. Sie hatte die Stille eines leeren Hauses immer gemocht, doch jetzt beunruhigte es sie. Genau so würde das Zimmer aussehen, wenn seine Bewohner plötzlich weg wären, das fossile Überbleibsel einer Familie.

Sie nahm ein Bier aus dem Kühlschrank und ging mit

Elizabeths Tagebuch auf die Veranda. Die Sonne stand tief über der Bucht. Am Himmel bewegte sich die glatte schwarze Silhouette eines Flugzeugs durch die Wolken wie ein Pappmodell in einem Diorama.

15. September 1992

Dave war eine gemäßigte Version seines Golfturnier-Ichs, als wir essen waren, nicht zu herzlich oder übertrieben vertraut. Ich hatte auch befürchtet, dass das schnell langweilig würde. Hat mich im Restaurant mit einer leichten Berührung am Rücken begrüßt und zum Tisch geführt, ganz höflich. Sehr traditionell.

Was mir aufgefallen ist: Die Sommersprossen um seine Nase herum und auf den Wangen lassen ihn wie einen zu groß geratenen Sechsjährigen aussehen. Markanter Kiefer und Kinn, breite Schultern und muskulöser Oberkörper. Seine Haare waren kürzer, aber immer noch ziemlich wild. Er hat wirklich tolle dunkle und dichte Haare. Direkt nachdem wir uns hingesetzt hatten und unsere Servietten nahmen, hat er breit gelächelt und sich für mein Kommen bedankt. Sein Lächeln reicht bis zu den Augen, so warme braune Augen habe ich noch nie gesehen. Mir schnürte sich ein bisschen die Kehle zu. Sei nett, Elizabeth, ermahnte ich mich. Lächle mehr.

Ich habe ihn nach Golf ausgefragt, über die Tour, wie oft er spielt und was er sein Zuhause nennt (eine Wohnung außerhalb von New York City, auch wenn er so selten dort ist, dass letztendlich ein Nachbar Mitbesitzer seines Hundes ist). Nachdem er seinen Abschluss an der Georgia Tech gemacht hat, hat er in Läden für Profis gearbeitet und bei ein paar kleineren Touren mitgespielt, bis er seine Tour-Karte bekam. Er hat jahre-

lang herumgescharrt – das war sein Ausdruck –, um sich zu qualifizieren. Ich hatte ihn als Sprücheklopfer und aufgekratzt in Erinnerung, aber wenn man allein mit ihm ist, ist er ernster. Er wählt seine Worte, als wäre jedes von großer Bedeutung und als wäre es sehr wichtig, dass er genau das sagt, was er meint.

Er hat sich nach meiner Familie erkundigt: Ich hab's simpel gehalten: Vermont, Connecticut, geschieden, verstorben. Als ich Krebs erwähnte, hat in seinen Augen etwas dichtgemacht. Ja, da habe ich auch die eine oder andere Erfahrung gemacht, hat er gesagt. Seine Schwester, letztes Jahr. Wir waren beide eine Weile lang still, und gerade als ich mir den Kopf über ein neues Thema zermarterte, sagte er: »So etwas sollte ein Körper einfach nicht durchmachen müssen, und niemand sollte so etwas mit ansehen müssen.« Keiner von uns wollte noch mehr dazu sagen, also haben wir es gelassen.

Nach dem Essen sind wir gemeinsam mit dem Taxi zu meinem Haus gefahren, aber bevor ich ihn fragen konnte, ob er noch mit raufkommen will, gab er mir einen sanften Kuss auf die Wange und spazierte davon. Ich habe ihm nachgesehen, wie er mit schaukelndem Gang zur Straßenecke ging, eine Art Wippen auf den Fußballen, so massiv und schwer wie ein Zugpferd, aber auch so leichtfüßig wie eins, das rundum zufrieden ist. Er sieht aus, als könnte er einen tausend Meilen tragen, wenn er es müsste.

Vierzehn

Kate fuhr an den Zaun des kleinen Hofes im Nordwesten der Insel. Ein paar Holstein-Rinder hoben die Köpfe. Piper und James konnten es gar nicht erwarten, schnell auf den Hof zu laufen, sie schnallten sich ab und sprangen aus dem Auto.

»Heyyy … Habt ihr nicht was vergessen? Ein Tschüs, zum Beispiel?«, rief Kate ihnen hinterher.

Ertappt liefen sie zurück zum Wagen und steckten die Köpfe durchs Fenster. Kate drückte ihnen einen Kuss auf die Wange. »Viel Spaß. Wir sehen uns um eins.«

Endlich befreit, stürmten sie zu den anderen Kindern aus dem Lager.

Kate saß im Auto und sah ihren Kindern dabei zu, wie sie sich mühelos unter die anderen mischten. Sie konnte sich kaum an die Zeit erinnern, in der die beiden sich an sie geklammert hatten, Kleinkinder mit »Trennungsangst«, wie es in den Ratgebern genannt wurde. Irgendwie konnte sie sich an die ersten Monate am besten erinnern, an die erschöpfenden Nächte, die nahtlos in den Tag übergingen, unvorstellbar, dass es jemals wieder anders sein könnte.

Und da waren sie nun, im Sommerlager mit Gleichaltrigen. Lebhaft, selbstsicher, unabhängig.

1. Januar 1993

Ich glaube, ich habe noch nie mit einem bedeutsamen Kuss um Mitternacht ins neue Jahr gefeiert. Es ist gar nicht so klischeehaft, wie ich vermutet hatte, wie Rosen am Valentinstag oder ein Kuss unterm Mistelzweig.

Eher so, als läge darin ein Versprechen für das neue Jahr.
Als Dave sich gestern Abend auf der Party zu mir umgedreht hat, um anzustoßen, hat er kein Wort gesagt und mich nur so geheimnisvoll angelächelt. Mit diesem Lächeln, das bedeutet, dass er rundum glücklich ist, denn eigentlich ist er immer ein bisschen traurig. Er hat einen Arm um mich gelegt und mich dicht an sich gezogen. Er küsst ganz langsam, als würde er noch um Erlaubnis fragen. Wenn wir morgens aufwachen, grinst er, als wäre er dankbar und würde nie davon ausgehen, dass etwas selbstverständlich ist.

27. Februar 1993

Waren bei den Nissan Open. Er ist nicht in die Endrunde gekommen. Nach der ersten und zweiten Runde lag er vier oder fünf Schläge zurück. Hier ein Ball im Wasser, da ein Putt, der danebengeht, da kommt eines zum anderen. Es ist nervenaufreibend, zuzusehen. Er schafft es selten auch nur in die Nähe der oberen Ranglistenhälfte. Er steckt noch die Provinz ab, sagt er mit nur einem winzigen Hauch von Enttäuschung. Aber ich habe ihn nie auch nur die kleinste Bemerkung darüber verlauten hören, dass er lieber etwas anderes machen wollte, also beruflich, oder darüber, wie viele Niederlagen er bereit ist zu ertragen, bevor er aufgibt. Ich glaube, dass er sich wirklich glücklich schätzt, das machen zu können, was er am liebsten tut, und damit auch die Miete zahlen zu können. Mehr oder weniger.

15. März 1993

Bertha ist tot. So traurig. Ihr haben einfach die Beine versagt, dem armen Mädchen. Laut Dave konnte sie

schon seit Tagen nicht mehr allein vor die Tür gehen, da haben wir sie zum Tierarzt gebracht. Der sagte uns, dass sie ein langes Leben hatte für einen Hund, und dazu noch einen Neufundländer, doch dass es jetzt genug sei und wir sie gehen lassen müssten. Wir konnten entscheiden, es entweder jetzt sofort machen zu lassen oder sie noch für eine Nacht mit nach Hause zu nehmen. Dave sagte nein, wir sollten es nicht länger hinauszögern.
Er stand wippend auf der Schwelle an der Tür zur Praxis und sah zu Boden. Ich wollte ihm einen Moment Ruhe geben und bin zur armen Bertha hinübergegangen. Sie lag schon leicht ruhiggestellt auf dem Tisch, und ich habe ihr die Hand auf den gewaltigen Kopf gelegt. Ihre fleischig roten Augenlider waren noch geschwollener und tränten mehr als sonst, wahrscheinlich so überanstrengt von dem Versuch, wach zu bleiben. Ihre Atmung beschleunigte sich ein wenig, und sie rollte mit den Augen, starrte zur Tür und sah dann zu mir hoch. Als ich mich zur Tür umdrehte, war Dave verschwunden.
Ich dachte mir, dass er wahrscheinlich zur Toilette gegangen war oder vielleicht zu seinem Auto. Vielleicht brauchte er einen Augenblick für sich allein. Ich streichelte Bertha über den Kopf und fuhr mit dem Daumen über ihre lange, breite Schnauze. Nach fünfzehn Minuten war Dave immer noch nicht wieder da.
Der Tierarzt kam rein und fragte, ob wir weitermachen sollten. Als ich vorschlug, noch auf Dave zu warten, erklärte er mir, dass Dave bereits seine Kreditkarte und Unterschrift am Eingang hinterlassen hatte. Dann hat er lange geschwiegen, und da war noch etwas außer der Unbehaglichkeit. Enttäuschung. Vielleicht auch Mitge-

fühl. Sie können bleiben oder gehen, wie Sie möchten, sagte er zu mir.
Ich sah wieder auf die große alte Bertha, rieb ihr die breite schwarze Stirn und massierte ihr die samtweichen Ohren zwischen Daumen und Zeigefinger, wie ich es bei Dave gesehen hatte. Sie sah weiter zur Tür, aber ich weiß nicht, ob sie nach Dave Ausschau hielt oder ob es einfach der schmerzloseste Blickwinkel für ihre Augen war. Ich blieb, bis der Arzt ihr die Spritze gegeben hatte und Bertha aufhörte zu atmen. Ihr Blick blieb auf den Eingang gerichtet, bis ihre Augen ihren Glanz verloren.
Ich bin zu Daves Wohnung gefahren, aber er war nicht da. Ich wartete eine Weile, ging dann nach Hause und rief später an, aber niemand ging ran. Als ich am nächsten Tag wieder anrief, erklärte er sein Verhalten nicht einmal – warum und wohin er gegangen war.
»Alles in Ordnung bei dir?«, habe ich ihn dann schließlich gefragt. »Es war so seltsam, dass du einfach verschwunden bist.«
Er war erst mal still, und ich habe mich schon gefragt, ob er überhaupt darüber reden würde. Dann sagte er: »Ich konnte einfach nicht bleiben, Liz. Ich kann nicht gut mit Krankheit umgehen.«
Ich habe nicht gesagt, was mir auf der Zunge lag, also ungefähr: Na ja, Schatz, wir genießen nicht oft den Luxus, dass wir uns aussuchen können, ob wir mit Krankheit oder Tod »umgehen«. Es passiert einfach. Ich habe auch nicht gesagt, was mir noch im Kopf umherschwirrte: Was, wenn ich nicht da gewesen wäre? Hättest du sie einfach dort auf dem Tisch liegen lassen, allein?
Stattdessen sagte die neue, weichere Liz: »Ich weiß, dass es schwer ist. Aber wir haben das Richtige getan.

Komm heute Abend zu mir.« Aber er wollte allein sein und mich morgen treffen, bevor er nach Florida fliegt. Ich weiß, dass mir das alles etwas Wichtiges aufzeigen sollte, etwas, das ich mir gut merken sollte. Die Stimme meiner Mutter hallt in meinem Kopf, etwas über Gemeinschaft versus Isolation und wie wichtig es ist, Kraft aus anderen zu schöpfen, wenn man es selbst nicht schafft. Und darunter meine eigene innere Stimme: Es geht um Verantwortung, um das, was man jemandem schuldig ist, den man liebt und dem es schlechtgeht, ein Pakt, den man schließt, wenn man eine Beziehung eingeht – ja, auch mit einem Haustier –, dass man denjenigen aus der Welt begleitet, genauso wie er einen hindurchbegleitet hat. Aber der Arme hat seinen Hund verloren, und es steht mir nicht zu, ihm zu erklären, wie er es hätte besser machen können. Auch wenn es so scheint, als wäre ihm im entscheidenden Moment die Puste ausgegangen.

Am nächsten Morgen wachte Kate früh auf. Ein blasser Lichtschimmer drang durch die durchscheinenden Vorhänge, und die Vögel begrüßten bereits den Tagesanbruch. Kate kroch aus dem Bett und nahm das Tagebuch, in dem sie gerade las, mit ins Wohnzimmer.

Im Juni 1993 wurde Elizabeth 30. Dave überraschte sie mit einem Flug nach Maui, wo sie ihn bei einem Pro-Am-Turnier unabhängig von der Tour begleiten würde. Einer ihrer Kunden war unter den Sponsoren, und ihr Chef sagte ihr, sie solle ihren Laptop mitnehmen, so tun, als würde sie das Werbematerial überprüfen wollen, und das Ganze Geschäftsreise nennen. *Ich liebe diesen Job*, schrieb sie. *Sie müssten mich schon mit einem Brecheisen davon wegstemmen.*

Jedes Mal wenn Elizabeth ihre Arbeit beschrieb, hatte Kate das Gefühl, sie würde über eine völlig andere Person lesen. Elizabeth hatte mit einer Besessenheit über das Entwerfen von Logos und Werbung geschrieben, wie Kate und ihre Freunde aus der Kochschule über seltene Zutaten sprachen. Das Buch war voller Details über die Form eines wiederkehrenden Motivs, die Auswahl der Schrift oder Farbe. Aber darüber gesprochen hatte Elizabeth nie.

Obwohl Dave schon mehrmals auf Maui gewesen war, benahm er sich mit Elizabeth wie ein Tourist. Sie gingen Bodysurfen in Lāhainā und sahen sich den Sonnenaufgang vom Gipfel des Kìlauea-Vulkans aus an, wo die backsteinfarbenen Felsbrocken wie eine Mondlandschaft vor orangefarbenem Hintergrund aussahen. Sie betraten verbotenerweise ein Zuckerrohrfeld und probierten davon, nur um sagen zu können, dass sie es gewagt hatten. Sie nagten an den faserigen süßen Stengeln wie an kandiertem Spargel. Elizabeths Ängste vor einer gemeinsamen Reise – dass sie klaustrophobische Attacken in der Zweisamkeit bekäme oder sich in Golforgien verlieren würde – stellten sich als unbegründet heraus. Sie hatte Zeit für sich. Dave respektierte ihre Privatsphäre. Und obwohl er mit dem Turnier beschäftigt war, nahm es ihn nicht vollkommen ein.

An ihrem Geburtstag führte er sie abends in ein Restaurant in einem ehemaligen Gemischtwarenladen mitten auf einer Ananasplantage aus. Während sie Passionsfrucht-Margaritas schlürften, schob er ihr eine kleine Samtschatulle über den Tisch zu. Ihr Herz setzte einen Schlag aus. *Mein erster Gedanke war, oh nein, und dann lief schon eine Parade von Bildern vor mir ab ... Hypothekenzahlungen, vollgemachte Windeln, Langeweile. Doch als ich das Kästchen aufmachte, lag darin ein wunderschönes Paar Diamantohrringe, kleine perfekte Achtecke, in denen sich das Kerzen-*

licht brach und das Wasserglas wie kleine Sternchen spiegelte. Auf der Karte stand: »Du bist mein Fels.«

Kate hörte Schritte hinter sich und spürte eine Hand auf der Schulter.

»Hey.« Chris ging am Sofa vorbei in die Küche. »Du bist früh auf.«

Kate legte das Buch auf den Schoß. »Die Vögel haben mich geweckt. Es war fast schon wie bei Hitchcock.«

Er fuhr sich durch die Haare und holte sich eine Tasse aus dem Oberschrank.

»Hast du schon Kaffee gekocht?«

Sie warf einen Blick auf das Tischchen neben sich, wo normalerweise ihre Tasse stehen würde.

»Nein.« Nachdem sie das Tagebuch aufgeschlagen und angefangen hatte zu lesen, hatte sie nicht mehr daran gedacht.

Chris füllte Wasser in die Maschine und leerte den Filter. Draußen schimmerte die Sonne schwach auf dem langen Rasen.

»Warum bist du schon so früh auf?«, fragte sie ihn.

»Ich muss etwas über Südostasien schreiben.« Chris rieb sich über das Gesicht. »Ein Hotel dort kommt vielleicht auf den Markt.«

Er öffnete den Kühlschrank, nahm einen Becher Joghurt heraus und gab eine Handvoll frischer Blaubeeren aus einer Pappschachtel hinzu. Dann lehnte er sich gedankenverloren an den Küchentresen und hielt die Schachtel mit den Beeren wie ein Geschenk in den Händen.

Als Chris Kate einen Antrag gemacht hatte, war sie überrascht gewesen. Sie waren knapp ein Jahr zusammen gewesen. An dem Abend hatte sie im Restaurant gearbeitet, wie an den meisten Abenden, und der Oberkellner kam mit einer ihrer Crème brûlées in die Küche zurück. Sie war anscheinend von einem unzufriedenen Gast zurückgeschickt worden.

»Sieh dir nur diese Verunstaltung an!«, regte der Kellner sich auf und gestikulierte angewidert über der zerbrochenen Kruste. Mit gerunzelter Stirn nahm sie ihm die Schale ab. In der Mitte steckte ein Diamantring, der im karamellisierten Zucker funkelte.

In diesem Moment ordnete sich die Zukunftsvision ihres Lebens so mühelos um wie bei einer Zellteilung. Ihre Zweisamkeit dehnte sich auf ihre gesamte freie Zeit aus, und Chris' Habseligkeiten tauchten in ihrer kleinen Wohnung auf. Anders als Elizabeth hatte sie die Ehe nicht automatisch mit Kindern, Schulden und einem Vorort gleichgesetzt, und selbst das wäre ihr nicht ungelegen gekommen. Sie hatte nicht weiter gedacht als an sie beide, wie sie zusammenlebten, zusammen planten und sparten – lauter Selbstverständlichkeiten eben.

Während Chris seinen Joghurt löffelte, starrte er mit leerem Blick ins Zimmer, in Gedanken war er bei Hotels am anderen Ende der Welt. Kate juckte es in den Fingern, das Notizbuch wieder aufzuschlagen, aber das wäre natürlich unhöflich gewesen.

»Ich habe mir gedacht, dass die Kinder heute Nachmittag vielleicht eine Jeep-Tour machen könnten«, unterbrach sie seine Gedanken.

Er sah sie an wie jemand, der gerade aus dem Tiefschlaf kam, und hatte keine Ahnung, wovon sie sprach.

»Geländewagenfahren auf der Halbinsel«, präzisierte sie. »Sie hatten letztes Jahr so viel Spaß dabei.«

Er nickte. Kate sah, wie er kalkulierte. Wie viele Stunden er für sein Arbeitspensum benötigen würde, damit er fahren könnte, das ständige Abwägen, wie viel Zeit er auf jeden Fall investieren musste und wo er etwas abzwacken konnte. Er wollte mitkommen, doch seine Zeit hier gehörte nicht wirklich ihm selbst. Nur so funktionierte ihre Vereinbarung, und es mussten Opfer dafür gebracht werden.

»Wir können es auch an einem anderen Tag machen, wenn dir das besser passt.«

Kate wollte nicht ohne ihn fahren. Es machte mehr Spaß, wenn er dabei war, und einfacher war es auch. Die Ökonomie in der Kindererziehung: Gemeinsam konnte man seine Wachsamkeit um die Hälfte reduzieren. Was geschah, wenn es nur einen Elternteil gab?, fragte sie sich. Musste Dave Martin die ganze Zeit über hundert Prozent geben? War er jemals vollkommen entspannt?

»Nein, lass uns heute fahren, heute Nachmittag.«

Chris ging zurück ins Schlafzimmer, wo sein Laptop und seine Unterlagen auf ihn warteten.

1. Januar 1994

Wir sind nach Hilton Head runtergeflogen, wo Daves Trainer eine Riesenparty geschmissen hat. Lauter arrogante Schnösel aus der Golferszene, unter anderem auch ein Geschäftsführer von Titleist, der findet, dass Dave die Tour sausenlassen soll, um für ihn zu arbeiten. Ausrüstungsherstellung und -tests, Promotion, all so was. Wir hatten beide zu viel getrunken, und als wir allein in einer Ecke des Raumes standen, sagte ich ihm, dass es keine so schlechte Option für einen vorzeitigen Ruhestand wäre. Er hat gelacht, aber es klang bitter. »Hast du mit meinem Vater gesprochen?«

Dann war er schnell wieder der lustige Dave, mischte sich unter die Leute und brachte eine Frau von Cartier dazu, ernsthaft mit ihm darüber zu diskutieren, ob sie ihn sponsern würde. Ich war eine Weile allein und unterhielt mich dann mit der Frau eines anderen Golfers

an der Bar. Sie war hübsch und hätte gut in ein Golfmagazin gepasst mit ihren langen blonden Haaren, doch es gab auch eine andere Seite – drei Ohrlöcher und sehr respektlos, was das Golfspiel anging. Sie haben ein kleines Kind, und sie versucht, ihren Mann zu überreden, mit der Tour aufzuhören, weil er nie zu Hause ist. Sie will aber auch nicht meckern, weil es ja immer heißt, Belastung zu Hause belastet das Spiel.
»Da heißt es wohl Spielgesicht, was?«, kommentierte sie nur trocken. »Wir müssen alle unser Spielgesicht aufsetzen.« Sie setzte ein verschlagenes Grinsen auf. »Los, lass uns rausgehen.«
Bevor ich etwas erwidern konnte, fiel mir auf, dass Dave mich ansah, der anständige Dave Martin. ELIZABETH DEEEE, rief er, wie eine Ankündigung oder eine öffentliche Bekanntgabe bei einer Sportveranstaltung. Da wurde mir bewusst, dass ich meine Entscheidungen nicht mehr allein traf. Jedenfalls nicht, wenn ich die in mich gesetzten Erwartungen nicht enttäuschen wollte. Nichts bleibt ohne Folgen …

Entscheidungen, Folgen. Kate stand auf und schenkte sich eine Tasse Kaffee ein. Es war schon eigenartig mit Beziehungen – man veränderte seinen Lebensstil, machte Kompromisse, weil man einen bestimmten Menschen einem anderen vorgezogen hatte. Das galt für die meisten Entscheidungen. Die Folgen einer Entscheidung waren zu dem Zeitpunkt, an dem man sie traf, vielleicht nicht ersichtlich. Aber wenn man zurückdachte, war er da, der nicht gegangene Weg, der an Orte führte, an die man niemals gehen würde.

Piper kam ins Wohnzimmer geschlendert und verlangte nach Pfannkuchen. Ihr Blick war noch verschleiert und ließ vermuten, dass sie noch halb in ihren Träumen versunken war. Sie rollte sich mit ihrer Decke auf dem Sofa zusammen und steckte die Füße unter Kates linken Oberschenkel. Ihre kalten Zehen ließen Kate erschaudern, aber sie zog die Füße ihrer Tochter auf ihren Schoß und rieb sie warm. Es war ein Reflex, die eigene Bequemlichkeit für die der Kinder aufzugeben.

Kate streckte sich neben Piper aus und zog sie dicht an sich. Pipers Haare dufteten nach Eisenkrautshampoo, auch wenn Kate immer behauptete, sie dufteten nach Pennys und Mohrrüben, da sie die gleiche blasskupferne Farbe hatten wie Chris' Haare. Bevor Kate das Tagebuch zuklappte und auf den Boden legte, las sie die letzten Zeilen des Eintrags.

... Eine Minute vor Mitternacht kam Dave wieder zu mir. Er wünschte mir: »Frohes neues Jahr, Miss Drogan!« Als man auf den Fernsehbildschirmen sah, wie die Silvesterkugel am Times Square heruntergelassen wurde, schrien alle durcheinander und spritzten mit Sekt herum, als hätten wir den Superbowl gewonnen. Dave küsste mich lange und intensiv und sah mich dann an, als würde er mich taxieren. Mit triefendem Pseudo-Georgia-Akzent sagte er: »Ich glaube, das wird ein großes Jahr für den Nachnamen Drogan. Er wird UNTERGEHEN.«

Als die Kinder ihren letzten Tag auf dem Bauernhof verbrachten, kam Kate nach dem Schwimmen zurück zum Haus und las auf der Veranda. Sie stellte ein Glas Eistee gegenüber vom Tagebuch auf den Tisch, als würde sie sich mit einer Freundin auf einen Drink treffen. Die Seiten der ersten Monate von 1994 flogen dahin. Elizabeths subtiler Widerstand gegenüber Dave schmolz. Der Eistee im Glas war vergessen und erwärmte sich in der Sonne.

Im März reisten Elizabeth und Dave nach Georgia, um den 65. Geburtstag seines Vaters zu feiern. Das enorme Haus ähnelte einer Plantage im Greek-Revival-Stil und war von unzähligen Eichen und Magnolien umgeben. Es war mit nichts zu vergleichen, was Elizabeth bisher gesehen hatte. Die Eintracht der Familie war ebenso beeindruckend und überwältigend, und Daves Brüder waren so überschwenglich, dass Elizabeth zwischendurch zur Toilette floh, um dort einen Moment Ruhe zu haben. Seine Eltern hätten den ihren nicht unähnlicher sein können. *Sein Vater ist der Hauptdarsteller und muss bei allem das letzte Wort haben. Dabei werden aus einem Scotch vier. An seinem Geburtstag hat er Dave einen Vortrag darüber gehalten, dass er es auf Hawaii nicht in die Endrunde geschafft hat, und er hat auch nicht aufgehört, als es nicht mehr witzig war. Daves Mutter ist die gelassenste, umgänglichste Person, die mir je begegnet ist. Ich glaube, sie steht unter dem Einfluss von Medikamenten.*

Überall im Haus gab es Fotos von Daves Schwester Dani, schön und mit 31 Jahren in der Zeit stehengeblieben. Ihr Witwer Zack war mit den Kindern da, und für die beiden war Dave der Onkel, den sich jeder wünschte: lustig, geduldig, nachsichtig. *Er verwöhnt sie nach Strich und Faden.* Die gesamte Familie erzählte so selbstverständlich Geschichten über Dani wie über jemanden, der nur an diesem Tag gerade nicht zu Besuch war. Nicht so Dave. Er erwähnte sie nie, und wenn jemand anders über sie sprach, verließ er den Raum.

Merkwürdig, dachte Kate, dass er selbst bei Elizabeth so eine Mauer um sich aufbaute, die doch auch eine Schwester und dazu noch ihre Mutter verloren hatte.

Freitag, 18. März 1994

Vorhin saß ich allein mit Dave auf der Veranda und sagte ihm, wie schön ich es finde, dass alle die Erinnerung an Dani am Leben erhalten mit ihren Geschichten und dass das bestimmt auch gut für die Kinder ist. Wir saßen auf der Verandaschaukel, und Dave schaukelte ein bisschen vor und zurück. Die Sonne sank mindestens fünf Zentimeter hinter den Azaleen, bevor er reagierte.

»Ja, vermutlich, vor allem für die Kinder.«

Ich wusste, dass ich mich damit weit aus dem Fenster lehnte, aber ich wollte es trotzdem probieren und habe ihn gefragt, ob er sie hier zu Hause mehr vermisste. Wir starrten beide in den Himmel, als wäre nichts faszinierender als der Sonnenuntergang. Nach gefühlten Stunden sagte er schließlich: »Ich vermisse sie nie mehr oder weniger, ich vermisse sie einfach.«

Ich überlegte, ob ich ihm von meiner Schwester erzählen sollte, aber das fühlte sich ganz falsch an. Nicht nur, weil ich mich in seine Trauer einmischen würde, sondern weil ich mir auch seine Reaktion vorstellen kann: Und das erzählst du mir jetzt? …

Kate las erneut die letzten Sätze und dann noch einmal. Elizabeth hatte es ihm nie erzählt.

… Mir fallen einfach keine Worte dafür ein, mit denen ich ausdrücken könnte, was ihr zugestoßen ist. Wie kann ich das laut aussprechen? Wenn man vor jemandem herfährt, der kaum acht Jahre alt ist, ist man immer noch schuld, wenn etwas hinter einem passiert. Gerade wenn man achtlos ist, und es ist umso unverzeihlicher, wenn man diese Person abhängen wollte,

weil man nicht für jemand anderen verantwortlich sein wollte. Das schreit förmlich danach, dass man so jemandem keine Kinder anvertrauen kann.

Sonntag, 20. März 1994

Morgen fahren wir ab. Ich hatte mehr Spaß, als ich vermutet hätte. Große Familien entwickeln eine Eigendynamik, sie ziehen einen einfach in ihren Kosmos hinein.

Ich hatte gestern Abend beim Abspülen ein merkwürdiges Gespräch mit Zack. Er ist stiller als die Brüder, wahrscheinlich zieht er sich auch manchmal gern zurück. Er fragte mich, wie Dave und ich uns kennengelernt haben und wie lange wir schon zusammen sind, und als ich erzählte, seit anderthalb Jahren, sagte er: »Das ist gut.« Aber es klang komisch, nicht »Das ist gut« im Sinne von »Wie schön«, sondern eher »Wie gut für ihn«.

Ich wusste nicht, wie ich darauf reagieren sollte, also haben wir geschwiegen. Ich wollte gerade fragen, wie es den Kindern geht, als er sagte: »Es ist schön, dass ihr zusammen seid. Dave hat schon lange nicht mehr so glücklich ausgesehen.«

Ich habe ihn über Dani und Dave in ihrer Jugend ausgefragt, da es ihn nicht zu stören scheint, wenn er über sie spricht. Er hat erzählt, dass sie quasi wie Zwillinge waren und dass Dani nach dem College manchmal mit auf die kleinen Touren kam. Dann sagte er etwas Merkwürdiges: Er sei froh darüber, dass Dave bei der Tour am Ball blieb. Nach einer kurzen Pause erklärte er, dass es allmählich so ausgesehen habe, als würde Dave nirgendwo mehr am Ball bleiben. Als würde er vor sich selbst davonlaufen, bevor andere das tun könn-

ten. Er meine es nicht als Seitenhieb gegen Dave, aber es komme ihm vor, als hätte der Verlust von Dani die Dinge für Dave nicht kostbarer, sondern entbehrlicher gemacht. Er finde es gut, dass das anscheinend nicht mehr der Fall sei.

Obwohl es ungerecht ist: Ich musste dabei an Bertha denken.

Zurück in New York, verlief die Beziehung der beiden monatelang glücklich und ohne besondere Vorkommnisse. Elizabeth begleitete Dave auf einige Turniere, und die Wochenenden, an denen er nicht unterwegs war, verbrachten sie gemeinsam.

Eines Tages erhielt Elizabeth einen Anruf auf der Arbeit, nach einer Routineuntersuchung bei ihrer Gynäkologin.

Freitag, 10. Juni 1994

Die Ergebnisse meiner jährlichen Untersuchung waren auffällig. Schlechte Zellen. Dysplasie im Gebärmutterhals. Die Ärztin will, dass ich Montag wiederkomme, damit wir über Behandlungsmethoden sprechen können, auch wenn vielleicht keine nötig sein werden. Manchmal verschwindet das auch von allein.

Ich habe Dave angerufen, er war gerade kurz zu Hause nach dem zweiten Tag der Buick Classics drüben in Westchester. Er hat es in die Endrunde geschafft und wollte gerade mit ein paar Spielern etwas essen gehen. Ich hätte wahrscheinlich abwarten und es ihm erst erzählen sollen, wenn er später wieder zu Hause war, aber ich hab mich so zittrig gefühlt und wollte es nicht für mich behalten. Normalerweise kann er mich gut aufmuntern und die guten Seiten einer Situation auf-

zeigen. Aber als ich es ihm gesagt habe, ist er ganz stumm geblieben.
Ich habe versucht, einen auf »das Glas ist halb voll« zu machen: Man kann es behandeln, manchmal braucht man nicht einmal Medikamente, und es geht von allein wieder weg, wahrscheinlich ist es keine große Sache. Aber er hat immer noch nichts gesagt. Irgendwann hat er mir dann vage gut zugeredet und gefragt, ob er mich später zurückrufen kann. Das ist jetzt drei Stunden her, und ich habe immer noch nichts von ihm gehört.

Sonntag, 12. Juni 1994

Er hat immer noch nicht angerufen. Mir fällt kein einziger Grund ein, der das entschuldigen könnte.

Fünfzehn

Drei verschiedene Salatsorten, zweierlei Tomaten. Zucchini, Gurken, Kräuter. Die Eigentümer des Bungalows bauten Gemüse in einem Teil des Gartens an und hatten es zur Bedingung gemacht, dass Kate und Chris es bewässern und Unkraut jäten würden, wenn sie das Haus den ganzen Sommer über mieteten. Kate war nie eine passionierte Gärtnerin gewesen und war überrascht, wie sehr sie die Arbeit genoss. Obwohl sie nicht mehr auf der Insel sein würde, wenn die Tomaten reif waren, sah sie ihnen gern dabei zu, wie die winzigen Knospen an der Sweet 100 aufgingen und die alten Tomatensorten knollig und unanständig wuchsen, bis die Äste sich unter dem Gewicht ihrer Pracht bogen. Während Kate im Garten herumwerkelte, schlenderten James und Piper in den Nachbargarten. Mrs Callum hatte fast immer etwas Leckeres zu essen da.

Bevor Kate Chris in New York kennenlernte, hatte sie sich eine winzige Wohnung auf der West Seventy-Second Street geteilt und wurde darum von ihren Freunden beneidet, nicht nur wegen der Mietpreisbindung, die die Miete niedrig hielt, oder der komplett ausgestatteten Küche, normalerweise undenkbar in einer kleinen Wohnung ohne Aufzug, sondern wegen der Feuerleiter. Der Treppenabsatz war ungefähr so groß wie eine Briefmarke und bot gerade genug Platz für einen Klappstuhl und eine Kaffeetasse, und an das rostige Geländer hatte Kate drei Blumenkästen gehängt, in denen sie verschiedene Salatsorten und Kräuter zog, mal diese, mal jene. Was gerade wuchs, landete in ihren Salaten und Brotteigen.

Elizabeth war die talentiertere Gärtnerin gewesen. Beweise dafür konnte man in der ganzen Küche entdecken: Blumen auf dem Tisch, je nach Saison, Basilikumbüschel mit einem Band zusammengehalten in einem Glas Wasser auf dem Fensterbrett. Dieses häusliche Detail hatte sich wie auch alles andere ganz selbstverständlich in das Spektrum ihrer Haushaltsführung eingefügt.

Kate zog ein wildes Unkraut nach dem anderen aus der Erde. Doch immer weniger in Elizabeths Leben war so, wie es schien. Kate hatte nicht gewusst, dass Elizabeth eine Gebärmutterhalsdysplasie gehabt hatte. Rachel, Kates Schwester, hatte das auch einmal gehabt. Ein paar Tage lang hatten sie alle gezittert, bis die Tests ergaben, dass es sich nicht zu Krebs weiterentwickelt hatte. In mehreren Telefonaten hatte Kate sich erfolglos um einen anderen Ton bemüht, einen, der Trost von der jüngeren Schwester spendete. Wie weit war Elizabeths Dysplasie fortgeschritten, fragte sich Kate, und wie konnte Dave es wiedergutmachen, dass er sich derart zurückgezogen hatte? Kate zerrte heftiger als nötig an einem Strunk und zog dabei einen kleinen Salatkopf mit heraus.

Aus Mrs Callums Garten ertönte laut und quietschend vor Vergnügen Pipers Stimme. Kate richtete sich auf, blinzelte gegen die Sonne und schirmte sich mit einer erdverschmutzten Hand die Augen ab. Beide Kinder kauerten mit Mrs Callum vor der Veranda und spähten vorsichtig unter die Büsche.

»Pass auf, wenn du sie anfasst, Liebes«, hörte sie die ältere Frau mahnen. »Das sind noch kleine Babys.«

»Guck mal, die Ohren«, sagte James. »Die sind ja noch nicht mal lang.«

Kate sagte sich, dass sie bloß neugierig war, als sie über den Rasen ging. Das Blut pulsierte ihr in den Ohren.

»Die haben ja ganz kleine Nasen. Und die Schwänzchen sind sooo weich«, schwärmte Piper. Sie sah ihre Mutter näher kommen. »Mom! Guck dir mal die Kaninchenbabys an!«

Kate hockte sich zu ihnen und sah sich das Nest mit den fünf oder sechs winzigen Kaninchen an. Ihre Bäuche flatterten mit der hastigen Atmung kleiner oder kranker Wesen. Piper und James berührten sie sanft und streichelten mit einem einzigen Finger über den weichen grauen Rücken. Kates Gedanken sprangen automatisch zu Tularämie.

»Ach, Kinder, das ist keine gute Idee«, hörte sie sich mit ruhiger und gleichmäßiger Stimme ermahnen, als spräche jemand anders. »Wenn ihre Mutter wiederkommt und riecht, dass Menschen sie berührt haben, wird sie das beunruhigen.«

Die Kinder zogen widerwillig die Hände zurück.

»Die sind so niedlich«, wiederholte Piper. »Ich wünschte, wir könnten eins behalten.«

»Das sind keine Haustiere, Süße, sondern wilde Tiere.« Von Krankheit befallene wilde Tiere. »Sie sind hier zu Hause.«

»Also, ich fänd's besser, wenn ihr Zuhause in *unserem* Gebüsch wäre«, warf James ein.

»Ihr könnt jederzeit herkommen und sie euch ansehen. Wir hatten schon so viele Kaninchen hier«, bot die Nachbarin an, als sie sich erhob und Kate ansah. »Wahrscheinlich kennen sie die ruhigen Orte, an denen sie sich vermehren können.«

»Mmh.« Kate zwang sich zu einem Lächeln, während sie ihren Kindern dabei zusah, wie sie fasziniert die Kaninchen beäugten. Sie befanden sich in einem Streichelzoo. In einer normalen, sauberen Umgebung, und sie war wie jede andere Mutter, die über ihre begeisterten Kinder lächelte und keine heißen Striemen spürte, die sich unterm rechten Ohr ausbreiteten.

»Wir sollten uns ein Haustier anschaffen, Mom«, verlangte Piper. »Ein Kaninchen oder eine Katze.«

»Oder einen Hamster«, schlug James vor. »Robert aus meiner Klasse hat zwei Hamster, und die kauen auf Pappe rum und haben Essen in ihren Backen.«

»Vielleicht.« Kate blieb vage. »Nach dem Sommer.« Sie strich Piper übers Haar, und dabei übten ihre Fingerspitzen einen kaum spürbaren Druck aus, weg von den Büschen und zurück in Richtung Bungalow.

»Habt ihr Mrs Callum erzählt, wie toll ihr Minigolf gespielt habt neulich? Wie ihr mit einem Schlag das Loch getroffen habt?«

»Hört, hört, das ist wirklich nicht leicht. Ich gratuliere.« Die ältere Frau lächelte. Kate konnte spüren, dass sie die Kinder gern bei sich behalten wollte.

»Ich weiß nicht, ob es schon zu spät ist für einen Snack, aber ich habe frischgebackene Kekse in der Küche. Vielleicht sind die Kaninchen ja wach, wenn wir wieder rauskommen.«

»Das ist nett, aber wir haben schon Pläne für den späten Nachmittag.« Kate legte James eine Hand auf die Schulter.

»Wenn wir uns waschen und früh zu Abend essen, könnten wir danach noch mal Minigolf spielen.«

Sie wartete ab, bis sie im Haus waren, und sprach dann aus, was sie zurückgehalten hatte, seitdem sie bei den Büschen angekommen war.

»Kommt rein und wascht euch die Hände, richtig gründlich.« Sie ging ins Badezimmer und nahm den Spender mit antibakterieller Seife aus der Küche mit. Sie rieb den Kindern die Seife in die Handflächen. Als sie ihnen Handtücher reichte, warf sie einen Blick auf das Etikett – *tötet 99 Prozent der Bakterien ab.* »Wisst ihr was, wir duschen heute einfach eher.«

»Duschen? Jetzt?« James rümpfte die Nase. »Es ist doch erst Nachmittag. Wir haben noch nicht mal Abendessen gehabt.«

»Aber wenn wir uns jetzt waschen, können wir früh essen und Minigolf spielen und dann vielleicht noch ein Eis essen, bevor es dunkel wird.« Sie fuhr alle Geschütze auf.

»Kommt, zieht euch aus, Kinder.« Sie zog die Duschkabine auf und schnappte die Handtücher vom Haken.

Chris ging am Badezimmer vorbei. »Gehen sie jetzt unter die Dusche?«

»Klar, wieso nicht?« Kate bemühte sich um einen gleichgültigen Tonfall und fummelte an der Duscharmatur.

»Es ist noch nicht einmal vier.«

»Ich dachte, wir könnten früh zu Abend essen, und wenn sie dann schon geduscht sind, könnten wir vielleicht noch Minigolf spielen.«

Er sah sie an, als würde sie ein Abendessen in Paris vorschlagen. »Was soll denn das? Lass uns den Tag noch genießen. Wir könnten doch an den Strand gehen. Kinder, wollt ihr noch ein bisschen an den Strand vorm Abendessen?«

Sie sahen mit großen Augen auf. Es wurde immer besser.

»Chris, ich denke wirklich nicht …«

»Was denkst du nicht?« Sein Tonfall war erst bloß verblüfft gewesen, doch jetzt wurde er gereizt. »Wir sind im Urlaub, Kate. Sei nicht so streng. Und was hast du da am Hals?«

Sie warf einen Blick in den Spiegel und sah, dass ihre Haare verschwitzt waren und an den Seiten klebten. Da war der rote Striemen, unübersehbar.

»Wächst Giftefeu im Garten?« Chris zuckte zusammen.

»Ich glaube, ja.« Sie berührte es beiläufig wie eine leichte Reizung. »Es wird schlimmer. Ich sollte wahrscheinlich was besorgen, das ich drauftun kann.«

»Das ist ja schnell aufgetaucht.« Dave sah sich die Stelle nur leicht besorgt an.

»Wir müssen wohl aufpassen, wo die Kinder im Garten spielen. Los, lasst uns an den Strand gehen.«

Die Kinder sprangen aus der Dusche und ließen ihre Handtücher fallen. Kate sah auf den Boden und atmete tief durch. Dann hängte sie die Tücher wieder an ihre Haken und folgte den anderen.

Am Strand war es am späten Nachmittag ruhig, Spaziergänger und Drachenflieger tummelten sich, Angler bereiteten ihre Ausrüstung vor, junge Pärchen dösten. Die Kinder warfen ihr Sandspielzeug hin und liefen zum Wasser. Kate breitete die Decke neben ihrer Strandtasche aus, die die übliche Ausstattung enthielt. Wasserflasche und Weintrauben, Sonnencreme und Portemonnaie, ein Roman, der wahrscheinlich ungelesen bleiben würde, obwohl sie ihn jedes Mal wieder mitnahm.

Chris setzte sich zu ihr auf die Decke und sah selig den Kindern zu. »Oh Mann, hier ist es wirklich am schönsten.«

Chris war jemand, den man schnell zufriedenstellen konnte. Nicht dass er einfach gestrickt oder unkompliziert war, im Gegenteil. Er ärgerte sich über Menschen, die seinen Zielen im Wege standen oder alles komplizierter machten, als es war. Doch er mochte die kleinen Freuden des Alltags, wusste es zu schätzen, wenn etwas gut lief, und genoss den Moment, ohne sich lange Gedanken darüber zu machen, dass etwas anders hätte sein sollen. Er besaß von Natur aus eine Ausgeglichenheit, die andere auf dem Sofa eines Therapeuten oder in den Armen eines Geliebten suchten, eine angeborene Gemütsruhe, die ihn vor wackligen Höhen und lähmenden Tiefen bewahrte. Der Nachteil daran war, dass es ihm schwerfiel, Mitgefühl für Menschen aufzubringen, deren Sorgen von etwas nicht Greifbarem herrührten. Er nannte sie kompliziert. *Sie brauchen ein Hobby,* war sein Kommentar dazu, *etwas anderes als ihren eigenen Bauchnabel, mit dem sie sich beschäftigen können.*

Er streckte das Kinn in die Brise und stützte sich mit den Händen hinter sich ab. Er schloss die Augen, als könnte er so im Sitzen einschlafen. Dies war einer seiner Lieblingsorte, und er war schon an Stränden auf der ganzen Welt gewesen. Kate hatte ihn an manche begleitet. Und doch hatte ihm keine seiner Reisen die Fähigkeit genommen, es sich an gewöhnlichen und selbst an schäbigen Orten gutgehen zu lassen. Kurz bevor sie sich verlobt hatten, waren sie auf die Bahamas geflogen, um das Investitionspotential eines alten Resorts außerhalb von Nassau anzusehen. Chris hatte einen Hinweis von einer neuen Quelle erhalten, der sich jedoch als Flop herausgestellt hatte. Das Hotel war so heruntergekommen, dass es bereits jenseits jeglicher Instandsetzung war. Sie waren nur einen Tag und eine Nacht dortgeblieben, und als sie in die Stadt gefahren waren, um essen zu gehen, war ihr Taxi an verblassten rosafarbenen Gebäuden im Kolonialstil vorbeigefahren, deren abgebröckelte schmiedeeiserne Tore mit Vorhängeschlössern versehen waren. An den Zäunen hingen Plakate des öffentlichen Dienstes: »Montag Blutspende!« und: »Schütz dich: Mach's mit Gummi!« Sie hatten auf der Terrasse in einem Restaurant auf dem Parliament Square, das von Einwanderern geführt wurde, verkochte Hummerschwänze in saurer Champagnersauce gegessen. In der Nähe saßen Amerikaner, deren ungehöriges Gebaren ihre Auffassung kundtat, dass ihnen hier alles zustand. Danach hatten Kate und Chris sich im Dunkeln an den Strand hinter ihrem Hotel gesetzt. Sie hatten sich für einen Platz im Sand und gegen die verrosteten Liegen entschieden und saßen wortlos unter Palmwedeln, die wie Girlanden flatterten. Und da hatte Chris genau das gleiche Lächeln gehabt wie jetzt.

Woher kommt diese gute Laune?, hatte sie an dem Abend gefragt, weil es sie überraschte, dass er nicht enttäuscht über dieses fruchtlose Reise-Unterfangen war.

Was spricht gegen gute Laune? Ich bin hier mit dir. Und dann hatte er gelächelt, als wäre es selbstverständlich, dass das vollkommen genügte.

Wenn Kate erkrankt wäre, bevor sie verlobt waren, wenn sie eine Diagnose wie Elizabeth erhalten hätte, hätte Chris alles stehen und liegen gelassen und wäre zu ihr geeilt. Sie lehnte sich vor, die Unterarme auf den Knien, und betrachtete die Sandkörnchen in den rostbraunen Haaren auf seinen Beinen. Dessen war sie sich sicher.

»Was war mit dir los?« Chris holte sie aus ihren Gedanken. »Eben im Haus.«

Kate war erstaunt, seine Stimme zu hören. Sie hatte gedacht, dass er beinahe schon schlief. »Was meinst du?«

»Das mit der verfrühten Dusche. Du, ganz in Lady-Macbeth-Manier, wie du die Kinder abschrubbst.« Er klang unbeschwert, flapsig.

Sie wollte eigentlich einen Witz machen. Sie hatte immer etwas parat. Aber jetzt fiel ihr nichts ein. Was, wenn sie dieses eine Mal nicht ihre Spuren verwischen würde und einfach die Wahrheit sagte? Sie versuchte es sich vorzustellen. Jeden Tag würde er ihren Zustand abwägen und prüfen, ob er Anzeichen von Paranoia entdeckte, die überhand über ihren Verstand nahm. Er würde sie nicht mehr vollständig als ihm ebenbürtig ansehen können. Sein Mitgefühl, wenn auch in guter Absicht, würde sie von ihm entfernen, und er würde sie mit Samthandschuhen anfassen. Sie erschauderte in der Sonne.

Doch was, wenn sie ihn unterschätzte? Was, wenn sie erst von Tularämie erzählte und dann fortfuhr? Er würde die Stirn runzeln, weil er es nicht nachvollziehen könnte, aber er wäre besorgt, weil er sie liebte und weil das, was sie beschäftigte, auch ihn betraf, sie alle. Die ganze Energie und Anstrengung, es zu verbergen, würde freigesetzt werden.

Sie nahm ihre Sonnenbrille ab und sah ihn an. »Weißt du noch damals, Tularämie?«

Er schirmte sich mit der Hand die Augen ab, um die Kinder am Wasser im Blick zu haben. Piper durfte nicht tiefer als bis zu den Knien ins Wasser, wenn keiner von ihnen dabei war. Er wandte sich zu Kate und gab mit dem Kinn ein Zeichen, dass er ihre Bemerkung gehört hatte. Er grinste leicht.

Ein Grinsen hatte sie nicht erwartet. Sie wartete auf seine Frage oder einen Kommentar, der die Tür zu allem anderen aufstoßen würde. Oder darauf, dass er zurückwich, wenn er merkte, dass sie kompliziert geworden war. Doch er sah weiter den Kindern zu.

Allmählich begriff sie, dass er sie missverstanden hatte. Er dachte, sie hätte einen Witz gemacht. *Weißt du noch, Tularämie.* Sein Grinsen hieß: *Der war gut.* So erbärmlich war sie mit ihren lähmenden Ängsten. Sie setzte ihre Sonnenbrille wieder auf und sah ebenfalls zum Wasser.

Die Kinder riefen ihnen von der Küstenlinie aus zu.

»Kommt spielen, spielt mit uns in den Wellen.«

Chris stand langsam auf, streckte die Arme über dem Kopf aus und streckte sich, dass sein Rücken leicht knackte.

»Kommst du?« Er lächelte und hielt Kate eine Hand hin, um ihr aufzuhelfen.

Sie blieb den Bruchteil einer Sekunde sitzen und nahm dann seine Hand. »Klar.« Sie stand auf und warf ihr Buch in die Strandtasche, folgte Chris und ließ die Tasche offen im Sand liegen.

Montag, 13. Juni 1994

Hatte heute Nachmittag meinen Arzttermin. Bevor wir Behandlungsmethoden besprachen, fragte sie mich, ob die Möglichkeit bestand, dass ich schwanger bin. Ich sagte nein. Sie hat aber trotzdem vorsorglich einen Test gemacht, und vor unseren Augen wurde es möglich. Von einem Moment auf den anderen war ich wieder 18, das Blut rauschte mir in den Ohren, und ich dachte: Unfassbar und: Dummes, dummes Mädchen.

Schwanger. Schwanger und krank. Schwanger und krank und allein. Wie in einem schlechten Fernsehfilm. Stundenlang bin ich umhergelaufen, bis es dunkel wurde, und als ich langsamer wurde, war ich wieder da, vor dem National Arts Club. Habe mich hingehockt und an den Zaun vom Park gelehnt. Die gleichen schönen Fenster. Die gleichen schönen Menschen, Weingläser und Luftküsschen, sich reckende Hälse und Applaus.

Als ich vor 13 Jahren hier saß und die gleiche Entscheidung durchdachte, habe ich noch ganz andere Erwartungen an mein Leben gestellt. Ich kann mich gar nicht mehr daran erinnern, welche genau das eigentlich waren. Wahrscheinlich dachte ich, dass meine Entscheidung mein Leben in eine bestimmte Richtung katapul-

tieren würde – Ausstellungen, Reisen, Kultur, das volle Programm. Und nichts davon ist eingetreten. Ich habe mich selbst vor Augen gehabt, wie ich mich von unten aus hochmale und etwas erreiche … irgendetwas. Keinen Reichtum, nur den Zugang zu einer Art Gemeinschaft von Künstlern, die ihr Herzblut für etwas geben, das sie lieben, die eine Vision haben, aus dem Nichts etwas zu erschaffen. Und nichts davon ist eingetreten. Ich habe nicht einmal meinen Abschluss gemacht. Vertane Gelegenheit, vergeudete Ausbildung, und plötzlich fühlte es sich so falsch an, dass ich für die vage Vorstellung davon, dass ich etwas erreichen würde und es dann doch nicht geschafft habe, ein Leben ausgelöscht habe. Damals war ich so selbstgerecht, was mein Potential betraf, und fand es so ungerecht dass ich Pech hatte. Meine Entscheidungen und Gründe dafür waren damals so verwirrend, dass man es verzeihen kann. Aber ich weiß nicht, ob man das jetzt noch behaupten kann. Im Haus nebenan gingen die Lichter an. Das Gebäude war von den abendlichen Tätigkeiten der Menschen erfüllt, die nach Hause kamen. Abendessen, Hausaufgaben, Kinder, die auf ihrem Instrument üben. Eine seltsame Art von Theater, wenn man draußen sitzt und alles beobachten kann. Neben dem Arts Club stand ein Kind nach seinem Bad in einem Zimmer im ersten Stock. Das Mädchen plapperte und zappelte die ganze Zeit herum, während die Frau ihr ein Nachthemd über den Kopf zog und versuchte, ihr die Haare zu kämmen. Die Frau hörte zwischendurch immer wieder auf und lachte und hielt das Mädchen dann an den Schultern fest und drehte sie wieder nach vorne, um weiterzubürsten. Irgendetwas an den beiden erinnerte mich an den Babysitterjob, den ich mit zwölf hatte, die liebe-

volle Mutter und ihre dreijährige Tochter, ihr glückliches kleines Universum. Das Kinderzimmer und das Fenster zur Party im Arts Club lagen nur wenige Meter auseinander und schienen doch Tausende von Meilen voneinander entfernt.

Donnerstag, 16. Juni 1994

Die Ärztin rät mir davon ab, etwas gegen die ungewöhnliche Zellbildung zu unternehmen, sie meint, es sei nicht gravierend und korrigiert sich wahrscheinlich von allein. Sie hat mir den Namen einer Geburtshelferin gegeben, ich soll so bald wie möglich zur vorgeburtlichen Betreuung hingehen. Die Zellen werden wir regelmäßig kontrollieren. Manchmal wachsen sie durch eine Schwangerschaft schneller, manchmal verschwinden sie von allein. Sie hat mich nicht gefragt, was ich wegen der Schwangerschaft unternehmen will oder ob ich überhaupt etwas unternehmen will.

Ich überlege, ob ich Dave noch eine Nachricht hinterlassen soll und ihm dieses Mal einfach von dem Baby erzähle. Und ihm aber nicht sage, was ich tun will. Ich gebe zu, dass es mich reizt, ihm damit weh zu tun, denn das würde sein Selbstbild von sich als Familientyp zerschmettern, und er würde wissen, dass es nur daran liegt, dass er ein Feigling ist. Kein Lebenszeichen von ihm an meinem Geburtstag oder danach. Hat mich nicht überrascht, wie könnte er jetzt aufkreuzen, nachdem er schon so weit gegangen ist? Ein Teil von mir hofft immer noch, dass er sich meldet. Ich will einfach glauben, dass der ehrenhafte Mensch der letzten zwei Jahre nicht nur ein Fantasiegebilde war. Obwohl das noch mal ganz andere Auswirkungen haben würde, wenn er tatsächlich auftauchen sollte.

Dienstag, 21. Juni 1994, 2 Uhr morgens

In meiner Wohnung herrscht das reinste Chaos. Gestern Abend habe ich das Sofa an die Wand geschoben, eine Abdeckplane auf dem Boden ausgebreitet und die Staffelei aufgestellt. Ich bin seit Jahren nicht mehr so in etwas aufgegangen, habe vollkommen die Zeit vergessen. Erst habe ich an Formen und Farben gedacht, an rohe Energie, aber es wurde etwas viel Verhalteneres daraus. Ein simpler Kontrast der beiden Szenen am Gramercy Park, die Frau, wie sie ihrer Tochter die Haare kämmt, und die Party im Arts Club.

Als ich schließlich ins Bett fiel, träumte ich von Florenz und der Pension bei Signora P, aber meine Freunde von der NYU waren in der Küche. Haviland bildschön und stolz mit ihrer Zigarette, und als sie mich anlachte, kringelte sich der Rauch unter ihrer Nase.

Freitag, 24. Juni 1994

Ich habe ihm auf den AB gesprochen. Ihm von dem Baby erzählt, es von dem kleinen Band aufnehmen lassen, jetzt gibt's kein Zurück mehr. Ich wünschte, ich könnte behaupten, dass ich ihm nur die Informationen gegeben habe – dass ich das mit ihm oder ohne ihn durchziehen will – und dass ich auch nichts über die Diagnose gesagt habe, nur um zu sehen, was er tut. Aber ich bin nicht mutig genug, ihn so auf die Probe zu stellen und dann mit den Folgen zu leben.

Ich habe also gesagt, dass die Dysplasie keine große Sache ist. Ich wusste, dass ihn das aus seiner Lähmung befreien und es ihm leichter machen würde. Er ist kein starker Mann, aber jede Faser seiner selbst muss daran glauben, dass er ein guter Mann ist. Mir war also bewusst, dass er sich so wieder fangen würde, obwohl ich jetzt nie erfahren werde, ob er auch von alleine zurückgekommen wäre. Aber diesen Luxus kann ich mir nicht leisten. Ich will das nicht allein durchziehen.

Die Zukunft ist wie ein Superhighway durch eine weite leere Wüste. Ehe, Kinder, Hypothek, Vorort, kleine Hände, die in meinen Farben fuhrwerken. Ich werde mich nicht der Sentimentalität hingeben, an all die anderen Optionen zu denken, andere Partner, andere Lebensstile, dieses ganze Zeug von wegen »der nicht gegangene Weg«. Das habe ich schon hinter mir, und deswegen bin ich hier. Ich bin hier, und er ist, wo ich bin. Es wird alles gut. Doch der Preis, den ich dafür zahlen muss, es nicht allein durchziehen zu müssen, ist, nie Gewissheit zu haben, dass ich mich auf ihn verlassen kann.

Sechzehn

Kate stand am Küchentresen und durchwühlte ungläubig ihre Strandtasche – Wasserflasche, Schlüsselbund, Sonnencreme, Buch. Kein Portemonnaie! Sie leerte die Tasche aus, und eine Kaskade von Stiften, Kassenzetteln und Müsliriegeln ergoss sich über den Küchentisch. Ein paar Münzen klapperten auf den Tisch, aber kein Truhenschlüssel. Das überraschte sie nicht. Den hatte sie jeden Abend im Reißverschlussfach ihres Portemonnaies verstaut. Und nun war er weg, mit dem Portemonnaie am Strand gestohlen.

Führerschein und Kreditkarten, das konnte man ersetzen. Bargeld, das war unerheblich. Doch Kate war ziemlich sicher, dass es nur dieses eine Exemplar des Truhenschlüssels gab. Sie goss sich ein Glas Wasser ein und setzte sich an den Tisch. Vielleicht war irgendwo bei den Martins ein zweiter Schlüssel – sie konnte sich kaum vorstellen, dass Elizabeth der Kanzlei ihren einzigen überlassen hatte. Aber es würde lauter unangenehme Dialoge auslösen, wenn sie Dave danach fragte. Zuallererst, davon war sie überzeugt, vertrat er die Meinung, die Tagebücher seiner Frau hätten sein Haus nicht verlassen dürfen.

Sie könnte sich bei der Polizei erkundigen, ob ein Portemonnaie abgegeben worden war. Sie würde den Strand absuchen und die Schlosser auf der Insel anrufen. Aber erst einmal saß sie ziemlich ratlos am Tisch.

Sie war allein. Die Kinder waren nebenan bei den Callums, damit sie ein paar Stunden im *Flour* aushelfen konnte, und Chris war auf dem Weg nach Kambodscha. Angeblich stand ein exklusives Hotel bei Angkor Wat bald zum Verkauf. Es war baufällig und stand bereits einige Zeit leer, und der Eigentümer, ein saudischer Prinz, hatte ausgeplaudert, dass er es ebenso gut verkaufen könne. Als der Vorsitzende von Chris' Firma davon erfuhr, führte er sich auf, als hätte er soeben die Koordinaten zum Heiligen Gral erhalten. Das hatte es noch nie gegeben, eine Immobilie dieser Klasse so nah an der berühmten Tempelanlage. Chris nahm den nächsten Flug nach Siem Reap, um es sich anzusehen und die Verhandlungen aufzunehmen, wenn es vielversprechend war. Er wäre wahrscheinlich eine Woche unterwegs, vielleicht sogar zehn Tage. Wenn er wiederkam, hätten sie noch eine Woche Urlaub.

Als Chris Südostasien erwähnte, erschrak Kate zunächst. Er war schon viele Male dort gewesen, allerdings nicht im vergangenen Jahr. Sie wusste, was in der letzten Zeit in der Region vorgefallen war. Jeder, der das politische Geschehen verfolgte, wusste das. Überall in den Nachrichten wurden Städte zu Stecknadelköpfen reduziert, die rot auf Landkarten aufleuchteten, täglich wurden weitere Terrorzellen und Trainingslager aufgedeckt. Als sie ihre Sorge Chris gegenüber erwähnte – munter, wie eine Parodie ehelicher Besorgnis –, hatte er ihr versichert, dass er nicht in diese Gegend fuhr.

Es war normal, sich Sorgen zu machen. Doch Kate war sich auch bewusst, dass sie im Laufe des letzten Jahres das Maß verloren hatte, welche Reaktion normalerweise in solchen Situationen angebracht war. Sie sah Chris auf Plätzen und Märkten, an Orten, die Zielscheibe für verzweifelte und hasserfüllte Männer und ihre Taten waren. Falls er sich zur falschen Zeit am falschen Ort befand, wäre auch er in Gefahr. Man würde seine Brieftasche am Straßenrand finden, sein Pass wäre zerfetzt, und die Fotos ihrer Kinder lägen auf der Straße verstreut und am Rand verkohlt.

Kate stand auf und kletterte in die Dachkammer, um sich die Truhe anzusehen. Wie ein Tadel ihrer Nachlässigkeit kauerte sie in der Mitte des Zimmers. Warum hatte sie den Schlüssel in ihrem Portemonnaie aufbewahrt? Sie hockte sich hin, um das Schloss zu untersuchen. Es war aus Metall, stumpf braun angelaufen. Das klassische alte Schlüsselloch bestand aus einer kleinen runden Öffnung über einem winzigen Schlitz.

Kate stieg die Leiter wieder hinunter, um etwas aufzustöbern, das sie als Werkzeug benutzen könnte – eine Haarspange von Piper, eine Büroklammer, ein Nagelknipser mit ausklappbarer Feile. Sie probierte sie alle am Schloss aus, jedoch ohne Erfolg. Sie waren zu breit, um vollständig durch den Schlitz zu passen. Kate erinnerte sich an den kleinen Schlüssel, der zu ihrer Dachbox vom Auto gehörte, und holte ihn aus einer Schale mit Kleingeld, die auf Chris' Kommode stand. Sie sah sofort, dass er auch zu breit war. Kates Blick fiel auf das Foto neben der Schale, das Chris auf Reisen immer mitnahm, das, auf dem sie im Studio über ein fallengelassenes Soufflé lachte. Sie zögerte und fragte sich, was es zu bedeuten hatte, falls es überhaupt irgendetwas bedeutete, dass er es dieses Mal nicht eingepackt hatte.

Sie stieg wieder in die Dachkammer hoch zur Truhe. Falls die Schlosser auf der Insel ihr nicht helfen konnten, fand sie vielleicht ein Unternehmen, das noch winzige Schlösser und Schlüssel für Truhen herstellte. Doch schon während sie darüber nachdachte, wusste sie, dass sie weder die Zeit noch die Geduld dazu hatte. Letztendlich würde sie die Truhe aufbrechen, egal wie.

Sie kniete sich hin und sah aus dem Fenster. Drinnen auf der Fensterbank stand das Tagebuch, auf dem Elizabeth in der Sonne lächelte. Auf der Chaiselongue lag das gestreifte Notizbuch. Zwei Bücher, die nicht in der Truhe waren.

Das Fliegengitter schlug mit einem dumpfen Knall hinter ihr zu.

»Ich bin da«, rief sie Richtung Küche und legte ihre Tasche hinter den Tresen.

»Das wird auch Zeit.« Max' Stimme ertönte hinter dem Vorhang. »Ist dir eigentlich klar, wie viele Tartes wir für die Dinnerparty machen müssen?«

Kate schenkte sich eine Tasse Kaffee ein und stellte sich ans Fenster, das auf die Terrasse hinausging. Am größten Tisch saßen drei Männer mit Kaffee und Donuts. Ihre Golfschuhe lagen auf einem Haufen auf einer Bank neben ihnen.

»Leute aus Hollywood«, brummte Max in der Küche. »Die bestellen zwei verschiedene Tartes, doppelt so viele, wie sie eigentlich brauchen, damit ihnen keine Sorte ausgeht. Und dann sind sie noch so dreist zu fragen, ob sie die übriggebliebenen zurückgeben können.«

Das Handy einer der Golfer klingelte. Er sah auf das Display, grinste und drückte den Anrufer weg.

»Oh nein, du wohl eher nicht«, kommentierte er. »Nicht jetzt.«

Kate sah ihm zu, wie er das Telefon weglegte und sich in seinem Stuhl zurücklehnte. Einer seiner Freunde lachte. Sie kämpfte gegen den Drang an, hinauszugehen und ihm zu sagen, er solle an sein verdammtes Telefon gehen, man wisse nie, warum jemand anrief. Sie wandte sich vom Fenster ab und ging durch den Vorhang in die Küche.

»Tut mir leid, dass ich zu spät bin. Ich musste jemanden

für die Kinder organisieren. Chris ist nach Kambodscha gefahren.« Sie nahm sich eine Schürze vom Stapel im Regal.

»Kambodscha? Was macht er da?«

»Sich mal wieder ein exotisches Hotel ansehen.«

»Ein exotisches *Hotel*. Aha.« Er klang bitter.

Sie sah ihn mit zusammengekniffenen Augen an. Max stand halb im Kühlschrank und holte die Zutaten heraus. Kate musste sich ermahnen, dass sein abgespannter Kommentar nicht Chris galt.

»Hast du von William gehört?«, fragte sie und band sich die Schürze um. »Irgendetwas? Oder etwas über ihn gehört?«

Max ging um die Kücheninsel herum, um Zubehör zu holen, und einen Moment lang dachte Kate, er habe sie nicht gehört.

»Nein«, entgegnete er schließlich. »Und ich rechne auch nicht damit.«

»Du musst doch aber irgendetwas tun können. Kannst du ihn rechtlich drankriegen?«

Er reichte ihr einen Schneebesen und einen Spachtel.

»Das wäre sehr schwierig.« Er schlug leicht mit dem Spachtel gegen die Tresenkante, als hätte er darüber nachgedacht und sich dann dagegen entschieden. »Diesen Weg möchte ich nicht einschlagen.«

Kate wollte ihm sagen, dass sie William sowieso nie besonders gemocht hatte, aber diese Art von Statement war im Nachhinein nie hilfreich. Das hatte Kate jedoch nicht davon abgehalten, es an dem Frühlingstag zu sagen, als Max ihr die Nachricht verkündet hatte. Doch es wäre mutiger gewesen, wenn sie schon vor Jahren etwas verlauten lassen hätte, als sie diese Kühle bei William gespürt hatte, der sowohl besitzergreifend als auch abweisend gegenüber Max' alten Freunden war. Oder wenigstens letzten Sommer hätte sie etwas sagen sollen, als sie abends zusammen essen waren. Sie war aufgestanden, um zur Toilette zu gehen, und als sie um die Ecke gekommen war, hatte sie William am Eingang zur Küche entdeckt, der sich viel zu vertraut mit ihrem Kellner unterhielt. Seine Haltung und wie er ihn ansah, wirkten fehl am Platz. Und obwohl sie schon lange davor das Gefühl gehabt hatte, dass William nicht der Richtige für Max war, hatte sie es an dem Abend mit Gewissheit gewusst, so wie er sich vom Kellner mit dieser bestimmten sinnlichen Trägheit abwandte, zuerst die Hüften drehte und zuletzt den Kopf. Er hatte sogar gesehen, dass sie ihn bemerkt hatte, und war mit schweren Lidern an ihr vorbeigeeilt wie eine beleidigte Katze. Und dennoch hatte sie es Max nicht erzählt. Es war unangenehm. Es war persönlich. Und sie hätte falschliegen können.

Max reichte ihr den Frischkäse, als er die Zutaten für den Tarte-Boden ausbreitete. Dann räusperte er sich. »Ich habe mich entschieden, das Haus zu verkaufen.«

Sie blickte schnell auf. All die Jahre voller Entwürfe und dann der Hausbau. Die endlosen Bücherregale und die Aussicht aufs Wasser, wenn man genau da oder dort stand.

»Oh nein.«

Er schüttelte den Kopf. »Es ist nur ein Haus.«

Eigentlich meinte er das nicht. Er meinte: *Die Bäckerei bedeutet mir mehr.*

Sie sah ihn an, doch er wich ihrem Blick aus. Sie fuhr ihm mit dem Zeigefinger über die Hand. »Das tut mir leid. Wann?«

»Ich werd's in ein paar Wochen annoncieren. Noch die Urlauber erwischen, solange sie da sind.«

Sie öffnete die Packung Frischkäse. »Ich freue mich, dass du die Bäckerei behältst. Sie ist einfach ein Teil von dir. Sie ist unersetzlich.«

Er hielt inne und schüttete dann Mehl in eine Rührschüssel. Ein kleines Wölkchen stieg auf. Kate warf ihm einen kurzen Blick von der Seite zu und sah, dass seine Augen feucht wurden.

»Hast du schon einen Makler?«, fragte sie leise. »Brauchst du Hilfe beim Vorbereiten?«

Er lächelte und hustete die Emotionen fort. Sie amüsierte ihn.

»Was?«, empörte sie sich. »Ich habe auch schon Häuser verkauft. Ich habe ein Auge für Stil.«

Sein Blick fiel auf ihr schlabberiges T-Shirt und die kurze weite Kargohose. »Natürlich hast du das, Schätzchen.« Max zog seine Worte geduldig in die Länge, als spräche er mit einem Kind. »Aber klar doch.«

Sie schnipste ein wenig Frischkäse zu ihm hinüber, und er entfernte das Stückchen mit dem Fingernagel von seinem Kragen. Lächelnd rieb er über die Stelle.

Auf gegenüberliegenden Seiten an der hölzernen Kücheninsel in der Mitte des Raumes arbeiteten sie mechanisch: Mehl, Salz und Zucker vermengen, Backfett und Butter in Würfel zerteilen, eisiges Wasser wie Samen daraufträufeln. Während Max den Teig bearbeitete, sah er zu Kate hinüber und sah sie dann noch einmal an, als hätte er es bisher nicht bemerkt.

»Was ist mit deinen Augen? Sie sind ganz rot.«

»Allergie.«

Er zog die Augenbrauen hoch. »Wogegen bist du denn allergisch? Gegen Butter?«

Sie atmete aus. »Mir geht's gut. Ich habe nur mein Portemonnaie verloren, das hat mich heute Morgen aus der Fassung gebracht. Ich glaube, es wurde mir gestern am Strand geklaut.«

Sie gab den Frischkäse aus der Packung in eine Schüssel und schlug mit einem Löffel auf ihn ein.

Im Großen und Ganzen war der Verlust des Schlüssels keine große Sache. Doch es verzögerte alles, und die Lektüre der Tagebücher nahm Kate mittlerweile komplett ein. Während sie mit den Kindern spielte, ertappte sie sich dabei, wie sie darüber sinnierte, was Elizabeth dazu bewogen hatte, mit Dave zusammenzubleiben, und weswegen sie letztendlich doch gegangen war. Nachdem sie neulich Abend das Licht gelöscht hatten und Chris sie mit der Hand am Bauch berührt hatte, direkt über dem Bund ihrer Unterhose, war ihr blitzartig Elizabeths Tanga in den Sinn gekommen, ihr Kunstlehrer-Freund und ihre Tirade gegen die Treue. Selbst ohne die Tagebücher zu Ende gelesen zu haben, fragte sich Kate, wie sie Dave noch in die Augen schauen konnte.

»Dein Portemonnaie wurde geklaut, und wenn schon«, tat Max es ab. Er wunderte sich über ihren Gefühlsausbruch. »Du bekommst ein hübscheres Foto auf deinem Führerschein und musst dir eine neue Kreditkartennummer für dein Onlineshopping merken. Es ist nur ein Portemonnaie.«

»Eben nicht.« Kate streute eine Handvoll Mehl auf die Arbeitsplatte, um darauf den Teig zu kneten. Während sie Max von den Tagebüchern und dem verlorenen Schlüssel erzählte, fuhr sie mit den Fingerspitzen über die Fläche und hinterließ Schlängellinien im Mehl.

»Und die restlichen Bücher sind darin eingeschlossen?«

»Ein paar. Die letzten beiden oder so.«

Max legte den Teig auf die mit Mehl bestreute Platte und rollte ihn ihr zu. »Vielleicht hat ihr Mann irgendwo noch einen anderen Schlüssel.«

Kate bearbeitete die Kugel mit der Handfläche und ließ sie durch die Wärme ihrer Hände weich werden. Die Butter gab sie in Streifen hinzu, um den Teig blättrig werden zu lassen. Dann drückte sie ihn auf die Arbeitsplatte. Sie wollte Dave nicht danach fragen.

»Vielleicht gibt es noch einen Schlüssel bei ihm zu Hause«, erklärte sie und schlug den Teig mit kurzen festen Hieben. »Aber es ist eine heikle Angelegenheit. Er fühlt sich doch schon miserabel, weil ich überhaupt die Bücher lese. Ich weiß nicht, wie er reagiert, wenn ich ihm erzähle, dass mein Schlüssel weg ist.«

Sie konnte sich ohne Schwierigkeiten Daves Reaktion vorstellen: nüchtern und mit kühlem Unterton. Doch möglicherweise würde auch seine ganze aufgestaute Wut über die Ungerechtigkeit der Welt aus ihm herausbrechen.

»Dann geh dem aus dem Weg«, schlug Max vor. »Verstau die Truhe im Keller, und wenn er jemals fragen sollte, erzähl ihm was von mädchenhaften Ängsten und dass seine Frau sowieso gewollt hätte, dass du sie wegwirfst.«

Zu Beginn des Sommers wäre das vielleicht noch möglich gewesen, doch nun wollte Dave einbezogen werden und erwartete Aufklärung. Womöglich hatte er schon immer mehr Rückgrat gehabt, als Kate ihm zugestanden hatte. Oder vielleicht wirkte das vergangene Jahr noch nach und beeinflusste Daves Sicht auf seine Ehe und die Privatsphäre, Elizabeths und seine, und wie viel davon er nun für sich beanspruchen durfte.

Sie erzählte Max, was Dave bereits im letzten Tagebuch gelesen hatte, dass Elizabeth verreist war, um jemanden namens Michael zu treffen. Max' Miene verhärtete sich, als sie andeutete, dass Elizabeth möglicherweise untreu gewesen war.

»Ich verstehe nicht, warum dir das überhaupt so wichtig ist«, wunderte er sich. »Warum du sie in Schutz nehmen willst.«

»Ich versuche nur, ihren Wunsch zu erfüllen, Max. Ich

versuche nur, herauszufinden, was ich mit diesen Büchern anstellen soll.«

Seine Hände bewegten sich flüssig weiter, während er die nächste Teigkugel zu einer runden Scheibe platt drückte, aber er sagte nichts.

»Wenn jemand sterben würde, der dir wichtig ist, und dir so etwas anvertrauen würde, würdest du es dann nicht ernst nehmen?«

Er dachte darüber nach, antwortete aber nicht direkt.

»Es ist ja keine Katastrophe, dass du den Schlüssel verloren hast. Du hast schließlich nicht die Bücher verloren. Die verdammte Truhe kannst du ja auch aufbrechen. Sie ist doch wohl nicht aus Titan.«

Kate stellte die Frischkäsemischung in den Kühlschrank. »Wenn ich muss, ja. Aber es wäre schade drum. Die Truhe ist ein Familienerbstück.«

»Ihre Familie wird die Truhe eh nicht wiedersehen, bevor du nicht deinen Frieden damit gemacht hast, dass du die Erinnerungen an deine Freundin nicht beeinflussen kannst. Was sie getan hat, ist nicht mehr rückgängig zu machen.«

Er schob ihr eine große Schüssel mit Kiwis zu. Sie nahm eine in die Hand, schnitt die Enden hinaus und begann, sie zu schälen. Sie dachte an all die ehelichen Spielchen, die sie in New York miterlebt hatte, an Fehltritte von Menschen, denen sie so etwas niemals zugetraut hätte. *Vielleicht ist Treue nur etwas für Schwäne und Kleingeistige.* Das hätte sie bei Elizabeth nicht vermutet.

Das hier musste sie zu Ende bringen, sie konnte es nicht für sich allein entdecken und dann beiseitelegen. Dave würde wieder anrufen, immer wieder. Elizabeth war keine unkluge Person, aber diese Entscheidung – die Tagebücher jemand anderem zu überlassen, ohne zu konkretisieren, was mit ihnen geschehen sollte – war unbedacht gewesen.

Wenn Kate Geheimnisse gehabt hätte, die niemand erfahren sollte, wäre sie es anders angegangen. Sie hätte festgelegt, dass die Bücher vernichtet werden.

Siebzehn

Kate saß in der Dachkammer und lauschte dem Gemurmel von unten. Die Kinder hatten sich von ihrer abendlichen Toberei beruhigt, als das Licht ausging, und würden bald schlafen.

Die zweite Hälfte des gestreiften Notizbuchs war dicker als die anderen Tagebücher. Elizabeth hatte die Seiten mit Blättern aus Blöcken, Rückseiten von Flyern und Gedankenschnipseln auf den Rändern von Zugfahrplänen gefüllt. Wo immer sie sich gerade aufhielt, schrieb sie, auf allem, was ihr gerade in die Hände fiel.

Direkt nachdem Dave ihre Nachricht über das Baby abgehört hatte, rief er Elizabeth an, genau wie sie erwartet hatte. Sie versöhnten sich. Seine Entschuldigung und Reue wirkten echt auf Kate und berührten sie, doch Elizabeth blieb auf Distanz. *Ich bin mit ihm die notwendigen Schritte durchgegangen. Tränen, Entschuldigungen, Selbstbeschuldigungen und Zähneknirschen. Danach dann die Nettigkeitsparade. Es musste so ablaufen, sonst wäre er nicht derjenige, der er ist.* Allmählich verschwand der analytische Ton, und als Elizabeth darüber schrieb, wie die Leidenschaft zurückkehrte, schwangen weder Ironie noch Vorbehalte mit.

In einer besonders heißen Nacht versagte die Klimaanlage in Daves Haus, und die beiden quälten sich durch die Hitze. Der Ventilator rotierte im Dunkeln direkt neben dem Bett und ließ die Laken klamm und dann an der Stelle, an der die beiden lagen, sofort wieder heiß werden. Dave stand auf, um Eiscreme zu holen, und ging nackt in die Küche. Elizabeth betrachtete, wie das Licht von den Straßenlaternen seinen Körper umfing wie eine Toga. Er kam mit zwei kleinen Granny-Glass-Eisbechern zurück. In ihrem glitzerte an der Stelle ein Ring, wo normalerweise die Kirsche lag.

Kate las diese Passage mit dem seltsamen Bedürfnis, sich zu jemandem umzudrehen, wie zu einer Freundin, mit der sie einen Film sah, und zu fragen: *Wie kann sie ihm einfach verzeihen und weitermachen?* und *Was haben Männer nur immer mit ihren Verlobungsringen im Essen?* Die Person allerdings, die sie fragen wollte, war Elizabeth.

Mit ihren Freundinnen in Washington, den Müttern, die sie über die Schulen ihrer Kinder kennengelernt hatte, bewegten sich die Gespräche meist an der Oberfläche. Bei ihren Eltern schwang immer die Befürchtung mit, dass man nicht ihren intellektuellen Maßstäben entsprach, dass sie etwas von dem Respekt einbüßen würde, den sie sich als Erwachsene mit eigenen Ambitionen erkämpft hatte. Mit Rachel … Sie standen sich näher, als Kate noch gearbeitet hatte. Nachdem sie ihre letzte Stelle aufgegeben hatte, als Piper ein Baby war, war es Kate nicht gelungen, ihre Entscheidung so zu erklären, dass Rachel sie nachvollziehen oder respektieren konnte. Beim nächsten Zusammentreffen an Weihnachten waren Rachels Verwirrung und Enttäuschung sowie die Kluft, die sich zwischen ihnen aufgetan hatte, deutlich spürbar gewesen.

Und mit Chris – nun ja. Doch mit der Lektüre von Elizabeths Aufzeichnungen begegnete ein unzensierter Geist dem anderen, und das war vollkommen unmöglich im wirklichen Leben. Der Mensch, der sie jetzt am besten verstehen könnte, war tot, und Kate fühlte sich nun einsamer als zu Beginn des Sommers.

Elizabeth und Dave heirateten im kleinen Kreis auf einem Anwesen in Georgia. Daves Schwager Zack trug ein Gedicht von Pablo Neruda vor, und Zacks Kinder waren Blumenmädchen und Ringträger. Elizabeth war in der fünfzehnten Woche schwanger. Dave verschlug es während des Ehegelübdes die Sprache, und Elizabeth war erstaunt, wie traurig sie war, dass ihre Mutter nicht dabei sein konnte. *Es spielt keine Rolle, wie unsere Beziehung aussah. Seine Mutter zu verlieren, bevor man heiratet und Kinder hat, bringt einfach die ganze Reihenfolge durcheinander, wie ein Dominoeffekt der Meilensteine des Lebens.*

Kate konnte sich nicht vorstellen, wie es gewesen wäre, wenn ihre Mutter die Geburt von James und Piper nicht erlebt hätte. Ihre Mutter war beide Male kurz vor der Geburt zu ihr geflogen, und dass sie die körperlich anstrengenden Tage der frühen Mutterschaft miteinander teilten, schuf eine neue Verbindung zwischen ihnen. Endlich hatten sie etwas gemeinsam, sie und ihre vergeistigte Mutter, die an einer Hand abzählen konnte, wie oft sie etwas gebacken hatte, die sich von der aktuellen Psychologiezeitschrift so ablenken ließ, dass das Wasser überkochte und die Nudeln zu weich wurden. Säuglinge waren eine ungenaue Wissenschaft. Schlaflosigkeit und Koliken ließen sich nicht genau bestimmen, egal wie gründlich man dazu recherchierte, egal wie oft man darüber diskutierte. Es war nichts Akademisches daran. Es gab nur Versuch und Irrtum und Intuition. Diesbezüglich stammten Kate und ihre Mutter schließlich doch vom gleichen Volke ab.

Dienst., 30. August 1994

Der Ferienort ist konventioneller, als ich es mir jemals ausgesucht hätte, aber er ist eine schöne Abwechslung vor den Milwaukee Open. Heute Nachmittag habe ich so wunderbar am Pool gelegen und gedöst. Kalte Tropfen auf meinem Bauch haben mich aufgeweckt, als Dave sein Haar über mir ausgeschüttelt hat wie ein großer haariger Hund. Dann hat er sich beim Baby entschuldigt und meinen Bauch abgetrocknet. Ich trage einen Bikini, weil ich Lust darauf habe, ganz einfach! Ich finde meinen kleinen Dickbauch wirklich großartig, das wird schon beinahe ein Fetisch. Ich stelle mir vor, dass das Baby es spürt, wenn ich darüberstreiche. In den Ratgebern heißt es, dass es jetzt auf Licht und Geräusche reagiert und sogar schon an seinem Daumen nuckeln und Fruchtwasser einatmen kann. Ich kann es kaum erwarten, dass es sich bewegt, es sollte bald so weit sein. Nächste Woche kann ich es endlich wieder beim Ultraschall sehen.

Der erste Ultraschall war überwältigend, er hat mich wirklich umgehauen. Das war am Tag nach unserer Verlobung, und Dave war dabei. Der Bildschirm war dunkel und körnig, als würde man ins Weltall schauen, schwarze und weiße Streifen wie in einem verrückten Schneesturm im Sonnensystem. Und da war es, eine kleine weiße Kugel mitten im schwarzen Loch ihres eigenen Universums. Die Assistentin zeigte auf den pulsierenden Kern: »Das ist das Herz.« Ein unscharfes weißes Licht, das trotz meiner anfänglichen Verleugnung und Vernachlässigung vor sich hin blinkte. Ping, ping, ping. Danach sind wir essen gegangen, und Dave hat mich mit einem kleinen Geschenk überrascht, einem winzigen Paar Baby-Turnschühchen.

Es ist einfach unglaublich: all diese Jahre, in denen die Pillen recht zuverlässig sind, nur hin und wieder dann doch nicht, und dann kommt so etwas dabei raus. Ganz gleich, worauf man vertraut, kleine wissenschaft-

liche Tricks, die die Natur dann doch nicht immer überlisten. Die Natur hat immer das letzte Wort. Und dann verwandeln sich der Schock und die Angst in wacklige Akzeptanz und in eine Familie.
Ich werde nicht so tun, als hätte ich keine Angst, zumindest nicht in diesem Buch. Wenn ich an den Tag mit meiner Schwester zurückdenke, ein kleines Mädchen mit einem dämlichen Grinsen, das nichts Böses wollte, nur mitkommen, dann fühlt es sich an, als wäre es ein Fehler, und dieses Baby dürfte eigentlich nicht existieren. Ich war noch nie gut im Umgang mit Kindern, und mir fällt es schwer, mir ein Leben mit Windeln, Nonsens-Versen und herumfliegenden Erbsen vorzustellen. Aber wahrscheinlich ist es beim eigenen Kind anders. Darauf verlasse ich mich. Vielleicht kaufen wir ein kleines Haus und bemalen im Kinderzimmer die Wände mit Bildern aus Kinderliedern. Aber ich müsste mich wohl hauptsächlich allein nach einem Haus umsehen. Die Saison geht langsam zu Ende, und Dave muss so viele zweitrangige Veranstaltungen mitmachen wie möglich, damit er sich für nächstes Jahr qualifizieren kann. Letzten Monat, als die besseren Spieler nach Turnberry zu den British Open gefahren sind, ist er nach Mississippi zu einem der Turniere gefahren, die auf der ganzen Tour am wenigsten Preisgeld aussetzen. Es lief gut, er hat's ins Mittelfeld geschafft, seine Kosten wieder reingespielt und dazu genug für unsere Hochzeitsreise und zwei Monate Miete.
Ich wundere mich, dass man so seinen Lebensunterhalt verdienen kann. Wahrscheinlich ist er daran gewöhnt, aber wir werden nicht lange so leben können. Ich hoffe, dass wir mit meinem geregelten Einkommen

keine Probleme haben, einen Kredit zu bekommen. Ich mag ihn nicht darauf ansprechen, will nicht rumnörgeln. Er steckt vielleicht den Kopf in den Sand, wenn es um Gefühle geht, aber seine Ehrfurcht vor dem traditionellen Familienleben und seine Vorstellung davon, dass der Ehemann auch immer der Ernährer sein muss, sitzt so tief, das könnte aus einer Sitcom der 50er stammen.

15. September 1994

Ich war vor zwei Tagen bei meinem Kontrolltermin bei der Geburtshelferin. Sie hat die warme klebrige Masse verschmiert und die Sonde herumgeschoben, verschiedene Perspektiven ausprobiert, um zu finden, was sie sehen wollte. Ich habe die ganze Zeit nach dem kleinen blinkenden weißen Licht Ausschau gehalten.
Nichts tauchte auf. Die Sonde glitt über meinen Bauchnabel und wieder runter, nach links und nach rechts. Die Geburtshelferin drückte fester, ging noch tiefer. Ich habe ihr eine Frage gestellt, aber sie hat stumm und mit zusammengekniffenen Augen an die Wand geschaut. Dann hat sie die Sonde hingelegt.
»In solchen Fällen holen wir normalerweise noch eine zweite Meinung von jemand anderem in der Praxis ein«, sagte sie ohne weitere Erklärung und ging hinaus.
In solchen Fällen.
Eine ältere Ärztin kam herein und sah auf den Monitor. Dann drückte sie mir ihr Mitgefühl aus. Der Bildschirm zeigte das letzte Bild, das sie gemacht hatte, das Profil eines vollständig geformten Körpers, ganz still und mit angezogenen Beinchen.
Seitdem liege ich hauptsächlich im Bett. Ich will nicht in den Spiegel sehen. Frage mich immer wieder, wann

genau es passiert ist, was ich in den letzten Wochen gemacht habe, ob irgendetwas auffällig war. Aber mir fällt nichts ein. Das macht es aus irgendeinem Grund noch schlimmer: War ich so abgelenkt von der Hochzeit und unserer Reise, dass ich nicht mehr darauf geachtet habe? Ich bin besessen von Fragen. Junge oder Mädchen? Wann genau – ist es allmählich passiert, ist der Herzschlag langsamer geworden und hat dann ganz aufgehört, oder war es ganz plötzlich? Wird es noch ganz sein, wenn sie es morgen herausholen? Gott, Elizabeth, hat Dave dazu gesagt und sich angewidert weggedreht.

Die Ärztin sagt, das sind die Chromosomen, mit ziemlicher Sicherheit eine Art genetischer Defekt, aber man kann es nicht genau sagen. Hat nichts mit den Zellen im Gebärmutterhals zu tun, die sind von allein verschwunden. Sie beharrt darauf, dass es nicht an mir lag.

Aber ich weiß so sicher, wie ich nur irgendetwas auf dieser Welt weiß, dass es doch mit mir zu tun hat. Es hat mit dem zu tun, was ich vor 13 Jahren getan habe, wenn nicht körperlich, dann moralisch, als direkte Vergeltung für meinen moralischen Defekt damals, vielleicht sogar einer, den ich schon immer hatte. Man kann nicht achtlos mit dem Leben umgehen und dann Jahre später erwarten, dass es auf Kommando zu einem zurückkehrt. Ich hatte es mir nicht gewünscht, aber dieses Baby hat sich so real angefühlt, als wäre es schon Teil unserer Familie, wenn wir denn eine sind. Das ist meine Strafe, dessen bin ich mir sicher.

Es war schwierig für Kate, über Elizabeths Trauer zu lesen, doch Daves Reaktion auf die Fehlgeburt aus zweiter Hand zu erleben, war irgendwie noch grausamer. Er bewegte sich wie ein Geist durchs Haus, machte sich ein Brot und ließ es dann irgendwo anders liegen, ohne es zu essen. Er ging ins Gästezimmer, um seine Schläger zu polieren, wo Elizabeth ihn dann regungslos vorfand. Sie teilten weder ihren Schmerz noch irgendetwas anderes. Keiner von beiden wusste, wie sie mit diesen neuen Rollen umgehen sollten. Der Grund für diese Rollen war nicht mehr da.

Ich ertappe ihn dabei, wie er mich durch die Küchendurchreiche ansieht, wenn er vorm Fernseher sitzt. Er sieht dann schuldbewusst weg und tut so, als hätte er nicht hergesehen. So schwer er auch zu ergründen ist, weiß ich doch, dass er mich dafür verantwortlich macht, ihn in diese Situation gebracht zu haben, etwas zu lieben und dann zu verlieren.

Achtzehn

Es war »Boston-Tag«. Einmal jeden Sommer, wenn sie auf der Insel waren, besuchten sie vom Mittagessen bis zum Abend ihre Lieblingsorte in Boston – den Public Garden mit den Schwanenbooten, die Enten der »Make Way for Ducklings«-Statue und den Froschteich. Ein Spaziergang durch die Mall auf der Commonwealth Avenue endete am Denkmal der Feuerwehrmänner, wo sie die Jacke aus unnachgiebiger Bronze berührten, die so lebensecht auf der Mauer lag, als hätte einer der Männer sie nach einem langen Tag dort hingeworfen. Das war ein volles Programm, und wenn sie nach Hause kamen, mussten sie die Kinder ins Haus tragen. Aber darum ging es in den Sommerferien, wenn man Kind war: auf der Fahrt zur letzten Fähre mit Eiscreme am Kinn einzuschlafen.

Sie hatten Fahrkarten für die Fähre um 7.45 Uhr. Während Kate darauf wartete, dass die Kinder sich anzogen, checkte sie ihre E-Mails. Nachrichtenforen und Kurznachrichten. Sie überflog die Artikel mit vagem Interesse. Ökonomische Prognosen, Restaurantkritiken, neu entdeckte Terroristenlager in Indonesien.

Chris war seit sechs Tagen fort. Kate hatte zwei Nachrichten auf ihrer Mailbox erhalten, jeweils nur ein paar gehetzte Sätze, die sich optimistisch anhörten, was den Kauf des kambodschanischen Hotels betraf, sowie ein paar E-Mails. Jedes Mal wenn Chris in den fernen Osten reiste, war er mehr oder weniger unerreichbar. Kate konnte sich allerdings nicht daran erinnern, sich jemals des Zeitunterschieds, der Unregelmäßigkeit seiner Nachrichten oder dem Mangel an Details darüber, wo genau er sich befand, so bewusst gewesen zu sein.

Piper erschien in Kleidung, die nicht zusammenpasste, und hatte ihre Lieblingspuppe in der Hand, die erst kürzlich bei einer Kabbelei mit ihrem Bruder verstümmelt worden war. Kate hatte ihr versichert, dass das Bein im Puppenkrankenhaus zu Hause wieder angenäht werden konnte, das hatten sie schon einmal getan. Bis dahin würde Kate die Puppe insgeheim gern in einem Koffer verstauen. Der Anblick der einbeinigen Puppe war beunruhigend.

»Hübscher Look. Sehr auffällig«, kommentierte Kate bewundernd die blaukarierte Shorts und pinke Leinenbluse ihrer Tochter. Sie strich dem Mädchen die Haare aus dem Gesicht. Es war noch ganz neu, dass Piper selbst entschied, was sie anzog.

James kam hinzu und putzte sich neben ihnen die Zähne.

»Können wir in den großen Spielzeugladen gehen, den ganz riesigen? Können wir da was kaufen?«

Kates Laptop kündigte eine eingegangene E-Mail an.

Hallo Liebes, bin gerade in Manila angekommen, kleine Planänderung. Angkor Wat klappt, wenn wir gleichzeitig auch ein runtergekommenes Hotel von dem Prinzen hier in Manila kaufen oder eventuell eines in Jakarta oder Bali, deswegen flieg ich auch dorthin, um mir beide kurz anzusehen, dann hoffentlich nach Hause. Die Anlage in AW ist fantastisch, ein Palast, und nur zehn Minuten von den Tempeln entfernt. Sag den Kindern, dass ich schon ganz viele Ideen für Sandburgen habe. Tut mir leid noch mal wegen deines Portemonnaies. Hast du schon die Kreditkarte gesperrt? Denk dran, wir haben in meiner untersten Schublade auch noch Bargeld, und benutz einfach unsere Ersatzkarte. Ich kann hier das Firmenkonto benutzen.

Bis bald, alles Liebe, C

Manila, Jakarta, Bali. Kate hielt mit ihrer Kaffeetasse in der Luft inne. Lag Jakarta auf den Philippinen oder in Indonesien?

»Mom? Können wir was in dem großen Laden kaufen? Ich hab keine Lust mehr auf die Spielsachen hier.«

Wo war noch mal dieser neue Krisenherd? Kate versuchte sich an die Inselgruppierung zu erinnern, wo die meisten roten Punkte aufleuchteten, und verfluchte ihre schlechten Geographiekenntnisse.

»Mom? Ich will wirklich neue Legosachen haben.« James stupste sie am Arm. »Mom?«

»Gibt's auch einen Laden, der Puppen heile macht wie zu Hause?«, schaltete sich Piper ein. »Ich mag es nicht, wenn ihr Bein ab ist.« Sie schlug zappelig mit der Puppe gegen ihre Hand.

Die Kinder fingen an, sich darüber zu streiten, in welches Geschäft sie gehen würden. Ihre Stimmen vermischten sich zu einem misstönenden Dröhnen.

Kate wollte zurück auf die Website mit der Schlagzeile aus Indonesien gehen, doch die Seite ließ sich nicht wieder laden. Sie suchte nach Landkarten und Zeitungsartikeln. Einzelne Worte sprangen ihr vom Bildschirm entgegen. *Dschungel. Geiseln. Messer. Hälse.*

Die Kinder standen vor ihr, ihre Münder öffneten und schlossen sich. Kate wurde schwindelig, und es rauschte ihr in den Ohren.

Sie schloss die Augen und atmete tief ein, dann langsam wieder aus, und zählte dabei bis zehn.

Als sie die Augen wieder öffnete, starrten die Kinder sie an. Sie klappte den Laptop entschlossen zu.

»Okay«, sagte sie leise. »Auf geht's zur Fähre.«

Neunzehn

17. Dezember 1994

Dave hat die Tour-Karte für nächstes Jahr nicht bekommen und auch die Qualifikationsschule nicht geschafft. Er überlegt, bei einer der kleinen Touren mitzumachen, um sich wieder hochzuarbeiten, oder sogar noch mal auf die Asien-Tour zu gehen. Dann wäre er nächstes Jahr ziemlich viel unterwegs. Bei dieser Ankündigung sieht er mich an, als würde er die Idee austesten. Ich weiß nicht, ob er meinen Protest herausfordern will oder ob er insgeheim hofft, dass ich mit ihm streite, oder ob er sich wünscht, dass ich ihn am Kragen packe und sage: »Schluss jetzt, bleib bei mir.«

In den letzten Monaten haben wir wie eine WG zusammengelebt. Er hat fast die ganze Zeit in Florida gespielt und trainiert, und wenn er zu Hause war, musste ich viel für einen neuen Kunden arbeiten. Wenn wir mal gleichzeitig zu Hause sind, bewegen wir uns auf Zehenspitzen. Das Eheleben besteht aus subtilen Revierkämpfen und stiller Höflichkeit. Er findet die Seife scheußlich, die ich immer kaufe, und das habe ich auch nur herausgefunden, weil er Witze darüber gemacht hat. Manchmal guckt er tatsächlich in den Backofen, wenn er zur Abendessenszeit nach Hause kommt, und ist ganz perplex, wenn er nichts darin entdeckt. Ich könnte schreien. Wir haben uns vorher auch fast immer was zu essen geholt. Wann bin ich bitte zur Köchin geworden? Wir sind überhaupt nicht mehr auf einer Wellenlänge und haben keinen Schim-

mer, was wir miteinander anstellen sollen. Wie zwei Menschen, die eine Aufgabe bekommen haben, die es gar nicht gab.
Thanksgiving haben wir nicht gemeinsam verbracht, aber Weihnachten werden wir zusammen feiern. An Weihnachten kann man nicht Golf spielen.

17. Januar 1995

Ich halte es für einen Fehler, dass Dave auf die Pseudo-Pro-Tour geht, und ich habe beschlossen, es auf den Tisch zu bringen und ihm zu sagen. Wenn wir diese Ehe retten wollen, müssen wir uns entscheiden, ob es uns ernst damit ist, und dass sie nicht nur wegen eines Babys geschlossen wurde, das es nicht mehr gibt. Er spricht nie über sie. Für mich ist sie so echt, als würde sie wie ein Nebel in einer Ecke des Zimmers schweben, mit den besseren Seiten von uns, die anscheinend verschwunden sind.
Ich habe uns dann neulich etwas Richtiges gekocht, einen Wein aufgemacht und die Unterhaltung forciert. Habe ihn gebeten, nicht auf die Tour zu gehen, es mit mir noch einmal mit einem Baby zu versuchen. Es war, als würde ich mit einer Statue sprechen. Wenn dieser Typ stirbt, steht auf seinem Grabstein: »Ich wollte es nicht wissen.«
Jetzt ist er weg, und ich bin alleine in der Wohnung. Ich fühle mich wie in die Vergangenheit zurückkatapultiert. Essen vom Thailänder vor dem Fernseher. Ich drehe den Ring an meinem Finger und bin nicht sicher, ob ich ihn noch tragen soll.

28. Februar 1995

Dave hat zwei Termine von der Tour sausenlassen und ist nach Hause gekommen. Er hat mich mit romantischen drei Tagen überrascht, für unser sechsmonatiges Jubiläum. Hat die Initiative ergriffen, sogar einen Ehe-Belebungs-Plan aufgestellt. Wir sollen versuchen, uns alle zwei Wochen zu sehen – entweder kommt er nach Hause, oder ich fliege zu ihm. Und er will, dass wir uns wieder nach einem Haus umsehen und über ein Kind nachdenken. Letzte Nacht bin ich eingeschlafen, während er mir durchs Haar gestreichelt hat.

Ich habe das Gefühl, dass er da unten ganz schön an seine Grenzen stößt. Gestern habe ich die Furchen an seinem Mund bemerkt, tiefe Sorgenfalten, und er hat auch abgenommen. Er sagt, dass er gut spielt, und ich habe auch die Einzahlungen auf dem Sparbuch gesehen. Aber ich weiß, dass er mehr als einmal in seinem Auto übernachtet hat.

Ein Artikel aus einer Zeitschrift, ein runder Fetzen, ausgerissen aus der Mitte einer Seite, fiel aus dem Tagebuch.

Golf Weekly, 3. März 1995

Der Butzemann

Wöchentlicher Bericht von Kolumnist Chad Flax

... In diesem Jahr geht es hier draußen zu wie in der wilden Savanne. Diese Männer sind ungezähmte Alphatiere auf der Jagd nach räudiger Beute. Es gibt nicht viel zu gewinnen, nur viel zu verlieren. Dave Martin legt sich schwer ins Zeug und tut Buße für sein lahmes PGA-Jahr. Das macht sich bezahlt. Wenn er es in der nächsten Saison wieder in die Tour schafft, kann man Gutes von ihm erwarten.

1. Mai 1995

Wieder schwanger. Ich bin ganz berauscht und habe Angst, aber auch Hoffnung, auch wenn ich es nicht wage, es als selbstverständlich hinzunehmen. Ich fühle mich stark wie ein Bär, aber ich kann mich nicht auf meinen Körper verlassen. Ich glaube, ich erzähle Dave erst nach den ersten zwölf Wochen davon, auch wenn es sich das letzte Mal nicht als Garantie entpuppt hat. Ich kann meine eigenen Erwartungen anpassen, so lange denken: »vielleicht, vielleicht auch nicht«, bis wir über den Berg sind. Ich glaube, er kann das nicht.

Sonntag, 25. Juni 1995

Heute habe ich ein großartiges Haus angesehen. Drei Schlafzimmer, im Cape-Cod-Stil. Muss renoviert werden, aber es ist sehr hübsch, hat eine gute Substanz und einen schönen Garten. Es ist in der Stadt mit den besten Schulen, wo wir letzten Herbst schon ein bisschen gesucht haben. Es wäre knapp, aber wenn wir selbst streichen und mit der Renovierung der Küche noch warten, könnte es machbar sein. Nächsten Monat sollte ich auch eine Gehaltserhöhung bekommen. Er kommt morgen nach drei Wochen zurück nach Hause und will es sich auch ansehen. Ich habe das erste Drittel fast überstanden. Ich werd's ihm sagen.

Kate konnte sich nicht vorstellen, wie man eine Schwangerschaft für sich behalten konnte. Allein schon die körperlichen Vorgänge – die Übelkeit, die ganzen Unannehmlichkeiten der ersten Monate, die schwer zu verbergen waren, selbst wenn der Ehemann die meiste Zeit nicht da war. Und dann noch die Sorge, die Aufregung, die Fantasievorstellungen. Kate und Chris hatten ein Spiel daraus gemacht. Schon bevor sie in die relative Sicherheit nach den ersten Monaten übergegangen waren, hatten sie sich Fantasienamen ausgedacht, auf denen sie als ihre oder seine erste Wahl beharrten. Trebuladon würde preisgekrönter Stadtarchitekt werden. Bellapagoda würde die asiatische Fusionsküche revolutionieren. Keiner von ihnen gab die Namen preis, die ihm wirklich am Herzen lagen, das kam erst später. Und da war auch die heimliche Angst davor, etwas einen Namen zu geben, das mit offenen Augen schlief und so klein und zerbrechlich wie ein Seepferdchen war.

Drei Monate lang hatte Elizabeth die ganze Aufregung und Sorge der ersten Phase allein durchgemacht. Auch wenn sie es tat, um ihren Mann zu beschützen, verschlug es einem den Atem, wie gut sie etwas verbergen konnte.

Kate hörte ihr Handy unten klingeln. Es war neun Uhr abends – Vormittag in Kambodscha. Chris sollte sich melden. Sie stellte sich ihn vor, wie er mit nacktem Oberkörper auf dem Bettrand saß, sich über das Gesicht rieb und sich streckte, bevor er zum Telefon griff, um sie anzurufen. Vielleicht stand ein Aschenbecher voller Kippen fremdländischer Zigaretten ohne Filter auf dem Nachttisch, wo eigentlich das Foto von ihr stehen sollte. Kate sah die Konturen einer Gestalt unter den Laken neben ihm und wie eine nackte gebräunte Wade unter der exotisch gefärbten Bettdecke herauslugte. Das lange, schlanke Bein einer Person mit wohlklingendem Namen und sinnlichem Lächeln, einer Person, die seine Laster nicht kritisierte und auch nicht von den Aufzeichnungen einer verlorenen Freundin abgelenkt war.

Schon während Kate es dachte, war sie entsetzt über sich selbst. Wie kam sie auf so etwas?

Sie erreichte das Telefon gerade noch, bevor ihre Mailbox ansprang.

»Hallo?«

»Hi Kate, hier ist Dave.«

»Dave?«

Ihre Überraschung verdrängte ihre Manieren, als sie versuchte, ihre Enttäuschung zu verbergen.

»Genau, dein alter Kumpel Dave Martin. Der Vater von Jonah und Anna.« Lässig und schlagfertig. Er hatte vergessen, Emily zu erwähnen.

»Entschuldige, ich dachte, es sei Chris. Er ruft immer auf dem Handy an.«

»Ich habe es auf dem Festnetz versucht, aber es hat nicht funktioniert.«

Sie warf einen Blick auf das Haustelefon, das die Kinder aus der Halterung gerissen hatten.

»Wo ist Chris denn?«

»Südostasien. Er musste für ein Projekt an ein paar Standorte fliegen, Kambodscha, Jakarta, Bali.«

»Aha, eine spannende Gegend. Ich kenne wahrscheinlich niemanden, der einen so weltgewandten Beruf hat wie er.« Dave war umsichtig. Falls Südostasien ihm zu denken gab, ließ er sich nichts anmerken.

»Aber schade, dass er mitten in eurem Urlaub wegmusste.«

»Na ja, er ist wohl nicht mehr lange unterwegs. Vor sechs Tagen ist er geflogen. Heute hat er gemailt, dass er noch ein paar Orte besichtigen muss, aber bald zurück sein wird.«

»Hmmm.« Dave schwieg einen kaum merklichen Moment zu lange. Sie konnte förmlich hören, wie er versuchte, einen höflichen Kommentar hervorzukramen, der nicht die aktuellen Geschehnisse in der Region ansprechen würde.

»Ich habe mal auf einem kleinen Turnier in Manila gespielt. Da auf dem Land gibt es wirklich ein paar schöne Orte. Da kommen die Affen bis auf das Fairway.«

Kate hatte Dave nie über seine Tour-Zeiten sprechen gehört, sie hatte immer gedacht, dass seine Gleichgültigkeit in Bezug auf seine Golfkarriere und seine Fähigkeit, sich ohne zurückzublicken auf einen anderen Beruf einzulassen, einen Mangel an Begeisterungsfähigkeit bedeuteten. Nun fragte sie sich, wie viel von dem, was sie für Oberflächlichkeit gehalten hatte, seine Art war, etwas zu überspielen, was ihn zu sehr mitnahm.

»Du hast auf den Philippinen gespielt?«

»Ich war bei der Asien-Tour dabei, Minor-League-Turniere. Oh Mann, ich hätte ja auf dampfenden Müllhalden gespielt, wenn mich das näher an die Tour gebracht hätte.«

Er spottete, blieb unverfänglich, und in seiner Stimme klang eine Vertrautheit mit. »Das war noch bevor ich Elizabeth kennenlernte, als ich mich gerade für die PGA-Tour qualifizieren wollte.« Seine Stimme kühlte sich ab und wurde konkreter. »Es waren magere Jahre«, sagte er schlicht.

»Die hatte ich auch. Ich habe in ein paar richtigen Kaschemmen gekocht, bevor ich auf die Kochschule gegangen bin. Ich bin immer noch überrascht, dass ich mir da nie etwas eingefangen habe.«

Er lachte leise. Von der anderen Seite des dunklen Gartens drang das Plätschern der Wellen heran, die den Strand hinaufströmten und wieder zurückwichen.

»Also, Kate, ich hoffe, es stört dich nicht, dass ich mich noch mal melde. Ich denke einfach nur manchmal an dich, wie du da draußen sitzt und liest und liest. Das ist schon etwas ganz Besonderes.«

Sie ging hinaus auf die Veranda und ließ die Tür offen

stehen. Die Pflanzen in den Blumenkästen raschelten im Wind, und die Brise streifte über Kates nackte Beine. »Ich weiß. Das finde ich auch.«

»Direkt in die Gedanken von jemand anderem einzutauchen.« Sie hörte ein Klirren, Eiswürfel in einem Glas. »Also das finde ich wirklich. Selbst in einer guten Beziehung weiß man nicht alles von seinem Partner.«

Sie drückte mit dem Fingernagel auf das Geländer. Abbröckelnde Farbe wölbte sich, und sie nahm einen kleinen Splitter auf. »Wahrscheinlich kennt man niemanden wirklich.«

Sie schwieg und hörte, wie er einen Schluck trank.

»Wie weit bist du denn schon?«

Sie wusste, dass er ihr Zögern spürte, als sie nicht sofort antwortete. Je nachdem, wie sie jetzt reagierte, würde es eine Erwartungshaltung aufbauen für das, was danach kam.

»Sollen wir wirklich darüber reden, Dave?«, fragte sie ihn. »Ist das nicht zu schmerzhaft?«

»Erzähl mir nichts von zu schmerzhaft, Kate«, fuhr er sie an. »Sag mir wenigstens, wo du gerade bist, in welchem Jahr.«

Sie zerbröselte den Farbsplitter zwischen Zeigefinger und Daumen. Jeder Satz machte es weniger wahrscheinlich, dass sie die Tagebücher stillschweigend auf dem Dachboden verstauen konnte, nachdem sie sie gelesen hatte.

»Kurz nachdem Elizabeth zum ersten Mal das Haus in Southbrook angesehen hat. Vor Jonah.«

Er gab einen kehligen Laut von sich wie das Scharren, wenn schwere Möbelstücke verschoben wurden. Vielleicht dachte er an die Fehlgeburt oder daran, dass Elizabeth wochenlang gewartet hatte, bis sie ihm von der zweiten Schwangerschaft erzählte. Oder vielleicht war das für ihn nicht ungewöhnlich gewesen; so schwer vorstellbar das auch war, möglicherweise war er die Art altmodischer Mann, der nicht erwartete, in die Angelegenheiten von Frauen eingeweiht zu werden, bis die Frauen sie unter Kontrolle hatten.

Kate begab sich auf neutrales Terrain. »Sie hat sich auf das Haus gefreut und wollte, sogar als sie schwanger war, selbst renovieren. Sie war zäh.«

Dave schnaubte. »Zäh, ja. Das war sie zweifellos.«

Kate hörte den Sarkasmus breit und hässlich herausbrechen. Sie suchte nach etwas, das ihn wieder einschließen würde, die erste Ablenkung, die ihr in den Sinn kam.

»Dave, gibt es noch einen zweiten Schlüssel für die Truhe?«

»Einen zweiten Schlüssel? Wie meinst du das?«

»Sie wird ihrem Notar ja nicht den einzigen Schlüssel gegeben haben. Ich dachte, dass du womöglich noch einen in ihrem Schmuckkasten oder ihrem Nachtschrank oder so gefunden hast.«

Er atmete hörbar aus, gereizt. »Was willst du damit sagen, Kate? Glaubst du, ich hatte auch einen Schlüssel und habe noch mehr von den Büchern gelesen, bevor ich sie dir gegeben habe?«

»Nein, das meine ich nicht.«

Es war ein Fehler gewesen, mit diesem Thema anzufangen, aber nun war es zu spät.

»Ich habe mich quasi aus der Truhe ausgeschlossen. Ich habe den Schlüssel in meinem Portemonnaie aufbewahrt, und das wurde mir am Wochenende am Strand gestohlen.«

»Du hast den Schlüssel zur Truhe verloren?«

Sie versuchte, seinen Tonfall zu deuten: verärgert oder ungläubig? Sie fuhr vorsichtig fort und versuchte, nicht defensiv zu klingen. »Ich habe ihn nicht verloren. Er wurde gestohlen.« Sie berührte die empfindliche Stelle am Hals, die wieder brannte.

»Nein. Ich habe keinen Zweitschlüssel. Für mich hat das Leben nie so ein Sicherheitsnetz bereitgehalten, Kate.« Seine Stimme war ebenso beherrscht wie die ihre. Was würde sie nicht dafür tun, dass eines ihrer Kinder aufwachte und ihr eine Ausrede verschaffte.

»Und was machst du jetzt?«, fragte er.

»Ich habe mit ein paar Schlossern gesprochen.« Das entsprach nur teilweise der Wahrheit; sie hatte ihnen Nachrichten hinterlassen und war an einem der Geschäfte vorbeigefahren, doch das war geschlossen gewesen.

»Im schlimmsten Fall ist sie wohl auch nicht so massiv.«

»Dann würdest du sie also aufbrechen.«

»Könnte ich. Als letzten Ausweg.«

Sie drehte sich zum Haus um und kehrte den Geräuschen der in der Nähe vertäuten kleineren Boote, deren Tauwerk aufgeregt und schlaflos bimmelte, den Rücken zu. Durchs Fenster betrachtete sie das Licht in der Dachkammer und sah den oberen Rand der Chaiselongue an der Wand. Je nachdem, wie viele Seiten noch vor ihr lagen, war der letzte Ausweg nicht mehr weit entfernt.

»Ich muss morgen früh zur Arbeit. War ein langer Tag.«

Dave klang plötzlich sehr müde. Sie sah ihn vor sich, wie er sich über das Gesicht rieb und seufzte. *Das ist das Letzte, was ich gebrauchen kann.* »Mach's gut, Kate.«

Er hatte nichts dazu gesagt, dass sie eventuell die Truhe aufbrechen würde. Er war vielleicht unglücklich darüber, hatte sie aber nicht gebeten, es nicht zu tun. Womöglich machte er ihr auch gar keinen Vorwurf. Bei ihm wusste man nie.

Zwanzig

20. September 1995

Total erledigt vom Tapezieren, Streichen und Müll-vom-Dachboden runterschleppen, den die Vorbesitzer dagelassen haben. Die neue Gegend gefällt mir, eine ruhige Straße mit Familien. Muss mich aber noch an die Stadt gewöhnen. Das Publikum hier ist schon etwas Besonderes – Frauen in Geländewagen, die sich vor den Einkaufszentren Parklücken schnappen, ohne Rücksicht darauf zu nehmen, ob vielleicht schon jemand anders darauf gewartet hat. Mütter, die sich rausputzen, um zum Supermarkt zu gehen. Sogar wie sie mit ihren Kindern reden, wirkt perfekt in Szene gesetzt, als ob sie glauben, jeder würde ihnen zuhören und ihre Darbietung benoten.

Dave findet es hier ganz wunderbar. Es gibt einen sehr guten Golfplatz in der Stadt, ohne Mitgliedschaft, und sie merken ihn dort zum Training vor, selbst wenn sie eigentlich ausgebucht sind. Er bereitet sich vor, um es noch mal bei der Qualifikationsschule zu versuchen. Er ist entschlossen, für die nächste Saison wieder die Tour-Karte zu bekommen. Das wäre im Januar, genau wenn der Geburtstermin ist.

3. November 1995

Dave und ich haben endlich darüber geredet, wie wir Arbeit und Kind vereinbaren wollen. Bisher haben wir das vermieden bzw. ich habe es wohl vermieden, dabei steht es schon lange unausgesprochen im Raum. Dave hat es nie so offen formuliert, aber ich glaube, er möchte, dass ein Elternteil zu Hause bei den Kindern bleibt. Das hängt damit zusammen, wie er selbst aufgewachsen ist, mit seinem Misstrauen Fremden gegenüber, seiner Bereitschaft zur Selbstaufopferung, und es hat auch etwas mit Kontrolle zu tun. Er hat sich nie viel aus Geld gemacht, zumindest hat er es nie zur treibenden Kraft werden lassen. Der finanzielle Aspekt bei zwei Einkommen im Vergleich zu den Kinderbetreuungskosten spielt also keine besondere Rolle. Darum geht es ihm einfach nicht. Mir ehrlich gesagt auch nicht. Wenn auch aus anderen Gründen.

Ich habe ihm gesagt, dass ich gern eine Teilzeitstelle aushandeln möchte und die Agentur sich bestimmt darauf einlässt. Ich würde ein ganz anständiges Gehalt nach Hause bringen, ohne zu viele Stunden beschäftigt zu sein. Wir waren gerade beim Abendessen, und Dave wurde ganz still. Vermutlich glaubt er, es macht seine Abwesenheit wett, wenn ich ganz zu Hause bleibe. Als ich über die Teilzeitstelle sprach, saß er nur da, hat seine Bierflasche hin und her gedreht und gelächelt, als hätte er gerade Unterwäsche zum Geburtstag geschenkt bekommen.

»Mir war nicht klar, dass du wirklich weiter arbeiten willst«, hat er gesagt. »Du beschwerst dich immer über die Abgabetermine, und ich dachte, du wärst froh, wenn das vorbei ist. Du freust dich doch so auf das Baby.«

Ich wurde wütend, genauso wie wenn meine Mutter mir unterstellte, ich würde dieses oder jenes glauben. Als würde meine Begeisterung für das Kind gegen mich verwendet werden und auch die Fehlgeburt. Wenn ich erleichtert genug darüber war, das Baby dieses Mal

auszutragen, wenn ich es genug liebte, müsste ich mich dem komplett hingeben. Das kannst du nicht wirklich denken, wollte ich sagen. Du kannst nicht wirklich denken, dass es automatisch bedeutet, sich vor allem darauf zu freuen, die Arbeit aufzugeben, die man liebt und der man zehn Jahre lang nachgegangen ist, wenn man sich auf ein Baby freut. Aber es würde nur falsch rüberkommen, und das wusste ich.
Schon komisch – so ähnlich wir auch bei den meisten Themen ticken, es ist immer reine Theorie, und unsere politischen Ansichten haben nichts mit unserem Privatleben zu tun. Das hier ist etwas vollkommen anderes, und ich glaube nicht, dass Männer und Frauen für ihn gleich sind, dass meine Arbeit für ihn genauso ein wesentlicher Teil von mir ist wie seine von ihm. Ich glaube, er findet tatsächlich, dass die Liebe einer Frau zu Kindern zwangsläufig mit Selbstaufopferung verbunden ist. Jedes Mal wenn ich nur die kleinste Anspielung mache, dass dem vielleicht nicht so ist, verfinstert sich sein Blick, und er guckt verwirrt oder enttäuscht. Ich bin noch nicht einmal Mutter, aber das ist schon mein erster Vorgeschmack auf elterliche Schuldgefühle.

Im Nachhinein staunte Kate, wie naiv sie gewesen war, als sie in Mutterschutz ging. Sie war nicht wehmütig und schon gar nicht auf die Idee gekommen, auf irgendetwas zu verzichten, weil sie nicht ahnte, dass sie nicht zurückkehren würde. Sie verabschiedete sich von ihren Kollegen, als nehme sie ein Sabbatjahr.

Sie und Chris liebten ihre Arbeit und gingen beide davon aus, dass sie den Balanceakt mit harter Arbeit und Entschlossenheit meistern würden. Doch letztendlich waren sie beide unerfahren, was Elternschaft wirklich bedeutete, und sie wussten auch nicht, wie sehr die neue Herausforderung ihr Leben beeinflussen würde. Anfänglich schien es ihnen vollkommen unverständlich, dass ein Mensch, der jede Stunde aus dem Schlaf gerissen wurde, in der Lage sein sollte, den folgenden Tag zu überstehen. Dann wurden die Abstände größer, und Kate begann, die Stunden in stiller Dunkelheit mit James zu genießen. Sie hatte nie gedacht, dass sie sich zu Hause so gebraucht fühlen würde, als es an der Zeit war, zur Arbeit zurückzukehren, oder dass es ihr so schwerfallen würde, zu gehen.

Elizabeth durchlief die letzten Wochen ihrer Schwangerschaft im späten Herbst und frühen Winter. Im Laden für Umstandsmode traf sie auf andere schwangere Frauen, die ihr von Spielgruppen erzählten, die die Anlaufstelle für Zugezogene organisierte. Im Dezember wurden ihr selbst ihre größten Kleidungsstücke zu klein, und sie konnte sich nicht vorstellen, noch runder zu werden. *Dave nennt das Baby jetzt immer Jonah, weil ich der Wal bin. Wir lachen darüber, weil es so furchtbar ist, aber es bleibt hängen.*

Dave durchlief die einzelnen Etappen auf den Turnieren der PGA-Qualifikationsschule in der Hoffnung, seine Tour-Karte zurückzubekommen. Er spielte auf der bundesweiten Tour nervenaufreibende Runden sowohl gegen eifrige Amateure als auch gegen erstklassige Konkurrenten. Im Tagebuch steckte ein Ausschnitt aus einem Golfmagazin. Das Foto zeigte Dave, wie er einen Putt am letzten Loch versenkte und damit seinen Platz auf der Tour zurückeroberte. Neben dem Grün, genau hinter dem Seil, stand die hochschwangere Elizabeth.

Kate hielt das Bild unter das schwache Licht der Wandlampe und studierte es genauer. Elizabeth trug ihre Haare relativ lang, so wie Kate sie kennengelernt hatte, und hatte eine kleine, runde Sonnenbrille im John-Lennon-Stil auf der Nase. Ihr gewaltiger Bauch erblühte unter einem farbenfroh geblümten Kleid und wurde noch betont durch die Absperrungsseile am Fairway, gegen die sie sich lehnte und die unter ihrem Bauch drapiert waren wie der Gürtel eines Mönchs. Sie hatte die Hände vor ihrem geöffneten Mund zusammengelegt wie zum Gebet, aber in ihren weit aufgerissenen Augen lag eine neue Erkenntnis. Das Foto war geschossen worden, als aus Hoffnung gerade Jubel wurde.

22. Januar 1996

Vor sechs Tagen kam Jonah William Martin auf die Welt, neun Tage nach Termin. Die Wehen setzten gerade ein, als Dave in den Flieger von Tucson nach Hause stieg. Was sich eigentlich nach perfektem Timing anhört, allerdings kam Jonah erst sechsunddreißig Stunden später, gerade noch rechtzeitig, um seinen Dad zu sehen, bevor der nach Palm Springs musste. Gestern ist er wiedergekommen, morgen geht's wieder weiter. Ich kann Verständnis dafür aufbringen, dass er voll und ganz bei den Turnieren dabei sein muss, dass er seine Karte nicht verlieren will usw. Aber gefallen muss es mir nicht. Spielverderberin darf ich allerdings auch nicht sein.

Das Baby ist so faszinierend, nur Instinkte und Natur pur. Wie er blinzelt und sich bemüht, mich anzusehen, die fuchtelnden Fäuste und Hühnerbeinchen und die knochigen kleinen Fersen. Eines seiner Ohren ist ein bisschen zusammengeklappt, als wäre es beim Wachsen so hingedrückt worden. Wenn er schläft, verschwin-

det seine Unterlippe unter einem Überbiss. Ich kann gar nicht aufhören, ihn anzusehen.

15. Februar 1996

War auf dem ersten Spielgruppen-Treffen der neu Zugezogenen, die mir zugeteilt wurde, acht Mütter, mittwochs morgens. Da sollen die Kinder auf dem Boden rumrollen und kleine Freunde finden und die Mütter sich gemeinsam um Halloweenpartys und Geburtstagsfeiern kümmern. Heute fand es bei Brittain zu Hause statt. Das Haus ist gewaltig und voller skulpturartiger Möbelstücke, die bestimmt nach einem französischen König benannt wurden und nicht in irgendeine Kategorie im Katalog von Pottery Barn gehören. Wir saßen im Kreis auf dem Boden im Spielzimmer mit unseren Babys auf Decken vor uns, als wären wir in einer postpartalen Geburtshilfe-Gruppe.

Anscheinend gibt es lauter Verbote und Gepflogenheiten, die ich beherzigen sollte, von denen ich noch nie gehört habe. Stoffwindeln statt Pampers aus dem Supermarkt benutzen, wegen der Chemikalien und der rauen Fasern. Impfungen in Frage stellen, auch wenn der Kinderarzt einem dazu rät und der Staat es vorschreibt. Schon jetzt das Kind im Kindergarten anmelden, sonst wird es auf ewig in einer Imbissbude arbeiten. Sie waren alle sehr nett, wenn auch ein bisschen anstrengend, aber sie haben die ganze Zeit nur über Baby-Themen gesprochen. Keine von ihnen hat auch nur irgendwas von ihren eigenen Interessen oder ihrer Arbeit erzählt (es hört sich auch so an, als ob keine weiterarbeiten wird), und als ich von meiner erzählt habe, haben sie zwar höflich reagiert, zeigten aber eigentlich kein großes Interesse.

Kaffee gab's in handbemalten großen Bechern, koffeinfrei, als wär das selbstverständlich, weil alle stillen. Ich habe wohl das Memo nicht erhalten, denn ich habe den Fauxpas begangen, nach normalem Kaffee zu fragen. Brittain hatte nicht mal normalen gekocht. Nachdem sie dann extra welchen für mich gekocht hatte, obwohl ich ihr versicherte, dass koffeinfrei auch in Ordnung sei, starrten alle auf meinen Becher, als sie mir einschenkte. Dann sagte Petra: »Gib mir auch noch ein bisschen davon dazu, das hört sich gut an.« Danke, Petra.

Ich hatte das Gefühl, die Einzige zu sein, die von der Mutterrolle verunsichert ist, weil niemand über die Themen sprach, über die ich mir die ganze Zeit Gedanken mache. Zum Beispiel, ob sie ihr altes Leben vermissen oder ob sie ihre Kinder ansehen und sich fragen, ob das eine oder andere Merkmal sich mit der Zeit verflüchtigt oder sich zu etwas ganz Scheußlichem entwickelt. Ob noch eine von ihnen das Bedürfnis verspürt, ihren Mann mit dem Windeleimer zu verprügeln, wenn er nicht aufwacht, wenn das Baby weint. Oder ob sie manchmal, anstatt von Liebe erfüllt zu sein und jeden Augenblick damit zubringen zu wollen, dieses kleine Wunder zu halten, das man erschaffen hat, einfach die Zeit zurückdrehen wollen, um nur eine Stunde lang nicht berührt, geweckt, gebraucht zu werden.

Kate hörte ein Husten aus dem Kinderzimmer. James hatte den ganzen Tag über schon gereizte Bronchien gehabt. Bisher war es nur ein trockener Husten gewesen, der nicht besonders tief ging, und sie hoffte, er würde nicht schlimmer werden. Sie ging hinunter, richtete ihn ein wenig auf dem

Kissen auf und hielt ihm ein Glas Wasser an den Mund. Er trank mit verschlafenen Augen und ohne seine Mutter oder das Glas wirklich wahrzunehmen.

Als Kate zur Spielgruppe dazugekommen war, waren die Frauen ihr zunächst etwas affektiert vorgekommen, aber nicht verurteilend. Vielleicht waren sie zu Beginn steifer gewesen, bevor Kate dazugestoßen war. Sie konnte sich Brittain vorstellen, deren Ängste sie erst später kennengelernt hatte, wie sie das beste Geschirr für ihr erstes Treffen herausholte. Vielleicht war Elizabeth in den ersten Monaten als Mutter im Vorort auch noch so unsicher gewesen, dass sie sich isolierter gefühlt hatte, als sie tatsächlich war oder als ihr guttat. Glücklicherweise hatte sie sich schnell in die Gruppe eingefunden. Als Kate zehn Monate später nach Southbrook kam, war Elizabeth praktisch zur Anführerin geworden.

Kate streichelte James übers Haar, bis er das Wasser ausgetrunken hatte, und nachdem er sich wieder auf das Kissen gelegt hatte, blieb sie, bis sein Atem ruhig und gleichmäßig wurde. Sie wartete ab, bis seine Augen geschlossen waren, bevor sie leise zur Tür ging. Wenn die Kinder nachts aufwachten, krank oder erhitzt von Alpträumen, wollte sie nicht, dass sie mitbekamen, wie sie das Zimmer verließ.

13. März 1996

Heute war ich Gastgeberin für die Spielgruppe, wir haben uns alle ins Multifunktions-Wohnzimmer in unserem winzigen Häuschen gequetscht. Ich habe alle Register gezogen – kleine Handtücher und ein kleines Bonsaibäumchen für das Badezimmer unten gekauft, ein paar zusammenpassende Kaffeetassen und haufenweise koffeinfreien Kaffee besorgt. Bin ganz stolz auf unser kleines Heim, herausgeputzt wie zum Abschlussball.

»Was macht denn dein Mann beruflich?«, hat Brittain mich gefragt und dabei im Flur herumgeschaut, um den Rest zu sehen, bis ihr dann klarwurde, dass das schon alles war. Als ich ihnen erzählte, dass er Profigolfer ist (allerdings niemand, den sie kannten), taten sie so, als wäre es unheimlich goldig, ein Mann, der seinem Hobby nachgeht, als würde er Porzellan im Keller zerdeppern und es an der Straßenecke verkaufen.

Petra ging als Letzte und half mir dabei, die Küche und das Spielzimmer aufzuräumen. Sie kommt ursprünglich aus Italien, und wir haben ein bisschen Italienisch gesprochen. Mein Jahr in Florenz ist also nicht ganz spurlos an mir vorübergegangen. Wir haben noch einen Kaffee zusammen getrunken (»caffè normale, grazie a Dio«), während die Babys in ihren Wippen lagen. Ich habe ihr gesagt, dass ich so müde bin, ich könnte einfach hier im Sitzen einschlafen, mit dem Gesicht auf der Tischplatte. Dass keine sonst aus der Spielgruppe erschöpft oder ungeduscht wirkt, sondern einfach nur überglücklich.

»Na ja, belle dal fuori«, hat sie nur gesagt. Schöner Schein. »Was soll man machen?«

Ich hätte sie küssen können.

6. April 1996, 23.30 Uhr

Die Feuerwehr ist gerade wieder abgefahren, immer noch mit blinkendem Blaulicht. Ich weiß nicht, ob ich lachen oder weinen soll. Deswegen trinke ich jetzt ein Glas Merlot und mache ein bisschen von beidem. Nachdem ich Jonah zu Bett gebracht hatte, habe ich den Wickeltisch aufgeräumt, und dabei ist mir das

Thermometer heruntergefallen, so ein altes mit Quecksilber drin. Es ist auf dem Holzboden zerbrochen. Als ich die Scherben aufhob, konnte ich kein Quecksilber entdecken. Ah, gut, dachte ich, das muss irgendwie noch geschützt sein mit einer zusätzlichen Kammer. Aber nein. Ich konnte es nicht entdecken, weil es IN KLEINEN SILBERNEN KÜGELCHEN ÜBER DEN GANZEN FUSSBODEN ROLLTE.

Ich habe kürzlich erst gelesen, dass in manchen Staaten überlegt wird, Quecksilberthermometer zu verbieten. Und dann dachte ich plötzlich: Wenn es so giftig ist, verteilt es sich dann womöglich auch in der Luft? Was, wenn ich es wie einen Virus freigesetzt habe und winzige Quecksilberpartikel gerade jetzt bereits in Jonahs Lunge strömen? Da habe ich den Notruf angerufen. Fassen Sie nichts an und bewegen Sie nichts, hat er mir gesagt, vor allem nicht den Säugling. Sie würden eine Mannschaft losschicken, ist die Haustür abgeschlossen?

Keine drei Minuten später hörte ich schon die Sirene und sah dann das Blaulicht durch das Fenster und auf der Wand im Kinderzimmer. Dreimal klopfte es an der Tür, dann ein: »Mrs Martin, wir kommen jetzt rein.« Schwere Schritte kamen die Treppe hoch, und drei Männer in gelben Schutzanzügen mit Kapuze standen in der Tür. Ich hätte mir vor Lachen in die Hose gepinkelt, hätte ich nicht solche Angst gehabt, sie sahen wirklich aus, als würden sie einen Ausbruch des Ebolavirus eindämmen wollen, weite Raumanzüge, kniehohe Stiefel und Helme mit Plastikvisieren.

Der Erste hob mich mit behandschuhten Händen hoch von der Stelle, wo ich barfuß stand, dann kamen die beiden anderen rein, sahen auf die Lache, als stünden sie auf einem Schauplatz der Behörde für Umweltschäden, und besprachen die Säuberungsaktion. Dann kontaktierte einer per Funk die Giftnotrufzentrale und erfuhr, dass Quecksilber vom Menschen nicht über bloße Berührung aufgenommen werden kann und nur bei extrem hohen Temperaturen gasförmig wird.

Dann beruhigte sich alles wieder. Alarmbereitschaft 1 und Alarmbereitschaft 2 diskutierten darüber, wie das Quecksilber nun am besten zu beseitigen sei, aber es teilte sich in immer kleinere Kügelchen und rollte zwischen die Dielen. Sie kamen ins Schwitzen, nahmen die Helme ab und dann auch ihre Handschuhe, die bis zu den Ellenbogen reichten, und kratzten sich am Kopf.

»Wie wär's mit Klebeband?«, schlug ich halb im Scherz vor.

Und so haben wir dann die toxische Lache beseitigt, die die gesamte Gefahrguteinsatztruppe von Southbrook, Connecticut, erforderte. Mit Klebeband, wie man Fusseln von einem Anzug entfernt. Zwei Stunden waren sie da, und Jonah hat einfach weitergeschlafen.

Mittwoch, 10. April 1996

Habe der Spielgruppe heute Morgen von meinem Thermometer-Zwischenfall erzählt. Habe vor allem damit gerechnet, dass sie darüber lachen würden, aber auch gehofft, dass sie mir versichern würden, Jonahs mentale Entwicklung würde nicht darunter leiden. Aber nachdem ich die Geschichte erzählt hatte, haben alle geschwiegen. Es hat buchstäblich niemand einen Ton gesagt. Fünf Sekunden vergingen. Dann stieß Leslie ein »Oh Gott« aus. Und Regan fragte, ob ich mit ihm zum Kinderarzt gegangen sei. (Nein.) Dann noch ein Schweigen, und Petra bemerkte: »Ich würde nie ein

Quecksilberthermometer im Haus haben. Das ist einfach zu riskant.« Und alle murmelten ihre Zustimmung. Ohne defensiv klingen zu wollen, erklärte ich, dass mein Kinderarzt mir gesagt hatte, Quecksilberthermometer seien am genauesten. Und dann fing Brittain an zu erzählen, nach welchen Kriterien sie ihren Kinderarzt ausgesucht hatte, wie sie seine Referenzen überprüft hatte und sichergegangen war, dass es nie einen Prozess wegen ärztlicher Kunstfehler gegen ihn gegeben hatte, etc. Zyankali-Kapseln im Kaffee. Mit Anthrax bestrichene Pfeile. Solche Sachen hätte ich jetzt gern zur Verfügung gehabt.

Ich lächelte, und ich werde auch weiter lächeln. Ich werde Jonah nicht seine kleinen Spielkameraden vorenthalten, mit denen er sich auf dem Boden tummeln und an Halloween in Babykostümchen verkleiden kann. Aber es wird mich einiges an Überwindung kosten, ihnen dann keine Quecksilberthermometer in die Süßigkeitentüte zu stecken.

Freitag, 12. April 1996

Die Chefdame sagte mir, die Agentur sei nicht bereit, mich Teilzeit einzustellen. Ich fasse es nicht. Ich war so sicher, dass sie zustimmen würden. Wir setzen jetzt also einen Honorarvertrag auf, und ich arbeite dann Teilzeit von zu Hause aus. »Vertrau mir«, sagte Victoria. »Ich krieg das schon hin.«

Dave hat es in die oberen 30 Prozent geschafft. Er war noch nie so weit oben auf der Rangliste. Habe ihn in einem Interview auf ESPN *gesehen, eine gute Mischung aus enthusiastisch, professionell und bescheiden, aber das Grinsen eines Sechsjährigen hat sich auch eingeschlichen. Er kann nicht anders.*

Freitag, 19. April 1996

Am Montag stellen sich ein paar Kindermädchen bei mir vor für eine Teilzeitstelle. Wir haben endlich eine Anzeige aufgegeben, nachdem ich Dave davon überzeugen konnte, drei Nachmittage die Woche in Ordnung zu finden, gerade da ich ja zu Hause arbeiten werde. Victoria ist wirklich toll und gibt mir so viele Aufträge, wie ich eben schaffe. Schon verrückt, aber es macht mir mehr Spaß als je zuvor. Sie schob mir einen Kunden zu, für den sich niemand sonst so recht begeistern kann, einen japanischen Sake-Hersteller. Letzte Nacht habe ich dann an Entwürfen für das Label gesessen und dabei vollkommen die Zeit vergessen. Ich habe jetzt ein Konzept für eine Art Scherenschnitt, der wie Kirigami aussieht, zarte Reishalme, die sich im Wind wiegen. Habe erst um halb drei aufgehört, als Jonah zum Stillen aufgewacht ist. Heute verfluche ich mich natürlich dafür, ich kann kaum geradeaus gucken, so müde bin ich.

Es ist erbärmlich, wie viel mir das bedeutet, aber es ist einfach etwas, das nur mir gehört, ein Teil von mir, der sich nicht dem Stillen widmet oder der Wäsche oder ständig Sportsender einschaltet, um zu gucken, wie es bei Dave läuft. Es ist der eine kleine Überrest von mir, der nicht von jemand anderem vereinnahmt wird. Wenn ich diese Zeit für mich habe, genieße ich die Zeit mit Jonah umso mehr. Aber ich merke immer mehr, dass eine Stunde hier und da, wenn er gerade schläft, mehr als frustrierend ist. Reinzukommen und dann wieder rausgerissen zu werden, wenn ich gerade in etwas vertieft bin, ist schlimmer, als überhaupt nicht angefangen zu haben. Ich brauche einen regelmäßigen Babysitter. Das wird einen großen Unterschied machen.

Elizabeth und Dave gefiel keines der Kindermädchen, die sich bei ihnen vorstellten. Kein Funke, kein Glitzern in den Augen bei auch nur einer von ihnen, das darauf hindeutete, dass sie Babys tatsächlich mochten. Nur nüchterne Kompetenz. Elizabeth ließ sich entmutigen, vermutete aber, dass Dave erleichtert war. *Wie viel musst du denn eigentlich arbeiten?, fragte er. Wir brauchen es ja nicht wirklich dringend. »Es« im Sinne von Geld.* Sie entschied, um Jonahs Schlafzeiten herum Zeit für ihre Arbeit abzuknapsen und dazu Nächte und Wochenenden, um ihren Vertrag zu erfüllen.

Kate legte das Tagebuch nieder und sah auf das Fensterbrett, wo das Foto von der lächelnden Elizabeth gerahmt von der Dunkelheit stand. Es war schmerzhaft, sich ihre Freundin mit dieser Eindringlichkeit vorzustellen, die Kate nie erlebt hatte. Trauer überwältigte sie, als gäbe es zusätzlich zu der Frau, die sie gekannt hatte, noch eine zweite Freundin, die sie verloren hatte.

Neben ihr auf der Chaiselongue klingelte ihr Handy. Als Anrufer erschien auf dem Display »Unbekannt«. Kate atmete tief ein und wischte sich über die Augen.

»Hallo?«

»Hallo Schatz, wie gut, endlich habe ich eine Verbindung. Das Netz hier ist wirklich furchtbar.«

»Chris.« Sie hauchte seinen Namen wie eine Feststellung. »Wo bist du?«

»Jakarta. Ich bin gerade am Flughafen angekommen und habe nur ganz kurz vernünftigen Empfang.«

»Kommst du gerade in Jakarta an, oder fliegst du schon wieder ab?« Flieg ab. Lass ihn *fliege ab* sagen.

»Komme gerade an. Wahrscheinlich nur eine Übernachtung hier und dann noch ein Abstecher nach Bali. Du kannst dir gar nicht vorstellen, was für Hotels sie hier anbieten. Die sind verrückt, all dieser wahnsinnige Luxus, der vor die Hunde geht. Manche sind nicht mehr zu retten, aber ich glaube, wir können zumindest mit einem etwas anfangen. Vor allem, wenn wir dadurch das in Angkor Wat bekommen. Das ist ein Juwel.«

Kate bemühte sich, sich in indonesische Immobilien hineinzudenken. »Dann klappt es also? Ihr kauft sie?«

»Sieht ganz so aus, wenn der Preis stimmt. Damit würden wir wirklich einen Coup landen, Kate. Ich weiß, dass es ärgerlich ist, dass ich so lange nicht mit auf der Insel bin, aber das ist eine einmalige Gelegenheit.« Das Wort *Coup* klingelte ihr in den Ohren.

»Wie geht's den Kindern?«

»Gut. Super. Wir haben das übliche Programm. Aber sie vermissen dich.«

»Gut. Hey, ich verstehe nicht mehr, was …« Es knisterte und blieb stumm.

»Chris, bist du noch da? Wie ist es … Wie ist die Lage bei dir? Ist es sicher?« Stille. »Chris?«

Ihre Stimmen überlappten, und seine verschwand. Leises Hintergrundrauschen kam und ging, das Geräusch von Verbindungen, die hergestellt und wieder unterbrochen wurden.

»Chris?«

»Ich bin noch dran. Ich habe nur gefragt, wie es mit den Tagebüchern läuft. Irgendwelche Offenbarungen?«

»Nicht wirklich.«

Sie sagte es zum Teil, weil die aufrüttelnde Mischung aus Empathie, Verärgerung und Verlust das Letzte war, worüber sie in einem internationalen Telefongespräch mit schlechter Verbindung reden wollte. Doch das war nicht der einzige Grund. Als sie und Chris das letzte Mal über die Tagebücher gesprochen hatten, an diesem Nachmittag am Strand, hatte sie ihm gesagt, dass sie unvoreingenommen bleiben wollte, ob Elizabeth eine Affäre gehabt hatte oder nicht. Doch schon als sie das sagte, wusste sie, dass es nicht ganz stimmte. Sie las nun, als folge sie Brotkrumen, und hielt Ausschau nach Erkenntnissen darüber, weshalb zwei Menschen sich auseinanderlebten und dann unmerklich auseinanderbrachen, womöglich ohne es zu bemerken.

»Kate? Ich hör dich kaum«, sagte Chris. »Ich glaube, ich … Ich ruf dich aus dem … Sag den Kindern …«

Plötzlich war das Rauschen weg und mit ihm Chris.

Kate sah auf das Telefon, und vor ihrem inneren Auge spielte sich eine Reihe von Szenarien ab, die zu einer plötzlichen Verbindungsunterbrechung führen konnten. Sie klappte es zu und legte es mit zitternden Händen neben sich.

Einundzwanzig

Ein kompletter Abschnitt war herausgerissen worden. Kate zog die Bindung auseinander und sah, dass fünfzehn, wenn nicht sogar zwanzig Seiten fehlten. Der letzte Eintrag war auf April 1996 datiert. Danach ging es im November 1996 weiter. Was mochte in der Zwischenzeit passiert sein? Kate würde es nicht erfahren.

Sie fuhr mit dem Daumen über die abgerissenen Ränder. Sie dachte daran zurück, wie verärgert Elizabeth darüber geschrieben hatte, als ihre Mutter eines ihrer ersten Tagebücher vernichtet hatte. Das war ihre Reaktion darauf gewesen, zensiert worden zu sein. Dieses Mal hatte sie das anscheinend selbst getan.

Montag, 18. November 1996

Ich habe die Kurve gekriegt. Ich stehe morgens nicht mehr auf und zähle die Stunden, bis ich ihn wieder ins Bett bringen kann. Eine Sache kann ich mir anrechnen: Ich habe Jonah die ganze Zeit über ein warmes Lächeln und ein sicheres Zuhause gegeben. Das halte ich mir zugute: Ich bin jetzt hier, weil ich meine Entscheidungen aus Optimismus getroffen habe. Bei jeder einzelnen habe ich auf mein Bauchgefühl gehört und beschlossen, dass ich es schaffe. Genug davon. So redet eine Mutter nicht.

Bald ist Thanksgiving, und ich lade alle ein: Daves gesamte Familie, auch Zack und die Kinder, sogar meinen Vater, das dritte Mal, dass er mich von L. A. aus besuchen kommt. Dave hat die Tour-Saison so gut be-

endet wie noch nie, und er wird auch nächstes Jahr definitiv wieder auf Tour gehen …

Der Eintrag ging noch weiter, eine Litanei von Feiertagsplänen und von Daves Fortschritt auf der Tour. Er las sich holprig, als zögerte jemand, sich etwas Neues anzueignen oder eine neue Perspektive zu erlangen. Während Kate die fachmännisch anmutenden Einträge überflog, wanderten ihre Gedanken zu den fehlenden Seiten. Sie vermutete postpartale Depression, fragte sich aber, ob nicht noch mehr dahintersteckte, ob der Mann, der Elizabeth nach Joshua Tree eingeladen hatte, hier aufgetaucht war.

Allmählich kehrte Elizabeths alte Stimme zurück. Die Angespanntheit, die sie kritisch auf andere blicken ließ, richtete sich nun auf sie selbst. Sie engagierte sich mehr und mehr in der Spielgruppe und der Nachbarschaft.

Mittwoch, 11. Dezember 1996

Es ist eine Neue in der Spielgruppe, Kate. Sie ist gerade aus New York hergezogen. Wohnt nur ein paar Straßen weiter. Ich erinnere mich, sie beim Einzug gesehen zu haben, als sie sich draußen bei einem der Kabelmänner beschwerte. Das war zum Schreien. »Ich mache Ihnen einen Vorschlag«, erklärte sie ihm in der Auffahrt mit einem Baby auf der Hüfte. »Wie wär's, wenn wir einen Termin ausmachen, dass ich morgen Nachmittag zu Ihnen nach Hause komme. Dann können Sie vier Stunden lang herumsitzen und auf mich warten, obwohl Sie tausend andere Sachen zu tun haben, und dann komme ich zwei Stunden zu spät und sage: ›Huch, ich habe nicht die richtigen Teile dabei, da muss ich wohl morgen wiederkommen.‹ Was halten Sie davon?«

Ich ging gerade mit der Sportkarre vorbei und musste laut auflachen. Sie drehte sich zu mir: »Täusche ich mich etwa?« Es wird schön sein, ein bisschen frischen Wind im Viertel zu haben.

Nach Southbrook zu ziehen hätte sich wie das Natürlichste von der Welt anfühlen sollen, als Kate beschlossen hatte, nicht wieder zu arbeiten. Wenn du mit dem Baby zu Hause bleibst, hatte sie sich zu überzeugen versucht, dann umgib dich wenigstens mit Menschen, die genauso leben und sich vor ihren Auffahrten miteinander unterhalten.

Nur dass nie jemand in der Auffahrt stand. Sie fuhren in ihren großen Geländewagen von ihnen herunter, direkt aus ihren Garagen, und dann wieder hinein, so dass Kate in der ersten Woche nur die Stoßstangen der Autos ihrer Nachbarn, aber nie die Nachbarn sah. Sie erfand alle möglichen Gründe, um mehrmals am Tag draußen zu sein – dass es schon Winter in Connecticut war, spielte keine Rolle –, und packte den neugeborenen James in so viele Schichten ein, dass nur seine Äuglein aus dem Kinderwagen hervorlugten. Doch ganz gleich, wie oft sie spazieren ging, niemand hielt an, um mit ihr zu reden. Bis Elizabeth kam.

Als Weihnachten sich näherte, war Elizabeth komplett damit beschäftigt, ihre Weihnachtseinkäufe und die Anforderungen ihrer Freiberuflichkeit unter einen Hut zu bringen. Die Spielgruppe war zu einer geschlossenen Einheit geworden, eine einander wohlgesonnene Gemeinschaft, wenn auch nicht enger Freundinnen, dann doch sehr guter Bekannter.

Elizabeth fühlte sich zum ersten Mal seit Jahren als Teil einer Gruppe. Die Frauen trafen sich jeden Mittwochmorgen und halfen einander aus, wenn es eng wurde, indem sie auf die Kinder der anderen aufpassten, wenn eine von ihnen aufwendigere Besorgungen zu erledigen oder einen Arzttermin hatte.

Einmal, als Elizabeth kurz vor einem Abgabetermin für einen Entwurf stand und keinen Babysitter bekam, bat sie Brittain, auf Jonah aufzupassen. *Brittain zögerte, bevor sie ja sagte. »Ach so, weil du arbeitest«, bemerkte sie eher kühl. Ich weiß nicht, ob sie vergessen hat, dass ich arbeite, oder ob sie sich deswegen wie ein Kindermdchen fühlte, aber ich hätte es besser wissen müssen. Die paar Male, die ich meinen Job erwähnt habe, hat es die Unterhaltung immer zum Stillstand gebracht. Offenbar macht mich das zur Außenseiterin.*

Am Monatsende tauschten sie in der Spielgruppe Geschenke aus und wichtelten mit günstigen Mitbringseln. Es sollte zum Spaß sein, doch Elizabeth bemerkte, dass die Frauen aus der Spielgruppe es ernst nahmen. *Am Ende hatte Kate das kitschigste Geschenk von allen in der Hand, eine Cloisonné-Kette mit »I Love Mom« darauf, die Leslie gekauft hatte – obwohl sie Leslie wahrscheinlich gefiel, sie steht auf solchen Kram. Kate legte sie sich um und posierte wie eine Prinzessin, und man konnte förmlich sehen, wie es Leslie dämmerte, dass Kate sich über sie lustig machte. Und ich dachte schon: Oh Mann, jetzt geht's los, diese klaffende Wunde wird man niemals wieder heilen können. Aber Kate hat es zum Glück rechtzeitig bemerkt und fand, dass wir alle so eine haben sollten, dann wären sie wie eine Art Freundschaftsarmband für unsere Spielgruppe. Ich mag Kate, aber sie bewegt sich immer ein bisschen zu nah am Abgrund. Sie ist erst seit ein paar Wochen hier, und ich wünschte, ich könnte ihr ein heimliches Zeichen geben. Vorsicht (Zupfen am Ohrläppchen), das läuft hier nicht.*

Kates Wangen glühten. Elizabeth hatte recht; sie machte sich zu wenig Gedanken darüber, wie ihre Kommentare aufgenommen wurden. Sie dachte an den Brief, den sie vor

Jahren von einer Zuschauerin erhalten hatte, die ihre vorlaute Art in der Fernsehshow kritisiert hatte. Nach all diesen Jahren war er noch bei ihr zu Hause hinten in der oberen Schublade verstaut. *Setzen Sie ihr ein paar Kleinkinder vor die Füße, und dann schauen wir mal, ob sie es »hinbekommt«. Nicht alles ist so einfach, wie es aussieht.* Tadelnd und unheilvoll, eine Stimme aus der Zukunft. Es gab unvorhergesehene Schwierigkeiten, und es war immer gefährlich, sich allzu sicher zu fühlen.

Jonahs erster Geburtstag kam und ging. Elizabeth besuchte morgens mit ihm das Aquarium, und Dave flog abends nach Hause, gerade rechtzeitig, um den Kuchen zu essen. Jonah schrie vor Freude und schmierte sich die Glasur ins Gesicht und in die Haare. Dann schlief er nach einem hicksenden Wutanfall von zu viel Zucker und zu viel Aufmerksamkeit ein.

21. März 1997

Kate hat auf Jonah aufgepasst, damit ich zum Zahnarzt gehen konnte. Chris ist in Europa wegen irgendeines Hotels, und Dave kommt erst am Montag wieder, da hat sie mich zum Abendessen eingeladen. Sie hat so knusprige hausgemachte kleine Pot-Pies gezaubert und uns Wein eingeschenkt, und wir hatten eine richtig zivilisierte Mahlzeit, während Jonah und James schrien und ihre Flaschen auf den Boden warfen.

Kate weiß zu jedem Thema etwas, sie ist eine Enzyklopädie des Zeitgeschehens. Als hielte sie einen Monolog, ganz aufgebracht darüber, wie es mit geklonten Tieren in der Lebensmittelversorgung weitergehen wird, wäh-

rend sie an der Arbeitsplatte steht und die kleinen Förmchen vorbereitet.

»James und Jonah trinken womöglich in fünf Jahren die Milch von geklonten Kühen« – ihr Haar schwingt unter ihrem Kinn vor und zurück, während sie den Teig ausrollt – »und diese ganze genetisch verdorbene Milch bringt sie dann schon mit acht oder so in die Pubertät.«

CNN lief im Hintergrund auf dem Fernseher in der Küche, und nichts davon war neu für sie, weder der Terrorismus in Tel Aviv noch die Entdeckung, dass ein Großteil der Kunstwerke in französischen Museen von den Nazis gestohlen worden war. Sie hatte ein paar beißende Kommentare für die Franzosen und den internationalen Kunstbetrieb, und ich schlürfte Pinot noir durch meine betäubten Lippen und versuchte, klug zu klingen. Sie beschwerte sich über Chris' Reisen und erzählte von ein paar coolen Orten, an die sie ihn »damals« begleiten konnte. Ko Samui. Goa. Goa kenne ich nicht mal. Ich nickte dazu und war nicht sicher, ob ich über reisende Ehemänner mitjammern oder auch erzählen sollte, an was für coolen Orten wir gewesen sind. Ich habe ihr erzählt, dass Dave mich mit Flugtickets nach Hawaii zu einem seiner Turniere überraschte, bevor wir heirateten. »Wie nett«, sagte sie, und sah mich an, als hätte ich gesagt: »Gary, Indiana.«

In der Agentur herrscht gerade Leerlauf, und ich habe angefangen, die Wände in Jonahs Zimmer zu bemalen, Dschungelthema. Er schläft jetzt bei uns im Schlafzimmer, damit ich nachts daran arbeiten kann. Wenn ich ihn morgens mit reinnehme, um die neuen Tiere anzuschauen, zeigt er so energisch darauf – da!, da! –, dass seine Finger richtig gelenkig werden.

Zweite Runde in Bay Hill heute, und Dave hat es bis hinter Payne Stewart geschafft, so um die zwei Drittel des Wegs hoch in der Meute. Vor ein paar Minuten hat er angerufen: »Wenn es so weitergeht, dann können wir im Sommer die Küche renovieren.«

3. Juli 1997

Die Renovierung meiner Küche ist zum Thema Nr. 1 in der Spielgruppe geworden. Wir reden über Kühlschränke und Herde und Fliesenspiegel, und es ödet mich so an, ich könnte schreien. Sie wären schockiert, wenn sie wüssten, wie egal mir das ist. Das gilt auch für Dave, der dachte, es wäre das Geburtstagsgeschenk des Jahrhunderts, als er mir die Kataloge mit einer Schleife überreichte. Nicht dass mir die Küche egal wäre. Ich will nur, dass sie FERTIG *ist, damit ich nicht mehr darüber reden muss. Komischerweise sind wir anscheinend im sozialen Status aufgestiegen, seitdem Dave mir die Renovierung »geschenkt« hat und wir uns erstklassige Herde und andere lächerliche Küchengeräte anschauen. Als er beim Golf nicht so weit oben in der Rangliste war, haben sie ihn wie einen Handwerker betrachtet im Vergleich zu ihren Konzern-Ehemännern, als könnte er zur Not mal eben ihre Toilette reparieren. Und dann neulich hat Brittain ihn als »Profisportler« bezeichnet. Ich habe mich fast an meinem Kaffee verschluckt.*

Dann hat Leslie mit dem Feuer im Stadthaus in Stamford angefangen, wahrscheinlich das einzige Thema, das noch schlimmer ist als meine Küche. Jede, die gestern Abend nicht die Nachrichten gesehen hatte, musste sich nun anhören, wie die Mutter allein zu Hause war mit ihren Kindern, wie das Baby aus dem Fenster ge-

worfen und nicht gefangen wurde, wie der arme Ehemann interviewt wurde, der bei der Arbeit gewesen war, alle grausamen Einzelheiten. Ich war ein einziges Wrack, als ich es gestern Abend gesehen habe – die Schwangerschaftshormone lassen mich total überreagieren. Dave ist zu mir ins Bett geklettert und hat das Hochzeitsvideo angeschaltet, das seine Kumpel vom Golf gemacht haben, um mich aufzumuntern. Bisher hat mich das immer traurig gemacht; gegen Ende des Abends arbeitete die Schwerkraft in dem engen Kleid gegen mich, und ich ging nicht mehr ganz als jungfräuliche Braut durch. Wer weiß, wann wir das Baby tatsächlich verloren haben? Auf unserer Hochzeitsreise? Vielleicht sogar an dem Abend. Doch als ich dieses Mal das Video sah, bedauerte ich mich stattdessen selbst, eine, die nicht ahnte, was auf sie zukam, die dachte, dass sie alles im Griff hatte. Die dachte, dass so etwas möglich war.

Dann gab Brittain uns noch den Rest. »Ja wirklich, so furchtbar. Die armen Leute. Sie haben die Mutter mit ihrem Zweijährigen im Schrank zusammengekauert gefunden.« Kate saß am Fenster und schien nicht zuzuhören, aber als ich einen Blick auf ihr Gesicht erhaschte, sah ich, dass sie weinte und es nicht zeigen wollte. Sie nahm James hoch und murmelte irgendetwas über Regans Katze und ihre blöde Allergie, entschuldigte sich, dass sie gehen musste, und dann war sie weg.

4. September 1997

Heute Nachmittag stand ein Mann mit schwarzem Anzug, weißem Hemd und blauer Krawatte an der Tür. Ich öffnete ihm, als er eine Dienstmarke zückte. Er

sagte, er sei vom FBI und führe eine Sicherheitsüberprüfung einer meiner Nachbarn durch, der auf hoher Ebene für die Regierung arbeiten solle. Er befrage alle Nachbarn zum Hintergrund. Dürfe er wohl reinkommen und mir ein paar Fragen stellen?
Jonah war in seinem Laufstall nebenan. In der Stadt hätte ich niemals jemanden reingelassen, aber ich bin jetzt eine Vorort-Mom. Hier muss man vertrauensvoll und umgänglich sein. Ich fragte mich, was Kate wohl tun würde und ob er schon bei ihr gewesen war. Ich wollte noch einmal seinen Ausweis sehen. »Es dauert nur fünf Minuten«, sagte er. »Können wir uns irgendwo setzen?«
Ich führte ihn an den Tisch im Esszimmer, und er fragte mich über Roy Ginnis von gegenüber aus, irgendein Anwalt. Der Agent bat mich um ein Glas Wasser und stellte dann alle möglichen Fragen, die ich nicht beantworten konnte: Was sind Ginnis' Hobbys, kommt und geht er zu auffälligen Zeiten, trinkt er viel auf Veranstaltungen in der Nachbarschaft, hat er in letzter Zeit irgendwelche großen Güter erworben, irgendwelche Anzeichen von einem extravaganten Lebensstil?
Jonah fing in seinem Laufstall an zu weinen, und ich stand auf, um eine Schnabeltasse zu holen. Als ich zurückkam, stand der Mann am Fenster und sagte, er wäre fertig. Der Secret Service käme eventuell auch noch vorbei. Dann ging er.
Als ich Dave heute Abend am Telefon davon erzählte, ist er ausgeflippt. Er flippt nie aus. »Du hast was getan? Du hast ihn einfach reingelassen, als du alleine mit Jonah zu Hause warst? Er hätte wer weiß wer sein können, dich angreifen, das Haus in Augenschein neh-

men. Hast du ihn zwischendurch irgendwo allein gelassen?« Ich sagte Dave nicht, dass ich das getan hatte. Was zum Teufel ist los mit mir? So was machen Vorort-Moms nicht. Kluge Mütter haben einen Radar für die Sicherheit ihrer Familie, und es ist ihnen egal, dass es merkwürdig ist, wenn man jemandem die Tür nicht aufmacht. Sie lassen keine Leute von der Straße ins Haus und bieten ihnen Schokoladenkekse auf Spitzendeckchen an.

Warum fällt mir das so schwer? Ich stolpere immer wieder darüber, dass ich denke, dieses oder jenes würde von mir erwartet, so und so müsse ich mich verhalten. Dazu sollte man eigentlich keine Gehirn-OP benötigen. Kind füttern, Kind anziehen, Essen kochen, Rechnungen bezahlen und keine völlig Fremden ins Haus lassen, wenn man alleine ist.

Auf der nächsten Seite waren zwei Ausschnitte ins Tagebuch geklebt worden, einer aus einer Zeitung, einer aus einem Magazin.

THE STAMFORD ADVOCATE, 6. September 1997

Southbrook – Die Polizei ist auf der Suche nach zwei Verdächtigen, die spät am vergangenen Freitagabend in ein Einfamilienhaus in Southbrook eingebrochen haben, die schwangere Bewohnerin an das Bett ihres zwanzig Monate alten Sohnes fesselten und das Haus ausraubten.

Im Laufe desselben Tages hatten bereits mehrere Bürger aus der Nachbarschaft bei der Polizei über einen

Mann berichtet, der von Tür zu Tür ging und sich als FBI-Agent ausgab. Es wird von einem Zusammenhang zwischen den Vorfällen ausgegangen, da die Betroffene angab, einer der Verdächtigen ähnele dem Mann, den sie am Tag zuvor in ihr Haus gelassen hatte, nachdem er ihr einen Ausweis zeigte, von dem sie annahm, es sei ein staatlicher Dienstausweis. Die Polizei von Southbrook verweigert auf Wunsch der Familie die namentliche Nennung des Opfers.

Die Polizei beschreibt den mutmaßlichen Täter als ca. 30-jährig, weiß und ca. 1,80 m groß. Während des Einbruchs wurde er von einem oder zwei anderen Männern begleitet. Als er tagsüber an die Türen kam und sich als Agent ausgab, trug er Anzug und Krawatte, doch zum Zeitpunkt des Einbruchs war er laut Aussage des Opfers mit Jeans und einem dunklen Kapuzenpulli bekleidet.

Die Behörden wurden gestern kurz vor zwei Uhr morgens durch einen Notruf aus dem Wohnhaus benachrichtigt. Obwohl der Anrufer geknebelt und nicht in der Lage war, zu sprechen, konnte die Polizei den Anruf zurückverfolgen. Polizisten fanden die 34-Jährige am Tatort in ihrem Nachthemd mit Stricken und Klebeband an das Gitterbett ihres Sohnes gefesselt. Sie hatte das Bett auf die andere Seite des Zimmers manövrieren können und dort einen Tisch umgestoßen, um an das Telefon zu gelangen und um Hilfe rufen zu können. Unter den gestohlenen Wertgegenständen befinden sich Elektrogeräte und Schmuck. Die Frau und ihr Sohn blieben unversehrt.

Der Vorfall sei laut Sergeant Edward Gagnon der Southbrook-Polizei untypisch, vor allem was die Vorausplanung betreffe, mit der das Haus und die Einbruchsmethode ausgewählt wurden, basierend auf dem, was die Eindringlinge über die Alarmanlage des Wohnsitzes feststellen konnten, als sie sich zuvor im Haus befanden.

»Auch wenn eine bedeutende Anzahl persönlicher Gegenstände entwendet wurde, hatten die Bewohner großes Glück, nicht zu Schaden gekommen zu sein«, kommentierte Gagnon.

Er erklärte außerdem, dass das Haus möglicherweise als Zielobjekt ausgewählt worden sei, da ein Nachbar, der ebenfalls den vermeintlichen Agenten bei sich hatte eintreten lassen und Fragen über seine Nachbarn beantwortete, angab, dem Mann erzählt zu haben, der Ehemann der Betroffenen verreise häufig.

GOLF WEEKLY, 14. Oktober 1997

Palm Beach Gardens, Florida – Dave Martin kündigte an, er werde die PGA Tour verlassen und sich mit sofortiger Wirkung vom professionellen Golfsport zurückziehen. Zuletzt nahm er im September an den Bell Canadian Open teil, die er vorzeitig beenden musste.

In diesem Jahr lieferte Martin die besten Turniere seiner Karriere, zu der sechs Saisons bei der PGA Tour, zwei Jahre bei der bundesweiten Tour sowie zwei Teilnahmen an der Asien-Tour zählen.

»Dave Martin hat eine großartige Saison hingelegt, und wir bedauern, dass er uns verlässt«, kommentierte PGA-Tour-Präsident Tim Finchem. »Er ist das beste Beispiel für den Sportsgeist, der die Spieler ausmacht, die sich bis ganz nach oben arbeiten und es zurück auf die Tour schaffen.«

Martin übernimmt eine Stelle bei *Titleist* als Berater in der Produktentwicklung und wird in der Werbung für neues Zubehör tätig sein. Er nimmt die Tätigkeit im nächsten Monat auf.

Vor einem Monat wurde Martins Wohnhaus ausgeraubt, als seine Frau Elizabeth, im vierten Monat schwanger mit ihrem zweiten Kind, mit ihrem gemeinsamen Sohn zu Hause war.

Martin erklärt, die zwei Ereignisse stünden in keinem Zusammenhang miteinander.

»Ich habe schon eine Weile darüber nachgedacht, mit der Tour aufzuhören. Es fühlt sich einfach nicht damit vereinbar an, Vater kleiner Kinder zu sein, und diese Gelegenheit bei *Titleist* war einmalig«, erklärte Martin, als er sein Ausscheiden im Hauptsitz des Verbands am vergangenen Dienstag bekanntgab. »Die wunderbaren Jahre bei der PGA bedeuten mir sehr viel, ebenso wie die Freundschaft und Unterstützung so vieler großartiger Spieler. Aber nichts ist so wichtig wie die Familie.«

Zweiundzwanzig

»Du bist dran, Piper. Stell dich in den Abschlagsbereich«, sagte Kate. Am Loch vor ihnen lagen eine Höhle, eine Brücke und ein Bachlauf, alles einschüchternd. Ihre Tochter ging darauf zu und schleifte ihren Putter hinter sich her wie eine Hundeleine ohne Hund.

Abschlagsbereich. Dieses Wort war tatsächlich aus Kates Mund gekommen. Sie hatte Golf immer als eine Art Karikatur von Sport gesehen – die angeberische Kleidung, der gezierte Applaus –, und nichts davon hatte zu den Martins gepasst. Während Daves Zeit bei der Tour hatte Kate zwischendurch vergessen, dass er Golfer war, weil so wenig im Kinder-Haushalt der Martins von Golf bestimmt wurde, bis auf die Abwesenheit des Vaters.

Die Vorstellung jedoch, dass jemand etwas aufgab, das er so leidenschaftlich verfolgt hatte, stimmte Kate dieser Sache gegenüber unweigerlich sanftmütiger, und nach dem, was sie fünf Wochen lang gelesen hatte, schien es nicht so, als hätte Dave das Golfspielen ohne guten Grund aufgegeben. *Geregelte Arbeitszeiten*, hatten Elizabeth und Dave über die Stelle bei *Titleist* gesagt. *Geregeltes Einkommen.* Erst jetzt verstand Kate die Umstände, unter denen Dave die Tour verlassen hatte, und wie eng es tatsächlich mit dem Einbruch zusammenhing.

Gestern Abend war sie in die Dachkammer geklettert, um weiterzulesen. Doch kam sie nochmals auf die gleiche Passage zurück und las sie immer wieder. Schlüsselwörter stachen heraus, so greifbar wie Brailleschrift. *Mein Baby schnappen. Stricke und Klebeband. So vieles habe ich nicht in der Hand.* Und weniger dramatisch, aber nicht weniger beklemmend: *Sie sah mich an, als hätte ich gesagt: Gary, Indiana.* Heute tat Kate der Kopf weh von diesen Worten, wie von den Überresten eines unangenehmen Traums oder von einem Kater.

Piper schlug ab und verfehlte den Ball. Sie schlurfte weiter, als wären die harten Ansprüche beim Golf zu grausam für eine Vierjährige. Kate ging hinter ihr her und äffte ihre krumme Haltung und ihr Seufzen nach. James prustete los vor Lachen. Piper drehte sich um und versuchte, ihre Mutter finster anzuschauen, weil sie sie nachahmte, fing dann aber an zu kichern.

»Los, versuch's noch mal«, ermunterte Kate sie. Piper hob ihren Putter wieder auf und holte ohne Begeisterung aus. Der Effekt war der gleiche. Als sie sah, dass sie wieder nicht getroffen hatte, schlug sie mit ihrem Putter auf den Rasen ein, als hielte sie eine Waffe.

Kate hatte vor Elizabeth niemanden gekannt, der Opfer eines ernsten Verbrechens geworden war. Am Morgen nach dem Einbruch hatte das Klingeln des Telefons die Stille vor dem Morgengrauen durchbrochen, in der die Vögel noch nicht sangen und die Kinder noch schliefen. Als Kate abnahm, hatte Elizabeth nur gesagt: »Ich muss dich um einen Gefallen bitten.« Nicht *Bei mir wurde eingebrochen* oder *Ich war mehrere Stunden an ein Bett gefesselt*, sondern dass sie um einen Gefallen bitten musste. Die Polizei war gerade wieder gefahren, und Elizabeth musste ins Krankenhaus, um den Fötus untersuchen zu lassen, und anschließend zur Polizeiwache für weitere Befragungen. Konnte Kate wohl auf Jonah aufpassen? Es war erschreckend, wie ruhig sie war.

Als Kate einige Augenblicke später bei den Martins vor der Tür stand, die Nerven blank wie freigelegte Kabel, war sie darauf gefasst … Sie wusste nicht, worauf. Trost zu spenden, Kaffee zu kochen, zu helfen, die gestohlenen Gegenstände aufzulisten. Doch Elizabeth nahm einfach nur resigniert ihre Umarmung entgegen und übergab ihr Jonah. Sie würde in wenigen Stunden zurück sein, sagte sie, und Kate sah die Striemen der Fesseln an ihren Handgelenken. Dave würde im Laufe des Vormittags einfliegen.

Kate ging zum fünften Loch. Sie stand am Abschlag und stupste ihren gelben Ball leicht an. Mit kaum ausreichend Schwung rollte er die Brücke empor. Doch als er erst einmal den höchsten Punkt erreicht hatte, legte er an Tempo zu, nur um dann wieder langsamer zu werden, als er das Rasenstück überquerte, und dann endlich, unfassbar, am Rande des Lochs liegen zu bleiben. Einen Moment lang lag er dort, dann flatterten Schmetterlingsflügel irgendwo am anderen Ende der Welt – und er fiel ins Loch.

»Wow! Hast du das gesehen?«, jubelte James. »Das war ja wie Zauberei! Mom hat mit einem Schlag eingelocht! Mom locht NIE mit einem Schlag ein!«

Kate streckte die Arme gen Himmel wie ein Profiboxer und marschierte in einer langsamen Ehrenrunde um den Abschlag herum.

»Guter Schlag, Mommy!«, lobte Piper und schlang Kate fest die Arme um die Hüften.

Als Kate zum ersten Mal wirklich Elizabeths Blutergüsse gesehen hatte und nicht nur die Andeutung von Striemen über dem Kragen, war sie sprachlos. Elizabeth hatte wenig über den Überfall verlauten lassen – *so ein Glück gehabt, wir konnten alles ersetzen* –, und niemand aus der Spielgruppe hatte sie gedrängt. Als sie nachfragten, hatte Elizabeth nachdrücklich klargestellt, dass es ihr gutging. Und wie immer glaubten ihr alle. Tag für Tag war Kate mit Essen vorbeigekommen, hatte sich als Babysitterin und für andere Krisendienste angeboten, war jedoch mit ihren Fragen nicht sonderlich in die Tiefe gegangen. *Hattest du große Angst? Kannst du schlafen? Wie können wir dir helfen, das zu verarbeiten?* Kate wollte nicht aufdringlich sein. Oder vielleicht lag es eher daran, dass sie die Antworten nicht hören wollte. Das war ihre Art, Taten statt Worte, und sie wusste, dass es eine Schwäche war.

Aber an dem Tag, als sie die Striemen unter Elizabeths Hemd hervorlugen sah, war sie selbst überrascht, als sie Elizabeth die Arme um die Schultern legte und den körperlichen Trost anbot, der bei anderen immer so viel natürlicher zu sein schien als bei ihr selbst. Eine Weile saßen sie im Spielzimmer in der Umarmung beisammen. Elizabeth verspannte sich zunächst, wurde dann aber weicher, als würde sie etwas loslassen. Der Ventilator sirrte auf seinem Ständer. Die kleinen Jungs blätterten in ihren Bilderbüchern und warteten schläfrig auf ihr Nickerchen. Nach einem Moment, der lang genug war, um Mitgefühl auszudrücken, löste sich Kate aus der Umarmung.

Im Bungalow war es still, nachdem die Kinder ins Bett gefallen waren, und man hörte die Wellen, die an den Rand des Grundstücks schlugen. Kate saß in der Chaiselongue und nahm das Tagebuch. Zum ersten Mal, seitdem sie hier angekommen waren, wünschte sie sich eine Wolldecke. Ebenso wünschte sie sich, wie nie zuvor auf der Insel, nicht allein mit ihren Kindern in einem abgelegenen Haus zu sein. Sie ging wieder hinunter und schloss die Tür ab. Das machten sie sonst nie.

Nach dem Einbruch zogen die Martins um. Ihr neues Heim lag nur ein paar Straßen weiter und gehörte noch zum alten Viertel, doch für Elizabeth bedeutete es eine klare Loslösung von dem, was sie mit dem alten Haus verband, von ihrer Wut, ihrer Angst und ihren Schuldgefühlen. *Dave hat kein Bedauern geäußert, nicht einmal, als am Jahresende die Gesamtergebnisse der PGA zusammengerechnet wurden und klarwurde, dass er ein überragendes Jahr gehabt hätte, wenn er dabeigeblieben wäre. Er sagt, ihm gefällt der neue Job total gut, und er ist wirklich bei der Sache. Ich muss akzeptieren, dass er mich ebenso wenig an seinen Gedanken und Gefühlen teilhaben lässt wie ich ihn an meinen. Vielleicht ist das ja bei allen Paaren so. Verliebt und einander nah auf vielen Ebenen, aber letztendlich weiß man doch nichts voneinander.*

Elizabeths zweite Schwangerschaft verlief ohne Zwischenfälle. Genau wie beim letzten Mal wusste sie nicht, was es war, und Ende Februar war es so weit.

3. März 1998

Es ist ein Mädchen. 3 700 Gramm – ganze 500 Gramm schwerer als Jonah – und schon Daves dunkle Haare, Locken, die ihr am Kopf kleben und die abstehen, wenn man daran zieht und sie etwas rubbelt. Alle reden immer davon, wie winzig Babys sind. Aber ich staune nicht darüber, wie klein sie sind, sondern darüber, wie etwas so Großes und Lebendiges so kompakt in einen hineingepasst hat.

Ich habe während dieser Schwangerschaft so oft von meiner Schwester geträumt, meistens den gleichen Traum, den ich schon seit Jahren habe: wie wir mit den Goldfischen in Tüten aus der Zoohandlung gehen. Sie radelt vor, und meine Tüten fallen herunter, so dass die Fische zappeln und sterben und sich in Luft auflösen. Und sie fährt einfach weiter und dreht sich nicht um, und ich kann sie nicht einholen. Die Hormone und die Frustration haben mich im Krankenhausbett so überflutet, als ich mit Dave über Namen diskutierte, dass ich zusammengebrochen bin, als es so schien, als würde er Anna nicht zustimmen.

Dave war so verwirrt, als ich es ihm erzählt habe. Anna war hinter mir Fahrrad gefahren, so wie es ein Kind in einer Kleinstadt in Vermont auf einer winzigen, quasi unbefahrenen Straße tun können sollte. Sie war acht und süß und beharrlich. Ich war zwölf und wollte in Ruhe gelassen werden. Ich erzählte Dave, wie ich vorgefahren bin, wie ich zum ersten Mal dem Drang folgte, sie loszuwerden, und Schlangenlinien auf der Straße fuhr, um sie zu ärgern, damit sie nicht so leicht hinterherkommen konnte. Dave versicherte mir, dass ich nichts falsch gemacht hätte. Aber ich habe ihm nicht erzählt, dass ich mich in einer Nebenstraße versteckt hatte und sie vorbeifahren ließ, oder dass ich das Auto herankommen und vorbeifahren sah. Ich habe ihm nicht erzählt, wie ich sie nach dem Zusammenstoß nach mir rufen hörte, bevor ich bei ihr angekommen war. Sie war fort, bevor sie meinen Namen ganz sagen konnte, und so waren ihre letzten Worte genauso unvollendet wie alles an ihr. Sie war das Beste in meiner Familie, und ohne sie ließen wir einander auf tausenderlei Arten im Stich.

Kate schluckte und hielt die Hand vor den Mund. Sie zitterte. Es war so furchtbar, so unvorstellbar furchtbar, und Elizabeth hatte ihr ganzes Leben lang mit der Erinnerung gelebt wie mit einem dunklen verborgenen Fleck.

Nachdem ich ihm alles erzählt hatte, hat er mich total verwirrt angesehen. Warum hatte ich ihm nie davon erzählt? Wie konnte er nicht wissen, dass seine Frau eine Schwester gehabt hatte?
Was soll ich sagen? Es mag keinen Sinn ergeben, aber es ist auch nicht völlig unwahrscheinlich, dass man nie den richtigen Moment oder die richtigen Worte gefunden hat, um das Schlimmste zu beschreiben, das man je getan hat. Er war natürlich liebevoll und besorgt, aber ich habe mich nicht erleichtert gefühlt. Das Schlimmste konnte ich nicht mit ihm teilen, die ganze Zeit diese Leere, den Menschen zu vermissen, als den ich sie mir jetzt vorstelle, diese eine Person, mit der ich vielleicht tatsächlich hätte reden können, und die Scham, zu wissen, dass sie an meiner Stelle die Chance verdient hätte, aufzuwachsen und Kinder zu haben, und die Gewissheit, dass sie es besser gekonnt hätte. Dave hätte »Gott, Elizabeth« gesagt, im gleichen Tonfall, wie er mich beruhigt hat, als ich mir so viele Gedanken über die Fehlgeburt gemacht habe. Letztendlich habe ich doch immer wieder dasselbe Gefühl, wenn es darum geht, sich anderen anzuvertrauen. Das Gegenüber hat nur selten etwas Hilfreiches anzubieten, und in der Regel fühlt man sich danach nicht besser, manchmal sogar schlechter.
Anna Danielle Martin liegt hier neben mir auf dem Bett, während ich schreibe. Sie schmiegt sich zwischen meinen linken Arm und meine Hüfte, ein schmächtiges kleines Mädchen, aber ein Mädchen in jeder Hinsicht: Sie hat lange Wimpern und einen runden Mund, zum Glück Daves volle Lippen und nicht meinen schmalen Strich.
Ich dachte wirklich, ich würde wieder einen Jungen be-

kommen. Ich bin ja kein euphorischer Typ, aber ich bin ganz benommen von all den Möglichkeiten, all dem Mutter-/Tochtertum, um das ich andere immer so beneidet habe. Das meißele ich hier in Stein: Ich schwöre, dass meine Kinder sich immer bedingungslos geliebt fühlen werden und dass unser Haus ein Ort der Freude und Behaglichkeit sein wird.

Kate legte das Buch beiseite und verließ die Dachkammer. Sie ging hinaus auf den Rasen. Die Verandalichter waren nicht angeschaltet, und Dunkelheit hüllte sie ein. Sie blickte in den klaren Nachthimmel, in dem Tausende von Sternen ein funkelndes Lichtermeer schufen. Sie fragte sich, ob Elizabeth zum Himmel geschaut und an ihre Schwester gedacht hatte. Sie wusste nicht einmal, ob Elizabeth an Gott geglaubt hatte.

Kate setzte sich ins Gras und legte sich dann auf den Rücken, so wie sie es als Kind getan hatte. Sie dachte an das Mädchen, das auf dem Bild in der Küche der Martins ein Eis aß. All die Jahre hatte sie das Bild angesehen und keine Ahnung gehabt, was es darstellte. Nun würde es immer dafür stehen, was Elizabeth niemandem anvertraut hatte, und für ihre Angst vor Kates Urteil. Kate fragte sich, was wohl in Dave vorgegangen war, als er erfahren hatte, dass seine Frau eine Schwester gehabt hatte. Ob ihm all die Situationen durch den Kopf gingen, in denen sie es ihm *nicht* erzählt hatte? Wenn in einem Gespräch von seiner Schwester die Rede war oder wenn Elizabeth nicht näher darauf einging, dass sie ein Einzelkind war. Vielleicht hatte er sich gefragt, und das womöglich nicht zum ersten Mal, ob er Elizabeth überhaupt wirklich kannte.

Kate hatte Chris nur ein einziges Mal etwas absichtlich vorenthalten. Kurz nachdem sie geheiratet hatten, wurde ein neuer Chefkoch bei ihr im Restaurant eingestellt; ein Mann, bei dem sie während ihrer Ausbildung ein Praktikum absolviert hatte und mit dem sie eine kurze Beziehung eingegangen war. Guy Giradeaux war der begabteste Koch, mit dem sie je zusammengearbeitet hatte; und er war überheblich. Seine Unfähigkeit, einen Fehler zuzugeben, war genauso bemerkenswert wie die Tatsache, dass niemand in der Lage war, sich überhaupt daran zu erinnern, dass er je einen begangen hatte. Kate wollte Chris nicht erzählen, dass sie mal etwas mit dem Mann gehabt hatte, der gerade ihr neuer Chef geworden war und mit dem sie nun täglich bis spät in die Nacht zu tun haben würde. Es war flüchtig und unbedeutend gewesen, und wenn Chris davon wüsste, würde das nur zu Spannungen in ihrer jungen Ehe führen.

Eines Abends im Restaurant war Kate die Letzte in der Küche, sie räumte noch das Mehl auf und kämpfte gerade mit einem zentnerschweren Sack, als Guy die Treppe von seinem Büro im ersten Stock herunterkam. Wortlos kam er zu ihr und half ihr. Sie bemühte sich, Small Talk zu machen, doch er grinste nur und sagte nichts, stand bloß dicht neben ihr und half ihr bei einer Aufgabe, die so weit unter seinem Niveau war, dass es schon beinahe ungehörig schien. Sein Schweigen war zweideutig und lächerlich. Dann verschüttete er zu schnell zu viel Mehl, und weiße Mehlschwaden stiegen aus dem Behälter auf und überzogen seine Augenbrauen und seine schwarzen Haare über der Stirn mit einer weißen Schicht. Kate lachte, und er drehte sich zu ihr um und musterte sie von oben bis unten mit seinen dunklen, eisblauen Augen. Es war ihm egal, dass sie mittlerweile verheiratet war. Er stand so nah vor ihr, dass sie die ergrauenden dunklen Bartstoppeln an seinem Kinn sah. Er beugte sich vor. Sie trat einen Schritt zurück, versuchte, dabei aber amüsiert zu wirken, als wollte sie ihm das Mehl von der

Jacke klopfen. Dann nahm sie ihre Sachen und ging. Sein mattes Lächeln verwandelte sich in ein spöttisches Grinsen, als ihm klarwurde, dass sie sich nicht von ihm beeindrucken ließ, weder von seinen Augen noch seiner Macht fasziniert war. Er stolzierte zurück in sein Büro und schüttelte sich das Mehl aus dem Haar.

Nach diesem Abend sank Kates Status in der Küche. Aufgeregt und zornbebend berichtete sie Chris schließlich davon und von ihrer vergangenen Beziehung. Er sah sie an, als hätte sie ihm gesagt, dass sie wieder mit Giradeaux geschlafen hätte, weil es so untypisch für sie war, ihm etwas nicht zu erzählen. Es dauerte einige angespannte Tage, bevor ihre Beziehung sich wieder normalisierte.

Kate hatte damals beschlossen, keine Geheimnisse mehr zu haben. Nichts war so eine Belastung ihrer Ehe wert.

Sie dachte an ihre Reaktion auf die Kaninchenbabys vor knapp zwei Wochen. An das geheime Vorratslager mit Wasser und Lebensmitteln in der Reserveradmulde ihres Autos. Sie hatte all das nicht so geplant. Aber es hatte eine Eigendynamik entwickelt, die sie nicht mehr aufhalten konnte. Wenn es ihr schon so ging und sie sich schämte, weil sie manches in ihrer Ehe unausgesprochen gelassen hatte, so konnte sie sich erst recht nicht vorstellen, wie Elizabeth sich gefühlt haben musste, als sie Michael vor Dave verheimlichte.

Kate erhob sich vom Rasen, wischte den Tau von den bloßen Beinen und ging zurück ins Haus.

14. April 1998

Zwei Kinder unter zwei Jahren. Andere schaffen das ständig, nur Nörgeline scheint es nicht hinzukriegen. Nach einem Tag mit meinen Kindern bin ich total erledigt, und Gott steh mir bei nach ein paar Stunden, in denen ich zusätzlich noch auf Kates Sohn aufpasse. (»Kein Problem«, sage ich immer, wenn sie mich fragt, weil ich will, dass es kein Problem ist.) Dave scheint es nicht so anzustrengen, selbst wenn er den ganzen Tag mit ihnen verbringt. Ich würde es gern damit erklären, dass er in einer großen Familie aufgewachsen ist, aber wahrscheinlich ist er einfach so. Er hat ein dickeres Fell, ist geduldiger und lächelt mehr. Die Kinder können sich glücklich schätzen, ihn zu haben, glücklicher, als mich zu haben. In meinen dunkelsten Augenblicken erleichtert mich das, zu wissen, dass es ihnen auch ohne mich gutgehen würde.

Ich bin nicht dafür gemacht, genau wie ich es mir immer schon gedacht habe. Ich bin zu schnell frustriert und lasse mich von Kleinigkeiten aus der Bahn werfen. Der Postbote klingelt und weckt Jonah auf, der gerade erst zwanzig Minuten geschlafen hat, und ich könnte losheulen, so beraubt fühle ich mich. Jeden Morgen wache ich auf und fühle mich, als befände ich mich im Leben von jemand anderem, und meine Lider fühlen sich an, als wären sie aus Schleifpapier, so müde bin ich. Ich male mir alle möglichen Szenarien aus, was ich dafür geben würde, noch eine Stunde im Bett zu bleiben, gar nicht unbedingt um zu schlafen, sondern einfach nur, um Ruhe zu haben. Allein zu sein.

Gestern habe ich gerade Anna gestillt, als Jonah oben gegen den Schlaf gekämpft hat. Er hat geweint, bis er spucken musste. Überall ins Bettchen und auf den Boden, und das im einzigen Zimmer mit Teppich im Haus. Ich musste Anna mitten im Stillen auf den Boden legen, und sie wurde so wütend und lief ganz lila an im Gesicht, während ich Jonah saubermachte, der auch nicht besser drauf war. Okay, Kinderexperte Dr. Spock, wer von den beiden wird in zwanzig Jahren in Therapie sein, weil er oder sie auf dem Teppich liegen musste, während das andere Kind versorgt wurde? Um wen soll ich mich zuerst kümmern?

Kate legte das Buch auf den Schoß und dachte an ihren ersten Sommer als Mutter auf der Insel, an den Nachmittag, als sie aus dem *Flour* kam und den Küstenpfad hinuntergegangen war, um sich auf die Felsen über den tosenden Wellen zu setzen. Einen Moment lang hatte sie sich vorgestellt, wie sie in die schäumende Brandung fiel und ihre Lunge sich mit Wasser füllte. Sie liebte ihren Sohn, und sie liebte ihren Mann. Doch diese Liebe verstärkte den Impuls nur noch. Sie hatte gewusst, nachdem sie wieder zum Strand hinuntergeklettert war, dass sie das niemals jemandem erklären konnte.

Als sie aufsah, stand Max am Ende des Pfads und füllte mit seinem massigen Körper die Öffnung zwischen den Büschen aus. Er nahm sie bei der Hand und führte sie den Hügel hinauf zurück in die Küche.

Hatten sich alle Frauen in der Spielgruppe so gefühlt? Kate wurde einen Moment lang schwindelig, und die Dachkammer um sie herum verschwamm. Durchlebten alle Mütter Zeiten, in denen sie sich hoffnungslos ausgeliefert fühlten, und es sprach nur keine darüber?

11. Mai 1998

Victoria hat meinen Vertrag aufgelöst, die Agentur macht jetzt keine Honorarverträge mit Freien mehr. Ich habe große Lust, das Telefon aus dem Fenster zu schmeißen oder mich auf eine Autobahnbrücke zu stellen und Steine auf LKWs zu werfen. Es ist zwar nicht so, dass ich so wahnsinnig viel gearbeitet hätte, viel-

leicht fünfzehn Stunden die Woche, aber es ging ja nicht um die Stundenanzahl oder das Geld. Es ging nicht mal um die Termine mit Kunden ab und zu echte Erwachseneninteraktion, obwohl das natürlich toll war. Es ging um Identität, etwas, das mir gehörte, den Augenblick um ein Uhr nachts, der hinter der Idee stand, die dann verwirklicht wurde und nichts mit Dave oder den Kindern zu tun hatte. Ich habe einfach das Gefühl, die Tür zu diesem Teil meines Lebens ist zugefallen.

23. Mai 1998

Habe mein Portfolio und meine Milchpumpe nach Manhattan geschleppt und einen Junior-Vize durch vier verschiedene Kampagnen geführt, die ich entworfen habe. Aber ich konnte schon nach der Hälfte der Zeit spüren, dass er mir nur aus Höflichkeit zuhörte. Es ist einfach so, dass heutzutage nicht mehr viele Agenturen freie Mitarbeiter beschäftigen, und die, die es noch tun, vergeben ihre Aufträge an ehemalige Mitarbeiter. Alle wollen eine bekannte Größe; nichts nervt mehr als ein Freelancer mit alter und unzuverlässiger Technologie, außer eine Freie, bei der die Kinder im Hintergrund heulen. Es wird vielleicht bald eine Vollzeitstelle bei ihnen frei, und ich soll mich in einem Monat noch mal melden. Aber Vollzeit kommt für mich natürlich nicht in Frage.

Ich habe mich mit einem Lächeln verabschiedet und ihm eine meiner neuen Visitenkarten gegeben. Ich habe welche drucken lassen, damit man sieht, dass ich es ernst meine mit meiner Freiberuflichkeit und nicht nur zwischen Tür und Angel arbeite, wenn die Kinder gerade schlafen. Als ich an der Straße den Arm hob, um ein Taxi heranzuwinken, spürte ich eine feuchte Brise auf meiner Bluse. Ich habe an mir heruntergeguckt und Milchflecken entdeckt. Nasse Flecken so groß wie ein Vierteldollarstück und so sichtbar wie Pasties mit Quasten auf den Brüsten einer Stripperin. Ich könnte durchdrehen, wenn ich darüber nachdenke, wie lange sie wohl schon da waren. Als ich in der Grand Central Station ankam, rannte ich zu den Toiletten, um abzupumpen. Ich musste mit der Pumpe auf Batteriebetrieb in einer Kabine hocken. Sie keuchte so laut, dass ich mir schon denken kann, was alle gedacht haben. Ein elektrischer Rasierer? Ein Vibrator? Vor dem Vorstellungsgespräch letzte Woche musste ich in einer Abstellkammer abpumpen.

Nachdem ich knapp 200 ml abgefüllt hatte, musste ich schnell ins Hauptgebäude rennen, um meinen Zug nicht zu verpassen, und als ich auf die Anzeigetafel hochschaute, bin ich mit voller Wucht mit jemandem zusammengestoßen. 200 ml Milch, überall verteilt. Dann hat mich der Babysitter angerufen, um mir mitzuteilen, dass Anna Hunger hat, aber nicht die Flasche nehmen will, wann ich denn zurück sei.

Im Zug habe ich mit dem Gesicht zum Fenster geweint. Was mache ich mir eigentlich vor? Man kann die gesamte Pflicht und Kür durchgehen und versuchen, Mutter Natur auszutricksen, all die aufwendigen Geräte und Pillen und Pumpen und Babysitter, und doch gewinnt zuletzt immer die Biologie.

20. Juli 1998, Mitternacht

Ich habe Kate gebeten, auf die Kinder aufzupassen, habe einen Arzttermin am späten Nachmittag vorgeschoben und bin zum Copyshop gegangen, um noch ein paar Sachen zu meinem Portfolio hinzuzufügen

und ein paar Bewerbungen abzuschicken. Bevor ich rausging, habe ich ein paar T-Shirts und Hosen in einen Müllsack geworfen. »Was ist das?«, hat sie gefragt, und es war ganz einfach: Ich bringe noch Sachen zur Altkleidersammlung.
Von der Post bin ich auf den Highway gefahren. Habe das Fenster runtergekurbelt, das Schiebedach aufgemacht und irgendeine schreckliche, betäubende Musik laut aufgedreht, die ich nicht einmal kenne. Fuhr an der ersten Abfahrt vorbei, dann an der nächsten und der nächsten. Rauf auf die Bruckner Schnellstraße und die Musik noch lauter, bis ich den Bass im Brustbein spüren konnte. Dann hörte ich, wie ein Reifen platzte, fumf.
Als ich dann mit dem Typ von der Pannenhilfe dort stand, lief mein Leben an mir vorbei wie eine Endlosschleife der immer gleichen Szene. Egal, wie oft ich mir vorstelle, wegzufahren, oder wie oft ich eine Tasche packe und tatsächlich losfahre – es funktioniert einfach nicht.

27. August 1998

Dave ist für drei Tage in Texas bei einer Konferenz für Sportausrüstung, und ich will das Kinderzimmer streichen. Habe Anna in die Wiege in unserem Schlafzimmer gelegt und die letzten Nächte in einem Land voller kleiner Tiere und Kinderlieder verbracht, eine heitere Aufgabe, die »beide Welten verbindet«, wie Nadia sagte …

Nadia? Kate versuchte, sich an gemeinsame Freunde in der Stadt zu erinnern oder an eine Person, die bereits in den Tagebüchern erwähnt wurde, es fiel ihr jedoch niemand ein.

… Kaninchen überall, eine ganze Schar von Hoppelhäschen. Ich habe herausgefunden, dass Merlot mir hilft, die Beatrix Potter in mir zu entdecken, und mir eine angenehm versöhnliche Sichtweise auf meinen Tag verleiht. Ich werde besser darin. Das sage ich mir und meine es auch zu 70 Prozent.

Wir lassen Anna nächste Woche taufen, und ich ertappe mich dabei, wie ich immer wieder kurze Gebete spreche. Nicht nur dafür, dass ich eine gute Mutter werde, sondern auch, dass es mir gelingt, so zu tun als ob, bis ich es geschafft habe. So tun als ob. Ein Satz aus dem Skript meiner Mutter.

Mitte Herbst hatte Elizabeth einen Rhythmus mit ihren Kindern gefunden. Sie unternahm Dinge, die den Kindern Spaß machten und gleichzeitig auch ihr gefielen. An einem warmen Freitagnachmittag Ende September luden die Martins zu Cocktails und Saft ein, um ihre neue Schaukel einzuweihen. Während die Kinder über die Tomatenpflanzen trampelten und sich um das Spielzeug im Sandkasten zankten und die Ehemänner Kate nach ihrer Meinung zu Restaurants in Manhattan befragten, stahl Elizabeth sich davon. Sie ging ins Haus, die Treppe hoch und sah von ihrem Schlafzimmerfenster aus zu, wie die Party wunderbar auch ohne sie weiterlief. Neben dem Fenster lehnte ein Stapel ihrer Bilder an der Wand, und sie sah sie nüchtern durch, wie eine Fremde. *Hier stimmen die Relationen nicht. Das hier ist schmalziger Schund. Das hier ist nicht schlecht, eventuell verkäuflich.* Als sie wieder nach unten kam, hörte sie, wie die hochschwangere Brittain, die ihre geschwollenen Beine auf einer Ottomane im Wohnzimmer hochgelegt hatte, mit jemandem in unüberhörbarem Flüstern über Alarmanlagen sprach. *Bringt ja gar nichts ohne Glasbruchversicherung,* sagte sie. *Ich hoffe, sie hat daraus gelernt und hier eine bessere Anlage einbauen lassen. Ich kann es immer noch nicht glauben … Ich hätte ja niemals …*

Elizabeth stand gerade außer Sichtweite vor der Tür, konnte aber Brittain sehen und Kate, die ruhig dort saß und Piper stillte, während Brittain fortfuhr. Elizabeth lehnte sich an die Wand, um zu hören, ob Kate Brittain zustimmen würde. Einige Augenblicke später, als Brittain das Zimmer verließ, setzte Elizabeth sich zu Kate. *In so ruhigen Momenten, wenn sie nicht gerade damit beschäftigt ist, alle zu unterhalten, ist sie wirklich ein anderer Mensch. Alles an ihr wirkt weicher, weil sie zugenommen hat. Frauen wollen immer die Kilos verlieren, die sie während der Schwangerschaft zunehmen, machen sich aber gar nicht bewusst, wie viel freundlicher das Gesicht dadurch wirkt. Ich wünschte, ich könnte sie im Profil zeichnen, dichtes Haar, das sich dunkel unter ihr Kinn schmiegt. Aber ich will sie nicht fragen und dann diesen Ausdruck von Unbehagen sehen, wenn sie sich bemüht, höflich nein zu sagen, oder, noch wahrscheinlicher, ihre Absage möglichst witzig formuliert.*

Kate spürte, wie sich ihr Atem und ihr Herzschlag beschleunigten. Plötzlich war sie hellwach – ihr Mund war trocken, ihre Augen starrten ins Leere, jeder Follikel auf ihren Armen und Beinen kribbelte. Vor einer halben Stunde war sie erschöpft gewesen, bereit, das Buch nach diesem langen Tag zu schließen, der mit Minigolf begonnen hatte und mit hohem Tempo weitergegangen war. Nun musste sie jedoch weiterlesen. Es war wie ein vertraulicher Bericht, den sie nie zu Gesicht bekommen sollte. Und doch hatte man ihn ihr überlassen.

2. November 1998

Kate fängt bei einem neuen Restaurant hier in der Stadt an, ein Bistro, das jemand aus ihrer Kochschule eröffnet. Mir fiel ein, dass sie bestimmt Grafikdesign dafür brauchen – ein Logo, die Speisekarte, Werbung etc. Leslies Schwägerin braucht ihr Kindermädchen morgens nicht mehr, seitdem ihre Kinder in der Vorschule sind, und sie hat an ein paar Vormittagen in der Woche Zeit. Es könnte klappen. Ich könnte es ansprechen und mal sehen, ob sie dafür offen wäre. Kate wird wahrscheinlich mein Portfolio sehen wollen, das muss ich also aktualisieren. Bin gestern Abend zu lange aufgeblieben und habe mir online Schriften angeschaut, die zu dem passen könnten, was Kate mir über das Bistro erzählt hat. Bleeding Cowboys ist gut, retro, verblasst an den Rändern, ein bisschen westernmäßig, aber nicht übertrieben. Oder Vielkalahizo, präzise und schlicht.

Dave ist seit drei Tagen in Kalifornien. Das Leben mit zwei kleinen Kindern ist wie Dreibeinrennen – nirgendwo komme ich mal eben so hin, auf nichts kann ich schnell reagieren. Manchmal packt mich eine irrationale Angst, dass etwas passieren könnte und ich eines der beiden verliere. Es ist verrückt, aber in diesen Sekunden ist es real, meine Strafe dafür, dass ich zu lange dafür brauche, eine gute Mutter zu werden.

18. November 1998

Heute Morgen hatte ich nach der Spielgruppe ein kurzes Gespräch mit Kate über meine Unterstützung für das Restaurant. Sie hat sich nur vage dazu geäußert und war unverbindlich: »Hmmm, keine Ahnung, wie sie das mit der grafischen Gestaltung handhaben.« Sie

hat ein bisschen was vom Konzept und ein paar Leuten aus dem Team erzählt, die alle großartige Referenzen in New York vorweisen können. Aber letztendlich ist sie ausgewichen. War natürlich ganz freundlich und professionell dabei. Aber ich habe gespürt, dass sie sich innerlich gewunden hat, und sie wollte sich nicht festlegen. Es ist klar, dass wir nicht wieder darüber sprechen.
Wenn sie schon jemand anderen hätten, der die Gestaltung übernimmt, hätte sie es mir, glaube ich, gesagt. Will sie nicht mit einer Freundin zusammenarbeiten? Oder geht sie davon aus, dass ich nicht besonders gut bin? Sie hätte mich zumindest nach meinem Portfolio fragen können.
Es war so offensichtlich, was los war, dass wir beide es vorzogen, so zu tun, als sei nichts gewesen. Sie ist einfach nicht dazu bereit, ihren Ruf zu gefährden, indem sie mich mit ihren Leuten zusammenbringt. Ich bin die Frau mit den Häschenmalereien im Kinderzimmer.

Als Elizabeth ihr ihre Dienste als freie Grafikdesignerin anbot, hatte Kate nur eine vage Vorstellung davon gehabt, was genau Elizabeth früher gemacht hatte. Sie wusste, dass sie für eine Werbeagentur gearbeitet hatte, war aber davon ausgegangen, dass es sich eher um administrative Aufgaben gehandelt hatte. Zwischendurch hatte sie überhaupt nicht mehr daran gedacht. Kate kramte in ihren Erinnerungen nach Elizabeths Erzählungen über irgendwelche Entwürfe, über erfolgreich abgeschlossene Projekte oder neue Kunden, doch nichts fiel ihr ein. Sie mochte vielleicht hin und wieder erwähnt haben, dass sie übermüdet war, weil sie nachts zu lange gearbeitet hatte, doch Kate hatte angenommen, dass es um Rechnungen und Steuererklärungen ging. Letztendlich hatte Kate einfach nie nachgefragt. Die Idee, Elizabeth mit den Designern und Köchen aus New York und den Investoren an einen Tisch zu setzen, die sich ohnehin schon unsicher waren, ob die Stadt kultiviert genug für ihr Restaurant war, hatte Kate also niemals ernsthaft in Betracht gezogen. Zu dem Zeitpunkt war sie selbst vollkommen damit beschäftigt gewesen, ihr Leben als Mutter und Köchin in den Griff zu bekommen, diese zwei Hälften, die sich partout nicht ergänzen wollten. Sie konnte sich kaum an das Gespräch erinnern. Elizabeths Anfrage war einfach an ihr vorbeigegangen, und Kate hatte nie wieder daran gedacht, so unbedeutend war sie gewesen. Für Kate jedenfalls.

Sie hatte Hunger, und ihr war übel, sie war müde und hätte doch meilenweit laufen können. Sie war aufgekratzt von dem, was sie gerade erfahren hatte, außerdem war sie aufgewühlt wegen ihrer falschen Wahrnehmung, die offenbar nichts Neues bei ihr war. Sie stand abrupt auf und kletterte die Leiter hinunter.

Im Wohnzimmer lief sie auf und ab, hob die Bücher der Kinder auf, um sie zwei Meter weiter wieder auf den Boden zu legen, schüttelte die Sofakissen auf. Sie hatte Elizabeth voreilig und falsch eingeschätzt. Sie hatte Zuverlässigkeit und Großzügigkeit in ihr gesehen, jemanden, der immer ja sagte, und hatte niemals angenommen, dass sie Träume hatte. Elizabeths Zurückhaltung hatte sie als fehlende Leidenschaft gedeutet, und was sie als Nachlässigkeit wahrgenommen hatte – Elizabeth, die noch lange nach Annas Geburt mit strähnigem, ungewaschenem Haar und in Schwangerschaftskleidung herumlief –, war etwas viel Komplizierteres gewesen, etwas Dunkles, Trauriges. Kates Mantra, dass man niemals wusste, was in anderen Menschen vorging, hatte sich aus irgendeinem Grund nicht auf Elizabeth erstreckt, und Kate hatte ihre niedrigen Erwartungen an sie auf unzählige kleine Weisen deutlich gemacht.

Sie öffnete und schloss den Kühlschrank, ohne zu registrieren, was sich darin befand. *Sie hätte mich zumindest nach meinem Portfolio fragen können.* Kein Eistee, kein Joghurt, kein Eis. Kate hatte bei ihrem letzten Einkauf vergessen, es zu besorgen. *Sie ist einfach nicht dazu bereit.* Kates Handy lag auf dem Küchentresen, der Akku war bereits wieder leer. Plötzlich fühlte sie sich durch all das bestimmt, was sie nicht getan hatte.

Sie schloss das Telefon an die Steckdose an, und zwei Nachrichten leuchteten auf. Die erste war von einem weiteren Schlosser, der sich ebenfalls weigerte, an dem winzigen Schloss einer alten Truhe zu arbeiten. *So viel zu tun momentan, Einbrüche nehmen zu, und dann die wahnsinnigen Lebenshaltungskosten* … Sie löschte die Nachricht und hörte die zweite ab.

»Hey Kate. Ich weiß, dass wir gerade erst telefoniert haben, aber es hat sich etwas Neues auf der Arbeit ergeben.« Dave. Er sprach langsam und klang entspannt. »Meine Firma schickt mich morgen nach Boston, und ich dachte mir, dass ich vielleicht die Kinder mitnehme und wir am nächsten Tag auf dem Rückweg bei euch vorbeikommen. Ein kleiner Tagesausflug zur Abwechslung, wenn es euch passt. Ich dachte, so im Laufe des Vormittags. Meld dich.«

Dave auf Great Rock. Sie hätte gedacht, dass er alles lieber tun würde, als einen Tag mit ihr zu verbringen. Sie nahm ein Bier aus dem Kühlschrank. Einen Augenblick lang stand sie vor der kühlen Öffnung und fragte sich, wie es wohl wäre, ihn hier zu haben, wenn Chris nicht da war.

Er gab ihr die Schuld daran, dass der Schlüssel weg war. Gestohlen, verloren, das spielte für ihn keine Rolle. Kate trank einen langen Schluck. Sie wollte diese Hürde überwunden haben, wollte behaupten können, alles im Griff zu haben.

Sie öffnete die Haustür und sah in die klare Nacht hinaus. Barfuß lief sie über das feuchte Gras zum Geräteschuppen. Hier standen die Gartengeräte, Hacken und Spaten, Hammer, eine Axt. Sie nahm den Klauenhammer mit in die Dachkammer. Das mit dem Foto beklebte Buch lag noch aufgeschlagen auf der Chaiselongue, ungefähr zwei Drittel hatte Kate schon gelesen. Sie nahm noch einen großen Schluck von ihrem Bier.

Sie hob den Hammer und schlug damit auf das Schloss, doch der Schlag streifte es nur, der Hammer rutschte ab und hinterließ kaum eine Schramme. Kate hob den Hammer höher und schlug fester zu, doch er kam neben dem Schloss auf und zersplitterte das Holz. Immer wieder schlug sie zu, Metall auf Metall. Das alte Schloss verbeulte, verbog und verzog sich, gab jedoch nicht nach. Wäre es ein Boxer, würde es beim Anzählen im Stehen noch benommen knien und sich wieder aufrappeln, sich bis zum bitteren Ende wehren. Kate schlug noch einmal zu, und das Schloss sprang auf. Der besiegte Deckel hing schief auf dem verbogenen Metall.

Kate hob ihn an und sah den Stapel auf der rechten Seite, auf dem das schlichte hellbraune Tagebuch lag, in das Elizabeth zuletzt geschrieben hatte, bevor sie in den Flieger nach Los Angeles gestiegen war.

Ein ängstlicher Ruf drang nach oben. Piper rief nach ihr, verängstigt von den merkwürdigen Geräuschen. Kate kletterte hinunter und traf unten auf ihre Tochter, die von unterbrochenen Träumen und mitternächtlichen Nöten glühte. Es würde eine Weile dauern, bis sie sie wieder beruhigt hatte.

Dreiundzwanzig

Das Frühstück am Samstagmorgen wurde von Schritten auf Schotter und laufenden Kindern in der Einfahrt unterbrochen. Jonah und Anna tauchten neben dem Haus auf und rannten die Veranda hinauf. Dave Martin folgte langsamer neben Emily, die über den Rasen watschelte.

Kate sah ihnen entgegen und war überrascht von Daves Aussehen. Sein Haar war länger und lockte sich über seinen Ohren, und er hatte abgenommen. Die Nähte an den Schultern seines Hemds hingen schlaff herunter wie eine Jacke von einem zu kleinen Kleiderbügel, und der Stoff warf Falten auf seinem Oberkörper. Er näherte sich mit Emily der Veranda und wartete, während sie sich auf den dicken Sohlen ihrer Kleinkindsandalen ihren Weg über jede einzelne Stufe bahnte. Kate hielt ihnen die Fliegengittertür auf.

»Hallo zusammen«, begrüßte sie sie und blinzelte in die Morgensonne.

»Sieh dich an, so braun gebrannt und hübsch.« Dave beugte sich zu ihr, legte ihr eine Hand auf die Schulter und gab ihr einen Kuss auf die Wange. Unter seinen Augen lagen dunkle Ringe wie bei jemandem, der eine Nachtschicht hinter sich hatte.

»Ihr habt's ja wirklich wunderschön hier.«

»Deswegen mieten wir es auch jedes Jahr wieder.« Kate beugte sich zu Emily hinunter, die wacklig in der Tür stand. »Hallo, du große Läuferin.«

Sie hielt die Tür auf und ließ Emily hineintapsen.

»Habt ihr schon gegessen?«

»Nicht richtig, nur ein bisschen. Irgendwelchen Schund auf der Fähre.«

Kate ging in die Küche und holte drei weitere Teller aus dem Regal. Weil es keine Babyspielsachen mehr im Haus gab, legte sie ein paar Messbecher auf den Boden, mit denen Emily spielen konnte.

»Kaffee?«

»Nein, danke. Hast du Cola?«

Kate deutete auf den Kühlschrank und lud Pfannkuchen auf die Teller. Dave nahm sich eine Cola und öffnete die Dose. Dann nahm er Milch heraus für Emilys Kindertasse. Er bewegte sich ganz selbstverständlich, als verbrächten sie jeden Tag Zeit miteinander in der Küche, so wie die Frauen aus der Spielgruppe. Sie unterhielten sich, während die Kinder auf der anderen Seite des Zimmers spielten. Vielleicht wurde es ja gar nicht so merkwürdig.

»Triffst du dich noch oft mit den Familien aus der Spielgruppe?«, fragte Kate.

Dave nahm einen langen Schluck aus der Dose und stellte sie auf den Tresen.

»Manchmal. Aber die Gruppe hatte sich sowieso schon nahezu aufgelöst und sich nicht mehr regelmäßig zu Spieltreffen verabredet.«

Sie verstanden beide, dass *sowieso* sich auf die Zeit vor Elizabeths Tod bezog.

»Durch den Kindergarten und die Vorschule gibt es ja schon ziemlich viele andere Aktivitäten. Aber letzten Monat gab es eine Grillparty mit Regan und Brittain.«

Brittain. Der Name war wie eine Aufforderung. Kate sollte sie anrufen und sich erkundigen, wie es ihr ging. Kurz bevor Brittain vor ein paar Jahren ihr zweites Kind bekommen hatte, hatte sie herausgefunden, dass ihr Mann ein Verhältnis mit einer Kollegin hatte. Es ging ihr sehr schlecht, sie war aufgequollen und in jeder Hinsicht kurz davor, zu platzen, hatte aber dennoch den Schein gewahrt. Kate hätte nie davon erfahren, wäre ihr nicht etwas Ungewöhnliches in Brittains Blick aufgefallen, als diese Elizabeth und Dave zusah, wie sie sich auf der Cocktailparty liebevoll neckten, ein Blick, der neidisch und traurig zugleich war. Später im Wohnzimmer, als Kate Piper stillte und Brittain die Beine hochlegte, während sie sich über Elizabeths Alarmanlage ausließ, hatte Kate die grundlegende Frage gestellt: *Ist alles in Ordnung bei dir?* Da war Brittain zusammengebrochen. Ihre Erleichterung war deutlich zu spüren gewesen, als hätte sie nur darauf gewartet, dass jemand fragte.

Knips. Blitzlichter kamen vom Sofa, wo die Kinder spielten. James fotografierte Jonah und Anna.

»Sei vorsichtig damit, James«, rief Kate. »Das ist unsere gute Kamera.«

»Ich weiß, wie man sie benutzt«, entgegnete er und zoomte auf Jonahs Zunge.

Emily jaulte, und Dave gab ihr einen Spachtel und ein paar Messlöffel vom Abtropfgestell.

»Hast du in letzter Zeit mit Chris gesprochen?«, fragte er Kate.

»Vor ein paar Tagen, aber nur kurz, als er in Jakarta am Flughafen gerade Empfang hatte.«

»Dann ist er also in Jakarta.«

Kate glaubte, Erleichterung in seiner Stimme zu hören. Sie schnitt einen Stapel Pfannkuchen in gleiche Teile und warf Dave einen Blick zu, um zu sehen, ob er noch mehr sagen würde. Er nahm ein Stück Pfannkuchen und hockte sich vor Emily hin. Sie drehte das Stückchen in ihren pummeligen Händen und betrachtete es.

»Wie läuft es mit deinem Kindermädchen?«, erkundigte sich Kate.

»Sie ist wirklich ziemlich toll.«

Dave stand auf und lehnte sich an die Kochinsel.

»Die Kinder sind ganz vernarrt in sie. Sie ist gerade mit dem College fertig und hat Unmengen von Energie. Außerdem gehen ihr nie die Bastelideen aus. Wenn ich nach Hause komme, ist sie schon dabei, Essen zu machen, und wenn ich spät arbeiten muss, badet sie die Kinder. So bekommen wir alles ganz gut hin.«

Kate brachte die Teller mit den Pfannkuchen zu den Kindern an den Tisch und stellte auch einen vor Dave.

»Hört sich an, als hätte die Agentur die Richtige ausgesucht. Das klappt ja nicht immer beim ersten Versuch.«

Sie trank ihren Kaffee und lehnte sich an den Tresen ihm gegenüber. Wie es wohl war, als junge Frau für einen gerade verwitweten Vater zu arbeiten, fragte sie sich. Wenn man sich den ganzen Tag in einem Haus bewegte, in dem überall Fotos von der Mutter der Kinder hingen, um die man sich täglich kümmerte. Ihre Kinder umarmte, sie auch mal ausschimpfte. Kate stellte sich vor, wie Dave abends nach Hause und in die Küche kam, wo seine Kinder gerade Chicken-Nuggets aßen. *Hallo Leute, bin wieder da.* In der Vertrautheit eines Zuhauses oder in der kleinen Küche war es sicher nicht immer leicht, zufällige Berührungen zu vermeiden. Oh, Entschuldigung, sagten sie wahrscheinlich beide höflich, traten zurück und beschäftigten sich wieder mit den Kindern. Sah das Kindermädchen ihn nur als Arbeitgeber, oder konnte sie gar nicht anders, als ihn auch als alleinstehenden Mann zu sehen? Der Umstand, dass er Witwer war, machte ihn möglicherweise unantastbar, oder aber er hatte den gegenteiligen Effekt, und der schwere Verlust war so ergreifend, so unwiderstehlich.

Ein heller Blitz leuchtete vor Kates Augen auf.

»Cheese!«, sagte James.

»Okay, jetzt ist Schluss mit der Kamera«, sagte Kate. »Hier. Ich pack sie ein, und wir nehmen sie später mit.«

»Gehen wir an den Strand?«, fragte Piper.

»Klar. Haben alle ihre Schwimmsachen dabei?«

»Ja!«, sagte Anna. »Ich habe einen pinken Badeanzug mit einem Rock dran.«

»Auf meinem sind Sandalen und Eisbecher drauf«, erklärte Piper.

»Jetzt hast du auch echte Eiscreme drauf«, sagte Kate. »Du hast gestern mit deinem Eis gekleckert, und wir haben ihn noch nicht gewaschen.«

»Na, na, na, das macht doch nichts.«

Daves Georgia-Akzent schlich sich ein. »Es landet sowieso alles im Meer.«

Die Spätnachmittagssonne schien durch die Bäume und verwandelte den Rasen mit ihren Strahlen in ein Spielfeld. Kate saß auf den Verandastufen und formte Hamburger, während sie den Kindern dabei zusah, wie sie Krocket spielten. Sie hatten für die lange Fahrt schon ihre Schlafanzüge an. Emily folgte den anderen auf dem Rasen wie eine kleine Fee im rosafarbenen Nachthemd, zog die Törchen hinaus und versuchte, mit den bunten Bällen auszubüxen.

Dave zündete den Grill an und setzte sich zu Kate auf die Stufen. Er stützte die Ellenbogen auf die Knie und lehnte sich nach vorn, um den Kindern im Garten zuzusehen. Meersalz überzog seine Arme und verklebte seine dunklen Haare. Dichte Sommersprossen ließen ihn noch gebräunter erscheinen, als er war.

»Das wird gleich in einer Katastrophe enden.«

»Was denn?« Kate klatschte ein rundes Bällchen auf das Tablett.

»Wenn die Kinder merken, dass Emily ihnen die Bälle stibitzt und die Bahn kaputtmacht, ist der Teufel los.«

»Kann sein.« Kate nahm eine Handvoll Hackfleisch in die Hand. »Aber vielleicht verliert sie auch die Lust daran. Ich habe ein paar Bücher im Haus, die sie lesen kann. Also die sie sich anschauen kann.«

Dave zuckte zusammen, als Jonah seinen Krockethammer schwang und beinahe Annas Schienbein traf.

»Lesen. Wow, das habe ich echt lange nicht mehr getan. Ich habe letzten Herbst aufgehört, die Zeitung und Zeitschriften zu lesen, weil sie mich so unendlich runtergezogen haben. Hab nie wieder damit angefangen. Ich sollte mir wahrscheinlich mal wieder eine Biographie ansehen, um mein Gehirn etwas zu fordern, irgendwas anderes, außer jeden Abend fernzusehen.«

»Ich weiß, was du meinst. Ich habe einen ganzen Stapel Bücher mitgenommen, die ich noch nicht einmal aufgeschlagen habe.«

Im gleichen Moment, in dem sie es sagte, bereute sie es auch schon. Sie las kein Buch, weil sie so damit beschäftigt war, etwas anderes zu lesen.

»Ich habe die Brötchen vergessen. Soll ich dir ein Bier oder was anderes mitbringen?«

Dave nickte. Kate ging ins Haus und versuchte sich daran zu erinnern, ob es überhaupt noch Bier im Kühlschrank gab. Auf dem Weg in die Küche sah sie ihr Handy, das sie nicht zum Strand mitgenommen hatte. Es war eine Nachricht darauf.

»Hallo Schatz, ich wollte nur kurz anrufen, damit du dir keine Sorgen machst. Wir waren ganz woanders, als der Bombenanschlag auf Bali passierte, wir waren am Strand.

Auf jeden Fall sind wir jetzt fertig hier. Ich fliege heute Abend nach Seoul und sollte morgen Abend zurück sein. Und dann verlasse ich für die ganze letzte Woche den Strand nicht mehr. Gib den Kindern einen Kuss von mir.«

Bombenanschlag? Sie griff nach der Arbeitsplatte. Den ganzen Tag über hatte sie den Fernseher oder das Radio nicht angeschaltet. Vielleicht hatte Dave deswegen so seltsam reagiert, als er sie gefragt hatte, ob sie in letzter Zeit mit Chris gesprochen hatte, und war erleichtert gewesen, als sie Jakarta geantwortet hatte. Nur ein paar Tage war Chris fort, doch es fühlte sich an wie Monate. Sie hatte nicht einmal gewusst, dass er von Jakarta nach Bali weitergereist war.

Beruhige dich, sagte sie sich. Es ist vorbei, er ist auf dem Heimweg. Sie nahm zwei Flaschen Bier aus dem Kühlschrank, öffnete sie und hielt sich eine an den Hals. Die Kälte betäubte ihre Haut wie eine Narkose.

Als sie auf die Veranda zurückkam, war Dave auf den Rasen gegangen und zeigte Piper, wie man den Krockethammer hielt. Er stand hinter ihr und hielt ihre Arme, so dass der Hammer sauber zwischen ihren Knöcheln vor- und zurückschwang. Kate nahm die Kamera vom Terrassentisch und fokussierte die Linse auf die beiden, die wie ein Pendel aus kleinen und großen Gliedmaßen aussahen. Sie schickten den gelben Ball glatte zwei Meter zum nächsten Törchen, und Piper riss ungläubig die Augen auf. Dave nickte ihr anerkennend zu. Dann trat er einen Schritt zurück und schwang den Hammer in einer ausladenden Bewegung, als würde er einen Schlag in Zeitlupe ausführen.

Kate hatte Dave nie Golf spielen sehen. Doch jetzt konnte sie sich ihn vorstellen: Seine Füße standen ein wenig auseinander, den Hammer hielt er wie einen Schläger in den Händen, und sein kräftiger Schlag wirkte locker und souverän. Er bewegte sich gelassen und selbstsicher, und Kate fragte sich, ob er schon immer diese Eleganz ausgestrahlt hatte, oder ob er sie als Profisportler erworben hatte. Schließlich hatte er jahrelang trainiert und war erfahren darin, vor Publikum und Kameras zu spielen. Sie konnte höchstwahrscheinlich auch im Schlaf einen Kuchenteig zubereiten, doch selbst an ihren besten Tagen war nichts körperlich Außergewöhnliches dabei, wenn sie Teig ausrollte. Sie hatte Golf nie als elegante Sportart empfunden. Doch als sie Dave auf dem Rasen zusah, erkannte sie, dass sie sich geirrt hatte.

Weiter hinten auf dem Spielfeld holte James weit aus und schlug seinen Ball mit einem selbstbewussten Treffer durchs Törchen.

»Super!«, rief Dave und lief in drei großen Schritten und mit erhobener Hand auf ihn zu.

»Und Spenser gelingt das Birdie, das er benötigt, um wieder in Führung zu gehen.«

Ihre Hände trafen sich klatschend in der Luft.

Elizabeths Beschreibung von Dave mit seinen Nichten und Neffen war passend gewesen. Er war wie ein kumpelhafter Betreuer im Ferienlager. *Er hat ein dickeres Fell, ist geduldiger und lächelt mehr.* Als Elizabeth das geschrieben hatte, mühte sie sich gerade mit zwei Kindern ab; hier auf der Insel hatte Kate ihn den ganzen Tag über ziemlich entspannt mit den dreien erlebt. Doch vielleicht hatte auch Elizabeth ihren eigenen Rhythmus gefunden, als sie Emily bekommen hatte. Sie hatte jedenfalls so gewirkt. Kate erinnerte sich daran, wie sie Elizabeth ein paar Monate nach Emilys Geburt in New York getroffen hatte. Kate war dort wegen einer Kochangelegenheit, und sie hatten sich in der Stadt bei irgendeinem schicken Konzert für Kinder getroffen. Als Jonah und Anna Blödsinn machten, schob sich Elizabeth geschickt und ohne sichtbare Verärgerung zwischen sie. Als sie nicht aufhörten zu stören, war sie schließlich mit ihnen hinausgegangen, wobei sie die beiden vor sich herschob und den Säugling in einem Tuch vor der Brust trug. Sie hatte Kate ein unbeschwertes *Was soll's*-Lächeln über die Schulter zugeworfen, und Kate erinnerte sich daran, wie unerschütterlich sie gewirkt hatte. Kate war in den Tagebüchern noch nicht weit genug, um zu wissen, ob sie das richtig eingeschätzt hatte.

Dave kam zurück und nahm einen langen Zug vom Bier, das sie ihm hingestellt hatte.

»Vermisst du das Golfspielen?«, fragte sie ihn.

Er zögerte einen Moment, bevor er etwas erwiderte, und Kate dachte schon, er würde der Frage mit einer nichtssagenden Antwort ausweichen. *Ich habe doch noch mit Golf zu tun.*

»Ja und nein. Ich liebe das Spiel, keine Frage. Aber es ist, als wäre das das Leben eines anderen gewesen. Was ich davor gemacht habe und was ich danach gemacht habe. Erster Akt, zweiter Akt.«

Er bestimmte sein *Davor* nicht näher. Meistens bezog sich *davor* auf Elizabeths Tod, doch jetzt konnte es sich auch um den Einbruch handeln, bevor Dave von der Tour ausgestiegen war.

»Ich kenne mich bei Golf nicht besonders aus, aber es lief grad ziemlich gut für dich, als du aufgehört hast, oder?«

»Es war okay«, sagte er leichthin und kratzte mit dem Fingernagel am Etikett seiner Bierflasche.

»Weiter oben auf der Rangliste gab es auch mehr Geld. Aber Golf nimmt dein ganzes Leben ein. Ich war nie zu Hause … Ich war nicht gerade ein richtiger Vater. Wahrscheinlich auch kein wirklicher Ehemann. Es wurde also Zeit, sich was anderes zu suchen.«

Er stand auf, nahm Kate das Tablett mit den Frikadellen ab und verteilte sie auf dem Grill wie ein Kartengeber.

»Trotzdem war es schwer, die Tour zu verlassen. Ich habe hart gearbeitet, um so weit zu kommen.«

Es schien ihm nichts auszumachen, über Golf zu reden. Kate hatte damit gerechnet, dass es ein Tabuthema sein könnte. Vielleicht war es damals so gewesen. Oder es war nur die Art und Weise, wie Elizabeth und er miteinander umgegangen waren, gefangen in ihrer Enttäuschung. Sie hatten beide ein bestimmtes Bild voneinander, das keine Veränderungen oder Schwächen zuließ.

»Für Elizabeth war es auch schwer, ihre Arbeit aufzugeben«, sagte Kate.

Dave hielt inne, den Pfannenwender in der Hand.

»Ja, bis zu einem gewissen Grad.«

Er drückte auf einen Burger, und es zischte.

»Die Auftragslage ließ schon eine Weile nach, aber nach Annas Geburt hat sie sich dann entschieden, den Vertrag nicht zu verlängern.«

»Elizabeth hat sich *entschieden*?«

Er sah Kate unvermittelt an. Flammen züngelten, als das Fett aus den Burgern heruntertropfte. Kaum hatte sie die Worte ausgesprochen, wünschte sie sich, sie könnte sie zurücknehmen.

»Es war alles so viel mit zwei Kindern«, erklärte er. »Da wurde es zu einer Belastung.«

Er sah sie nicht noch einmal an. Doch Kate hatte das Gefühl, dass sie sowieso nicht in der Lage gewesen wäre, in seinem Gesicht abzulesen, ob er das selbst glaubte.

Eiscreme lief ihre Arme herunter, und Schokosoße tropfte auf ihre Schlafanzüge. Die Kinder genossen schweigend, während das Sonnenlicht langsam aus dem Garten verschwand.

»Ich werde den Rasen hier vermissen, wenn wir wieder in Washington sind.«

Kate schleckte an ihrer Eistüte.

»Das ist wirklich der beste Babysitter, den es gibt. Einfach die Tür aufmachen, und schon sind sie draußen, und vom Lärm und vom Streiten ist sofort nur noch die Hälfte übrig.«

»Wir leben in unserem Garten«, sagte Dave. »Solange es nicht in Strömen regnet, sind wir draußen. Wir gehen kaum woandershin. Die anderen kommen zu uns.«

Er öffnete eine Plastikbox mit Blaubeeren und legte ein paar vor Emily hin. »Seit wann kommt ihr denn hierher?«

»Dieses Jahr zum zehnten Mal. Ich liebe dieses Haus. Es gibt oben einen Leseraum, wo normalerweise ein Dachboden wäre, so ein kleiner Schlupfwinkel. Ich bin fast die ganze Zeit da oben.«

Dave spielte mit einer der Blaubeeren, versteckte sie in seiner Handfläche und ließ Emily jeden seiner Finger einzeln hochziehen.

»Hört sich nach einem guten Ort an, um die Tagebücher zu lesen.«

Kate zögerte und biss dann ein Stückchen Toffee von ihrem Eis ab.

»Stimmt. Nachts dort oben, wenn niemand mich braucht. Man kann schön im Dunkeln über das Wasser sehen und die Lichter an den Booten betrachten.«

Dave rollte seine Bierflasche zwischen den Handflächen hin und her. Emily drückte Blaubeeren mit dem Finger auf dem Tisch platt und malte mit Blaubeersaft auf ihrem Nachthemd.

»Ich weiß, dass du es sehr ernst nimmst mit den Tagebüchern, Kate.«

Eine Spur Eiscreme lief an der Waffel hinunter auf ihren

Finger, und sie leckte sie langsam ab. Die Schokolade in ihrem Mund fühlte sich wie Schmalz an. Dave schwieg, als warte er darauf, dass sie etwas sagte.

»Und jetzt wirst du entscheiden, was du mit ihnen machst; du wirst die Truhe bei dir im Keller aufbewahren oder für die Kinder oder was immer du meinst, was Elizabeths Wunsch war. Aber sie war letzten Sommer nicht sie selbst, und ich weiß nicht, ob sie zu einem anderen Zeitpunkt die Entscheidung getroffen hätte, die Tagebücher jemandem außerhalb der Familie zu überlassen.«

Er hatte in den Garten geschaut, während er sprach, sah Kate aber nun direkt ins Gesicht.

»Ich habe ein Recht darauf, davon zu erfahren, und ich rede nicht nur von letztem Sommer. Du kannst sie also gern lesen, aber ich denke, dass wir beide wissen, wo die Bücher hingehören.«

Es irritierte sie, wie er sie ansah. Nichts in seiner Körpersprache ließ auf eine Drohung schließen, doch irgendetwas spürte sie: Es war das Versprechen, dass er da sein und warten würde, egal, wo sie lebte oder wo sie hinging, egal, wie lange es auch dauern würde, bis sie die Tagebücher gelesen hatte.

Er stellte die Flasche auf den Tisch, was vermuten ließ, dass er alles losgeworden war, was er sagen wollte. Er war direkter, als Kate es ihm zugetraut hätte, und sehr viel beherrschter; eigentlich widersprach sein Verhalten ihrem Bild von ihm. Entweder hatte sie ihn falsch eingeschätzt, oder er hatte sich verändert.

Unter seinem Blick spürte sie, wie ihr Selbstvertrauen zurückkam. Er wollte, dass sie ihm zustimmte, doch das würde sie nicht tun. Stattdessen murmelte sie: »Mm-hm.«

Er nickte und saß reglos neben ihr. Sie sprach nicht weiter, und er hakte nicht nach. Kurz darauf erhob er sich.

»Kinder, wir fahren in zehn Minuten«, rief er über den Rasen. Er hob Emilys Tasse auf und fegte die Krümel in seine Handfläche. Dann fragte er Kate über die Schulter:

»Macht es dir was aus, wenn ich kurz unter die Dusche gehe und du auf Emily aufpasst? Ich würde mich gern duschen vor der Fahrt.«

Er klang etwas steif, aber nicht unfreundlich. Sie würden keinen Groll aufeinander haben, wenn sie auseinandergingen, denn sie verstanden sich. Sie würden jedes Mal an diesen Punkt kommen, und es gab nichts mehr dazu zu sagen.

»Kein Problem«, sagte sie. »Die Außendusche ist toll. Gleich um die Ecke neben dem Haus.«

»Ist es okay, wenn ich drinnen dusche?«

Das überraschte sie. Zurückhaltung? Komfort? Weder das eine noch das andere passte zu ihm.

»Du kannst das Badezimmer neben unserem Schlafzimmer benutzen. Durch die Küche und dann rechts. Frische Handtücher sind unter dem Waschbecken.«

Sie sah ihm nach, wie er zum Haus ging, und er sah nicht mehr geschwächt oder müde aus. Er wirkte beschwingt, und als er die Veranda überquerte, wippte er mit einer Leichtigkeit auf den Fußballen, die die Schwere dessen, was er gerade gesagt hatte, Lügen strafte. *Ich habe ihm nachgesehen, wie er mit schaukelndem Gang zur Straßenecke ging, eine Art Wippen auf den Fußballen, so massiv und schwer wie ein Zugpferd, aber auch so leichtfüßig wie eins, das rundum zufrieden ist. Er sieht aus, als könnte er einen tausend Meilen tragen, wenn er es müsste.*

Vierundzwanzig

13. September 1999

Jonah ist heute in die Vorschule gekommen. Ein Angebot für Dreijährige, drei Vormittage die Woche. Ich habe ihm ein kleines weißes T-Shirt mit Kragen angezogen und seine Locken mit einer Sprühflasche Wasser zu bändigen versucht. Er ist durch die Tür marschiert mit seiner Winnie-the-Pooh-Brotdose in der Hand wie ein kleiner Mann mit seinem Aktenkoffer, auf zu wichtigen Meetings. Hatte direkt Tränen in den Augen. Als ich ihn wieder abgeholt habe, wollte er erst nicht zu mir kommen (was wahrscheinlich ein gutes Zeichen ist). Ich stand in der Tür mit Anna auf dem Arm und habe bekloppt und breit und stolz gegrinst nach dem Motto: »Und, wie war's??« Vielleicht wollte er nicht zu mir kommen, weil ich wie ein Idiot aussah.
Es geht alles so schnell vorbei. Ich weiß, dass es erst die Vorschule ist, aber wir sind trotzdem schon in der Schulwelt. All die Tage, an denen ich das Gefühl hatte, zu ersticken, weil alle immer etwas von mir wollten, aber dann in dem Moment, als er nicht mitkommen wollte, da wollte ich dann doch wieder gebraucht werden. Ich habe wirklich das Gefühl, als wäre es erst gestern gewesen, dass er ein Neugeborenes in der Wiege war und ich mit den Gefahrgut-Leuten das Quecksilber vom Fußboden in seinem Kinderzimmer aufgesammelt habe.

18. November 1999

Kaum zu glauben, dass ich die Nacht durchgemacht habe für den Katalog einer Vorschul-Auktion. Um zwei Uhr nachts war ich noch wach und habe seitenlang Beschreibungen für Sport- und Wellness-Pakete mit grinsenden Äffchen in den Ecken entworfen.

Es dauert länger, als es sollte. Ich werde immer wieder von der kleinen Karte auf meinem Schreibtisch abgelenkt. Bringe es nicht fertig, sie wegzuschmeißen. Eine einfache Nachricht, drei Zeilen Mitgefühl, weil mein Vater gestorben ist. Er hat es in der Zeitung gelesen. Meine dummen Gedanken lesen in die vertraute Handschrift »emotionaler, eloquenter und reifer« hinein. Ich versuche, mir »dicker und kahlköpfiger« vorzustellen. »Alles Liebe, Michael.« Was soll das? Welche Liebe, Michael?

1. März 2000

Morgen hat Dave Geburtstag. Bin auf seine Reaktion gespannt. Das Auto wird mit einem Pritschenwagen aus dem Norden angeliefert. Es ist in einem desaströsen Zustand, aber sein Traum: ein roter Alfa Romeo Spider von 63, den er bestaunen und polieren kann und ganz vielleicht auch zum Laufen bringt. Wenn nicht, dann sitzt er wahrscheinlich hinterm Steuer in der Garage und liest mit einem Bier Golfzeitschriften, das wär auch okay. Er verdient etwas, das ihn begeistert. Das Leben ist zu kurz, um auf die runden Geburtstage zu warten! Ich habe versucht, wieder zu malen, mich auch wieder für etwas zu begeistern und davon abzulenken, dass Kate wegzieht. Sie ist total hin und weg von dem neuen Haus, das sie in Washington gefunden haben. Ich bemühe mich, eine gute Freundin zu sein, und höre mir alle Einzelheiten über die neue Küche an mit irgendeinem dämlichen europäischen Herd, der alles kann, nur nicht die Windeln wechseln. Aber es tut weh, dass sie so strahlt, weil sie weggeht.

Ich habe also gemalt. Eine Leinwand in der Garage aufgestellt und ein paar Aquarelle von unserem Garten gemacht, nicht gerade eine Pracht im Winter. Dann habe ich die Dreiräder und anderen Fahrzeuge der Kinder entdeckt, die in einer Ecke stehen. Sie haben mich irgendwie an Kinder oder Tiere erinnert, die auf einem Haufen schlafen. Und jetzt beende ich gerade ein Bild, mit dem ich richtig zufrieden bin, eine große Szene vom Hundeauslauf neben dem Spielplatz. Zwischen lauter fluffigen Golden Retrievern stand eine Promenadenmischung, ziemlich hässlich, die Hälfte des Fells ausgefallen und ganz räudig, trug aber schicke Stiefelchen im Matsch und eine Burberry-Hundejacke. Super Material, ich konnte es mir sofort auf der Leinwand vorstellen!

Eine der Vorschul-Mütter ist Kunsthändlerin für eine kleine Kette von Inselgalerien, und sie hat mir angeboten, meine Arbeiten mal anzusehen. Wenn ich nur daran denke, dass etwas von mir dort hängen könnte, werde ich ganz aufgeregt und habe schon in der Küche gesungen heute Abend, als ich Essen gemacht habe. Ich sehe schon vor mir, welche Arbeiten dort hinpassen könnten und wie sich das Ganze weiterspinnen könnte, wenn ich regelmäßig etwas beisteuere.

Ich bin aber nicht doof. Ich weiß, dass meine Bilder niemals die Welt erschüttern werden, dass ich es niemals bis zu einer Party im National Arts Club schaffe. Mein größter Beitrag zu dieser Welt sind meine Kinder, und Nadia hilft mir dabei, das in die richtige Perspektive zu rücken. Aber hin und wieder habe ich doch einen

Rückfall und wünsche mir, dass jemand ein Bild von mir sieht und es ihn innehalten lässt oder nachdenklich macht oder ein Lächeln hervorlockt. Dass er sich vielleicht sogar an meinen Namen erinnert und sich nach mehr Bildern umschaut.
Oder dass Kate vielleicht irgendwann im Urlaub eine Arbeit in einer Galerie sieht, oder Leslie oder Brittain oder Regan, und dass es dann wird wie bei Dave, als er auf der Rangliste aufstieg. Und ich plötzlich Anerkennung bekomme, Respekt.

10. Juni 2000
Kate ist gestern gefahren, sie hat sich gestern Abend endgültig verabschiedet, nachdem sie den Kühlschrank ausgeräumt und das Auto fertig beladen haben. Häppchenweise Abschiede den ganzen Abend über. Sie sind immer wieder rübergekommen, um uns noch alles aus dem Gefrierschrank zu bringen, die Propangasflasche, die sie nicht mitnehmen konnten, Pflanzen, die die Fahrt nicht überstehen würden. Ich habe alles lächelnd entgegengenommen. Sicher, noch mehr Hühnerbrust. Noch eine verlotterte Pflanze, nur her damit. Um zehn kam sie mit der letzten Ladung, zwei Geldbäumen und den Goldfischen. Sind Goldfische mein ewiges Schicksal? Ich stand da auf der Verandastufe unter der Lampe, und es hätte auch nichts gebracht, sie hereinzubitten, weil sie wieder zurück und ihr leeres Haus noch ausfegen musste. Es gab auch sowieso nichts mehr zu sagen …

Elizabeth hatte elend ausgesehen, als Kate ihr die Pflanze überreicht hatte. Sie hatte sie vor sich gehalten, so ruhig und ernsthaft wie eine Messdienerin. Kate hatte gewusst, dass sie Elizabeth vermissen würde. Es war nahezu unmöglich, wieder eine Freundschaft aufzubauen, die so eng war wie mit der Freundin, die sie seit ihren ersten Tagen als Mutter kannte. Sie würde ihre Dienstag- und Donnerstagnachmittage auf dem Spielplatz vermissen, die dem Niemandsland zwischen Mittagsschläfchen und Abendessen Struktur und Halt gaben. Und wenn Elizabeth das dritte Kind bekommen sollte, das sie sich wünschte, würde Kate nicht in der Nähe wohnen, um zu sehen, wie die Schwangerschaft fortschritt und das Kind aufwuchs. Die Emotionalität des Augenblicks wurde Kate mit einem Mal zu viel, und sie sehnte sich danach, es kurz zu machen, es herunterzuspielen. Doch verwirrt sah sie, dass es für Elizabeth noch mehr bedeutete. Im Schein der Verandalampe sah sie Tränen in ihren Augen. Kate hatte viel von Elizabeth miterlebt. Aber sie hatte sie nie weinen sehen.

… Nichts wird mehr so sein wie vorher, und sie ahnt es nicht einmal. Wenn die Spielgruppenfrauen affektierte Bemerkungen machen, gibt ihnen niemand mehr mit einem lustigen Seitenhieb einen Dämpfer, der sie wieder auf den Boden bringt, auch wenn es manchmal verletzend war. Keine Abende mehr mit Pizza, wenn die Männer weg sind und aus einem Glas Wein zwei werden und wir uns über ihre Nachahmungen von Chris und den Kindern totlachen. Wenn sie sich wirklich auf etwas einlässt – ein Kind, ein Haustier, selbst ein Obstkuchen –, dann blüht es einfach auf. Alles fühlt sich jetzt schon langweilig an. Sie ist schon gar nicht mehr richtig hier.

Kate legte das Buch beiseite und kühlte sich mit den Handflächen ihre heißen Wangen. Langsam und tief atmete sie durch die Lücke zwischen ihren Händen ein. Eine ganze

Weile saß sie so da und merkte nicht, wie ihr traumartiger Zustand in tatsächliche Träume überging.

Sie befand sich auf einem Transatlantikflug. Irgendwie sollte sie Chris treffen, ein Notfall, eine Rettung. Sie umklammerte auf ihrem Schoß ein unhandliches Handgepäckstück, Fluchtwerkzeuge, und klingelte nach einem Flugbegleiter, der ihr dabei helfen sollte, die Tasche im Gepäckfach zu verstauen. Mehrere Augenblicke verstrichen, und niemand kam. Sie sah den Gang entlang nach vorn und spähte dann nach hinten. Doch die Flugbegleiter, die bei den Aluminiumwägelchen herumstanden, waren riesige Kaninchen mit langen Nasen und grinsten verschlagen wie Ratten unter ihren feschen Hütchen. In allen Sitzreihen saßen Kaninchen. Sie waren grau und hatten herunterhängende fettige Schnurrhaare, manche hatten rote Augen und hervorstehende Zähne wie Stalaktiten zwischen schmalen Lippen. Kate wich zurück und ließ ihre Tasche fallen, die sich zu winden begann. Sie griff hinein, um ihre Utensilien in Sicherheit zu bringen, zog stattdessen jedoch eine Handvoll winziger Kaninchenbabys heraus, die nackt waren und wimmerten und deren Augen noch geschlossen waren. *Alle sind Ihre Kinder*, ließ sich eine Stimme über die Lautsprecheranlage vernehmen. Kate hielt die Kaninchen in den Händen, doch sie schrumpften, und sie konnte sie kaum noch festhalten, als sie ihr durch die Finger glitten und eines nach dem anderen mit einem grotesken dumpfen Poltern zu Boden fiel.

Kate wachte durch ein Poltern auf, von einem Geräusch im Haus, das in ihren Traum eingedrungen war. Sie setzte sich auf der Chaiselongue auf und war sofort hellwach. Sie lauschte den Geräuschen. Schritte auf der Veranda. Kratzen auf Holz und das Knarren von einem Gegenstand, der angehoben wurde und dabei über etwas scheuerte. Ein Fenster wurde geöffnet.

Sie stolperte über die Kante der Liege und krabbelte zur Luke. Vor ihr lief ein Film ab, in dem Waffen und Fesseln vorkamen; auch Geldforderungen und eine vergebliche Suche nach Wertsachen malte sie sich aus. Und dann Wut über die zu geringe Beute. Der Schlosser hatte sie vor Einbrüchen gewarnt. Ihr Herzschlag pulsierte in ihren Ohren, und ihre Kinder lagen unten in ihren Betten, und der Weg zur Leiter war endlos.

Sie war unachtsam gewesen. Etwas war ihr entgangen. Bei all ihren Vorkehrungen, ihren Feuerlöschern und Wasserkühlern und Vorräten in der Reserveradmulde hatte sie keinen Plan für Eindringlinge. So würde es also ablaufen. Sollte sie ihre schlafenden Kinder erwähnen und um Gnade flehen, oder wurde es dadurch nur schlimmer? Was hatte Elizabeth … Wie hatte Elizabeth …

Sie kraxelte die Leiter hinunter, verfehlte dabei die Stufen und fiel die letzten hinab.

»Kate, ich bin's«, ertönte eine Stimme aus dem Wohnzimmer. »Du hast abgeschlossen. Ich wollte euch nicht aufwecken.«

Sie hockte sich auf den Boden und versuchte sich zu beruhigen. Dann stand sie auf, ging aus dem Schlafzimmer und wischte sich dabei die feuchten Handflächen ab.

Chris kletterte weiter durchs Fenster und sah aus wie jemand, der einen Transatlantikflug hinter sich hatte: dunkler Anzug, in dem er offenbar geschlafen hatte, lose, schief hängende Krawatte. Sein kupferfarbenes Haar fiel in Strähnen herab und ließ vermuten, dass die letzte Dusche einige Zeitzonen zurücklag. Ihn zu Hause zu sehen, zu wissen, dass er nicht länger an Top-Tourismus-Standorten herumspazierte, durchflutete Kate mit einer Erleichterung, die so stark war wie Verlangen.

Chris blickte auf und sah sie kraftlos in ihrem alten

schwarzen Unterhemd in der Tür stehen. Er ließ seine Reisetasche draußen vor dem Fenster stehen und ging auf sie zu.

»Willkommen zu Hause«, begrüßte Kate ihn, als er sie auf die Stirn küsste.

»Es ist schön, wieder da zu sein.« Er strich mit der Hand über den Streifen nackter Haut an ihrer Taille und hakte einen Zeigefinger in den Bund ihrer Shorts.

»Hast du schon gegessen? Es gibt noch Pizza.«

»Hab keinen Hunger«, sagte er. »Zumindest nicht darauf.«

Sie lächelte, auch wenn ihr Herz noch heftig schlug.

»Scheint, als hätte jemand eine besondere Filmauswahl in der ersten Klasse gehabt.«

Sie lehnte sich in seinen Armen zurück und sah ihm suchend in die Augen. Seine Augen trafen ihren Blick, müde, aber direkt. Falls ein gebräuntes Bein sein Gewissen belastete – und sie hatte keinen Grund, das anzunehmen –, so war es nicht zu entdecken.

Sie zog ihm die Krawatte aus dem Kragen und knöpfte dann sein faltiges Jackett und das zerknitterte Hemd auf. Das Jackett ließ sie zu Boden fallen. Er lächelte amüsiert über die Rückkehr der Frau, die sie monatelang nicht gewesen war, und sie fuhr mit der Selbstsicherheit eines Menschen fort, der schlechten Quoten getrotzt hatte. Chris war wieder da. Er war im Land der negativen Schlagzeilen gewesen und hatte alles riskiert. Doch nichts war geschehen, und er war wieder da.

Kate dachte flüchtig an all das, was hätte passieren können – ein Märtyrer, der sich in die Luft jagte, Chris' verkohltes Portemonnaie, das ihr die Botschaft sandte –, und fragte sich, ob alles jemals wieder einfach sein würde, eine Reise wieder eine Reise und ein Geräusch auf der Veranda nur ein Geräusch. Nichts war vorgefallen, das Schicksal hatte nicht zugeschlagen, nicht dieses Mal. Was immer sie auch erwartete, sie wusste es nicht.

Sie ließ sich aufs Bett sinken und legte die Stirn auf Chris' bloßen Bauch. Er fuhr durch ihr Haar und strich ihr lange Strähnen aus der Stirn, wie ein Vater oder eine Mutter es tun würde, um ein Fieber zu lindern. Vielleicht wollte er einfach ihr Gesicht besser sehen. Dann legte er sich neben sie. Sie schloss die Augen und atmete seinen vertrauten Geruch ein. Sie nahm andere Gerüche wahr, die sie vage in Straßen verortete, wo ungefilterte Abgase und der Rauch starker Zigaretten umherwehten, Gerüche, die sie mit den rot verfärbten Lippen Betel kauender Menschen assoziierte und mit Körben voller Kardamom, Nelken und Kampfer auf einem Marktplatz. Er war fort gewesen. Doch er war wieder da.

Einen Moment lang sah Kate Dave Martin im Dunkeln vor sich, dachte an sein Jahr einsamer langer Nächte und stellte sich vor, wie er in der Küche neben seinem jungen energiegeladenen Kindermädchen stand. Sie trug in der Sommerhitze ein Trägershirt, und ein BH-Träger war ihr unter dem gerippten Oberteil über die Schulter gerutscht. Und obwohl Dave den flüchtigen Impuls verspüren würde, ihn hochzuschieben, würde er es wahrscheinlich nicht tun.

Kate legte Chris eine Hand auf die Brust und fuhr sacht mit dem Daumen über seine Muskeln. Er schob ihr einen Träger ihres Unterhemds von der Schulter und drückte seine Lippen an die Stelle, lang und sanft, als wäre auch sie fort gewesen.

Fünfundzwanzig

Die Morgensonne auf der Veranda war beinahe tropisch. Kate saß auf einem verwitterten Holzliegestuhl und hatte ihre Kaffeetasse auf der breiten zersplitterten Armlehne abgestellt. Am Terrassentisch malten die Kinder in Malbüchern aus Asien, die Chris am Abend zuvor für sie hingelegt hatte.

»Ich brauch lila.« Piper griff über den Tisch nach den Stiften, die auf einem Haufen vor James lagen. »Für Jasmines Kleid.«

»Das ist nicht Jasmine, das ist jemand anders.«

»Doch, ist sie wohl. Guck dir ihre Augen an.«

James seufzte mit der Geduld von jemandem, der schon die ganze Welt gesehen hatte. »Es gibt auch andere Leute mit solchen Augen, Piper.«

Kate zog ihre Kapuzenjacke von den nackten Schultern. Sie schloss die Augen und ließ den Kopf zurück gegen die Holzlatten des Stuhls sinken. Sie hatte letzte Nacht wenig geschlafen. Das machte ihr nichts aus. Sie hatten das gebraucht.

Hinter ihnen erklang ein Geräusch. »Dad!«, rief James.

Chris kam müde grinsend und mit furchtbaren Haaren auf die Veranda, und die Kinder liefen ihm entgegen. Sie redeten gleichzeitig auf ihn ein in einem Wettstreit um seine Aufmerksamkeit. Er legte Kate die Hand auf die Schulter und rieb ihr mit dem Daumen über den Nacken. Sie streckte die Hand aus und strich ihm über die Knöchel. Dann stand sie auf, um sich noch Kaffee zu holen.

Während sie sich einschenkte, sah sie ihnen durchs Fenster zu. Piper beugte sich nach vorn und streckte das Kinn heraus; sie wollte ihrem Vater von ihrem ersten Tauchgang erzählen. Kate beobachtete, wie Chris der Darstellung folgte, und sah, wie sich Lachfältchen an seinen Augen bildeten, als Piper die Krebse auf dem Meeresgrund beschrieb. Kate wusste, dass ihr Gefühl, etwas verpasst zu haben, genauso stark wäre wie die Freude darüber, es erzählt zu bekommen, wenn es sich andersherum verhielt und sie diejenige wäre, die so lange fort gewesen war. Sie und Chris waren unterschiedlich gepolt.

Als sie auch eine Tasse Kaffee für Chris einschenkte, klingelte ihr Handy auf dem Küchentresen. Sie sah auf das Display und entdeckte eine unbekannte Nummer mit Washingtoner Vorwahl. »Hallo?«

»Kate, hier ist Anthony. Bist du noch im Urlaub?«

Sie hätte nicht rangehen sollen. Sie war nicht darauf vorbereitet, über den Job im Restaurant zu reden. »Hi. Ja, wir haben noch ungefähr eine Woche.«

»Wie läuft's?«

»Super. Wir kommen jedes Jahr hierher. Es ist einfach toll hier.«

»Schön. Und hast du schon mit den Restaurantbesitzern gesprochen?«

»Nein«, entgegnete sie. »Sie haben sich nicht gemeldet.«

Er antwortete nicht sofort. »Du solltest dich ja auch bei ihnen melden.«

Durchs Fenster sah sie, wie James einen Putt vorführte und dann hochsprang und mit den Fäusten in die Luft schlug. Chris schlug mit beiden Händen bei ihm ein.

»Tatsächlich? Ich dachte, sie würden sich bei mir melden. Ups.«

»›Ups‹?« Anthony seufzte. »Ruf sie an, Kate. Sie werden sich im Laufe der nächsten Wochen ernsthaft um eine Patissière kümmern, und dann verlierst du deinen Vorteil. Wir brauchen dich. Wir brauchen deine Crème brûlée.«

Brauchen. Das musste eines der am häufigsten missbrauchten Wörter sein. Sie mochte Anthony. Doch in dem Moment, in dem sie ablehnte – wenn sie denn ablehnte –, würde er irgendeinen anderen Kollegen an der Strippe haben und unbedingt dessen Schokoladensoufflé brauchen.

»Haben sie schon einen Eröffnungstermin festgelegt?«

»Nein. Sie möbeln noch die Location auf. Aber ich glaube, den Oberkellner und den Sommelier haben sie schon.«

Draußen zogen die Kinder gerade lange Päckchen aus einer von Chris' Taschen. Piper faltete Drachen aus buntem glänzendem Papier auseinander. Chris deutete auf den Rasen, und alle drei verließen die Veranda.

»Sag noch mal«, hakte Kate nach. »Ging es um eine Vollzeitstelle?«

»Vollzeit?«, fragte Anthony. »Wie meinst du das?«

»Na ja, wie viele Leute stellen sie ein? Du weißt schon, gibt es die Möglichkeit, weniger Tage zu übernehmen?«

Er schien verwirrt und zögerte. »So wie eine Stellenaufteilung?«

»So was in der Art. Also, wenn genügend Leute für die Desserts angestellt wären, dann müsste nicht einer die ganze Zeit da sein.«

»Was ist los mit dir?«, brach es aus ihm heraus. »Natürlich ist es Vollzeit. Es geht hier nicht um irgendeinen Hot-Dog-Stand.«

Sie fuhr sich mit der Hand durch die Haare. Sie hätte nichts sagen sollen. »Nein, das weiß ich. Beruhige dich. Ich kannte nur jemanden in Connecticut, der das so geregelt hat.«

»Na ja, das ist ja auch *Connecticut*. Diese Investoren haben den Beard-Preis für ihr letztes Projekt bekommen. Den bekommt man nicht mit einer Scheiß-Teilzeit-Regelung.« Er seufzte. Anthony war ein Seufzer.

»Katie, wenn es dir damit nicht ernst ist, dann musst du's mir sagen. Es wär toll, wenn wir wieder zusammen arbeiten würden, aber ich geh hier kein Risiko ein, nur damit du dann einen auf Mami machst.«

Beinahe wollte sie ins Telefon blaffen, dass sie natürlich das Angebot annehmen würde. Es war wirklich eine großartige Gelegenheit. Sie konnte die glatten Edelstahlgeräte in den Händen spüren, die Kontrolle, die zum Erfolg führte, die Fähigkeit, alle Eventualitäten einzukalkulieren, was in anderen Lebensbereichen nicht oft der Fall war. Ein Bild von Jonah mit seiner Winnie-the-Pooh-Brotdose tauchte vor ihrem inneren Auge auf, der dreijährige Jonah mit wilden Locken an seinem ersten Tag in der Vorschule. Elizabeth, die ihn abholte und sich mit gemischten Gefühlen darüber freute, dass er nicht mitkommen wollte. *So schnell. Es geht alles so schnell vorbei.*

»Nein, nein, ich rufe sie an«, beruhigte sie ihn. »Gib mir noch mal die Nummer.« Als sie nach einem Stift griff, sah sie, wie Chris Piper dabei half, einen kunterbunten Drachen steigen zu lassen. Der Drachen stieg höher und wurde vom unberechenbaren Wind davongetragen. Pipers Hände erstarrten ausgestreckt vor ihr und wollten ebenso sehr festhalten wie loslassen.

Kate ging mit den beiden Kaffeetassen in den Händen und der Kamera unterm Arm in den Garten. Chris und die Kinder rannten über den Rasen und versuchten, die Drachen in der Luft zu halten. Die geometrischen Formen hüpften etwa zwanzig Meter über der Erde auf und nieder und stürzten nur dann nicht ab, wenn die Läufer in Bewegung blieben.

Kate stellte den Kaffee ab und nahm die Schutzkappe

von der Linse. Als sie auf die drei fokussierte, füllten ihre lebhaften Gesichter die Linse. James sprang rückwärts und sah hoffnungsvoll zu seinem Drachen auf. *Klick*. Er übergab Piper die Schnur und lächelte sie ermutigend an, während sie zu ihm aufschaute, als hätte er gerade den Mond an den Himmel gehängt. *Klick*. Chris mit Augen und Haaren, die schon zwölf Stunden weiter waren, und einem Ausdruck voller Liebe.

Eines Morgens, als sie sich schon eine Weile trafen und kurz bevor sie sich verlobten, hatte Chris Kate im Hotel-Restaurant überrascht. Sie hatte sich im Raum umgesehen, und dort saß er an einem der Tische, gerade zurück aus Südamerika, als er eigentlich für ein dringendes Projekt direkt ins Büro hätte gehen sollen. Er hatte verschlafen ausgesehen, und seine Haare waren wirr, doch er trank zufrieden seinen Kaffee, während er auf sie wartete. Das war Chris. Ihm war es egal, wie er aussah oder wo er sein sollte, wenn ihm etwas anderes wichtiger war. Sie hatte damals eine so heftige Liebe verspürt, dass sie wusste, sie würde sie immer begleiten. Was sie nicht gewusst hatte, war, dass es manchmal anstrengend war, damit zu leben.

Sie rannten wieder über den Rasen, und Chris verlangsamte seine Schritte, um auf der Veranda seinen Kaffee zu trinken.

»Danke.« Er nahm einen Schluck, und entweder bemerkte er es nicht oder es war ihm egal, dass der Kaffee nur noch lauwarm war, nachdem er dagestanden hatte, während Kate am Telefon war. Chris sah wieder zu den Kindern, die wild mit den Drachen spielten. »Ich gebe ihm noch zehn Sekunden in der Luft.«

»Ich gebe ihnen noch zehn Minuten, bis er kaputtgeht.«

»Das ist unfair.«

Pipers Drachen war bereits heruntergefallen, doch die

beiden versuchten gemeinsam, James' Drachen oben zu halten.

»Hast du eben telefoniert?«, fragte Chris.

»Ja. Das war Anthony. Wegen des Restaurants.«

Chris trank im Stehen seinen Kaffee, während er den Kindern zusah, und machte einen Schritt auf den Rasen zu.

»Was hast du ihm gesagt?« Seine Körpersprache verriet, dass das hier ein Gespräch von dreißig Sekunden war.

»Ich habe ihm gesagt, dass ich die Besitzer anrufe«, antwortete Kate. »Das hätte ich schon längst tun sollen, aber ich dachte, sie würden sich bei mir melden. Ich muss mich also mal darum kümmern.«

Er drehte sich überrascht um. »Oh.«

Er hatte erwartet, dass sie bereits abgelehnt hätte.

»Na ja, ich sollte mir zumindest anhören, was sie sagen«, gab sie zurück.

Chris lächelte sie erwartungsvoll an. »Was musst du denn noch hören, was du nicht sowieso schon weißt?«

»Ein paar Details. Das Eröffnungsdatum. Das Gehalt. Die Funktion.«

»Die Funktion?«

In seinen Augen lag dieser milde Ausdruck, den er hatte, wenn er etwas unsinnig fand.

»Na ja, wie umfangreich mein Aufgabenbereich wäre. Vielleicht könnte man sich auch etwas teilen. Dass ein paar Leute verschiedene Schichten übernehmen mit den Desserts und anderen Aufgaben.«

Es war unrealistisch, und das wussten sie beide.

»So läuft das normalerweise aber nicht im Restaurant, oder?«

Es war eine rhetorische Frage, doch Chris wollte seinen Standpunkt klarmachen und ihre Zustimmung haben. Dass es momentan zu viel war, dass sie in ihrem Leben noch nicht so weit waren, dass es in ein paar Jahren andere Restaurants geben würde, wenn die familiäre Situation sich so verändert hätte, dass sie wieder arbeiten gehen konnte. Es war offensichtlich, dass er so dachte, aber er wollte es nicht für sie aussprechen müssen.

Kate wusste, dass sie sich in diesem Punkt einig waren. Sie waren nicht Elizabeth und Dave. Chris würde sie unterstützen, doch war es ihm lieber, wenn sie zu Hause war, während er sich in Bali oder Boston aufhielt. Ihr selbst missfiel die Vorstellung einer Ganztagsbetreuung für die Kinder ebenfalls, und bei ihren Arbeitszeiten müsste sie auch die zahlreichen Schulaktivitäten und Picknicke nach dem Staffellauf ausfallen lassen; ganz abgesehen davon, dass sie am Wochenende nicht freihätte. Aber sie hatte das Gefühl, dass auch jemand die andere Seite vertreten sollte. Viele Mütter hatten Vollzeitjobs mit unkonventionellen Arbeitszeiten, weil sie entweder keine Wahl hatten oder es so wollten oder beides. Hier fehlte jemand, der dafür Partei ergriff, das, was man liebte, zu verfolgen. Doch wenn Kate sich vorstellte, was diese dritte Partei sagen würde, klang es stets hohl. Außer wenn Elizabeth es schriftlich formulierte. *Es ging um Identität, um etwas, das mir gehörte, den Augenblick um ein Uhr nachts, der hinter der Idee stand, die dann verwirklicht wurde, und der nichts mit Dave oder den Kindern zu tun hatte.*

Chris nahm ihr sachte die Kamera aus der Hand und wandte sich wieder den Kindern zu. Er hielt die Linse auf James, der Piper dabei half, ihre Schnur zu entwirren. Sie sah ihn bewundernd und zuversichtlich an, hatte Vertrauen in ihren älteren Bruder, der die Dinge geradebiegen konnte, wenn er nicht gerade auf ihrer Welt herumtrampelte. Kate konnte den großen Bruder sehen, zu dem er werden würde, wenn er von Menschen umgeben wurde, die ihn zu Freundlichkeit und Loyalität ermutigten statt zu dem allzu einfachen Vergnügen, jüngere Geschwister niederzumachen.

Klick. Chris sah sich das Bild auf dem Display an. Dann drückte er auf die Rückwärtstaste, um durch die Fotos zu blättern, die Kate gerade geknipst hatte – bunte Drachen vor dem Himmel, fröhliche Kindergesichter, die nach oben schauten –, und setzte sich hin, um bei seinem Kaffee die alten Urlaubsfotos anzusehen. Das Thema Restaurant war erledigt.

Kate drehte sich um und ging ins Haus, um etwas zu essen. Die Nummer des Restaurantbesitzers lag auf der Anrichte. Sie konnte wahrscheinlich erst mal eine Nachricht auf der Mailbox hinterlassen: *Hallo, hier ist Kate Spenser, die Bekannte von Anthony Devillier. Ich würde gern mit Ihnen über die Stelle reden*. Oder: *Hallo, Kate Spenser hier. Ich wollte Ihnen Bescheid geben, dass ich das Angebot leider ablehnen muss*. Sie zog den Deckel aus Alufolie von einem Joghurtbecher ab und holte einen Löffel aus der Schublade. Als sie wieder auf die Veranda kam, betrachtete Chris gerade eingehend die Kamera. Sie lehnte sich über seine Schulter; sie hatte am Strand und am Karussell ein paar gute Bilder geschossen. Aber er sah die Fotos vom Krocket an, auf denen Piper winzig zwischen Dave Martins langen Armen stand, als er ihr zeigte, wie man den Hammer schwang. Dave, der vor kurzem bei ihnen im Garten gestanden hatte, sandig und ohne T-Shirt, so zu Hause in der Szenerie mit den Kindern, dass es den Eindruck erweckte, als hätte er mehrere Tage hier verbracht.

Chris sah zu ihr hoch. »Wann war denn Dave Martin hier?«

Kate wurde bewusst, dass sie es noch nicht erwähnt hatte. Schon während sie den Mund öffnete, wusste sie, dass sie nicht die richtigen Worte fand. *Ja, kannst du das glauben, dass er tatsächlich vorbeigekommen ist? Hab ich gestern Abend gar nicht dran gedacht*. Das hätte sie ihm sagen und ihn dabei berühren sollen, um ihn daran zu erinnern, warum sie abgelenkt gewesen war. Doch sie lachte verlegen und sagte: »Oh ja, das habe ich dir ja noch gar nicht erzählt.«

Er klickte zurück zum vorherigen Bild und sah die Kinder in ihren Schlafanzügen auf dem Rasen herumtollen und dann auf dem Bild davor Dave, wie er in der Küche Pfannkuchen aß.

»Ist er über Nacht geblieben?«

»Nein. Sie sind morgens früh hergekommen. Es war nur ein Tagesausflug. Wir haben Burger gegessen, und dann sind sie am selben Abend wieder gefahren.«

»Oh.«

Er hielt ihren Blick noch einen Moment länger mit einem schwer zu deutenden Ausdruck fest. Dann sah er wieder auf das Display, sah Dave Martin an ihren Küchentresen gelehnt, zerzaust, entspannt, zu Hause.

Sechsundzwanzig

Die Sonne war bereits vor ein paar Stunden untergegangen, und auf einem großen Segelboot vor der Küste wurde noch immer gefeiert. Seine Umrisse waren von Lichterketten erleuchtet, und der Mast und die Segel blinkten wie ein nautischer Weihnachtsbaum. Musik und Gelächter drangen durch die geöffneten Fenster der Dachkammer.

Nur noch wenige Einträge verblieben in dem mit dem Foto von Elizabeth, Jonah und Anna beklebten Buch. Die Truhe stand neben der Liege auf dem Boden, und der aufgebrochene Deckel hing schief in den Scharnieren. Heute Abend würde Kate das nächste und letzte Tagebuch beginnen, das sie durch die letzten Monate von Elizabeths letztem Jahr führen würde – Emilys Geburt, Elizabeths achtunddreißigster Geburtstag und die Ereignisse, die sie zu Michael geführt haben mochten. Zu Kates Überraschung verschaffte der Gedanke an das Ende der Tagebücher ihr keine Erleichterung. Es hatte sich wie ein Gespräch angefühlt, die Tagebücher zu lesen, eine Unterhaltung, die nie geführt worden war, und sie wollte nicht, dass sie aufhörte. Es gab nichts, niemanden, der Elizabeths Platz einnehmen konnte.

Mit einem Glas Eistee neben sich setzte sich Kate auf die Chaiselongue und schlug die letzten Seiten des Tagebuchs auf.

Im Spätherbst 2000 hatte sich der Tonfall von Elizabeths Einträgen verändert. Sie waren heiterer und drehten sich um lustige und frustrierende Ereignisse rund um die Kinder, um Einzelheiten ihres Familienlebens und um Urlaubspläne. *Die Kinder spielen im Wohnzimmer mit dem Krippenspielset und tun so, als wären Maria, Josef und der Engel drei Golfspieler. Ich glaube, der Engel hat gerade »Achtung Ball!« gerufen. Dieses Jahr haben sie richtig Lust darauf, und nach all den Jahren, in denen es mir vor Weihnachten gegraut hat, freue ich mich nun auch. Nadia bezeichnet es als gutes Barometer fürs Glücklichsein.*

Wieder versuchte Kate, jemanden mit dem Namen Nadia einzuordnen, doch es gelang ihr nicht.

In diesen Monaten gab es keine Zeichen von Unzufriedenheit mehr. Elizabeth erwähnte hin und wieder die Malerei und ihre zaghaften Pläne mit der Inselgalerie. Sie hatte jahrelang nicht mehr so oft und innig über Dave geschrieben wie jetzt.

Dave hat vor ein paar Tagen den Spider zum Laufen gebracht und ist im siebten Himmel. Alle Fenster runter mitten im Dezember, das Haar vom Wind zerzaust. Man sieht die kleine Stelle, wo es dünner wird, die er sich aber nicht eingesteht und die ich mit Sicherheit nicht ansprechen werde. Er kam mit tausend Metern Weihnachtsgirlanden zurück, die ich dann am Geländer angebracht habe, während Anna geschlafen hat. Als sie aufgewacht ist, stand sie oben an der Treppe, und ihr sind fast die Augen ausgefallen. »Mommy! AN DER TREPPE IST EINE HECKE GEWACHSEN!« Unfassbar, dass wir nächstes Jahr um diese Zeit ein drittes Kind haben!

Es klang mehr nach der Elizabeth, die Kate gekannt hatte, nach einer Mutter, die ihre Familie über alles liebte. Sie begeisterte sich für ihre Schwangerschaft, dokumentierte jede Kleinigkeit und jeden Ultraschall, als wäre es ihr erster. *Die Sonde kletterte die Wirbelsäule wie eine Treppe hinauf und zoomte dann das Gesicht ran. Der Fötus hatte eine Hand vor den Augen, als hätte er schon keine Lust mehr auf uns und unser ständiges Glotzen: Ah, schon wieder Paparazzi!*

Gleich nach Emilys Geburt war Kate aus Washington gekommen und hatte es ins Krankenhaus geschafft, bevor Elizabeth entlassen wurde. Sie saß neben ihr auf dem Bett und sah in die matten Augen des Säuglings, so undurchdringlich und reglos wie die eines großen Fischs. Sie redeten über die kleinen Makel, die eine Mutter eigentlich gar nicht bemerkten sollte: ein umgeknicktes Ohr, genau wie bei Jonah, von dem man hoffte, dass es sich wieder aufklappte; ein Wirbel Haare zwischen den Schulterblättern – halb Engel, halb Gnom –, von dem man sich wünschte, dass er sich in der Mauser verflüchtigen würde.

Elizabeth konnte ihre Erleichterung darüber, dass es wieder ein Mädchen war, nicht verbergen. *Ich bin so froh, dass sie einander haben werden.*

Kate hatte schwach gelächelt und an die durchwachsene Beziehung zu ihrer Schwester Rachel gedacht. Doch schon während sie darüber nachdachte, berichtigte sie sich. Eine Beziehung entwickelte sich ständig weiter, und solange beide Seiten am Leben waren, konnte sie sich verändern. Stattdessen sagte sie aber zu Elizabeth: *Na ja, manchmal sind die Freundinnen, die man findet, ebenso gut wie eine Schwester.*

Damals hatte Kate geglaubt, dass das für sie beide galt, aus verschiedenen Gründen. Elizabeth dachte wahrscheinlich, Kate könnte sich nicht vorstellen, wie es war, Einzelkind zu sein. Wenn man keine Geschwister hatte, auf die sich die übereifrige Liebe der Eltern verteilen konnte. Sie wusste ja nicht, dass Elizabeth eigentlich kein Einzelkind war und es diese erdrückende Liebe nie gegeben hatte. Und Kate hatte angenommen, dass Elizabeth nie verstehen würde, wie es war, sich stets minderwertig zu fühlen. Wie wenig Kate doch gewusst hatte.

Sie hatten lange schweigend dagesessen, glücklich und melancholisch zugleich, und Kate hatte ihre Kamera hervorgeholt und das Foto geschossen, das seitdem am Kühlschrank der Martins hing. Elizabeth, blass in ihrem Nachthemd, und das Baby, ein rosafarbener Klecks an ihrer Brust.

Kate hob den Deckel der Truhe und griff nach dem nächsten Buch auf dem Stapel. Doch sie fand lediglich das unbeklebte Buch, das sie bereits gelesen hatte, nachdem sie im Juni das Haus der Martins verlassen hatte. Darunter lagen die Bücher, die sie schon kannte, und darunter war die ausgeblichene gestreifte Auskleidung der alten Truhe zu fühlen. Sie sah erst den Stapel in der Mitte durch und dann den auf der linken Seite, fand aber nichts Neues. Ihr Atem beschleunigte sich.

Sie kippte die Truhe auf die Seite und zog die Bücher zu sich heran. Das Aufsatzheft mit den Aufklebern. Der Einband vom College mit den geometrischen Formen, das Buch mit Pastellkreidestreifen und andere, die sie schon gelesen hatte. Sie legte sie alle nebeneinander und suchte nach einem, das sie vielleicht übersehen hatte, doch keines kam ihr unbekannt vor. Das Buch, das sie gerade beendet hatte, versehen mit dem Foto der lächelnden Elizabeth, wirkte wie eine Herausforderung: zuerst fade Details eines vorhersehbaren Lebens, dann verbotene Einzelheiten, die erhellten, wie Elizabeth vom Kurs abgekommen war. Weder das eine noch das andere hatte sich bewahrheitet.

Kate versuchte sich daran zu erinnern, wann – und ob – sie das fehlende Tagebuch in der Hand gehabt hatte, konnte sich aber nicht entsinnen, wie es ausgesehen hatte, genau genommen war sie sich gar nicht mehr sicher, ob sie überhaupt ein Tagebuch aus diesem Zeitraum gesehen hatte. Sie dachte, sie hätte eines aufgeschlagen, als sie damals auf dem Parkplatz am Motel gestanden hatte, und hätte ein Datum gesehen, das um Emilys Geburt herum lag, doch sie war sich nicht sicher. Aber es musste eines geben, wären doch sonst mehrere Monate bedeutender Ereignisse im Leben einer passionierten Tagebuchschreiberin nicht belegt.

Sie dachte an James, doch seitdem er herumgestöbert hatte, hatte er kein Interesse mehr an den Büchern gezeigt. Er war nicht einmal ein besonders guter Schnüffler, er hatte ja das Buch auf ihrem Bett liegen lassen. Piper konnte es nicht sein. Nicht nur konnte sie nicht lesen, sie verabscheute auch die Leiter, die in die Kammer führte, und mochte nicht einmal steile Stufen auf dem Spielplatz.

Kate ging hinunter ins Kinderzimmer. James' Atem ging in rhythmisch sägenden Zügen, und Kate konnte sein Profil mit offenem Mund im Schimmer des Nachtlichts auf dem Kissen ausmachen. Sie sah unter seinem Bett nach, wo jedoch nur der Stoffdinosaurier lag. Öffnete seine Kommodenschubladen und seinen Schrank, schob seine Bücher mit den Zehen hin und her. Lauter kleine Taschenbücher, nichts mit Spiralbindung.

Kate ging ins Schlafzimmer zurück und hielt vorm Badezimmer inne. Chris duschte gerade. Er kam nicht in Frage. Er hatte ziemlich schnell das Interesse an den Tagebüchern verloren und machte sich mehr Gedanken darum, wie sie Kate beeinflussten, als über das, was drinstand. Gerade gestern hatte sie angefangen, über Elizabeths gemischte Gefühle zu reden, was ihre Mutterrolle anging, als sie mit den Kindern am Strand waren. Er hatte sie so geduldig wie ein Therapeut angesehen und dann den Kindern am Wasser zugeschaut.

»Chris? Hast du gehört, was ich gesagt habe?«

»Ja«, hatte er erwidert. »Hast *du* gehört, was du gesagt hast?«

»Was soll das denn heißen?«

»Das soll heißen, dass du fast nur über dieses Thema sprichst, seitdem wir hier sind.«

Er hatte es mit einem Lächeln gesagt und ihr eine Handvoll Sand übers Schienbein gestreut.

»Ich weiß, dass sie dir fehlt. Aber findest du es nicht etwas seltsam, dass du dich so viel damit beschäftigst? Das sind unsere letzten paar Tage. Lass es auf sich beruhen.«

Er verscheuchte eine Fliege von ihrem Bein.

Es hatte sie geärgert, aber sie hatte keine Diskussion angefangen. Ihre Nähe seit seiner Rückkehr war süß und echt, und sie wollte sie nicht durch eine Abwehrhaltung zunichtemachen. Also stieß sie ihn mit der Schulter an, ein Friedensangebot, und lächelte traurig.

Nun aber erstarrte sie im Schlafzimmer, während sie auf die Dusche lauschte. Würde er das tun? Einfach nur, um es für den Rest ihres Urlaubs aus dem Weg zu schaffen? Im Badezimmer ertönte ein dumpfes Poltern, als die Seife herunterfiel. Sie zog vorsichtig Chris' oberste Schublade auf und tastete sich mit den Fingern durch seine Socken und Unterwäsche; sie passte genau auf, um sie wieder so ordentlich hinzulegen, wie er es mochte. Dann suchte sie in der zweiten Schublade zwischen seinen Poloshirts.

Im Schrank stand sein Koffer, in dem nur ein paar Biographien und eine Zeitschrift lagen, die er nicht ausgepackt hatte.

Ein Quietschen der Armatur und das Geräusch laufenden Wassers verstummte. Kate fuhr hastig mit der Hand unter der Matratze auf Chris' Seite entlang, auch wenn sie bereits wusste, dass sie nichts finden würde. Es passte nicht zu ihm, etwas von ihr an sich zu nehmen.

Etwas an sich nehmen.

Kate hielt inne. Sie dachte an Dave, der ins Haus geschlendert war, um zu duschen, nachdem er ihr gesagt hatte, er wolle die Tagebücher zurückhaben. Sie wusste, dass ihre Antwort ihn nicht zufriedengestellt hatte, und erinnerte sich daran, dass er lieber drinnen duschen wollte, anstatt die Außendusche zu benutzen, die bei ihren Besuchern auf der Insel sonst so beliebt war. Dann dachte sie daran, wie entspannt und beinahe selbstzufrieden er an dem Abend weggefahren war. Er hatte nicht verärgert gewirkt und auch nicht resigniert. Einfach nur pragmatisch, möglicherweise wie ein Mann, der die Angelegenheit selbst in die Hand genommen hatte.

Wie sie so im Schlafzimmer stand, wurde aus der möglichen Erklärung, dass Dave das fehlende Tagebuch an sich genommen hatte, eine Tatsache. Sie sah ihn vor sich, wie er den Ausflug auf die Insel plante, nachdem ihm klargeworden war, wie unzuverlässig sie als Treuhänderin war, dass sie sogar den Schlüssel für die Truhe verloren hatte. Sie stellte sich vor, wie er durchs Haus und ins Schlafzimmer ging, den Wandschrank öffnete, ihren Wäschekorb beiseiteschob und die Leiter emporstieg. Wie er auf der Chaiselongue vor der Truhe mit dem aufgebrochenen Deckel saß.

Sie nahm ihr Handy von der Anrichte und ging hinaus

auf die Terrasse. Als sie das Telefon aufklappte, sah sie, wie spät es war, zögerte jedoch nicht.

Dave hob nach dem dritten Klingeln mit Besorgnis in der Stimme ab. So klang jemand, der wusste, dass man einen Anruf nach 22 Uhr annehmen sollte.

»Du hast es mitgenommen. Du hast es einfach nicht ertragen, also hast du es mitgenommen, stimmt's?«

»Kate.«

Keine Verwunderung oder Leugnung, nur eine knappe Begrüßung.

»Du hattest nicht das Recht, es einfach mitzunehmen, Dave. Das ist nicht in Ordnung.«

»Verrätst du mir, wovon du sprichst?« Er hatte seine weiche Aussprache aus dem Süden angeschaltet. Er war nicht empört oder abwehrend. Eher klang er amüsiert.

»Du weißt, wovon ich spreche. Du bist in die Dachkammer hochgestiegen und hast das Tagebuch mitgenommen.«

Dave schwieg am anderen Ende der Leitung.

»Du hast es genommen, als du drinnen warst, um zu duschen.«

Er ließ sich mit seiner Antwort Zeit und sprach sehr langsam.

»Lass mich das klarstellen. Dir fehlt also ein Buch, und du weißt nicht, wieso. Und du denkst automatisch an mich, und dann rufst du mich an, um mir zu sagen, dass ich kein Recht auf die Sachen meiner Frau habe. Obwohl sie für dich anscheinend nicht so von Bedeutung sind, als dass du sie im Auge behältst. Erst der Schlüssel und jetzt eins der Bücher. Ich würde sagen, das ist Grund genug, um dich als Treuhänderin zu entlassen, meine Liebe.«

Sie spürte, wie ihre Wangen, ihre Ohren und die empfindliche Stelle an ihrem Hals glühten.

»Also platzt du herein und übernimmst das Steuer. Mich würde nur interessieren, ob du schon geplant hast, es mitgehen zu lassen, bevor du hergekommen bist, oder ob dir die Idee erst beim Abendessen gekommen ist.«

Die Worte sprudelten nur so aus ihr heraus in der Erleichterung, endlich offen reden zu können.

»War deine ganze kleine Rede darüber, dass ich dir mehr davon erzählen sollte, nur eine Show, weil du schon wusstest, dass du es mitnehmen würdest, wenn ich nicht zustimme? Oder warst du genervt und hast dann beschlossen, es mitzunehmen?«

Der Charme aus dem Süden verschwand vollkommen.

»Ich werde das nicht mit einer Antwort würdigen, Kate. Ich weiß, dass du eine besondere Freundin von Elizabeth warst, aber du machst es mir wirklich schwer, wenn du tatsächlich der Meinung bist, dass ich *kein Recht* auf die Bücher habe – wenn du glaubst, dass du mehr Anspruch auf sie hast als ich.«

»Anspruch? Wer hat denn etwas von Ansprüchen gesagt? Gott, ich habe diese Verantwortung nie gewollt, und du tust die ganze Zeit so, als hätte ich dir irgendein Unrecht zugefügt, obwohl ich doch nur die Bitte *deiner* Frau erfülle. Und es macht mich total wahnsinnig, ich kann nicht mehr schlafen, weil ich die ganze Zeit versuche, mir klarzuwerden, was ich mit ihnen –«

»*Ich bin noch nicht fertig.*« Daves Stimme klang beherrscht und aufbrausend zugleich.

»Wenn du schon mit Anschuldigungen des Diebstahls um dich wirfst, obwohl du eigentlich eines verloren hast, dann war es tatsächlich noch schlimmer, dir Elizabeths Bücher zu überlassen, als ich bisher vermutet hatte.«

»Sie mir *überlassen*?!« Die Worte kamen wie aus der Pistole geschossen.

»Als wäre ich zu dir gekommen und hätte dich darum *gebeten*! Als hätte ich das überhaupt gewollt!«

»Aber was auch immer du tust, Kate, versuch nicht, mir zu erzählen, was mein *Recht* ist und was nicht. Ich muss mich vor dir für nichts rechtfertigen. Wenn ich eins der Bücher hätte mitnehmen wollen, dann wäre das verdammt noch mal mein gutes Recht …«

»… und wenn du ein Problem damit hast, dann liegt das Problem bei dir und deiner Frau«, unterbrach sie ihn. »Weil sie genau das nicht wollte, dass du in ihren Büchern herumwühlst.«

Chris kam auf die Veranda und schüttelte mit einer Hand seine nassen Haare. Als er Kate hörte, blieb er stehen und zog die Augenbrauen hoch.

»Wag es ja nicht, mir zu sagen, was meine Frau gewollt hat«, dröhnte Dave ihr ins Ohr. »Du kanntest sie überhaupt nicht. Du hast sie nur benutzt, wenn du sie gerade brauchtest. Glaubst du, das habe ich nicht gesehen? Elizabeth hat es vielleicht nicht gemerkt, ich aber ganz bestimmt. Du bist dir so schlau und wichtig vorgekommen, weil sie zu dir aufgeschaut hat, und du hast sie wie eine Handlangerin behandelt, wie einen Babysitter-Service!«

Kate hielt sich am Verandageländer fest und legte los.

»Du hast keine Ahnung, wovon du redest! Wir haben uns gegenseitig geholfen. Die meiste Zeit warst du doch gar nicht *da*!« Ihr Schwall war nicht zu stoppen.

»Wenn du deine Frau so gut kanntest und alles so klar gesehen hast, wie kommt es dann, dass sie mit jemand anderem nach Kalifornien gehen wollte? Versuch du doch herauszufinden, was sie in Joshua Tree wollte. Mir reicht es nämlich. Mir reicht es mit euch beiden. Mich so zwischen euch zu stellen. Für mich ist das erledigt.«

Sie legte auf und warf das Telefon ins Gras.

Chris sah sie mit großen Augen an.

»Was zum Teufel ist los mit dir?«

Kate ging ein paar Schritte auf der Veranda, um ihren Atem und ihren Puls zu beruhigen, die ganz aus dem Takt gekommen waren, und lehnte sich dann an das Geländer.

»Dave hat eins von Elizabeths Tagebüchern mitgenommen, als er hier war. Das, in dem sie darüber schreibt, warum sie nach L. A. fliegen wollte. Er ist einfach reingegangen und hat es aus der Dachkammer geholt.«

Chris verdrehte die Augen und legte den Kopf in den Nacken; sein Ausdruck schien *Herr, gibt mir Kraft* zu sagen. Als er wieder zu Kate sah, lag Verwunderung in seinem Blick.

»Herrgott noch mal, es war ein Tagebuch *seiner* Frau. Ich an deiner Stelle würde sagen: Gott sei Dank bin ich es los. Ich würde es ihm überlassen, sich darüber Gedanken zu machen, wo seine Frau hinwollte. Es hat dich schon den ganzen Sommer über verrückt gemacht.«

»Verstehst du denn nicht? Ich war diejenige, die entscheiden sollte, was mit ihnen geschieht.«

Sie stampfte mit dem bloßen Fuß auf die Dielen.

»Sie hat sie mir anvertraut – das war alles. Und ich habe versagt.«

Emotionen schnürten ihr die Kehle zu, und sie wagte es nicht mehr, weiterzureden. Sie sah ihn an, als entginge ihm ein wesentlicher Punkt der Logik.

»Warum ist es dir so wichtig, sie voreinander zu schützen?« Chris beugte sich vor, um ihr in die Augen zu sehen, doch sie sah weg, als sich ihre Augen mit Tränen füllten. Er trat einen Schritt auf sie zu und nahm sie sanft bei den Schultern.

»Gib ihm die Tagebücher, und schließ damit ab. Warum bist du so darauf fixiert, es zu deinem Problem zu machen?«

Natürlich war es ihr Problem. Warum verstand er das

nicht? Elizabeth hatte sie um etwas gebeten, und nun war sie es ihr zumindest schuldig, es wiedergutzumachen.

Wiedergutmachung.

Kate hörte auf, mit dem Fuß zu stampfen, und hielt inne vor Überraschung darüber, ihren inneren Antrieb so unerwartet klar zu sehen. Die Luft war zum Ersticken, selbst draußen, und drückend wie ein Schwarm Mücken. Sie stieß sich vom Geländer ab und ging die Verandastufen hinunter. Der Rasen erstreckte sich in dunklen Umrissen bis zum Meer.

»Ich gehe ein bisschen spazieren.«

»Kate«, bat Chris sie. »Komm schon. Lass es gut sein. Es reicht.«

Das Gras unter ihren nackten Sohlen fühlte sich dick und feucht wie Seetang an. Sie beschleunigte ihre Schritte, sobald sie außer Reichweite der Verandabeleuchtung war.

»Kate!«

Sie begann zu laufen. Die Dunkelheit umhüllte sie, und sie ließ Daves Worte hinter sich – *Du hast sie nur benutzt, Handlangerin* –, genau wie die Truhe, die letztendlich nichts preisgegeben hatte, außer dass Elizabeth nicht so gewesen war, wie es den Anschein gehabt hatte, sondern sich vielleicht so gegeben hatte, weil Kate sie so behandelt hatte. Das weiche kühle Gras wurde am Strand gröber, doch Kate verlangsamte ihr Tempo nicht, als sie den Sand erreichte. Sie rannte am Wasser entlang, selbst noch als Steine in ihre Fußsohlen drückten und trockenes Seegras an den Knöcheln schürfte.

Sie stieß an einen Stein, und das brachte sie zum Stehen. Der Schmerz fuhr ihr vom kleinen Zeh bis in den Knöchel. Sie atmete scharf ein und beugte sich vornüber, die Hände auf den Knien, bis die stechenden Schmerzen nachließen. Das Wasser war wenige Meter entfernt, dunkel wie verschluckender Erdboden. Kate blieb vornübergebeugt, bis sie wieder zu Atem gekommen war. *Handlangerin.* Dann zog sie sich das Sweatshirt über den Kopf, stieg aus ihrer Hose und ging Schritt für Schritt ins Meer. Das kalte Wasser betäubte ihren Zeh, und sie ging weiter, ohne zurückzuschrecken. Sie bekam eine Gänsehaut oberhalb der Stelle, wo das Wasser ihre Schienbeine traf, dann ihre Knie, dann die Oberschenkel. Die Haare an ihren Beinen, Armen und auf ihrem Schädel richteten sich auf. Mächtiger als die Leere, durchdringender als die Angst.

Kate tauchte ins Wasser, und als sie wieder an die Oberfläche kam, verfiel sie in den Rhythmus der Schwimmerin, die sie jahrelang nicht mehr gewesen war. Sie schwamm geradewegs aufs Meer hinaus und drehte sich nach jedem vierten Schwimmzug auf die Seite, um Luft zu holen. Ihr Zeh pulsierte bei jedem Stoß, bis sie es schließlich nicht mehr spürte. Sie hielt die Augen geöffnet, doch das brennende Salzwasser spülte das Bild von Elizabeth nicht fort, ihr Gesicht mit seinem üblichen Ausdruck sanften, undurchschaubaren Wohlwollens, wie sie einen ansah und einem zuhörte, dabei aber wenig von sich selbst offenbarte. In dem Blick hatte eine zermürbende Collage aus Bewunderung, Neid und Verbitterung gelegen, doch unter alldem ein Flehen. *Bleib,* hatte der Blick gesagt. *Lass mich mehr von dir haben.*

Kate schwamm ohne Zeitgefühl und dachte nur flüchtig an die Gefahren, die sich unter ihr und um sie herum befinden mochten – verrosteter Schutt, ansteckende Bakterien, Haie. Nur wenig Geräusche waren zu hören. Wind über dem Wasser. Das Scheppern von Takelage. Dann Musik und Gelächter. Sie hielt inne und hob den Kopf über die Wasseroberfläche.

Das Partyboot, das sie zuvor gehört hatte, lag vor ihr,

nahe genug, so dass sie die Musik deutlich hören und die Menschen an Deck mit ihren Drinks sehen konnte. Eine Frau in einem schwarzen Neckholder-Kleid, ein Mann, dessen Hemd bis zum Bauchnabel aufgeknöpft war. Die Frau berührte den Mann am Arm als Reaktion auf etwas, das er gesagt hatte, und warf den Kopf lachend zurück.

Die Szene wirkte wie aus einer anderen Welt, meilenweit entfernt vom Strand, vom Bungalow und von den Kindern, dem täglichen Trott, sie glücklich, bodenständig und sicher aufwachsen zu lassen, und noch weiter entfernt von Dave, der wahrscheinlich gerade in seinem Garten auf und ab lief und über sie fluchte. Dann dachte sie an das Bild in der Küche der Martins, die zwei Stadthäuser. Eine Frau, die Wein trank und den Kopf in wildem Lachen zurückwarf, während nebenan eine Mutter das lange nasse Haar ihrer Tochter kämmte.

Kate trat weiter Wasser und malte sich aus, was Dave wohl gerade machte. Schwang er seinen Driver im dunklen Garten, oder saß er in seinem Spider und trank ein Bier bei laufendem Radio? Oder las er womöglich gerade Elizabeths vorletztes Tagebuch und erfuhr, wie fasziniert sie von einem Mann gewesen war, der sie so akzeptiert hatte, wie sie war, und sie aus der häuslichen Lethargie geweckt hatte? Wenn Dave Elizabeths Einträge über diesen Mann las und von ihrer Entscheidung, mit ihm zu verreisen, würde er vielleicht aufblicken und hinten in der Garage hinter seinem Auto ihre Staffelei sehen, die zusammengeklappt dort stand und auf der sich der Staub sammelte. Er fuhr sich vielleicht mit der Hand durchs Haar, das dicht war bis auf die Stelle, die Elizabeth nicht zu bemerken vorgegeben hatte, und fragte sich möglicherweise, seit wann es schiefgelaufen war, was geschehen war, das sie beide von einem Ring in einem Eisbecher bis hierher gebracht hatte: *Noch drei Tage bis zur Abreise. Habe noch nie so sehr auf etwas hingefiebert oder so viel erwartet.*

Das Wassertreten erschöpfte Kate. Ihr Zeh gewöhnte sich an die Kälte und begann zu pulsieren. Sie drehte sich zum Bungalow, zu den erleuchteten Fenstern am anderen Ende des Rasens. Die Nacht war kühl, gutes Wetter zum Schlafen, und Kate würde die Wolldecke hervorholen, die den Hauseigentümern gehörte und die mit Sicherheit jemand gestrickt hatte, der eine Geschichte dazu erzählen konnte. Alles hatte eine Geschichte. Jedes Wort, jede noch so kleine Geste, nichts geschah ohne Grund.

Kate kehrte dem Boot den Rücken zu und schwamm in langsamen Zügen zurück zum Strand. Chris würde im Haus auf sie warten, ein bisschen besorgt, aber nicht zu sehr. Er war nicht der Typ, der sich Sorgen machte, doch an einem Abend, an dem er seine Frau so außer sich erlebt hatte, vielleicht doch. Möglicherweise würden sie aufbleiben und reden, und er würde Verständnis für ihre Schuldgefühle und ihre Verpflichtung zeigen, auch wenn er es nicht wirklich verstand.

Vielleicht wäre es auch damit gut, wenn sie einfach zurückkam, und wenn Chris unter die Bettdecke kroch, würde sie es ihm gleichtun. Es gab nichts mehr, für das sie aufbleiben musste.

Siebenundzwanzig

In ihrer letzten Urlaubswoche fuhren sie an ihre Lieblingsstrände und bauten regelrechte Städte im Sand. Kate verband ihren Zeh und humpelte über die Landwirtschaftsmesse, sauste hohe Rutschen auf Sackleinen hinunter und stapfte durch Scheunen mit Ständen von der Landjugend. Sie sah sich so viele Holzhack- und Bratpfannenweitwurf-Wettbewerbe an, dass es bis zum nächsten Urlaub reichte. Sie luden ihre Nachbarn zu einem Hummer-und-Steak-Barbecue ein, und Kate buk Cupcakes, die sie mit Tieren in bunter Glasur verzierte, die die Lippen der Kinder blau färbte. Sie war die beste Mutter der Welt, die allerbeste.

So fest sie Chris nach ihrem nächtlichen Schwimmen auch versprochen hatte, mit den Tagebüchern abzuschließen, gelang es ihr doch nicht. Der Gedanke daran begleitete sie am Strand, bei ihren letzten Runden Minigolf und wenn sie mit überdimensionalen Eiswaffeln durch die Stadt liefen. Sie war noch nicht fertig damit. Es war genau geplant gewesen; sie sollte den Sommer über lesen und entscheiden, was mit den Büchern geschehen würde, wenn sich alles aufklärte. Doch es hatte sich nicht aufgeklärt.

Kate bezweifelte nicht, dass es noch ein Tagebuch gegeben hatte, war jedoch nicht mehr sicher, ob Dave es genommen hatte. Sie spielte seinen Besuch und seinen Abschied immer wieder durch – wie lange er im Haus gewesen war, ob er eine Tasche dabeihatte, in die ein Notizbuch passte. Einer Sache war sie sich sicher: Als er sich in der Auffahrt verabschiedet hatte, hatte er weniger resigniert auf sie gewirkt. Er war mit einer Leichtigkeit gegangen, die Kate Beweis genug schien, dass er eine Gelegenheit erfolgreich beim Schopfe gepackt hatte.

Doch nach einigen Tagen verstärkten sich ihre Zweifel. Drei Tage nach ihrem Anruf, als sie mit den Vorbereitungen für ihre Abreise begonnen hatte, erinnerte sie sich an eine Passage aus dem letzten Tagebuch, an einen Satz, den sie damals nicht weiter beachtet hatte. Sofort hatte sie aufgehört, den Kühlschrank zu putzen, und war in die Dachkammer geklettert.

Es war stickig dort oben, und die Tagebücher lagen noch verstreut auf dem Boden. Es stand im letzten Buch, in dem, das sie nach ihrem Besuch bei den Martins gelesen hatte. *Jetzt muss ich mich zusammenreißen und den Kindern auf Wiedersehen sagen und daran denken, eine große Show daraus zu machen, wenn ich die Malsachen einpacke, die sie gekauft haben. Muss sie irgendwie mit all dem fürchterlichen Schreibkram reinquetschen.* Möglicherweise hatte Elizabeth das fehlende Tagebuch mit ins Flugzeug genommen. Kate konnte sich nicht erklären, warum sie das ältere mitgenommen haben sollte anstelle des neuen Buchs, das sie vor ihrer Reise begonnen hatte, aber wenn, dann waren ihre Vorwürfe an Dave ungerechtfertigt gewesen. Und was noch schlimmer war, das wurde Kate wie mit einem dumpfen Schlag in die Magengrube bewusst, sie würde niemals verstehen, was Elizabeth nach Joshua Tree gezogen hatte.

Die Erinnerungen an das, was sie gelesen hatte, waren wie ein Kater, der nachließ und dann zurückkehrte. Wenn Kate das Abendessen zubereitete, kam ihr eine Episode aus den Jahren in Southbrook in den Sinn, und dann fiel ihr auf, wie sie es mit der neuen Version von Elizabeth umschrieb. Wenn die Frauen aus der Spielgruppe bei Elizabeth zu Hause gewesen waren, wenn sie bei ihr zu Pizza eingeladen wurden und das Wohnzimmer in einem wilden

Schlachtfeld hinterließen, hatte Elizabeth ihnen stets versichert, sie bräuchten nichts aufzuräumen. Sie hätte ihr eigenes System, und es würde sie nur eine Minute kosten, wenn sie es später machte. Jetzt konnte Kate sich Elizabeth vorstellen, wie sie erleichtert aufatmete, als sie gingen, und dann an ihren Entwürfen arbeitete, die sie bis zwei Uhr wach hielten. Und wie Elizabeth ihnen nie ein Wort davon erzählte, als würde ihre verzweifelte Suche nach etwas für sich ganz allein ihre Eignung als hingebungsvolle Mutter untergraben und sie von ihren Freundinnen abheben. Kate versuchte sich daran zu erinnern, wie oft sie Elizabeth gebeten hatte, auf die Kinder aufzupassen, als sie zeitweilig in der Restaurantberatung gearbeitet hatte. Sie hatte immer angenommen, dass sie sich genauso häufig dafür revanchiert hatte. Aber möglicherweise wollte sie es nur so sehen.

Hatten sie Elizabeth ausgenutzt? Wie so vieles im Leben war diese Frage nicht so leicht zu beantworten. Elizabeth hatte nicht viel von sich aus gesagt, und Kate hatte nicht nachgefragt. Wie viel konnte jemand tatsächlich erkennen, wenn das Gegenüber so wenig von sich offenbarte? Elizabeth hatte sich einsam gefühlt und gedacht, sie wäre die Einzige, der es so ging. Sie hatte alles für etwas Besonderes gehalten, was sie mit niemandem teilen konnte, auch wenn es sich in Wahrheit nicht so verhielt.

Michael gegenüber hatte sie sich jedoch geöffnet.

Woran merkte man, dass man verstanden wurde?, fragte sich Kate. Woran erkannte man, ob dieses Verständnis nicht auch im Ehepartner schlummerte? Wenn sie nur diesen Michael ausfindig machen könnte, dann würde sie es erfahren.

In Elizabeths Heimatstadt hatte es drei Highschools gegeben, und jede von ihnen hatte mehr als tausend Schüler in der Abschlussklasse gehabt. Drei Tage bevor sie die Insel verließen, verbrachte Kate den Abend mit Internetrecherchen. Sie klickte sich durch die Seiten der städtischen Bildungsausschüsse, durch Datenbanken, die Schulfreunde ausfindig machten, und Almuniseiten, für die auf den Websites geworben wurde.

Am nächsten Tag rief sie in den Schulen an, und obwohl sie Kate mit Hinweis auf den Datenschutz der Alumni abwehrten, konnte sie die Klassenlisten relativ leicht online aufrufen. In Elizabeths Klasse hatte es sieben Michaels gegeben. Doch nur eine Claire. Bald hatte Kate sie ausfindig gemacht, Elizabeths engste Highschool-Freundin, nun verheiratet und wohnhaft in New Jersey.

Claire nahm nach dem dritten Klingeln ab. Nachdem sie ein paar höfliche Floskeln und dann Beileidsbekundungen ausgetauscht hatten, kam Kate zum Grund ihres Anrufs. *Ich versuche, den Typen zu finden, mit dem sie während der Highschool zusammen war,* sagte sie. *Michael.*

Verwirrtes Schweigen trat ein. Ein kleines Kind weinte im Hintergrund.

Elizabeth war nie so richtig mit jemandem zusammen, sagte Claire, während sie versuchte, das aufgeregte Kind zu beruhigen. Dann überlegte sie noch einmal. *Na ja, vielleicht ohne jemandem davon zu erzählen. Elizabeth war da ein bisschen eigen.*

Die Fliegengittertür gab ächzend nach, und Kate trat in die Bäckerei. Der Verkaufsraum war leer, keine Kunden, kein Max. In der Vitrine lagen die Reste des morgendlichen Angebots. Aus der Küche ertönte Gesang.

»You fill up my se-e-e-nses …«

Sie lugte durch den Vorhang. Max spülte mit dem Rücken zu ihr Töpfe. Aus der Anlage in der Ecke erklang leise die Musik, doch es war Max' Stimme, eine Oktave höher als sonst, die den Raum erfüllte.

Kate stellte ihren großen Pappkarton auf die Vitrine und ging durch den Vorhang. Sie stimmte mit schmachtender Stimme ein. »Coooome let me looooove you ... you adorable maaan-chiiild.«

Max wedelte mit einem eingeseiften Schneebesen über die Schulter in ihre Richtung und sang leise weiter.

»John *Denver*?« Kate wischte Seifenlauge von ihrem T-Shirt. »So was singst du, wenn du alleine bist? Du bist ein heimlicher John-Denver-Fan?«

»Ich verheimliche rein gar nichts, und das weißt du«, entgegnete Max. »Ich kann mir gut vorstellen, was du unter der Dusche singst. *Someone – left the cake out – in the rain ...*«

»Donna Summer ist eine weit unterschätzte Künstlerin.«

»Hm, ja. Ihrer Zeit Jahre voraus.« Er griff zu schnell nach einem Messer im schäumenden Wasser und zuckte zusammen. »Ich dachte, wir treffen die Maklerin erst um zwei.« Er betrachtete seine Daumenkante.

»Ich dachte mir, ich komme ein bisschen früher. Ich wollte dir die hier vorbeibringen.« Sie ging wieder durch den Vorhang in den Verkaufsraum und holte den flachen Pappkarton mit drei Topfpflanzen.

»Etwas, um dein Haus besser in Szene zu setzen. Nicht dass es das nötig hätte.«

»Ach, du bist ja lieb.«

Max berührte die großen, flachen Blütenblätter der weißen Phalaenopsis so sanft wie die Wange eines Neugeborenen.

»Orchideen finde ich wunderbar. Viel besser als Blumensträuße.«

Kate nahm einen Muffin aus der Vitrine.

»Und diese Maklerin, übernimmt sie auch die Vermittlung für ein neues Haus?«

»Weiß nicht. Vielleicht wohn ich auch zur Miete. Im Herbst weiß ich Genaueres.«

Max' Haus war nicht luxuriös, aber nach seinem Geschmack gestaltet worden – mit Schwerpunkt auf der Küche, dem Esszimmer und der Bibliothek und wenig Raum für Großbildfernseher oder großes Kinderspielzeug, die Art von Zimmern, die heutzutage bei Immobilien am häufigsten gesucht wurden. Es würde ihm nicht leichtfallen, darauf zu verzichten oder es zu ersetzen.

»Gibt es Neuigkeiten bei den Ermittlungen oder von deiner Bank?«

Max machte eine wegwerfende Handbewegung. »Im Herbst, im Herbst«, wiederholte er mit der Betonung eines Dichters, der bei seiner Lesung zum Ende gelangt. »Im Herbst wird alles klarer sein.«

Kate ließ sich auf den abgewetzten Holzstuhl neben der Kücheninsel fallen und sah Max beim Abwaschen zu. Die ganze Angelegenheit war so unschön. Sicher, William war exzentrisch gewesen, aber das hätte sie sich nie träumen lassen. Max wollte kaum darüber sprechen, und sie war sich nicht sicher, wie sehr sie in ihn dringen sollte. Sie beugte sich nach vorn, um die Spannung in ihren Oberschenkelmuskeln zu lösen.

»Ich habe auch nichts dagegen, wenn der Herbst anfängt. Schule, Neuanfänge und das alles.«

Max stellte Backbleche auf das Abtropfgestell.

»Jetzt schon? Du zählst doch das ganze Jahr über die Tage bis zum Sommer.«

Kate zuckte die Achseln.

»Liest du noch die Bücher von deiner Freundin?«

»Mehr oder weniger.«

Kate streifte eine Sandale ab und stützte sich mit dem bloßen Fuß auf einer der Sprossen des Stuhls ab.

»Es sind so viele. Ich kann nicht so recht nachvollziehen, wie man Papier so viel anvertrauen kann.«

Max zog einen Spachtel aus dem Wasser und betrachtete ihn eingehend.

»Es ist gar nicht so ungewöhnlich. Ich führe ja auch Tagebuch.«

Kate sah auf. »Tatsächlich? Das wusste ich gar nicht.«

»Schon seit Jahren.«

Max trug noch einen Stapel Muffinbleche zur Spüle. Kate sah zu, wie er eines davon spülte und angetrockneten Teig vom Rand scheuerte.

»Warum? Wenn ich das fragen darf«, sagte sie.

Er hielt im Schrubben inne.

»Hast du irgendetwas mit ihnen vor? Oder schreibst du einfach gern?«

Er sah über die Schulter zu ihr.

»Es geht nicht darum, gern zu schreiben. Ich muss es einfach tun. Es ist wie ein Ventil, das mir dabei hilft, mir über vieles klarzuwerden. Ich muss dabei nicht über die Gefühle oder Urteile anderer nachdenken. Es ist der einzige Ort, an dem ich wirklich sagen kann, was ich denke.«

»Warum rufst du nicht einfach einen Freund an?«

Er lächelte sie bitter an, als hätte sie nicht verstanden, worum es eigentlich ging.

»›Das ungeprüfte Leben‹ und so, du weißt schon, Sokrates, meine Liebe.«

Sie schwiegen, während Max das Wasser ablaufen ließ.

»Und außerdem, wer will das schon alles hören? Sei ehrlich!«

Kate sah ihm zu, wie er die Küchengeräte vom Abtropfgestell nahm und wegräumte.

Ihr kam der Gedanke, dass in den meisten Beziehungen ständig zwei verschiedene Unterhaltungsstränge parallel abliefen: das, was die Menschen tatsächlich über ihr Leben mitteilten, und das, was sie nicht zur Sprache brachten, aber in Gedanken mit sich herumtrugen. *Letztendlich habe ich doch immer wieder dasselbe Gefühl, wenn es darum ging, sich anderen anzuvertrauen. Das Gegenüber hat nur selten etwas Hilfreiches anzubieten, und in der Regel fühlt man sich danach nicht besser.*

Max' Fazit hätte ebenso gut von Elizabeth kommen können. *Wer will das schon alles hören?*, hatte er gesagt.

Kate war nicht sicher, ob sie ihm jemals zu verstehen gegeben hatte, dass sie für ihn auf diese Weise da war. Doch war es ihr bisher auch nicht in den Sinn gekommen; sie dachte sich, dass die Leute sich ihr schon mitteilen würden, wenn sie das Bedürfnis danach verspürten. Es war nur ein schmaler Grat zwischen aufrichtiger Sorge und Verletzung der Privatsphäre. Doch noch ein Gedanke gab Kate einen Stich. Möglicherweise spielte auch Bequemlichkeit eine Rolle. Kate hatte einer Freundin nicht so die Hand gereicht, wie sie es hätte tun sollen. Sie ging hinüber zum Spülbecken und half Max, das Geschirr wegzuräumen.

»Also, diese Tagebücher von deiner Freundin«, setzte Max an. »Erzähl noch mal, weshalb du sie bekommen hast.«

»Sie hat es in ihrem Testament festgehalten. Falls ihr etwas zustoßen sollte, wollte sie, dass ich entscheide, was mit ihnen geschehen soll.«

»Sie hat also eine Treuhänderin eingesetzt. Interessant.« Er stellte einen Stapel Schüsseln oben in einen Schrank. »Und hast du die Truhe noch aufgebrochen?«

»Ja.«

»Und?«, fragte Max. »Hat die perfekte Mutter ihrem Mann

Hörner aufgesetzt?« Sein Mund verzog sich auf unangenehme Weise.

Kate runzelte die Stirn. »Rede nicht so abfällig über sie, Max. Es geht hier um ganz schön viel. Manches, was sie geschrieben hat, könnte die Familie ziemlich aufwühlen und ihr Bild von Elizabeth verändern.«

Max schwieg, während er die Einzelteile des Profimixers zusammensetzte und die Schüssel zurückstellte. Einen Moment lang sprach keiner von ihnen.

»Ich will ja nicht gefühllos klingen, aber so ist das Leben nun mal, Kate.«

Max wischte den Mixer an den Seiten ab.

»Wenn sie ihr Bild von ihr revidieren und neu definieren müssen, was ihre Familie ausmacht – dann ist das eben so.«

Er ließ die Schüssel etwas zu heftig einrasten.

»Da willst du doch nicht mitten hineingeraten, oder? Indem du auswählst, was sie erfahren und was nicht. Warum solltest du das tun?«

Die Frage war berechtigt. An den Stellen, wo Elizabeths Geschichte sich mit Daves überschnitt, war es auch seine Geschichte. Wenn es ihn verletzte – dann war es eben so. Aber Kate dachte immer noch an die Kapitel am Ende von Elizabeths Geschichte.

»Es nimmt einen so mit, Max, wenn man die Geschichte eines ganzen Lebens verfolgt. Elizabeth war zuerst die eine Person und wurde dann beinahe zu dieser Übermutter, weil sie das von sich erwartete. Und unabhängig davon, ob man das alles für gut befindet, habe ich auf jeden Fall das Gefühl, dass es ihr nicht gedankt wird. Sie wird für vieles verurteilt werden, und die großartige Mutter, die sie war, wird verlorengehen.«

»Was ist daran so anders als bei anderen Leuten?«

Max drehte sich zu ihr um und lehnte sich gegen die

Spüle. »Du bist auch eine großartige Mutter, aber ich wette, das warst du nicht von Anfang an. Jeder verändert sich. Man wächst mit seinen Aufgaben. Glaubst du nicht, dass ihr Mann sie gut genug kennt, um das zu verstehen?«

War es so? Sie hatte wirklich keine Ahnung. »Ich weiß es nicht. Ich hoffe.«

»Vielleicht kannst du ihm ja auch dabei helfen.« Max nahm die letzte Rührschüssel vom Abtropfgestell und sah Kate durchdringend an.

»Hmmm? Du bist doch ziemlich gut darin, Menschen so zu nehmen, wie sie sind, mit deiner ›Man kann nie wissen‹-Philosophie. Vielleicht hat deine Freundin deswegen *dir* die Bücher überlassen.«

Max nahm einen Besen und fegte um die Kücheninsel herum einen kleinen Haufen Mehl und trockene Teigstückchen zusammen. Die Vorstellung, dass Elizabeth zu Wort kommen wollte, ergab Sinn. Sie hätte es nicht gewollt, dass man die Bücher vernichtete oder versteckte. Sie wollte sie verstanden wissen.

Am einfachsten wäre es, Dave die Bücher zurückzugeben oder zumindest den Großteil. Nur ein paar ausgerissene Seiten, und die Elizabeth, die nach einem Ausweg suchte – Kleidung in einem Müllsack, in Gedanken bereits unterwegs –, hätte es nie gegeben. Noch ein paar Seiten herausgenommen, und wenn die restlichen Papierfetzen aus den Metallspiralen herausgezogen wären, würde es die Mutter mit unmütterlichen Gefühlen nicht geben. Aber ihre Bücher zu zensieren bedeutete, auch hier Elizabeth nicht als diejenige zu akzeptieren, die sie gewesen war, und in alte Stereotypen zurückzufallen, was mütterlich war und was nicht.

Kate lehnte sich gegen die Kücheninsel. »Wie bist du nur so weise geworden, Max?«

»Ich verbringe viel Zeit allein mit Brot.« Er fegte neben ihren Füßen und bemerkte ihre Bandage.

»Was ist mit deinem Zeh passiert?«

»Hab ihn mir an einem Stein gestoßen.«

Max zog eine Grimasse. Das Telefon klingelte, und er sah nach, wer anrief, bevor er den Anrufbeantworter rangehen ließ.

»Oh, da fällt mir ein, hat Anthony angerufen?«, fragte er. »Du musst dir wirklich mehr über seine Location anhören.«

»Ja, ich habe mit ihm gesprochen. Ich weiß schon alles darüber.«

»Und?«

Sie zuckte die Schultern. »Ich rede noch mit den Besitzern. Kann ja nicht schaden.«

Max nickte. »Du willst den Job gar nicht wirklich.«

Es war eher eine Feststellung als eine Frage.

»Doch.« Sie sah sich dort durchaus arbeiten. Sie konnte sich die ganze Ästhetik der nagelneuen Küche vorstellen: die glänzenden Oberflächen, die Edelstahlherde und die Regalgestelle, die sich an den Wänden erstreckten. Sie sah die ganze Bandbreite von Zutaten in aufeinander abgestimmten Schüsseln vor sich, purpurrote Beeren in einem See von Soße, und ihr vollendetes Werk, auf einem Teller angerichtet mit einem Gedicht aus zartem, blättrigem Teig. Sie konnte die Geschäftigkeit der Küche spüren, die kühne Produktivität einiger der besten Köche der Welt, die bei ihrer Tätigkeit vor sich hin summten und ab und zu die Beherrschung verloren. Und während sie herumschrien und in der Küche umherrannten, stand sie an ihrem Platz und bereitete traumhafte Köstlichkeiten zu. Selbst das Unvorhersehbare war vorhersehbar. Diese Kontrolle im Auge des Sturms fehlte ihr.

Doch irgendwann würde der Sturm sich ausbreiten und

auch ihr Zuhause einnehmen. Sie würde vergessen, wenn die Kinder etwas zur Schule mitbringen mussten, und nicht mitbekommen, wenn James sein Fahrrad wegen der dummen Kunststücke, die er nicht konnte, liegen gelassen hatte. Und schon wäre die Kontrolle weg. Manchmal würde sie sich über ihre Arbeit ärgern, manchmal über ihre Familie, vor allem aber über sich selbst, weil irgendeine Schwäche sie daran hinderte, sich in zwei Teile zu teilen.

»Mir musst du nicht sagen, dass du den Job willst«, beruhigte sie Max. »Ich bin nicht Anthony.«

»Ich will ihn ja aber. Es ist eine tolle Gelegenheit.«

Sie strich über die Arbeitsplatte.

»Der Zeitpunkt ist nur nicht so günstig.«

Max seufzte und schüttelte den Kopf. »Es ist in Ordnung, weißt du. Es ist toll, wenn man zu Hause bei seinen Kindern bleibt.«

Kate suchte aus dem Augenwinkel nach einem Anflug von Sarkasmus oder einem Anzeichen, dass die Pointe folgen würde, doch da war nichts.

»Du bist gut darin.«

»Wenn ich besser wäre, könnte ich beides hinbekommen.«

»Das stimmt nicht, und das weißt du auch.« Max hatte wenig Verständnis für Selbstgeißelung. »Da liegt eben deine Toleranzgrenze. Du bist niemand, der die Dinge schleifen lässt. Weil dabei irgendetwas immer auf der Strecke bleibt.«

Sie zog die Augenbrauen hoch, widersprach ihm aber nicht.

»Wenn du so weit bist, gibt es wieder ein Restaurant«, sagte er.

»Das glaube ich eigentlich auch.« Kate ließ den Daumen an der hölzernen Kante der Kücheninsel entlanggleiten. »Aber die Sache mit dem Catering, die Teilzeitstelle in Washington, von der du vor ein paar Wochen erzählt hast, vielleicht könntest du mir von denen die Nummer geben, wenn du sie noch hast.«

»Ich müsste sie irgendwo finden.« Er beugte sich vor, um ihr Mehl von ihrem T-Shirt zu klopfen. Das war seine Art, kleine zupfende Berührungen.

»Es ist ja auch nicht so, dass du die neusten Erkenntnisse über Kuchenteigtechnologie verpasst, wenn du ein paar Jahre lang aussetzt.« Er drehte sich um und legte die letzten Küchenhelfer in ihre Schubladen. »Auch wenn ich dich dann bestimmt nicht einstellen würde, wenn ich ein erstklassiges Restaurant wäre. Deine Technik wird auf jeden Fall etwas lascher werden, das heißt also, du musst viele Stunden im Sommer hier bei mir daran feilen.«

An diesem Abend machte Kate im Internet die Kontaktdaten von fünf der sieben Michaels ausfindig. Sie rief einen nach dem anderen an. Drei hatten nie von einer Elizabeth gehört. Einer meinte sich daran zu erinnern, dass sie in Algebra neben ihm gesessen hatte, sonst aber an nichts. Der fünfte war überrascht, dass sie geheiratet und Kinder bekommen hatte, da er gehört hatte, dass sie im College lesbisch geworden sei.

Kate legte auf und starrte auf den leuchtenden Bildschirm und die Personensuchmaske. In der Dachkammer war es still, ebenso wie an der Küste; unten erklang nur das schwache Gemurmel des Fernsehers. Sie sah auf den Cursor, der noch in dem Feld für den Vornamen blinkte. Erneut gab sie Michael ein. Dieses Mal ließ sie allerdings das Feld für den Nachnamen leer und gab als Stadt Joshua Tree ein.

Ändern Sie Ihre Sucheingabe, forderte der Bildschirm auf. *Die mit einem Sternchen versehenen Felder sind Pflichtfelder.*

Kates Augen brannten, und sie drückte die Finger darauf.

Irgendwo gab es einen Mann, der Elizabeth kannte, der ihr so viel Bestätigung und Verständnis geschenkt hatte, dass sie weggefahren und dieses Mal nicht umgekehrt war. Was hatte sie dazu veranlasst, sich ihm anzuvertrauen, was ließ sie sich in Sicherheit wiegen?

Er war wahrscheinlich wissbegierig, dachte Kate, und fasziniert von Elizabeth. Er hat bestimmt jede neue Information in sich aufgesogen und würde nicht aufgeben, bis er alles von ihr wusste. Dieser offene Anfang einer Beziehung mit jemandem, den man nicht kannte, die Verliebtheit, die Aufregung darüber, alles zu erzählen – das war einfacher, als mit demjenigen neu anzufangen, der einen schon am besten kannte, jedoch manches ausgeblendet hatte oder ganz anders sah. Sie dachte an Chris und sein Unverständnis darüber, dass sie davor zurückschreckte, nach der Bombendrohung die U-Bahn zu nehmen. Mit einem Ehepartner war es eine andere Intention, ein persönliches Interesse daran, dass alles so blieb, wie es schon immer gewesen war. Sie war die Mutter seiner Kinder. Sie war diejenige, die alles zusammenhielt. Es war von großer Bedeutung, dass sie beständig, kompetent und stark war.

Sie startete eine neue Suche, dieses Mal nur mit dem Buchstaben M als Vorname und Kalifornien als Staat. Es war töricht, wie sie die Nadel im Heuhaufen suchte.

Wo vorher der Cursor geblinkt hatte, drehte sich nun ein buntes Rädchen und schien nicht mehr aufhören zu wollen, so schwummrig war ihm angesichts der Irrationalität der Anfrage.

Achtundzwanzig

Kate starrte auf die Wand im Schlafzimmer. Das Mondlicht schien durch die durchlässigen Vorhänge und warf Muster auf das Holz wie zweidimensionales Origami aus Ästen. Stunden verstrichen. Schließlich schlug sie die Laken zurück und ging vorsichtig ins Wohnzimmer. Bei jedem Schritt spürte sie ihren gebrochenen Zeh.

Sie hatte schon lange nicht mehr nachts ferngesehen. Auf einem Shoppingsender glitzerte der Schmuck, Diamanthalsketten aus den erstklassigsten Minen Südafrikas wurden zu einem aberwitzig niedrigen Preis angeboten. Ein anderer Kanal präsentierte einen Entsafter, der Vitamine und Mineralien gleich mitlieferte, die die Gedächtnisleistung ihrer Familie garantiert tausendfach verbesserten. Der nächste Sender pries den Wert von Lernverfahren, die den IQ auf wundersame Weise durch Osmose erhöhen würden, sogar im Schlaf.

Kate döste im Halbschlaf vor dem Fernseher, während die Moderatoren sich mit ihren Versprechungen übertrafen. Das Nachtprogramm hatte leichtes Spiel mit all denen, die keinen Schlaf fanden und die empfänglich waren für funkelnde Produkte, ein hübsches Gesicht und leere Versprechungen. Die Botschaft war deutlich: *Kaufen Sie das, Sie werden besser aussehen, sich glücklicher fühlen und ein besserer Mensch sein*. Sie zappte weiter.

Ein Mann stand neben einem herrschaftlichen Wohnsitz am Strand, und links hinter ihm brachen sich die Wellen hinter einer riesigen umlaufenden Veranda. Das hier war kein Haus, erklärte er; es war ein Ausdruck positiven

Denkens, des großen Erfolgs und materiellen Reichtums, den es aus dem großzügigen Universum ziehen konnte.

»Das hier ist *Wahrheit*«, sagte er. »Das hier ist *Wissen*.«

Kate humpelte in die Küche und nahm zwei Ibuprofen aus der Dose auf der Anrichte. Der Mann setzte seinen Monolog fort.

»Wahrheit und Wissen sind nicht nur eine Möglichkeit, sondern drängen sich Ihnen geradezu auf; Sie müssen nur nach Ihrem größten Potential *suchen*.«

Während Kate sich ein Glas Wasser einschenkte, warf sie einen Blick auf die Zeitungen, die neben der Spüle lagen. Chris hatte sein Reisemagazin aufgeschlagen auf der Arbeitsplatte liegen lassen. Ein großer Kaktus breitete sich über eine Doppelseite aus. »Die Mystik Kaliforniens erblüht wieder.« Die Worte waren in einer hohen, schmalen Schriftart gedruckt, die am oberen Rand der Buchstaben verschwamm. Bleeding Cowboys, dachte Kate. Vielkalahizo.

Der Mann in der Dauerwerbesendung sprach weiter.

»Wenn Sie glauben, dass Ihnen nichts mehr bleibt, wenn Sie weiterhin nach Antworten suchen, dann müssen Sie weitermachen«, sagte er, »Sie sind auf dem richtigen Weg.«

Die Truhe stand noch so in der Dachkammer, wie Kate sie hinterlassen hatte, die Bücher waren eingepackt für die Fahrt nach Hause. Kate holte den ersten Stapel Tagebücher hinaus, dann den zweiten und den dritten. Sie breitete die Bücher vor sich aus und suchte nach irgendetwas, das sie übersehen haben mochte, doch sie waren ihr alle vertraut. Sie nahm jedes Buch einzeln in die Hand und schüttelte es leicht.

Ein Stück Papier fiel zwischen zwei Einbänden heraus.

Es war ein zweimal gefalteter Brief an Elizabeths Tochter. *Alles Gute zum dritten Geburtstag, Anna Danielle!* Kate überflog die Seite, die für ein Babybuch bestimmt gewesen zu sein schien oder Teil einer Sammlung von Briefen war. *Ich liebe deine Art, wie du in der Schlange an der Supermarktkasse alle ins Gespräch einspannst. Die Welt empfängt freundliche und selbstbewusste Menschen mit offenen Armen. Du kannst alles schaffen, was du dir vornimmst!*

Das war die Elizabeth, die Kate gekannt hatte. Der Optimismus, die Beifallrufe. Kate faltete den Brief wieder zusammen und steckte ihn hinten ins letzte Notizbuch.

Der Boden der Truhe war mit dickem gestreiftem Papier ausgekleidet, jedoch an manchen Stellen aufgerissen. Einige Fetzen Papier lagen lose herum. Kate nahm eine herausgerissene Seite in die Hand, es war eine Liste für Weihnachtseinkäufe von 1998. Ein Post-it lag da, auf dem die Geschenke von einer Babyparty festgehalten waren. An der linken Seite der Truhe steckte ein Foto im Saum. Ein Mädchen, das ein Eis aß, mit langen Zöpfen, die ihr in Wellen über die Schultern fielen. Das Foto war durchgeschnitten worden, und nur ein schmaler Streifen einer roten Schulter daneben war noch zu sehen. Sie gehörte zu einer Person, die nur wenig größer war und deren lange blonde Haare sich über ein rotes T-Shirt ausbreiteten.

Elizabeth hatte das Bild von ihr vielleicht aus Wut und voller Schuldgefühle abgeschnitten. Vielleicht hatte sie es aber auch so ausgeschnitten, damit sie es besser auf der Leinwand platzieren konnte, während sie es malte. Sie würde nie erfahren, was Elizabeth dabei gedacht hatte.

Das Mädchen saß auf einer Bank vor einer roten Scheune und hatte die Augen halb geschlossen, entweder war es ein Ausdruck von Schläfrigkeit, oder sie war rundum zufrieden. Sie existiert nicht mehr, dachte Kate; sie war real und wurde geliebt, und nun ist sie fort, genau wie alle anderen in ihrer Familie. Sie hätte Tante sein können. Sie hätte eine Vertraute sein können. Stattdessen repräsentierte sie eine Leere, die keine Vergebung zuließ.

Kate verspürte das Bedürfnis, das Foto einzustecken, doch stand es ihr nicht zu. Sie steckte es wieder zurück. Dann überlegte sie, ob sie den Friedhof finden würde und unbemerkt mit einer Tüte Tulpenzwiebeln zwischen den Grabsteinen hindurchgehen konnte.

Sie wollte gerade die Truhe schließen, als ihr eine kleine Visitenkarte auf dem Boden auffiel. Sie zog sie heraus und drehte sie um. Aura Institut, stand in sandfarbenen Buchstaben darauf. Saguaro Way 1, Joshua Tree, 92 252 Kalifornien.

Die Homepage des Aura Instituts war schlicht, als wäre sie für Menschen entworfen worden, die zu viel Durcheinander störte. Auf den ersten Blick sah es aus wie ein Wellnesshotel. Es gab Fotos von Menschen, die meditierten, Yoga machten, gemeinsam aßen. Eines zeigte eine Frau, die einen Stein bearbeitete, ein anderes eine Frau, die zeichnete. Kate klickte sich durch die Bilder der Galerie und hoffte, Gastkünstler, Seminartermine und Ähnliches zu entdecken. Der Workshop mit Jesús konnte immer noch der Wahrheit entsprechen.

In einem Kasten in der Mitte des Bildschirms wies ein Pfeil auf einen Videoclip hin. *Besuchen Sie uns,* stand in der Bildunterschrift. Kate klickte.

Der Film sah zunächst wie ein Interview aus. Eine Frau Mitte dreißig saß auf einem Sofa und hielt zwei kleine Kinder auf dem Schoß. Die Kamera zoomte ihr Gesicht nah heran, und man sah ihre leichten Fältchen um die Augen, während sie darüber sprach, wie viel Energie es sie kostete, sich um ihre Kinder zu kümmern. Als sie sich die Augen rieb, hüpften die Köpfe ihrer Kinder unter ihrem Kinn auf und ab, lebhaft und selbstvergessen. Dann zog sie sich die Haare vom Kopf.

Durch die Behandlungen, so sagte sie, sei sie erschöpft und hätte den Kampfgeist verloren, sei sie entmutigt angesichts der Zukunft gewesen, die sie niemals mit ihrer Familie teilen würde. Bis sie Aura kennenlernte.

Die Szene sprang abrupt vom buntbedruckten Sofa der Frau auf eine beeindruckende Wüstenkulisse – Sand, Himmel, herabstürzende Falken und dazu ein instrumentaler Soundtrack. Die Filmqualität war hervorragend, wie in einer Naturdokumentation. Das konnte Kate selbst auf ihrem alten Laptop erkennen, dessen Bildschirm voller Fingerabdrücke war.

In der Ferne kam ein hochgewachsener Mann hinter einem Kaktus hervor. Er trug Khakihosen, die mit der Wüste verschmolzen, und ein blaues Hemd im gleichen Farbton wie der wolkenlose Himmel.

»Was ist Ihre Bürde?«

Er stand ein Stück von der Kamera entfernt, doch die Worte drangen wie ein leichter Windhauch aus den Computerboxen.

»Haben Sie Schmerzen? Leiden Sie an einer Krankheit? An einer Depression?« Seine Stimme war wie die eines Radiosprechers, volltönend und beruhigend. »Wurde Ihnen von Ärzten mitgeteilt, dass Ihr Weg zur Gesundheit sehr schwer sein wird oder sogar unmöglich? Dass die Reise zur Heilung eine Behandlung erfordert, die Sie beinahe umbringen wird, und haben Sie Angst, dass Sie nicht stark genug sind? Und sagt eine leise Stimme in Ihrem Kopf Ihnen: *Das stimmt nicht* – es muss etwas geben, das Sie tun können, um stark genug zu sein, diese körperliche oder psychische Krankheit zu bekämpfen?«

Die Kamera schwang vom Mann weg und am Rande einer rot und braun durchfurchten Hochebene empor. Das visuelle Drama und das musikalische Crescendo vermittelten den Eindruck, dass man alle Probleme meistern und unglaubliche Höhen erklimmen konnte.

»Das gibt es.«

Die Kamera verließ die Hochebene und zeigte den Mann in Nahaufnahme, sein Gesicht und seine Schultern scharf umrissen vor dem hellblauen Himmel. Seine Augen waren faszinierend, mit Streifen von kontrastierendem Haselnussbraun und Grau, und wurden noch hervorgehoben durch seinen großen, glatten Kopf. Sein Schädel war sonnengebräunt und kräftig, und die Sonne schien förmlich daraus zu strahlen.

»Ich heiße Michael, und ich würde Ihnen gern dabei helfen, Ihrer Herausforderung zu begegnen. Kommen Sie nach Joshua Tree.«

Neunundzwanzig

Chris löffelte Zucker in seinen Kaffee. »Du hast ja ganz schön unruhig geschlafen letzte Nacht.«

Kate lehnte am Küchentresen und blätterte durch das Reisemagazin. Daneben lag der Zettel mit der Nummer, die sie vom Aura Institut aufgeschrieben hatte.

»Mein Zeh hat weh getan. Ich bin aufgestanden, um eine Tablette zu nehmen und hab dann ein bisschen ferngesehen.«

Sie wollte ihm nicht erzählen, was sie herausgefunden hatte. Er würde sie wieder so ansehen. *Schon wieder die Tagebücher?*

»Wir sollten angeln gehen. Wir waren kaum angeln diesen Sommer.«

Auf der anderen Seite des Zimmers versuchte James, seine Schwester von seiner Vorstellung des letzten Ferientags zu überzeugen. Sie wollte am größten Strand baden gehen.

»Du hast bloß Angst vor den Haken und den Fischmäulern«, stichelte er und ahmte die geöffneten Mäuler und großen Augen nach.

»Nicht streiten«, sagte Chris. »Wir können doch beides machen.« Er sah Kate an. »Wir könnten auf die Halbinsel fahren und was fürs Abendessen fangen. Die Kinder bekommen früh Pizza, und wir essen auf der Veranda, wenn sie im Bett sind. Wir könnten auch ein paar Sandklaffmuscheln unterwegs besorgen.«

Sie konnten sich auf einen entspannten Abend freuen. Das Haus war aufgeräumt, und sie hatten schon fast alles gepackt. Die Fähre ging morgen Mittag, und sie hatten noch Zeit bis zum späten Vormittag, um die Betten abzuziehen und das Auto zu beladen, bevor die Reinigungsmannschaft eintraf. Sie nickte.

»Hört sich gut an.«

Während die Kinder mit Chris zum Angelladen fuhren, um Köder zu besorgen, zog Kate sich an und trank ihren restlichen Kaffee. Der Wetterbericht hatte selbst für Anfang August hohe Temperaturen vorausgesagt, und Kate ging hinaus, um die Stiefmütterchen in den Trögen auf der Veranda zu gießen. Das Sonnenlicht fing sich im Krug aus geschliffenem Glas, als Kate an den Pflanzen entlangging und welke Blüten abpflückte. Violett und gelb, fuchsiafarben und weiß. Manche mit einem dunklen Fleck in der Mitte wie ein Auge. Kate ging ins Haus, um den Krug neu zu füllen, und als sie ihn unter den Wasserhahn hielt, warf sie einen Blick auf den Zettel auf dem Tresen.

Es klingelte dreimal, bevor ein Anrufbeantworter ansprang.

»Namaste. Es ist ein wunderschöner Tag in Joshua Tree. Vielen Dank, dass Sie das Aura Institut angerufen haben.«

Der Akzent der Frauenstimme war nicht einzuordnen, so wohlklingend wie Gesang. »Wir interessieren uns sehr für Ihre innere Kraft und Ihr Wohlbefinden, können Ihren Anruf aber leider zurzeit nicht entgegennehmen. Bitte hinterlassen Sie eine Nachricht. Wir werden Sie dann so schnell wie möglich zurückrufen, um mit Ihnen Ihre Reise zur Heilung anzutreten.«

Kate klappte abrupt ihr Telefon zu und steckte es in ihre Hosentasche. Es war noch nicht einmal neun Uhr und zu früh, als dass jemand Anrufe an der Westküste entgegennehmen würde. Obwohl die gebührenfreie Nummer nicht unbedingt in Joshua Tree ansässig sein musste. Es konnte überall klingeln: im verglasten Büro in einer Zentrale in Manhattan, in einem Einkaufszentrum in New Jersey, einem Call-Center in Bangalore. Michael selbst mochte vor einem Telefon mit Drehscheibe in einer Wohnwagensiedlung sitzen, Patiencen legen und seinen Kopf polieren. Er war vielleicht nur ein Gelegenheitsschauspieler, der in den freien Stunden zwischen den Probevorstellungen für das Sommertheater in einem Diner Eier briet.

Kate schaltete eins der Morgenmagazine im Fernsehen ein, während sie sich Angelkleidung anzog, eine kurze Kargohose mit Taschen, die groß genug für Pipers Puppen waren.

Wie sich ihre Ansprüche verändert hatten. Als sie Mitte zwanzig war, schien es so wichtig, Professionalität zu wahren – bis hin zur Arbeitskleidung und den passenden Accessoires. Ihr Selbstwertgefühl gründete sich darauf, was sie erreicht hatte, sowie auf den Respekt, für den sie so hart gearbeitet hatte. Alles, was nicht perfekt war, fühlte sich wie ein persönlicher Angriff an; nichts durfte ihrer Arbeit in die Quere kommen, das schien ihr unverantwortlich, als würde sie falsche Prioritäten setzen. Jetzt bedeuteten diese Begriffe etwas anderes – *Verantwortung* und *Priorität*, *Wertschätzung* und *Freude* –, und sie wogen umso schwerer, da Kate beide Seiten kannte: die der Familienfrau und die der außerhalb Berufstätigen. Hoffentlich hatte auch Elizabeth ihre Leistung zu Hause so wertgeschätzt, als sie eine Hecke am Treppengeländer wachsen ließ.

Das Morgenmagazin kam zur Zusammenfassung der Schlagzeilen zur vollen Stunde. Kate hatte in den letzten Wochen kaum die Nachrichten verfolgt, nun blieb sie vor dem Bildschirm stehen. Die Welt versank im Chaos. Filmausschnitte brennender Straßenzüge in Kabul und Sanddünen in der Wüste, über denen der Staub nach Raketenangriffen aufstieg. Die Schlangen vor den Sicherheitskontrollen erstreckten sich bis vor die Flughafengebäude, und die Stadtwerke konnten ihre Wasserverunreinigungstests gar nicht schnell genug durchführen, um mit den Drohungen Schritt zu halten. Die Terrorwarnungen der Städte in den Vereinigten Staaten bewegten sich so häufig von gelb zu orange, zu rot und wieder zurück, dass man meinen konnte, die Sender drehten irgendwelche Farbkreisel. Die Nachrichtensprecherin an diesem Morgen wirkte ernst, als sie von einem in einer Regierungseinrichtung im Westen entwendeten Glasfläschchen mit Nervengas berichtete; nach einem unbestätigten Bericht war es in einer U-Bahn-Station in Washington gefunden worden.

Die U-Bahn, die Kate fast täglich mit den Kindern nahm. Zu Chris ins Büro, ins Museum. Mit der sie zu Anthonys neuem Restaurant fahren würde, falls sie die Stelle antrat. Sie schaltete den Fernseher aus.

Sie ging zu ihrem Laptop, der aufgeklappt auf dem Küchentresen stand, und gab eine kurze Suchanfrage ein. Sie konnte natürlich Vorkehrungen treffen, um ihre Familie zu schützen. Das Versteck in der Reserveradmulde und der Feuerlöscher reichten nicht mehr aus. Es gab Webseiten, die Luftschutzmasken für den zivilen Gebrauch anboten, die man unter dem Bett aufbewahren konnte, selbst tragbare, die in eine Handtasche passten. Und das Trinkwasser; sie wollte einen Wasserspender-Lieferservice anrufen, bevor sie in Urlaub gefahren waren. Was für eine Erleichterung, frisches Trinkwasser in Flaschen aus einer abgelegenen und sicheren Bergquelle zu haben, das direkt in ihre Küche strömte. Das würde helfen. Jedes kleine bisschen würde helfen, bis sie Washington verlassen konnten.

Sie hatte geahnt, dass es so weit kommen würde. Es war idiotisch, in der Hauptstadt der Vereinigten Staaten zu wohnen. Es war, als befände sich ein riesiges Bullauge über Washington. Kate konnte es spüren, manchmal prickelte sogar ihre Kopfhaut, als visiere sie jemand durch ein Fadenkreuz. Vielleicht würde Chris' Firma zustimmen, dass er von einem anderen Ort aus arbeitete und nicht im Hauptsitz. Vermont, Maine. Vielleicht konnten sie sogar hier auf der Insel wohnen, das ganze Jahr über. Kate saß mit dem Laptop auf den Knien auf der Sofakante und rieb sich gedankenverloren über die warm werdende Stelle am Hals.

Wie hätte Elizabeth darauf reagiert, dass die Welt so verrückt geworden war? Heutzutage musste eine Mutter ihre Antennen jederzeit überallhin ausgerichtet haben. Die Leute, mit denen die Kinder in Berührung kamen, die Menschen, denen man die Tür öffnete. Die Pestizide und Wachstumshormone, die Rückrufe vergifteter Nahrungsmittel, die chemischen Substanzen und Giftstoffe in Gebrauchsgegenständen. Kate glaubte nicht an Schicksal, wünschte sich aber immer wieder, dass sie es könnte. Wie viel einfacher war es, sich auf das Karma zu verlassen, mit den Achseln zu zucken und daran zu glauben, dass vieles vorherbestimmt war, darauf zu vertrauen, dass das, woran wir uns klammern oder dem wir uns so verzweifelt widersetzen, zu einem großen unbekannten Plan gehört. Die ständige Aufmerksamkeit war erschöpfend. Wenn man zu viel darüber nachdachte, war sie geradezu lähmend.

Lähmend. Den Ausdruck hatte Kate schon einmal irgendwo gehört.

Sie stellte den Laptop weg und stieg in die Dachkammer. Sie sah durch die Tagebücher aus Elizabeths Zeit in Florenz, dann aus der Zeit, als sie sich um ihre Mutter kümmerte. Kate fand die Passage aus den Jahren in Manhattan an dem Abend nach dem Angriff auf die Central-Park-Läuferin.

Wie oft im Leben kommt es zu einem Beinahezusammenstoß? Jeder Tag besteht aus diesen winzigen Entscheidungen mit 57000 sich verzweigenden Auswirkungen. Du nimmst eine andere U-Bahn als sonst und streifst einen Fremden, der eine Hirnhautentzündung hat, oder du hast Augenkontakt mit jemandem, in den du dich verliebst. Oder man kauft einen Lottoschein in der einen Woche woanders als sonst und kassiert total ab, oder man verpasst den Zug, der dann entgleist. Alles ist so beschissen willkürlich. Jeder Schritt hat Konsequenzen, die Leben oder Tod oder Liebe oder Bankrott bedeuten oder was weiß ich. Wenn man darüber nachdenkt, kann einen das wirklich lähmen. Aber man muss sein Leben leben. Was gibt es für Alternativen?

Elizabeth war zäher gewesen als sie. Das war letztendlich die Wahrheit. Kate ließ sich von möglichen Gefahren vollkommen aus der Fassung bringen – Bombendrohungen, eine sich unter dem Vieh auf der anderen Seite des Ozeans ausbreitende Krankheit –, wohingegen Elizabeth systematisch die Erwartungen, die an sie gestellt wurden, erfüllt und dadurch Rückschläge und Ängste überwunden hatte. Von außen betrachtet mochte Kate die Unverfrorene sein, doch Elizabeth war robuster gewesen. Was auch geschah, sie hatte immer irgendwie weitergemacht.

Sie ging zurück in die Küche, klappte den Laptop mit den Bildern von Eltern und Kindern in Luftschutzmasken zu und griff zu ihrem Handy. Nach dem zweiten Klingeln nahm eine Empfangsdame ab.

»Aura Institut. Es ist ein wunderschöner Tag in Joshua Tree. Wie können wir Ihnen helfen?«

Kate war überrascht, eine reale Person zu hören, und

zögerte. Einen Moment lang schwieg sie und überlegte, welche Hilfe genau sie von ihnen erwartete.

»Könnte ich bitte mit Michael sprechen?«

»Darf ich fragen, wer spricht?«

»Mein Name ist Kate Spenser. Michael kannte eine Freundin von mir, Elizabeth Martin, die letztes Jahr nach Joshua Tree fahren sollte. Ich muss mit ihm über sie reden.«

Es konnte nicht schaden, das anzunehmen. Wenn sie falschlag, würden sie schlimmstenfalls nicht zurückrufen.

»Ich verstehe. Leider geben wir aber grundsätzlich keine Informationen über Kunden weiter.«

»Es ist nur so, sie war ... Sie ist verstorben, und ich arbeite für die Familie...«, hier legte Kate eine Pause ein, weil sie keine Ahnung hatte, in welche Richtung sie ihre Argumentation lenken sollte. »... um ihre Angelegenheiten abzuschließen.«

»Das verstehe ich, und ich kann es gut nachvollziehen. Mein herzliches Mitgefühl«, entgegnete die Frau. Kate konnte sich das Mantra für die Angestellten vorstellen. *Nehmen Sie die Situation wahr. Hören Sie sich den Konflikt an. Bestätigen Sie die Trauer.*

»Er ist leider nicht zu sprechen. Kann einer unserer spirituellen Betreuer Sie zurückrufen?«

Kate gab ihr ihren Namen und ihre Telefonnummer, wusste aber, dass sie nicht wieder von ihnen hören würde. Kultfreaks, dachte sie noch und legte auf.

Nur selten herrschten am Strand mitten in der Saison ideale Bedingungen. Normalerweise war es zu voll oder die Musik zu laut, die Bremsen stachen zu aggressiv oder die Menschen lagen viel zu dicht beieinander und hörten unfreiwillig den Unterhaltungen ihrer Nachbarn zu. Doch an diesem letzten Tag waren die Voraussetzungen fürs Angeln perfekt, und die Halbinsel war beinahe menschenleer. Chris hatte diesen Ort ausgewählt, um in der Brandung die Angelschnur auszuwerfen, da er auf Felsenbarsch, Bonito und Thonine hoffte. Sie hatten eine Genehmigung, um über den Sand zu fahren, und die Luft aus den Reifen halb abgelassen. So fuhren sie an den Sonnenbadenden und Ballspielenden vorbei bis an die Spitze der Halbinsel, wo sie beinahe vollkommen für sich waren.

Nach einer halben Stunde begannen die Kinder, sich mit ihren Ruten zu langweilen, und nach einer Stunde Muschelsuchen in den flachen Wasserpfützen der Ebbe hatten sie ihre Harken und Spaten verloren, zerbrochen oder liegengelassen. Doch in den Dünen war niemand, und eine leichte Brise wehte. Im Auto war bereits alles Notwendige verstaut, und so schlugen sie ihr Lager auf und überzeugten Piper davon, dass es hier genauso schön zum Schwimmen war wie an ihrem Lieblingsstrand.

Chris hatte über Gezeitentabellen der unterschiedlichen Inselregionen gebrütet, und als die Verhältnisse optimal waren, stand er mit der Entschlossenheit Ahabs da und wartete. Die Strandlinie kam langsam näher. Es schien, als könnte man den wilden Pflaumen am Strand beim Wachsen zusehen. Und immer noch hatte nichts angebissen. Chris erzählte von vergangenen Erfolgen, als er genau an dieser Stelle einmal einen vierzig Pfund schweren Barsch mit lebendigen Aalen als Köder gefangen hatte, und das würde ihm auch heute gelingen. Doch bis es Zeit für die Abreise war, hatte nichts angebissen. Aber wie es seinem Naturell entsprach, nahm er es gelassen.

»Ich dachte, ich würde heute einen erwischen«, sagte er leichthin, während er das Auto aus dem Sand auf die Kreuzung zusteuerte, an der sie die Halbinsel verlassen würden. »Ich habe das Angelkarma gespürt.«

»Angelkarma beehrt ja nur selten die in Begleitung von lauten Sechs- und Vierjährigen«, sagte Kate. Gagelsträucher und vom Wind zerzauster Wacholder säumten die Zufahrtstraße, und sie atmete die Sommerdüfte ein, die ins Auto hineinströmten.

»Du hast sowieso nicht daran geglaubt.« Chris tat so, als wäre er beleidigt. Er war sonnenverbrannt und seine Haut von Salz überzogen, und sein linker Ellenbogen hing lässig aus dem Fenster. Er lächelte, betrübt und kokett flirtend.

»Du hast kein Vertrauen in mich.«

Kate grinste.

»Du warst derjenige, mein Lieber, der Hummer und Muscheln vorgeschlagen hat. Du warst es, der kein Vertrauen hatte, dass ich mitkommen würde, wenn du mich nicht mit einem Muschelessen lockst.«

Die Sonne wärmte ihren Arm, und sie schlug sacht mit den Fingern auf den offenen Fensterrahmen.

Das Leben auf der Insel vertrug sich nicht mit Sorgen über Nervengasfläschchen und Wasserverunreinigung. Als sie das dachte, glaubte sie auch beinahe daran. Keine warnende innere Stimme flüsterte ihr mögliche Bedrohungen zu – sinkende Fähren, ansteckende Kaninchen, verpestete Wolken, die aus Boston herüberzogen. Das waren die Nachwirkungen eines überaktiven Verstandes, eines Verstandes, der daran gewöhnt war, die Kontrolle zu haben. Und – das war die Überraschung, ein unerwartetes Geschenk der Logik – vielleicht vertrug sich das Leben in Washington oder anderswo ebenso wenig mit solchen Ängsten.

Sie erreichten das Ende der langen, sandigen Zufahrtstraße, und Chris wartete ab, bis er sich in den Verkehr einfädeln konnte. An der Ecke befand sich ein Verkaufsstand, ein Holzschuppen mit einigen Tischen, auf denen Obst, Gemüse und Blumen auslagen. Während das Auto im Leerlauf stand, sah Kate der strickenden Bäuerin zu. Neben ihr fuhr ein kleiner Junge mit seinen Spielzeugautos um die Pappkartons voller Beeren herum.

»Wie ist denn Max' Haus angekommen? Verkauft er es tatsächlich?«, fragte Chris.

»Er hat sich noch nicht wieder gemeldet. Aber es hört sich ganz danach an.«

Zwischen dem Gemüse lagen auch handgearbeitete Kinderpullis und Mützen zum Verkauf aus, und selbst aus dem Auto in zehn Metern Entfernung konnte Kate die Kunstfertigkeit erkennen. Die auf dem Tisch ausgebreiteten Babydeckchen waren mit aufwendigen Mustern verziert. Eine Strickjacke mit Zopfmuster war um das größere Gemüse drapiert worden, und ein Ärmel umarmte freundschaftlich einen Sommerkürbis.

»Ich habe überlegt, ob ich im Herbst hierher zurückkomme, um Max beim Umzug zu helfen«, sagte Kate. Sie könnte Kisten packen und sich um die Bäckerei kümmern. Max würde sich vielleicht über ihre Gesellschaft freuen, über jemanden zum Reden, oder einfach darüber, mit jemandem zu schweigen.

»Würde es dir etwas ausmachen, ein Wochenende allein mit den Kindern zu verbringen, damit ich herfahren kann?«

Chris zuckte die Schultern. »Kein Problem, solange ich nicht unterwegs bin.«

Der Junge stieß eine Pappschachtel um, und die Frau legte ihr Strickzeug beiseite, um sie wieder hinzustellen. Dicke Brombeeren, Himbeeren und kleine Blaubeeren kullerten in alle Richtungen.

Kate musste Anthony anrufen. Er hatte ein Recht darauf, zu erfahren, dass sie sich nicht auf die Stelle bewerben würde. Die Vorstellung war verlockend gewesen, wieder all das zu tun, was ihr immer so viel Vergnügen bereitet hatte. Zu hoffen, dass sie diesmal die unterschiedlichen Lebensbereiche besser trennen könnte als damals. Sie hätten es vielleicht gut hinbekommen. Das war ihr stereotyper Einwand Chris gegenüber gewesen, obwohl er im Grunde gar nichts Provozierendes gesagt hatte. In erster Linie war sie wohl mit sich selbst nicht im Reinen.

Nachdem Elizabeth gestorben war, wurde sie von fast allen als großartige Mutter, großartige Ehefrau und großartige Freundin charakterisiert. In dem Moment, in dem eine Person nicht mehr da war, definierte man sie, verwandelte ihr Leben in etwas, dessen man gedenken konnte. Die komplexe und widersprüchliche Person, die Elizabeth gewesen war, war allmählich auf das Wesentliche reduziert worden: Sie war hingebungsvoll, die geborene Mutter; alles kam bei ihr von Herzen, sie war der wahre Mittelpunkt ihrer Familie; ein ergebenes Mitglied der Gemeinschaft von Müttern, eine antreibende Kraft, ein Arbeitstier. Inwieweit diese Aspekte der Wahrheit entsprachen, spielte keine Rolle. Reduzierte man jemanden auf etwas, wurden manche Eigenschaften übertrieben, andere lösten sich in Luft auf.

Soweit Kate wusste, hatte nie jemand gesagt: *Elizabeth war ein sehr kreativer Mensch, eine Malerin, die interessante Arbeiten schuf, die hier und da verkauft wurden*, obwohl ein paar ihrer Malereien möglicherweise noch irgendwo bei jemandem zu Hause an der Wand hingen. Ein Bild, das jemand vor Jahren günstig in einer kleinen Galerie auf der Avenue A erstanden hatte oder in der Inselgalerie, falls diese Verbindung je zustande gekommen war. Es hieß nie: *Sie gestaltete die Grafik für diese oder jene Werbung in dieser oder jener Zeitschrift* oder: *Sie arbeitete hart dafür, die Aufgaben in ihrer Familie mit einem erfüllenden Arbeitsleben zu später Stunde unter einen Hut zu bringen.* So charakterisierte man Elizabeth nicht, ihre Arbeit sollte nie ihr Vermächtnis werden. Vielleicht war es für sie unvorstellbar, dass andere erkannten, was ihr wirklich wichtig war. Möglicherweise hatte sie gehofft, dass sie mit der Zeit ihre Arbeit und die Malerei weniger vermissen würde. Oder sie hatte irgendwann daran geglaubt, dass es letztendlich darauf ankam, wer man war, und nicht, was man tat.

Und doch, dachte Kate, bestimmt das, was man tut, wer man ist. Und vielleicht hatte Elizabeth nicht gewusst, wie man beides verbinden konnte. Man musste nur flexibel sein und den richtigen Zeitpunkt abwarten, anstatt gleich aufzugeben. Wenn sie doch nur mehr Zeit gehabt hätte! Vielleicht hatte sie gerade begonnen, es zu verstehen.

Chris setzte Kate am Haus ab, damit sie duschen konnte, und fuhr mit den Kindern weiter zum Fischmarkt. Sie ging ins Haus, das wie auf der Insel üblich nicht abgeschlossen war, und dachte daran, wie seltsam es sein würde, wieder in Washington in ihrem alarmgesicherten, zweifach verriegelten Haus zu leben. Und andererseits auch wieder nicht. Sie würden genauso mühelos in ihren Alltag zurückfinden, wie sie ihn abgeschüttelt hatten. Die Menschen waren widerstands- und anpassungsfähig. Was blieb ihnen auch anderes übrig?

Kate drehte die Dusche auf und hatte gerade ihr Top über den Kopf gezogen, als ihr Handy klingelte. Es war wahrscheinlich Chris, der wissen wollte, welche Sorte Venusmuscheln sie wollte und wie groß der Hummer sein sollte. Sie erreichte das Handy gerade noch vor dem vierten Klingeln.

»Hey«, sagte sie, während sie ihr Bikinioberteil löste. Sie

konnte die Muscheln schon förmlich schmecken, klein und fleischig, mit geschmolzener Butter. Kleine Venusmuscheln oder Sandklaffmuscheln, wenn es welche gab. Das sollte ihr Abschiedsessen sein.

»Spreche ich mit Kate Spenser?«

Eine unbekannte männliche Stimme.

»Ja. Wer ist da?«

»Hier ist Michael vom Aura Institut.«

Kate stand wie erstarrt in der Küche, und ihr Bikinioberteil löste sich und fiel hinab. »Ja. Hallo.«

»Mir wurde mitgeteilt, dass Sie sich nach Elizabeth Martin erkundigt haben.«

Seine Stimme war so nah und so persönlich, dass Kate das Telefon eine Armlänge von sich weg halten wollte. Sie ging ins Badezimmer, um sich ein Handtuch zu holen und die Dusche abzustellen.

»Ja. Sie war meine Freundin.«

Er seufzte.

»Normalerweise reden wir nicht über unsere Gäste, aber ich wollte Ihnen mein Mitgefühl aussprechen. Das war ein furchtbarer Schock. Wir wussten, dass sie in dem Flugzeug saß. Ich hoffe, ihre Familie hat unser Beileidsschreiben erhalten.«

Für gewöhnlich hätte Kate die Augen verdreht über sein professionelles Mitgefühl und den beruhigenden Tonfall, den er an den Tag legte, um mit solch einer Situation umzugehen. *Trauernde Freundin.* Doch ihr Humor, ihr Zynismus und ihre Skepsis hatten hier nichts mehr verloren, nachdem er »unsere Gäste« gesagt hatte. Er hatte Elizabeth gekannt. Das hier war Michael.

Er räusperte sich, um Kate in das Gespräch zurückzuholen.

»Wir haben ihnen nach der Trauerfeier Blumen geschickt«,

sagte er. »Ich wollte die Familie nicht mit einem Anruf behelligen. Aber wir waren so erschüttert und traurig. Ich hatte mich darauf gefreut, mit Elizabeth zu arbeiten.«

Zu arbeiten. Kate verdaute den Ausdruck.

»Ja. Alle waren erschüttert.«

»Ich kann mir vorstellen, dass es ein schwieriges Jahr für alle war.«

»Das stimmt.« Kate blieb vage, um etwas Zeit zu gewinnen, während sie versuchte zu verstehen, was sie gerade hörte.

»Aber Elizabeths Mann hält alles zusammen.«

Eine Stille entstand, in der beide Seiten darauf warteten, das Anliegen des jeweils anderen zu vernehmen.

»Man hat mir gesagt, dass Sie sich um ihren Nachlass kümmern«, ermunterte er sie. »Wie gesagt reden wir normalerweise nicht über unsere Gäste. Ich hoffe, Sie verstehen das, es ist Teil unserer Vertraulichkeitssatzung. Ich wünschte, ich könnte Ihnen irgendwie weiterhelfen.«

»Ja, das verstehe ich, und ich kann es gut nachvollziehen.«

Kate übernahm die Ausdrucksweise der Empfangsdame. Sie bemühte sich, einen Gesprächsfaden zu finden, der ihn am Reden hielt, und dieses eine Mal nicht mit der Tür ins Haus zu fallen: *Warum ist sie denn auf dem Weg zu euch gewesen?*

»Es ist eine schwere Zeit gewesen, und viele Details …« Sie hielt inne und suchte nach Begriffen, die der Situation angemessen waren. »Schulden und Kredite, Bankangelegenheiten, die die Familie nicht allein regeln sollte. Ich bin als Treuhänderin eingesetzt worden.«

Das war nicht unwahr. Sie wurde wieder sicherer. »Und einiges wurde schon im Voraus bezahlt.«

»Ah«, sagte Michael. »Und Sie möchten wissen, warum

Elizabeth den vollen Betrag zahlte, obwohl sie den Aufenthalt nie antrat.«

Seine vorsichtige Ausdrucksweise erinnerte sie an Dave oder zumindest daran, wie er seit diesem Sommer klang. Doch die telegene Wärme war noch da und Michaels vertraulicher Ton, der suggerierte, dass er ihre Gedanken erriet und verstand.

Das ist seine Arbeit, erinnerte sich Kate. Er gewinnt Vertrauen und beruhigt einen.

»Ja. Ich handle im Auftrag der Familie.«

»Nun ja, Miss … Spenser? Auch auf die Gefahr hin, dass ich geschäftsmäßig klinge und wenig empathisch, muss ich Sie doch an Elizabeths Vertrag erinnern. Ich bin sicher, dass Sie aus den Unterlagen, die sie hinterlassen hat, entnehmen konnten, dass ihr Besuch nicht erstattungsfähig ist. Alles wird im Voraus geplant, Zimmer reserviert, und sie hat auch unsere Beratung vor Reiseantritt erhalten.«

»Ich verstehe«, sagte Kate.

»Ich weiß, dass das eine schwierige Angelegenheit ist. Wir sind sensible Leute. Aber bei unserem Geschäft geht es ums Leben, und das Leben ist so willkürlich.«

Wieder dieses Wort. »Es liegt in der Natur unseres Zentrums, dass einige der Menschen, die zu uns kommen, ziemlich krank sind und … nun ja, wir können für nichts garantieren.«

Kate schwieg. Ihr Puls rauschte ihr in den Ohren. »Und es ging ihr nicht gut.« Kate ließ ihre Stimme gleichmäßig und sachlich klingen, so dass es sich eher wie eine Feststellung und nicht wie eine Frage anhörte. Als sie sich selbst diese Worte sagen hörte, wurde es weniger schwer, es zu glauben.

»Das stimmt nicht ganz. Jedenfalls ist es auch nicht unsere Aufgabe, die körperliche Verfassung zu beurteilen oder traditionelle medizinische Verfahren zu ersetzen. Das hier ist kein Ort der letzten Hoffnung.«

»Mmm«, erwiderte Kate. Ihre Gedanken klinkten sich jedoch bereits aus der Unterhaltung aus. Sie stellte sich eine kränkliche Elizabeth vor, die in der Wüste malte und versuchte, Depression und Wut in erneuerte Gesundheit zu verwandeln.

»Ich hoffe, Sie verstehen das«, sagte Michael. »Manche würden es als tragisches, zufälliges Ereignis bezeichnen, wir in unserem Institut glauben aber nicht an so etwas oder an die Vorstellung davon, dass etwas Verschwendung ist. Elizabeth ist ihren Weg gegangen, und das gehörte dazu. Sie hatte tatsächlich schon eine Menge in der kurzen Zeit gewonnen, in der sie sich auf den Aufenthalt vorbereitete, und ich glaube, dass sich das in ihren Aufzeichnungen widerspiegelt. Sie machte Pläne und fertigte Zeichnungen in ihrem Notizbuch an, nach ihrer Diagnose.«

Das Wort hallte hässlich in der Leitung. Kate dachte an das fehlende Notizbuch und wie viel mehr darin zu finden gewesen sein musste in den wenigen Monaten nach Emilys Geburt. *All der fürchterliche Schreibkram.*

»Sie hat also ihre Aufzeichnungen mitgenommen.«

Kate achtete darauf, ihre Stimme nicht wie bei einer Frage anzuheben.

»Mit den eigenen Aufzeichnungen zu arbeiten ist für manche Teil des Prozesses, und wir ermutigen auch dazu. Vor allem bei Menschen, die so produktiv sind, wie sie es war, die sowohl mit Sprache als auch mit Malerei arbeiten. Aber wir sprechen nicht über den Prozess mit Menschen, die keine Gäste bei uns sind. Ich hoffe, Sie verstehen das.«

Als Kate schwieg, fuhr er fort: »Sie war schon viel mehr mit sich im Reinen, als sie nach Kalifornien aufbrach, weniger wütend. Sie war dabei, den Groll auf den Fluch der

Erbanlagen abzulegen und auf vieles andere auch. Aber Sie waren ja ihre Freundin, Sie wissen das alles.«

Sie wusste es nicht. Aber sie wusste, dass es eine starke genetische Verbindung zu der Krankheit gab, die Elizabeths Mutter und Tante mit sich gerissen hatte. Und sie wusste, dass eine erhebliche Chance bestand, dass eine Frau, die bereits einmal von einem Partner im Stich gelassen wurde, als er ihr während einer gesundheitlichen Krise nicht zur Seite gestanden hatte, es sich nicht erlauben würde, noch einmal auf ihn zu vertrauen. Oder dass sie möglicherweise alles selbst in die Hand nehmen würde, auf ihre eigene stille Art, wie auch ihre Mutter es getan hatte.

Das Rascheln von Papier und etwas in Michaels Tonfall deuteten an, dass er zum Schluss kommen wollte, und Kate wusste, dass die Unterhaltung an ihrem Ende angelangt war. »Ich hoffe, dass die Familie zumindest darin Trost findet.«

Kate zögerte. »Ich glaube, sie fangen gerade damit an.«

Dreißig

Sonntags war der Verkehr im August immer am stärksten. Das war so unvermeidlich im Sommerurlaub wie die muffigen Kissen in Ferienhäusern. Seitdem sie von der Fähre heruntergefahren waren, bewegten sie sich auf Straßen voller wandernder Massen, über die Massachusetts-Grenze und südwärts an der Küste Connecticuts entlang. Den ganzen Nachmittag lang überholten sie immer wieder dieselben Autos, die dann wiederum sie überholten. Die Kinder waren eingeschlafen, doch obwohl Kate ihren Sitz zurückgestellt und die Augen geschlossen hatte, konnte sie nicht schlafen. Sie strich sich das Haar aus der Stirn und stellte die Lüftung so ein, dass sie ihr ins Gesicht blies.

»Was hast du Dave gesagt, wann wir ankommen?«, fragte Chris kühl.

»Ich habe nicht angerufen.«

Er warf ihr einen Blick zu und schaute dann wieder nach vorn.

»Was, wenn er nicht da ist?«

»Er wird da sein.« Kate sah aus dem Fenster.

Sie hatte Dave bewusst nicht über ihren Besuch informiert. Sie hatte keine Ahnung, was sie am Telefon hätte sagen sollen, irgendetwas, das mit Sicherheit furchtbar geheimnisvoll geklungen hätte: *Ich muss mit dir reden*. Oder direkter: *Ich weiß, weshalb Elizabeth nach Los Angeles geflogen ist*. Er wäre womöglich wütend geworden, wenn sie am Telefon nichts sagen wollte, oder hätte sich gedacht, dass sie nicht zu kommen brauchte, wenn er tatsächlich das Tagebuch mitgenommen hatte. *Gib dir keine Mühe*, und damit wäre es erledigt gewesen. Sie wusste nicht, ob er nachtragend war oder ob er etwas vergeben konnte. Aber falls ihr Verhältnis durch ihre Anschuldigung, dass er das Buch genommen hatte, Schaden genommen hätte, dann könnten sie es sicher nicht am Telefon wiedergutmachen.

»Wie lange willst du bleiben?«

Chris' nonchalanter Tonfall wurde durch die Art, wie er das Lenkrad hielt, Lügen gestraft. Seine Hände lagen auf zehn und zwei Uhr, so wie es angespannten Jugendlichen in der Fahrstunde beigebracht wurde. Er war nicht so lässig wie sonst; kein Ellenbogen lag im Fenster, während er mit der anderen Hand das Lenkrad hielt, ganz der Kapitän auf seinem Schiff.

»Ich weiß nicht«, antwortete Kate. »Ein paar Stunden.«

Chris hielt den Blick auf die Straße gerichtet.

Am Abend zuvor, nachdem die Kinder zu Bett gegangen waren, hatten sie ein spätes Abendessen auf der Veranda eingenommen. Sie saßen am runden Tisch mit einer Citronella-Kerze in der Mitte – die Ankunft begriffsstutziger Insekten am Abend kündigte stets das Ende des Sommers an –, und Kate hatte sich nicht zum ersten Mal gefragt, warum sie so etwas zu Hause nie machten. Es lag nicht daran, dass sie keinen Grill hatten oder es keine guten Meeresfrüchte in Washington gab. Es machte die Ferien zu etwas Besonderem, im Freien zu essen, sagte sie sich, und das stimmte auch zum Teil, aber nicht ganz. Die Wahrheit war, dass sie sich zu sehr von ihren täglichen Verpflichtungen in Anspruch nehmen ließen, als dass sie eine Unterbrechung willkommen hießen.

Sie dünstete die Muscheln in einem Wein- und Schalottenfond und wickelte halbierte Kartöffelchen mit Öl und Meersalz zum Rösten in Alufolie ein. Chris garte den Hummer auf einer Kochplatte am Grill. Dann saßen sie zusammen am Verandatisch und blickten auf den Garten, das Wasser und den in Orange getauchten Himmel.

Kate holte Luft. »Ich habe heute etwas über Elizabeth herausgefunden.«

Chris sah noch einen Moment länger über den Rasen und wandte sich ihr dann mit einem geduldigen Lächeln zu. *Können wir nicht einfach einen schönen letzten Abend verbringen?*

»Aha?«

Er fragte nicht, was oder wie sie es herausgefunden hatte, wo doch das einzige Tagebuch, das sie noch nicht gelesen hatte, nicht aufzufinden war. Er nahm seine Gabel und begann zu essen.

Sie nahm seine Gleichgültigkeit zur Kenntnis und versuchte, sich nicht anmerken zu lassen, wie sehr sie sie störte. Sie musste einen Weg finden, um sein Interesse zu wecken. Wenn er ihr schon nicht helfen konnte, die Geschichte zu verstehen, dann sollte er sie wenigstens bei ihrem Vorhaben unterstützen. Sie erzählte vom nächtlichen Fernsehen, dem Schmuck und den Entsaftern und der Visitenkarte in der Truhe.

Chris schwieg einen Augenblick länger, als sie es nachvollziehen konnte, und dann nahm er noch einen Bissen von seinem Teller. »Elizabeth wollte also nach Joshua Tree fliegen, um einen Entsafter zu kaufen?«

Kate fiel die Kinnlade herunter. Chris war selten bissig und niemals ihr gegenüber. Sie spürte, wie sie sich innerlich vom Tisch entfernte, wie in einem filmischen Trick, ein schnelles Hinausschwenken der Kamera.

Sie würde die Unterhaltung kurz und geschäftsmäßig halten. Er würde sich nichts mehr über Elizabeth anhören müssen, was zugleich signalisieren würde, dass sie sich ihm nicht mehr anvertrauen würde. So konnte eine Ehe nach neun Jahren sein: ein so feinjustiertes Gerät, dass der simple Akt, ein Thema zu verweigern, sowohl ein Geschenk als auch ein Schlag sein konnte.

»Ich glaube, dass sie Krebs hatte und niemandem davon erzählte.«

Chris war offensichtlich verblüfft. Normalerweise wäre nun ein Gespräch nicht nur über Elizabeth, sondern auch über Ehrlichkeit und Täuschung im Allgemeinen gefolgt – über die Seiten, die man einander in einer Ehe und in der Freundschaft zeigte, und solche, die man verbarg. Kaum hatte sie es so direkt ausgesprochen, wusste sie bereits, dass es sich ganz falsch anhörte. Doch sie konnte die Vorstellung nicht ertragen, ernsthaft draufloszuplappern, wenn Chris so neben ihr saß.

»Krebs. Hm.« Er nahm einen großen Bissen von seinem Maiskolben und gab noch mehr Butter darauf. »Wie kommst du darauf?«

Sie sah ihm beim Essen zu. »Ich habe die Nummer für das Therapiezentrum gefunden, zu dem sie fliegen wollte. Sie stand auf einer Visitenkarte. Der Typ dort kannte sie. Er hat sein Beileid ausgesprochen und kannte ein paar Einzelheiten über die Familie.«

Das gab Chris zu denken.

»Wann?«

»Seit wann er sie kannte?«

»Nein, wann hast du angerufen?«

»Ich habe heute Morgen eine Nachricht hinterlassen. Er hat mich zurückgerufen, als du gerade mit den Kindern unterwegs warst, um fürs Abendessen einzukaufen.«

Chris hielt inne, die Gabel in der Hand. Sie sah, wie er registrierte, dass das alles gestern Abend passiert war und sie am Nachmittag mit Michael gesprochen, es aber die ganze Zeit nicht erwähnt hatte. Eigentlich hätte sie so etwas sofort erzählt. Das war das größere Problem. Chris spielte mit der Gabel in seiner Hand und aß dann weiter.

Kate hatte es falsch eingeschätzt. Weil sie es nicht früher angesprochen hatte, hatte sie dem Ganzen mehr Aufmerksamkeit zukommen lassen, als wenn sie es beiläufig erwähnt hätte. Chris hätte es vielleicht abgetan, eventuell sogar gereizt reagiert, aber zumindest wäre er mit einbezogen worden. Sie zwang sich dazu, ein kleines Stück Hummerschwanz abzuschneiden und in Butter zu tunken.

»Und was wirst du jetzt tun?«, fragte Chris.

»Ich würde gern auf dem Rückweg bei den Martins anhalten, Dave die Truhe geben und kurz mit ihm reden.«

Chris nickte. Er hätte das nicht unbedingt mit ihr besprechen müssen, doch es ärgerte ihn, dass sie die Entscheidung allein getroffen hatte. Wenigstens hatte sie *Ich würde gern* gesagt, statt es als ausgemachte Sache zu verkünden. Aber das war auch schon alles.

»An einem Sonntag im Sommer?«, sagte Chris. »Dann kommen wir extrem spät nach Hause.«

»Ich dachte mir, dass du vielleicht schon mit den Kindern weiterfährst und ich dann später den Zug nehme. Ich will es nicht in knappen Sätzen und Andeutungen vor allen Kindern besprechen.«

Damit hatte er nicht gerechnet. Es waren nicht die Unannehmlichkeiten – die Martins waren leicht vom Highway aus zu erreichen –, auch wenn es ein wenig Umstände machte. Sie würden ein paar Höflichkeiten austauschen und dann entweder die Kinder kurz toben lassen oder ihnen eröffnen, dass sie nicht zum Spielen bleiben würden. Dann würde er weiterfahren, zumindest das Wichtigste aus dem Auto ausladen und die Kinder ins Bett bringen. Sich allein um die Kinder kümmern – nichts, was Kate nicht schon Tausende Male gemacht hatte, während er unterwegs war. Doch es war mehr als das. Sie würde den Abend allein mit Dave Martin verbringen. All das konnte Kate in Chris' Gesicht ablesen.

»Dann ist das also entschieden, nehme ich an.« Chris stand auf und brachte seinen Teller in die Küche.

Kate saß allein am Tisch und sah dem Mückenschwarm hinter der Citronella-Kerze zu, während ihr Muschelfond abkühlte und ihr Hummer zäh wurde. Chris kam wieder aus dem Haus, trat von der Veranda in die Dunkelheit und unter die Insekten und ging zum Strand.

Schließlich hatte Kate aufgeräumt und war zu Bett gegangen. Als sie endlich einschlief, nachdem sie versucht hatte, die Gedanken an Elizabeth zu verdrängen, die sich allein durch Krebstherapien kämpfte, war Chris immer noch nicht zurück.

Chris fuhr vom Highway ab, und die Veränderung im Tempo weckte Piper und James.

»Sind wir zu Hause?«, fragte Piper.

»Das ist nicht unser Zuhause«, sagte James mit einem Blick aus dem Fenster. »Das ist unser altes Zuhause. Hey, wir fahren zu den Martins.«

Chris sagte nichts. Kate verstand sein Schweigen als Signal, dass er den Kindern nicht sagen würde, dass sie nicht zum Spielen dablieben.

»Wir halten kurz bei den Martins, weil ich etwas abgeben muss«, erklärte sie. »Ich bleibe da und rede mit Dave. Aber ihr beiden fahrt mit Daddy weiter nach Hause, und ich komme später mit dem Zug nach.«

»Kann ich auch bleiben und mit dem Zug fahren?«, fragte James.

»Ich will auch mit dem Zug fahren!«, rief Piper.

»Sonst fährt keiner mit dem Zug«, schaltete Chris sich ein. »Mom kommt zu spät nach Hause.«

Sie bogen in die Straße der Martins ab. Dave war im Vorgarten und mähte den Rasen. Jonah und Anna malten mit Kreide auf der Einfahrt, und Emily hockte neben ihnen im Laufstall. Daves System, drei Kinder und Gartenarbeit zu vereinbaren.

Zu Anfang hatte es einen Schwall von Nachbarschaftshilfe gegeben. Alle wollten auf die Kinder aufpassen, dahinter steckte vielfach die Überzeugung, dass es zu viel für einen Vater war, sich allein um drei Kinder zu kümmern. Dave hatte Kate erzählt, dass es abends Angebote zum Babysitten hagelte und Lasagne auf der Türschwelle stand, wenn man ihn tagsüber im Supermarkt gesehen hatte, wie er sich mit den Kindern durch die Einkäufe kämpfte. Es spielte keine Rolle, dass Elizabeth das die ganze Zeit über auch gemacht hatte. Einmal, ein paar Monate nach Elizabeths Tod, hatte Brittain Kate in Washington angerufen, um ihr zu berichten, dass sie Dave bei der Gartenarbeit mit den Kindern auf der Einfahrt gesehen hatte, und vorgeschlagen, dass die Spielgruppe doch eine Benefizparty veranstalten könnte, um einen Gärtner anzustellen. Immer wieder hatten sie es ihm angeboten, immer wieder hatte er abgelehnt, bis er schließlich Kate bat, es ihnen zu sagen. Sie würden niemals verstehen, dass er einfach nur seinen verdammten Rasen selber mähen wollte, ohne dass ihm jemand dabei zusah oder ihm anbot, es für ihn zu übernehmen, oder ihm danach Essen brachte, eine mitleidige Geste, weil er den Rasen mähen musste, ohne eine Frau, die auf die Kinder aufpasste.

Als sie am Bordstein anhielten, schaltete Dave den Rasenmäher aus und wandte sich blinzelnd zu ihrem Auto.

Kate stieg aus, behielt aber die Hand auf dem Türgriff. Er rief ihr nicht zu und kam ihr auch nicht mit ausgebreiteten Armen entgegen. Er stand nur abwartend da. Seine Arme waren voller Gras.

Sie blieb gerade außer Reichweite für eine Umarmung vor ihm stehen, um ihnen beiden den peinlichen Moment zu ersparen, doch es machte keinen Unterschied.

»Ich habe etwas für dich. Kann ich eine Weile bleiben?«

Er warf einen Blick zum Auto, in dem Chris und die Kinder saßen, und sah wieder zu ihr.

»Ich wollte noch den Rasen zu Ende mähen und dann duschen. Es gibt Spaghetti.«

Das war keine wirkliche Antwort. Sie hatten nichts Besonderes vor, und Kate konnte bleiben oder auch nicht. Es spielte keine große Rolle. Chris öffnete seine Autotür und stieg aus. Als er zum Bordstein ging, bemerkten Jonah und Anna ihre Freunde. Sie ließen die Kreide fallen und liefen zum Auto der Spensers.

»Hey Dave«, sagte Chris, als er bei Kate und Dave ankam, und die Männer gaben sich die Hand.

»Der letzte Abschnitt der Reise«, sagte Dave.

Chris war ein aufmerksamer Beobachter, gewöhnt an die unterschwelligen Signale internationaler Investoren, bei denen nonverbale Kommunikation sehr aufschlussreich war. Kate sah, wie er die einzelnen Faktoren analysierte. Das Fehlen jeglicher Höflichkeitsfloskeln, Daves kühler Tonfall und das Unbehagen seiner Frau. Auch wenn sie die Truhe wieder zurückbrachten, in Wirklichkeit war sie ab jetzt Teil ihres Lebens.

»Der Urlaub ist vorbei. Wir können ja nicht für immer im Inselrhythmus bleiben«, sagte er. »Aber es war eine tolle Zeit, ich kann mich also nicht beklagen.«

Die Kinder kreischten am Auto. Die Martin-Kinder machten gerade die Tür auf, als James und Piper sich aus ihren Kindersitzen befreiten.

»Los, wir spielen hinten im Garten!«, rief Piper, und alle vier flitzten wie Zeichentrickfiguren in einer Staubwolke vom Auto. Emily, die gemerkt hatte, dass man sie allein gelassen hatte, begann zu weinen.

Kate sah den Kindern hinterher. Pipers Zehen lugten über den Rand ihrer Sandalen, und James' Shorts waren etwas kurz geworden. Unglaublich, wie sehr sie in zwei Monaten gewachsen waren. Das war typisch für Veränderungen: Die Zeit verging unbemerkt, wenn man nicht hinsah, und manchmal veränderte sich alles innerhalb eines Moments.

»Hey Kinder, ich befürchte, wir können nicht bleiben. Wir setzen nur Mom ab.«

Chris ging hinüber, um die Kinder abzufangen, bevor sie das Gartentor erreichten. Er legte seinen beiden die Hände auf die Schultern und drehte sie in Richtung Auto. Kate rief er über die Schulter zu: »Welchen Zug nimmst du denn?«

»Ich weiß noch nicht.« Sie sah zu Dave hinüber. Er hatte noch nicht bestätigt, dass sie willkommen war. Chris sah, wie sie Dave ansah, bemerkte ihr kurzes Zögern und ging weiter zum Auto.

»Ich habe einen Fahrplan in der Küche«, sagte Dave. »Der Amtrak fährt ziemlich regelmäßig durch Stamford.«

Kate ging hinüber zu Chris und half ihm, die nörgelnden Kinder wieder ins Auto zu verfrachten.

»Ich rufe dich an, sobald ich mir einen Zug rausgesucht habe. Hilfst du mir mit der Truhe?«

Dave stand in der Nähe und sah zu Boden. Wenn ihm jetzt, nachdem er das gehört hatte, erst klarwurde, dass Kate gekommen war, um ihm die Tagebücher seiner Frau zurückzugeben, so ließ er es sich nicht anmerken. Er hielt seinen Blick auf den Rasen gerichtet. Dann ließ er den Motor des Rasenmähers wieder an.

Chris öffnete den Kofferraum, während Kate die Kinder wieder in ihre Sitze setzte. Nachdem sie sie angeschnallt hatte, ging sie zu ihm, und gemeinsam hievten sie die Truhe heraus. Dann holte sie noch ein Tagebuch aus ihrer Umhängetasche. Als sie am Morgen noch ein letztes Mal durch den Bungalow gegangen war, hatte das mit dem Foto beklebte Buch noch auf der Fensterbank in der Dachkammer gestanden, fast vergessen. Sie hatte kurz überlegt, es zu behalten und mit nach Hause zu nehmen. Wann immer sie ihre obere Schublade öffnete, würde es dort liegen, neben dem Brief der Frau, die Kate in ihrer Fernsehsendung kritisierte: Elizabeth, die in die Sonne lächelte, überbelichtet und unterschätzt.

Chris sah sie abwartend an. Kate öffnete den Deckel und legte das Tagebuch zu den anderen in die Truhe. Dann hob Chris die Truhe aus dem Kofferraum.

»Danke«, sagte sie.

»Wofür?«

»Dass du mit den Kindern nach Hause fährst und mich das hier abschließen lässt.«

Er stand mit der Truhe in den Händen vor ihr und musste sich ein wenig zurücklehnen, um das Gewicht auszugleichen.

»Dann mach das auch«, sagte er und ging an ihr vorbei zum Haus.

Als sie sich durchs Autofenster lehnte, um sich von den Kindern zu verabschieden, sah sie, wie Chris die Haustür öffnete und die Truhe im Flur absetzte. Er stellte sie auf den Boden vor die hohen Fenster neben der Tür, und durch die schmalen vertikalen Scheiben sah sie, wie er davor hocken blieb. Er hielt den Kopf gesenkt, und nach einem Augenblick legte er eine Hand auf die Truhe wie ein Trauernder bei einer Totenwache. Dann erhob er sich wieder. Etwas in ihrer Brust zog sich zusammen, als sie ihn so sah, und sie musste sich abwenden, um wieder Luft zu bekommen.

Sie hörte, wie sich die Haustür öffnete und schloss. Chris ging langsam die Stufen herunter und auf Dave zu. Sie klopften einander nicht auf den Rücken, sagten nicht »bis bald« wie sonst so üblich unter den Ehemännern der Spielgruppe. Sie sprachen nur ein paar Worte und wünschten sich vage noch einen schönen Sommer. Chris sah weg, und Kate konnte sowohl Mitgefühl wie auch Unmut in ihm erkennen.

Vielleicht gab es kein Wiedersehen. Vielleicht ging es so zu Ende; zwei Familien, die ihre eigenen Wege gingen. Und vielleicht hatte Elizabeth das vorhergesehen, als sie die Tagebücher Kate überließ, dass sie eine Leserin auswählte, die empathisch war und der Familie nahestand, die aber auch aus Daves Leben verschwinden konnte, ungeachtet dessen, was sie mit den Büchern machte. Vielleicht hatte Elizabeth sogar die möglichen Spannungen geahnt – zwischen Kate und Dave, zwischen Kate und Chris – und hatte entschieden, dass es niemandem schaden würde, zu erleben, wie es sich anfühlte, missverstanden zu werden, eine kleine Dosis des Alleinseins.

Vielleicht war es aber auch viel einfacher. Vielleicht hatte Elizabeth nach ihrer Diagnose einfach die Gewissheit gebraucht, dass ihre Tagebücher gut aufgehoben waren. Oder noch einfacher: Sie hatte niemanden gehabt außer Kate.

Chris stand vor Kate und spielte mit dem Schlüssel in der Hand. »Ruf mich an, wenn du weißt, welchen Zug du nimmst.« Er sah sie direkt an, was er seit dem Abendessen kaum getan hatte.

Kate hatte versucht, sich mechanisch durch das vergangene Jahr zu schlagen, sie wollte so zäh wie möglich sein. Im Rückblick jedoch hatte ihre Methode nicht gut funktioniert. Es war nicht irreparabel, doch sie brauchte Zeit, und sie musste sich mehr Verletzlichkeit eingestehen, als ihr lieb war. Sie müsste sich offenbaren, ihre Ängste vor Gefahren und vor Verlust offenlegen und ihre Verzweiflung darüber, kein Vertrauen in die Zukunft zu haben. Chris bekäme einen bedürftigeren Menschen zu sehen als den, den er geheiratet hatte. Dann würde sie erkennen, wie weit seine Hingabe für eine Partnerin reichte, die in seinen Augen alles komplizierter machte als nötig. Er würde das Gefühl haben, sie mit Samthandschuhen anfassen zu müssen.

Ihr wurde übel, als hätte sie etwas Verdorbenes gegessen. Doch sie hatte keine andere Wahl. Elizabeth hatte sich geirrt: Geheimnisse boten keinen Schutz. Damit ging es einem nur schlechter.

»Danke noch mal«, sagte sie. »Für deine Unterstützung.« Ob das nun stimmte oder nicht, sie hatte das Gefühl, es sagen zu müssen.

Chris schüttelte den Kopf, eine kleine ungläubige Geste, die besagte, dass er ihr nicht glaubte. Er setzte sich ins Auto. Die Kinder reckten die Hälse nach hinten und winkten ihr zu, aber Chris sah sich nicht noch einmal um.

Während Kate zusah, wie sie wegfuhren, kam ihr in den Sinn, dass sich ihre ganze Welt gerade von ihr entfernte, das Beste, was sie hatte. In einer sentimentalen Anwandlung wünschte sie sich, falls ihnen irgendetwas zustoßen sollte, dass ihr das Gleiche widerfuhr. Sie stand am Bordstein, bis das Auto an der Kreuzung abbog und sie es nicht mehr sehen konnte.

Dave ließ den Rasenmäher im Leerlauf laufen und sah zu ihr hinüber. Dann schob er ihn an und ging los.

Seine Kinder begannen sich zu langweilen und sprangen in der Einfahrt auf ihrer Kreide herum, bis sie zu bunter Asche zermalmt war. Sie wollten ins Haus gehen und dort spielen.

Kate warf Dave einen Blick zu, um zu sehen, ob er ihr etwas sagen wollte – wie lange er noch mähen wollte, was sie mit den Kindern unternehmen sollte, wann sie essen würden. Doch er sah nicht auf.

Mit Emily auf der Hüfte ging sie die Einfahrt hinauf, und Jonah und Anna folgten ihr. Dave schritt unbeirrt weiter, eine Bahn nach der anderen.

Einunddreißig

Nachdem Kate Emily auf dem Boden abgesetzt hatte, blieb sie mitten in der Küche stehen. Sie brauchte immer einen Augenblick, um sich daran zu gewöhnen, wie es hier jetzt aussah. Post auf den Arbeitsflächen, in den Regalen mit den Kochbüchern stapelte sich Tupperware. Die mit Magneten an der Kühlschranktür befestigten Bilder waren noch immer die gleichen wie im letzten Sommer.

Jonah und Anna sahen sie erwartungsvoll an und setzten sich dann an den mit Malutensilien übersäten Küchentisch. Kate könnte mit der Zubereitung des Abendessens anfangen, doch war sie nun Gast hier. Sie wagte es nicht, sich so selbstverständlich zu verhalten wie früher, die Schränke zu öffnen und in den Kühlschrank zu schauen, um zu sehen, was sie kochen könnte. Es fühlte sich falsch an. Sie überlegte, ob sie versuchen sollte, Daves Aufmerksamkeit auf sich zu lenken. *Willst du, dass ich* … Nein. Er hatte von Spaghetti gesprochen.

Sie öffnete die Schränke und suchte nach Dosen mit gehackten Tomaten. Jonah und Anna verlangten nach Bechern mit Wasser für ihre Pinsel und wollten ihre Strudel aus Wasserfarben zu Ende malen. Emily saß auf dem Boden und sah sie mit ihren großen blauen Augen über ihre Schnabeltasse hinweg an. Sie hielt den Becher mit beiden Händen fest, und ihre Finger sahen aus wie zehn kleine Ringe, die um die grünen Plastikgriffe herumlugten.

Kate erhitzte Olivenöl mit zerdrücktem Knoblauch in einer Pfanne, und ihr Magen zog sich bei dem Geruch zusammen. Ihr Appetit reagierte nur selten auf Stress; sie hatte schon unter beinahe allen nur möglichen Umständen gekocht, neben ausfallend werdenden Köchen und um sie herumschleichenden Bräuten und einmal neben einem Kollegen, der sich sauber einen Finger abgeschnitten hatte. Aber es war lange her, dass sie so uneins mit Chris gewesen war. Bei dem Gedanken an ihn und an die Unterhaltung, die sie zu Hause erwartete, krampfte sich ihr Magen zusammen.

Sie setzte einen Topf mit Wasser auf und hörte, wie der Motor des Rasenmähers verstummte. Anschließend schob Dave den Mäher in die Garage zurück, und Metall schepperte über die Einfahrt. Kurz darauf kam er in die Küche und entdeckte die halbfertige Soße und den angefangenen Salat. Ihm tropfte der Schweiß aus den Haaren in die Stirn, und seine Schienbeine waren mit Maschinenöl verschmiert.

»Okay, alles klar.« In seiner Stimme lag nur ein Hauch seines näselnden Akzents. »Ich gehe unter die Dusche.«

Kate fragte sich, wie er es wohl normalerweise mit dem Duschen nach dem Rasenmähen handhabte. Vielleicht mit dem Fernseher und dem Laufstall im Schlafzimmer. Oder vielleicht hätte er sie auch durchs Abendessen gesteuert, ohne zu duschen, Schweißtropfen auf dem Geschirrtuch und Grasschnitt auf dem Fußboden hinterlassen und erst lange heiß geduscht, wenn die Kinder schliefen.

»Ich warte noch mit den Nudeln, bis ich höre, dass die Dusche abgestellt ist«, sagte sie. »Dann sind sie zehn Minuten später fertig.«

Er nickte und ging nach oben, nachdem er gesehen hatte, dass die Kinder beschäftigt waren. Kate drehte sich wieder zum Herd, rührte die Soße um und zerstieß die größeren Tomatenstücke mit dem Holzlöffel. Sie sah sich die Bilder an den Küchenwänden an. Das Porträt des Eis essenden Mädchens hing immer noch dort, das Werk einer unerfahrenen Künstlerin, mit asymmetrischen Augen, aber sicherlich gut für einen Teenager, und jetzt auch erkennbar als das Mädchen auf dem Foto aus der Truhe. Das Bild, das Amelia Drogan damals an Weihnachten den Rest gegeben hatte und sie dazu gebracht hatte, an den Zufluchtsort zu fahren, der ihr helfen sollte, sich in ihrer Aufgabe als alleinerziehende Mutter und im Umgang mit Alkohol und Trauer wieder zurechtzufinden. Das Bild war aus Emotionen entstanden, die die junge Elizabeth noch nicht verstehen konnte – dem Wunsch, den Anschein von Vollständigkeit wieder in ihr Zuhause zu bringen, eine Sehnsucht danach, das Leben wieder ins Lot zu bringen – nach einem Verlust, für den sie sich immer selbst die Schuld geben würde. Unter dem Porträt saß Anna zufrieden unter ihrer Namensvetterin und malte Regenbogen.

Über dem Stuhl, auf dem Jonah saß, hing das Ölgemälde der beiden Stadthäuser. Ein hell erleuchtetes Fenster zeigte eine Mutter, die ihrer Tochter die langen Haare kämmte, beide in nostalgisches Licht getaucht, während in dem Fenster daneben eine Feier in vollem Gange war. In dem festlich erleuchteten Fenster warf eine dunkelhaarige Frau den Kopf in ausgelassenem Gelächter zurück. Beinahe verschüttete sie Wein aus ihrem Glas, und die rote Flüssigkeit passte zu ihren Lippen und den Juwelen an ihrem Hals. An der gegenüberliegenden Wand hing ein Bild, das vorher noch nicht da gewesen war. In einem verregneten Hundeauslauf stand eine Promenadenmischung zwischen einem Rudel seidiger Golden Retrievers, O-beinig in einem Burberryjäckchen, und strotzte nur so vor Räude. Sein Gesicht war so ausdrucksstark, dass Kate das Bild betiteln konnte. *Suchst du Ärger*?

Das hast du also daraus gemacht, dachte Kate. Hut ab!

Daneben hing noch ein neues Bild. Dave musste beschlossen haben, mehr von Elizabeths Arbeiten aufzuhängen. Kate stellte sich den Stapel vor, den Elizabeth an dem Abend durchgesehen hatte, als die Cocktail-Party ohne sie weiterging. Dieses Bild zeigte einige Dreiräder, die in einem Haufen übereinander abgestellt worden waren. Doch als Kate die undeutliche Lavierung aus Speichen und Stangen betrachtete, traten daraus Formen hervor wie aus Wolken. Die Vorderräder wurden zu Kindergesichtern und die Lenkstangen zu länglichen Hasenohren. Der kompakte Bogen jedes Rahmens lief in winzige Rädchen, die wie Füße gekrümmt waren – eine mystische Wirkung, wie kleine im Schlaf zusammengerollte Körper.

Kate sah auf die Soße. In jemandem, der einem nahestand, das Wesentliche nicht zu erkennen, war eine Art Negierung, selbst wenn man es nicht verstehen konnte; Kate kannte das Gefühl, nicht ernst genommen zu werden. Es hatte kleine Zeichen gegeben, doch sie hatte sie nicht sehen wollen. Es war einfacher gewesen, die einfache, pragmatische Version von Elizabeth zu akzeptieren. Doch es spielte auch etwas anderes hinein: Elizabeth hatte sich enorm darum bemüht, diese Version zu erschaffen. Letztendlich musste man die Verantwortung dafür übernehmen, was man der Welt zeigte und was nicht.

»Neeiin! Ich benutze grade Rot! Du kannst es nicht haben!«, kreischte Anna am Tisch.

»Aber du pampst darin rum und mischst voll viel Weiß rein!«

Jonah lehnte sich über den Tisch, schnappte sich den besudelten roten Behälter und stieß dabei seinen Becher mit schmutzigem Malwasser um. Braune Flüssigkeit breitete sich über den Tisch und ihre beiden Bilder aus und tropfte dann auf den Boden. Als es ihr Bild bekleckerte, begann Anna zu weinen.

»Schon gut, schon gut, alles in Ordnung«, beschwichtigte Kate und ging mit einer Rolle Küchenpapier an den Tisch, wo sie versuchte, das überschüssige Wasser von ihren Bildern abzutupfen. Sie wischte den Tisch ab und versuchte, wieder Ruhe herzustellen, bevor Dave herunterkam. Sie würden vermutlich zu Abend essen und reden, wenn die Kinder im Bett waren. Sie hatte keine Ahnung, wie sie anfangen sollte. *Ich glaube nicht, dass Elizabeth … Du hattest recht damit, dass Elizabeth nicht … Elizabeth ging es nicht gut.* Alles hörte sich zu sehr nach Verkündung an, als gehörten Elizabeths Fakten Kate. Nichts gehörte Kate. Ihre besitzergreifende Wut, die sie dazu gebracht hatte, nach dem Telefon zu greifen und Dave zu beschuldigen, das Tagebuch genommen zu haben, war ihr nun unangenehm.

Emily tapste herüber und zog ihren Becher mit dem Schnabel nach unten durch das braune Wasser auf dem Fußboden.

»Oh, igitt, Em, nicht mit deinem Becher. Warum spielst du nicht hier weiter?« Kate setzte sie ein Stück weiter und gab ihr Küchenutensilien zum Spielen. Als sie Emily die Schnabeltasse wegnahm, um sie sauberzumachen, begann Emily zu heulen.

Dave tauchte in sauberem T-Shirt und kurzer Hose auf.

»Was ist aus unserer Kumbaya-Stimmung geworden? Eben war es noch so still.«

Er füllte den Türrahmen aus wie der Prototyp eines Mannes aus einer Duschgelwerbung, frisch gewaschen und nach Kiefernnadeln duftend. Kate hatte ihn nicht so präsent in Erinnerung aus den Tagen, an denen sie noch um die Ecke gewohnt hatte, oder selbst von den Gelegenheiten, zu denen sie ihn im vergangenen Jahr gesehen hatte. Als Elizabeth noch lebte, war er wie eine Vater-Pappfigur gewesen, die ein und aus ging, eine witzige Bemerkung fallenließ oder im Hintergrund am Grill stand. Wenn er jetzt einen Raum betrat, dann bemerkte man es.

Er nahm Kate den Becher aus der Hand und wischte ihn an seinem T-Shirt ab. Kate spürte, dass Normalität vielleicht doch möglich war, so lässig, wie Dave sich gab, und der Kloß in ihrem Magen löste sich etwas. Sie schüttete die Penne in das kochende Wasser auf dem Herd.

Kurz vor sieben ging Dave mit den Kindern nach oben, um sie zu baden, während Kate den Abwasch erledigte. Auf dem Weg aus der Küche, Emily auf der Hüfte, die beiden anderen kraxelten bereits die Treppe hoch, zog er die Schublade des Telefontischchens auf und warf Kate den Zugfahrplan zu. Sie wusste, dass sie Chris anrufen sollte, scheute aber das knappe Telefonat und den schroffen Klang seiner Stimme. Sie wischte die Arbeitsflächen ab und sortierte die Tupperdosen. Als es in der Küche nichts mehr aufzuräumen gab, kramte sie ihr Handy aus ihrer Tasche und wählte.

Niemand nahm ab. Kate sprach Chris auf die Mailbox, dass sie den Zug um 20.56 Uhr nehmen und kurz nach ein Uhr zu Hause sein würde. Sie sprach mit so viel Wärme in den Hörer, wie sie aufbringen konnte, und versuchte, die Worte so optimistisch wie möglich klingen zu lassen.

Sie ging zum Wohnzimmer und ließ von der Tür aus den Unterschied auf sich wirken, wie es vorher ausgesehen hatte und wie es jetzt aussah. Früher gab es dort kein Spielzeug, nur irgendwelchen Schnickschnack für Erwachsene und bessere Lampen als im Spielzimmer. Dave machte solche Unterschiede nicht, und sowohl Wohnzimmer als auch Küche waren übersät mit Puzzeln, Spielen und Büchern, wo immer sie zuletzt benutzt worden waren. Kate sammelte ein paar Puppen ein und trug sie zur Kiste nebenan, in der sie immer aufbewahrt worden waren. Zurück im Wohnzimmer, setzte sie die Holzpuzzles mit Bauernhoftieren, Dinosauriern und Haustieren zusammen.

Sie sah auf zu den Bücherregalen, die mit Romanen im Taschenbuchformat und gebundenen Kunstbänden vollgestellt waren. Gerahmte Fotos der Kinder standen überall vor den Büchern, so dicht neben- und voreinander, dass Kate jedes Mal etwas Neues entdeckt hatte, wenn sie sich die Bilder angesehen hatte. Und dort ganz rechts auf dem obersten Regalboden stand eine ihr unbekannte gerahmte Zeichnung – Bleistift oder Zeichenkohle, dunkel und verwischt. Unbestimmte geschwungene Linien nach außen und nach unten. Ein Wasserfall, eine Trauerweide. Was immer es darstellte, es war unvollendet, die groben Striche eines Werks in Arbeit. Als Kate genauer hinsah, nahm es schärfere Konturen an, die des Gesichts einer Frau, ein subtiles Profil, das bei ihr ein Schaudern der Erkenntnis auslöste. Eine nicht nennenswerte Nase, ein rundes Kinn über einem schmalen Hals und ein gerade geschnittener Pony. Eine Welle dunklen Haars, das sich unter ihr Kinn schmiegte, aber nur, wenn es vernünftig geschnitten und in Form gebracht wurde, was zu selten der Fall war. Und unter dem geneigten Kopf die kringeligen Löckchen auf dem Kopf eines Säuglings, der gerade gestillt wurde. Pipers Kopf.

Sie hörte, wie Dave die Kühlschranktür öffnete. Dann kam er ins Wohnzimmer und blieb mit seinem Bier in der Hand stehen, als er sah, dass sie die Spielsachen seiner Kinder beinahe schon aufgeräumt hatte. Sein Blick wirkte wie ein Schulterzucken, und er ging durchs Zimmer, schob die Verandatüren auf und ließ sich mit einem tiefen Seufzer in einen Klubsessel sinken. Die gleiche Botschaft wie auf dem Rasen: Setz dich dazu oder auch nicht, wie du willst. Sie ließ sich Zeit damit, die komplettierten Holzpuzzles zurück in ihre Schatullen zu stecken. Dann ging sie in die Küche und holte sich ebenfalls ein Bier.

Es dämmerte allmählich, und der leere Rasen und die Schaukel erinnerten an einen verlassenen Schulhof in den Sommermonaten. Durch das kleine Wäldchen hinter dem Grundstück der Martins drangen die Geräusche von Kindern, die noch nicht ins Bett gebracht worden waren, und im Garten rechts nebenan konnte Kate die Nachbarn auf der Veranda reden hören. Gemurmelte Gesprächsfetzen drangen durch die Bäume, müde Eltern brachten sich am Ende eines langen Tages auf den neuesten Stand. Für jeden anderen mochten sie und Dave genauso wirken. Ihre Bierflaschen standen dicht nebeneinander auf dem kleinen Beistelltisch zwischen ihnen.

Dave lehnte sich zu ihr hinüber und griff nach dem Babyfon unter dem Tischchen. Er stellte die Lautstärke ein, und Emilys plapperndes Stimmchen gesellte sich zu ihnen auf die Veranda. Wie Noten reihte sie rhythmische Silben aneinander. *Ma-ma-ma-ma-ma-ma*, auf ihrer eigenen unmelodischen Tonleiter hoch und runter. Kates Kinder hatten ebenfalls beide zuerst *Mama* gesagt, bevor sie *Dada* sagten, und sie fragte sich, ob alle Babys dieses Wort unter ihren ersten Wörtern hatten, unabhängig davon, ob es eine Mama im Haus gab oder nicht.

Dave zog etwas aus seiner Hosentasche und legte es neben Kate auf den Tisch. Ein Foto. Sie stellte ihr Bier ab und zupfte mit den Fingern an ihrem T-Shirt, um das Kondenswasser abzutrocknen. Dann nahm sie das Bild in die Hand. Es zeigte Elizabeth, wie sie Anna im Spielzimmer eine Geschichte vorlas. Sie sah blass und müde neben ihrer sonnengebräunten und lächelnden Tochter aus. »Von wann ist das?«

»Letzten August, ein paar Tage bevor sie losgefahren ist. Sie sieht schlecht aus, oder?«

Kate hielt das Foto in der Hand, sagte aber nichts. Elizabeths Gesicht war aufgequollen, ihre Haare matt, und unter ihren Augen lagen dunkle Ringe. Im Grunde sah sie nicht viel anders aus als in den Monaten nach Annas Geburt, doch damals hatte Kate ihr Aussehen falsch gedeutet. Trotzdem war es beunruhigend, zu sehen, wie sehr Elizabeth sich in dem Monat seit Kates Besuch im Sommer auf der Durchreise verändert hatte. Sie hatten im Juli und August mehrmals telefoniert, hatten über die Vorschule gesprochen, den Kindergarten und – wie Kate sich erinnerte – endlos über Kates Verärgerung über einen neuen Kinderarzt. Immer wieder, in allen Einzelheiten. Natürlich hatte sie keine Ahnung gehabt. Sie wandte den Blick vom Foto ab.

»Sie war krank«, sagte Dave. »Du bist hergekommen, um mir das zu sagen.« Er forderte sie nicht heraus, suchte auch nicht nach Bestätigung. Er wusste es bereits und wollte, dass sie das wusste.

»Ich glaube, ja.«

Er schien überrascht. »Dann hat sie es dir auch nicht erzählt.«

»Nein.«

Er nickte und wandte sich wieder zum Schaukelgerüst. Er starrte es an, als warte er darauf, dass es etwas tun würde, und Kate wandte sich ihm ebenfalls zu, nur um nicht Dave ansehen zu müssen. Sie rechnete schon beinahe damit, dass die Schaukeln sich in Bewegung setzten, allein durch die Kraft ihrer gemeinsamen stillen Aufmerksamkeit.

»Ich war sicher, dass du es die ganze Zeit gewusst hast. Ich dachte, deswegen hätte sie dir die Bücher hinterlassen.«

»Nein.«

Obwohl es Kate in den Sinn kam, dass es für ihn leichter gewesen sein mochte, zu denken, dass es Elizabeth um etwas Bestimmtes gegangen war.

»Wie lange weißt du es schon?«, fragte sie. Sie war sich beinahe sicher, dass er das fehlende Tagebuch nicht genommen hatte, aber sie musste nachhaken.

Er starrte in den Garten. »Als ich einmal angefangen hatte, genauer hinzusehen, war es nicht schwer, herauszufinden. Sie hat sich um alle Rechnungen und Versicherungen gekümmert, das war also alles abgeheftet. Sie hat die Rechnungen vom Onkologen zu denen von der Geburtshelferin getan.«

Er schien nicht so sehr über den Begriff *Onkologe* zu stolpern wie sie, die bei der Spezifizität des Titels unwillkürlich an Termine und Behandlungen dachte und eine reale Vorstellung davon zu bekommen glaubte, wie jemand so etwas ganz allein durchstand. Das war das Allerbeste an einem Menschen oder das Allerschlimmste.

Dave fixierte immer noch die Schaukel, als würde sie ihm Halt geben. Kate zog die Knie an sich heran. »Ich könnte mir nicht vorstellen, so etwas geheim zu halten. Wie viel Energie das kosten muss.«

»Wer könnte das? Wer würde das wollen?« Er nahm einen Schluck und stellte die Flasche zu heftig auf dem Tischchen ab. Schaum stieg im Flaschenhals auf und drohte überzulaufen. »Ich habe – ich kannte –« Dave versuchte, die richtige Zeitform zu finden. »Elizabeth und ich waren sehr lange zusammen. Ich kann mir vorstellen, warum sie es getan hat. Aber sie hätte es nach all diesen Jahren besser wissen müssen.«

Es stand im Raum, die Andeutung, dass Elizabeth ihm Fehler hätte vergeben sollen, die er vor so vielen Jahren begangen hatte. Dave wollte, dass Kate ihm zustimmte, und sie wusste, dass sie etwas sagen sollte wie: *Ja, das würde man meinen*. Doch vielleicht spielte es in solch einer Situation keine Rolle, wie viele Jahre vergangen waren. Es war keine Kleinigkeit, sich von einer Person abzuwenden, wenn diese krank war, ihr zu vermitteln: *Nein danke, davon war nicht die Rede*. Vielleicht war das sogar tatsächlich etwas, über das man niemals hinwegkam.

»Na ja«, sagte Kate, »sie schien einfach über manches nicht reden zu wollen. Ich glaube, ihre Verschlossenheit überwog alles andere.«

Das war eine unverbindliche Feststellung, aber Kate wusste nicht, ob Dave ihre Erkenntnisse hören wollte. *Wag es ja nicht, mir zu sagen, was meine Frau gewollt hat.*

»Es scheint ihre Art gewesen zu sein, diese Verschlossenheit. Sie wollte selbst bestimmen, wie sie wirkte. Ich glaube nicht, dass ihre Heimlichtuerei unbedingt etwas mit Vertrauen zu tun hatte.«

Das stimmte nicht ganz. Wenn Kate ehrlich gewesen wäre, hätte sie gesagt: *Elizabeth gibt einem nur eine Gelegenheit, sie zu enttäuschen*. Sie wollte Dave allerdings nicht daran erinnern. Er hatte jetzt die Truhe. Er würde es schon früh genug herausfinden.

»Heimlichtuerei, das ist schon ein starker Ausdruck dafür«, sagte er. »Sie hat ziemlich viel heruntergespielt, das weiß ich. Hat so getan, als wäre ihre Arbeit ihr nicht so wichtig. Wenn sie die Übermutter spielen wollte, weil sie sich dadurch wie ein besserer Mensch fühlte, ist das okay. Ich wollte nur, dass sie glücklich ist. Aber dass sie richtige Geheimnisse hatte? Da bin ich nicht sicher. Nicht bis zu dem hier.« Er deutete mit dem Bier in der Hand auf das Foto. »Das ist eine ganz andere Liga. Sie hatte kein Vertrauen.«

Er wusste also, wie Elizabeth in Bezug auf ihre Arbeit

empfunden hatte. Kate lehnte sich im Sessel zurück und fragte sich, was er sonst noch wusste. Vielleicht wären Elizabeths Aufzeichnungen gar keine solche Überraschung für ihn, wie sie angenommen hatte; vielleicht ging es gar nicht so sehr darum, dass sie etwas verheimlichte, sondern um die kalkulierte Präsentation, Tag für Tag. Was man erzählte, wie und wann; was man herunterspielte und was man gar nicht erwähnte. Das unterschied sich gar nicht so wesentlich von Kates Verhalten in den letzten Monaten.

»Klar, es geht um Vertrauen«, sagte sie. »Aber vor allem ja um eine Art Mangel an Selbstvertrauen bei ihr selbst.«

»Das ist ja eine interessante Wendung.«

»Darum geht es doch, wenn jemand nicht zeigt, wer er wirklich ist, oder? Dann vertraut derjenige nicht darauf, dass die anderen die Entscheidungen gutheißen, die er trifft, oder ihn so nehmen, wie er ist. Und das stimmt ja vielleicht auch.«

Dave gab ein höhnisches *Pfff* von sich und sah in den Garten. Mangelndes Vertrauen tat anders weh. Zu wissen, dass die Partnerin daran zweifelte, ob die Liebe zu ihr umfassend genug war, um sie so, wie sie war, zu akzeptieren. Dass sie befürchtete, wenn auch nur einen Moment, man würde womöglich nicht bleiben. Dave schüttelte den Kopf.

»Na ja«, sagte Kate, »zumindest weißt du, dass sie nichts mit jemand anderem hatte.«

Er sah sie verständnislos an. Da wurde ihr bewusst, dass er es nicht wusste. Er wusste nur, dass Michael ein Mann war, der ihm seine Frau entzogen hatte. Es war egal, dass er Kate am Bungalow gesagt hatte, er erwarte, sie würde ihm alles erzählen, was sie wusste. Sein Gesicht zeigte ihr jetzt, dass er diese Unterhaltung nie gewollt hatte, er wollte nie von jemand anderem etwas über seine Frau erfahren.

»Stand das in den Büchern?«
»Nicht ausformuliert.«
»Erzähl's mir.«

Als Kate geendet hatte, waren die Kinder aus der Nachbarschaft in ihre Häuser gegangen. Sie wollte das Aura Institut verharmlosen. Mit Andeutungen darüber, dass sie auf derselben Seite standen, eine ironische Bemerkung über den Ort, den Elizabeth ihnen beiden vorgezogen hatte. Doch während sie es erklärte, widerstand sie dem Bedürfnis.

Dave reagierte nicht sofort. Sie hörten das Zirpen von Insekten und das Murmeln der Nachbarn, zufrieden auf ihrer Veranda, doch wenig andere Laute.

»Du sagst also, sie wollte nach Kalifornien in irgend so ein durchgeknalltes Heilungszentrum.«

»Es scheint so. Ich habe selbst mit ihm gesprochen, und er hörte sich gar nicht mal so durchgeknallt an. Er wusste viel über sie und über eure Familie –«

»Er weiß einen Scheißdreck über meine Familie.«

Kate hätte ihm zustimmen können. Doch dann hätte es niemanden gegeben, der die Wahrheit über Joshua Tree ans Licht brachte. Es war eine Tatsache. Elizabeth hatte dafür gezahlt, hatte nach und nach Geld am Automaten abgehoben und wollte dorthin fahren.

Dave nahm einen langen Schluck von seinem Bier. Es wurde langsam dunkel, und man konnte nur noch das flackernde Licht einer Kerze durch die Bäume ausmachen. Von nebenan klang das helle Lachen einer Frau herüber. Dave klopfte zweimal mit seiner Flasche auf den Tisch und schaukelte sie auf ihrem Boden hin und her, dann stand er auf und ging ins Haus.

Zwei Minuten vergingen, dann fünf. Es wurde dunkler. Ein kleines Tier raschelte in den Rosenbüschen, die vernachlässigt unterhalb der Veranda standen. Kate überlegte angespannt, was sie tun würde, falls Dave nicht mehr herauskam. Sollte sie zu ihm gehen? Sie hatten Elizabeth schließlich beide geliebt. Oder sollte sie seine Privatsphäre respektieren, ihre Tasche holen und gehen? Die Nachbarn bliesen die Kerze aus und gingen ins Haus. Im Garten wurde es still.

Wenn er nach zehn Minuten immer noch nicht wieder da sein sollte, würde sie sich ein Taxi rufen. Sie würde leise die Tür hinter sich ins Schloss ziehen, zu Chris und den Kindern in die Stadt zurückfahren, über der das unsichtbare Bullauge hing, mit dem sie Frieden schließen würde. Das Letzte, was sie von den Martins sehen würde, wäre die Truhe im Flur.

Diese Gedanken wurden zu einer Möglichkeit, als Dave mit zwei neuen Flaschen Bier wieder herauskam. Er setzte sich in den Sessel und stützte seine Flasche auf dem Oberschenkel ab.

»Ihre Mutter ist auch an so einen Ort gegangen, als Elizabeth in der Highschool war, irgendein New-Age-mäßiges Zentrum in der Wüste.« Seine Stimme war belegt, und er räusperte sich. »Liz hat nie so richtig herausgefunden, was es damit auf sich hatte, und sie hat sich ziemlich darüber lustig gemacht, aber ich glaube, dass sie es dem Ganzen zugutehält, ihre Mutter wieder auf die richtige Spur gebracht zu haben.«

Kate bemerkte, dass er sowohl die Vergangenheits- als auch die Gegenwartsform verwendete, und ihr wurde bewusst, dass Liebe eben so war, etwas, das immer zwischen den Zeiten existieren würde.

In der Ferne ertönte eine Sirene, und ein Hund schlug an, verstummte dann aber wieder. Die Grillen fingen an zu zirpen, bebend über den profanen Insekten, denen es zuvor nicht gelungen war, ihr unangenehmes Schweigen zu überdecken. Für Kate war das in diesem Moment das friedvollste Geräusch auf der Welt. Zum Teil, weil die Unentschlossenheit und die Verantwortung für die Truhe von ihr genommen worden waren, und zum Teil wegen der Erleichterung darüber, mit jemandem darüber reden zu können. Wahrscheinlich lag es auch am Bier. Eine Sandale fiel ihr vom Fuß, und sie ließ die andere ebenso fallen und zog die Füße an.

Sie bemerkte, wie Dave herübersah auf ihre Füße. Sie waren vorzeigbar, nicht manikürt, aber auch nicht vernachlässigt. Am Rand der Zehennägel war der Nagellack bereits abgeblättert. Es waren die Füße einer Mutter, die sich einigermaßen in Form hielt, die Füße, die ein Mann aus Southbrook täglich an seiner durchs Haus tappenden Frau sah, wenn er eine hatte.

»Wie sehr hast du mich denn dafür gehasst, dass ich die Tagebücher hatte?« Sie sagte es leicht dahin, doch es lag ein Unbehagen in der Frage, selbst wenn es dabei um eine andere Art Unbehagen ging. *Handlangerin. Babysitter-Service.* Unter solchen Umständen ausgesprochene Vorwürfe entsprachen immer der Wahrheit.

»Nee, vielleicht nur ein bisschen zu Anfang. Und dann wieder am Ende.«

Sein Tonfall war leicht und neckend, ein Anflug seines altbekannten Charmes. Kate blickte auf, um zu sehen, ob sein Gesichtsausdruck weicher geworden war, doch sein Gesicht war immer noch abgespannt und die Wangenknochen markanter, die Wangen darunter eingefallen. Sie fragte sich, ob er von nun an immer so aussehen würde, ob Trauer und Desillusionierung die Geometrie eines Gesichts verändern konnten.

»Du weißt ja, dass ich nicht darum gebeten hatte. Es ging mir den ganzen Sommer lang schlecht damit.«

»Du hast dich einfach ein bisschen zu sehr mitreißen lassen.«

Sie empörte sich, wusste jedoch, dass das zum Teil stimmte.

»Es tut mir leid, dass ich dich beschuldigt habe, das Buch mitgenommen zu haben.«

Er sah sie an und runzelte die Stirn. »Dann hast du es also doch verloren.«

»Nein. Ich bin mir ziemlich sicher, dass sie es mit im Flugzeug hatte.«

Als sie das Flugzeug erwähnte, wandte er den Blick ab. Er wollte nicht, dass ihre Unterhaltung diese Richtung einschlug. Und sie wollte das ebenso wenig.

»Ab wann wolltest du es wissen?«, fragte sie.

»Hm?«

»Ab wann wolltest du die Bücher haben? Zu Beginn des Sommers wirkte es so, als ob du sie gar nicht wolltest. Du hättest sie lesen können, als du noch die Gelegenheit hattest, bevor du sie mir überlassen hast. Es muss doch einen separaten Schlüssel gegeben haben, oder du hättest die Truhe aufbrechen können.«

Er trank erst einmal von seinem Bier und ließ den Kopf zurück gegen die Lehne sinken, als er schluckte.

»An manchen Tagen wache ich auf und denke, dass sie gerade unter der Dusche ist oder die Kinder aufweckt. Dann brauche ich ein paar Minuten, um mich daran zu erinnern, dass sie nicht da ist. Wenn jemand noch so real ist, fühlt es sich durch und durch falsch an, etwas zu tun, von dem man weiß, dass die Person damit nicht einverstanden ist. Aber ehrlich gesagt wollte ich es auch nicht wirklich wissen.«

Kleine Laute von Emily drangen durch das Babyfon, und Dave drehte es einen Tick lauter. Aus leichtem Wimmern drohte ein Weinen zu werden, das dann aber wieder verklang.

»Nachdem ich genug gelesen hatte, um zu wissen, dass da noch etwas anderes im Spiel war, und sie dann dir gegeben habe, hat sich etwas verändert. Natürlich sind es ihre, aber sie ist nicht mehr da, und irgendwann ging es nicht mehr darum, alles stillstehen zu lassen. Ich klinge vielleicht wie ein kalter Scheißkerl, und versteh mich nicht falsch, sie fehlt mir wie nur sonst was. Sie war die Seele hier im Haus.«

Kate fiel auf, dass er in die Vergangenheitsform verfallen war. Hin und her, seiner Frau nahe und dann wieder weit von ihr entfernt.

»Aber sie hatte ihre eigenen Pläne, und ziemlich oft hatte das gar nichts mit mir zu tun«, fuhr er fort. »Es nützt alles nichts, bis ich herausgefunden habe, wo all das herkam, weil ich diese Art von Friede, Freude, Eierkuchen nicht mit den Kindern weitermachen will. Ich will, dass sie das Gefühl haben, wirklich mit mir reden zu können.«

»Du meinst, dass sie offen sagen können, was sie denken.«

Natürlich lag in dieser Aussage Ironie, doch das war nicht Kates Absicht gewesen. Dave sah sie unvermittelt an.

»Du weißt nicht alles, Kate.«

»So habe ich das nicht gemeint. Ich bin deiner Meinung. Es ist wichtig, offen mit seinen Kindern reden zu können. Man weiß nie, was sie alles so mitkriegen, sich dann aber nicht trauen, es anzusprechen.«

Kate pulte am Stoff ihres Sessels. »Das war ja auf jeden Fall so bei Elizabeth, als sie klein war.«

Sie dachte an Elizabeths letztes Tagebuch. *Ich will auf keinen Fall, dass es die Kinder irgendwie beeinflusst. Bisher ging's gut, und wie verquer es auch klingen mag, ich war selten so stolz auf etwas.* Na ja, mag sein. Man wusste nie so genau, was für eine Wirkung man hatte, welche Version seiner selbst die Kinder sahen und welche ihnen blieb. In welchem Alter, fragte sich Kate, entwickelten Kinder einen Sensor für Wahrheit und Lügen und für diesen trüben Bereich, in dem Erwachsene sich so und so verhielten, sich aber ganz anders fühlten? Wahrscheinlich schon viel früher, als die meisten Erwachsenen annahmen.

Dave streckte die Beine vor sich aus und verschränkte die Hände hinter dem Kopf. Dann seufzte er tief.

»Sie hat immer gern mit dir gesprochen, Kate. In dir hat sie eine Aufrichtigkeit gesehen, die ihr nicht von besonders vielen Leuten hier in der Gegend entgegengebracht wurde. Das hat sie gesagt, als sie letzten Sommer von eurem Spaziergang am Strand zurückkam. ›Kate versteht es.‹«

Kate wandte den Kopf ab, damit Dave nicht sehen konnte, was seine Worte bei ihr auslösten. Sie schluckte und fasste sich an den Kopf, um sich den Pony aus der Stirn zu schieben.

»Weißt du, ich glaube, dass sie es uns beiden erzählt hätte, wenn sie mehr Zeit gehabt hätte«, vermutete Dave.

Kate war überrascht, wie ruhig er klang. »Aber letztendlich ist das alles nur Spekulation, nichts davon macht einen Unterschied. Es läuft alles darauf hinaus, dass sie den verdammt falschen Zeitpunkt erwischt hat, um in den Flieger zu steigen.«

Bei dem Wort *Zeitpunkt* sah Kate auf die Uhr. Es war 20.47 Uhr. Ihr Zug würde Stamford in neun Minuten verlassen, zu knapp, selbst wenn sie bereits in einem Taxi säße.

»Oh nein«, sagte sie. »Ich hab ihn verpasst. Den Zug.«

Dave sah zu ihr hinüber, ohne den Kopf anzuheben. Er sah nicht auf seine Uhr und schien auch nicht zu besorgt darüber, wann und ob überhaupt noch ein Zug fuhr, oder darüber, dass ihr Mann die Kinder zu Bett bringen und sich womöglich Gedanken machen würde.

»Du könntest auch hier übernachten. Ich könnte dich morgen früh auf dem Weg zur Arbeit zum ersten Zug bringen.« Er sah sie mit müden Augen arglos an. Ihm war nicht klar, oder es war ihm gleichgültig, dass es kompliziert sein oder dabei etwas falsch ausgelegt werden könnte. Er war ein Mann, für den das Leben nicht mehr kompliziert war und dem es nichts ausmachte, wenn seine Worte falsch ausgelegt wurden. Falls ihm bewusst war, dass dadurch Probleme mit Chris entstehen könnten, beunruhigte ihn das nicht. Dave war nicht länger der Mann, den Elizabeth gekannt hatte, der unangenehme Situationen vermied oder der sich Sorgen machte über seine Handlungen und ihre Folgen, weil er bereits das Schlimmste durchgemacht und überlebt hatte. Nichts spielte mehr eine besondere Rolle. Alles war einfach so, wie es in dem Moment war, und damit in Ordnung.

»Bleib doch einfach noch«, sagte er. »Trink noch ein Bier.«

Ein Teil von ihr wollte das, was sie zu Hause erwartete, aufschieben. Sie würde mit Dave hier sitzen, während der Himmel immer dunkler wurde, sich von dunkellila zu tiefer Nacht verfärbte, und sie würden darüber reden, was es bedeutete, wenn jemand eine Krankheit verschwieg. Ob Elizabeth möglicherweise tatsächlich gedacht hatte, dass sie ihre Familie dadurch beschützte, und ob es mutig war, diese in dem Glauben zu lassen, ihr Alltag bliebe unberührt von all dem, was ihre Welt zerstören könnte, und nichts würde all das, was sie erschaffen hatten, berühren. Vielleicht hatte sie gedacht, dass sie es allein schaffen könnte, sich selbst still heilen, ohne jedes Mal die Sorge in ihren Gesichtern zu sehen, wenn sie von einer Behandlung nach Hause kam. Und vielleicht hatte sie ihnen auch nicht etwas vorgemacht, weil sie kein Vertrauen hatte, vielleicht wusste sie, dass Dave seiner Vorgeschichte, wie schlecht er mit Krankheiten umging, durch die Jahre gemeinsamer Ehe und das Sorgen füreinander entwachsen war. Dave und Kate würden den Grillen lauschen und wie alte Freunde über den Unterschied zwischen großmütig und egoistisch reden: ob die Tatsache, dass man für jemand anderen eine Entscheidung traf und ihm nicht die Gelegenheit gab, zu helfen und sich, wenn nötig, darauf vorzubereiten, sich zu verabschieden, das Großzügigste war, was jemand tun konnte, oder das genaue Gegenteil. Und wenn dann die Fledermäuse aus den Bäumen sausten, würde einer von ihnen auf die Uhr schauen und sagen: Wir sollten wohl Schluss machen für heute. Sie würden die Treppe hochgehen, Kate würde mit den Fingern das Geländer entlangfahren, an dem einmal eine Hecke gewachsen war, und sie würde ins Gästezimmer gehen, das neben Daves Schlafzimmer lag. Nachdem sie sich leise ausgezogen hätte, um nicht die Kinder aufzuwecken, würde sie sich ins Bett legen und durch die Wände die Bettfedern und Daves Atem hören, der wieder einmal eine einsame Nacht verbrachte. Und am nächsten Morgen, wenn das Kindermädchen kam und Kate vorfand, wie sie die Müslischalen wegräumte mit Haaren und Kleidung, die schon einen vollen Tag mitgemacht hatten, dachte sie sich vielleicht das Gleiche, was Kate über sie gedacht hatte, und sinnierte über das Ausmaß der Einsamkeit eines Mannes.

»Ich glaube, ich erinnere mich noch an einen Regionalzug von Stamford nach New York und von da aus einen späten nach Washington«, sagte Kate. »Ich sehe mal nach. Chris macht sich sonst Sorgen.«

Dave nickte, ohne zu lächeln. »Ich ruf dir ein Taxi«,

sagte er und ging ins Haus. Wenn es ihm etwas ausmachte, so oder so, war es nur für einen Moment. Denn er war bereits im nächsten Moment, und der war ebenfalls in Ordnung, so wie er war.

Zweiunddreißig

Der Bahnhof in Stamford war weder der beste noch der schlimmste Ort, an dem man sich nachts aufhalten konnte. Er war hell erleuchtet, doch ohne gefährlich zu wirken, was konstante polizeiliche Überwachung rechtfertigen würde. Betrunkene lungerten schwankend vor den Imbissständen herum. In einer Ecke befummelten sich ein junger Mann und eine junge Frau, oder vielleicht stritten sie sich; vielleicht war es ein bisschen von beidem.

Kate kaufte eine Zeitung und stellte sich in die Nähe der Anzeigetafel. Sie hatte seit Monaten keine überregionale Zeitung mehr gelesen, und obwohl sie das auf der Insel nicht vermisst hatte, vertiefte sie sich nun in die Artikel wie in Briefe in der Ferne lebender Freunde. Selbst die Schlagzeilen – so erschreckend sie auch waren – kamen ihr seltsam beruhigend vor. Eine Terrorzelle in Detroit war zerschlagen worden. Man stand kurz davor, die Quelle der Anthraxbriefe aufzudecken. Der erste BSE-Todesfall in Kanada war nach Großbritannien zurückverfolgt worden, was bedeutete, dass nicht das Vieh in Nordamerika die Ansteckung verursachte, noch nicht. Lösungen waren in Reichweite, man konnte Vorkehrungen treffen. Viele Katastrophen waren vermeidbar, und falls nicht, arbeitete jemand daran, einen Weg dafür zu finden.

Kate blätterte auf die nächste Seite des Inlandsteils und hielt bei einem Artikel über Zufälle inne – es ging unter anderem um die Wahrscheinlichkeit, dass elf der global führenden Experten im Gebiet des Bioterrorismus vor kurzem verstorben waren, einer nach dem anderen, einfach durch Zufall. Verschwörungstheoretiker lagen falsch, behauptete der Artikel. Statistisch gesehen läge das verdächtig wirkende zeitliche Zusammentreffen ihrer Tode im Rahmen bloßen Zufalls.

Bloßer Zufall. Kate war dieser Ausdruck mittlerweile verhasst. Sie ließ die Zeitung sinken und sah den Gang hinunter zu dem Pärchen, dessen Auseinandersetzung heftiger wurde. Die junge Frau wollte nicht mit ihm gehen, sagte sie, sie hasse ihn, wenn er so sei, lass *los*. Seine Arme um ihren Körper sahen mehr nach einer Wrestlingpose als nach einer Umarmung aus. Ängstlich sah Kate sich nach dem Sicherheitsdienst um.

Keinen Zufall konnte man einfach so abtun. Jeden Tag kamen Millionen von Menschen durch willkürliche Geschehnisse, wahllose Ereignisse und außergewöhnliche Vorkommnisse der Natur ohne eigenes Verschulden um. Verschulden war besser: Fahrradunfall ohne Helm, Lungenkrebs bei einem Raucher, irgendein Ursache-und-Wirkungs-Schema, das das Chaos in Schach hielt. Es gab auch das offensive Risiko, wenn sie zum Beispiel durch die Halle ging, um sich in die Auseinandersetzung des Pärchens einzumischen, und kalkuliertes Risiko, wenn man ein Ferienhaus mitten in einem Tularämie-Gebiet mietete. Vielleicht fiel darunter sogar ihre Entscheidung, diesen Zug zu nehmen, der sie erst nach zwei Uhr morgens nach Hause bringen würde. Und dann gab es das, was man bloßen Zufall nannte. Elizabeth, die kaum reiste, dann aber in dem Flieger saß – mit ungünstigem Wind, einem defekten Steuer und einem unerfahrenen Piloten. Ein kleines Mädchen, das seiner großen Schwester auf dem Fahrrad hinterherstrampelte, dessen Neckerei gerade mit dem Vorbeifahren eines rücksichtslosen Autofahrers zusammenfiel.

Die Monate nach Elizabeths Tod waren ein Schock für

Kate gewesen, die Erkenntnis, dass die Welt ein wahrhaft unvorhersehbarer Ort war und dass das Leben nicht einer wohlwollenden Spur folgte, nur weil man Bioobst und -gemüse aß und täglich Zahnseide benutzte. Sie wusste, dass ihr Verhalten naiv war, doch es verängstigte und betäubte sie, und so behielt sie es für sich. Auf Elizabeths Beerdigung war sie in düsterer Stimmung gewesen wie alle anderen, und wenn sie in den Monaten danach stiller geworden war – nun ja, zu dem Zeitpunkt befand sich das ganze Land im Schockzustand. Niemand bemerkte, dass sie mehr Zeit allein verbrachte und sich mit wachsender Fixierung fragte, zu welcher Schule ihrer Kinder sie zuerst eilen würde, wenn man Washington angriff.

Doch hatte Kate keinen Zugriff mehr auf den Schock, und er selbst schien mittlerweile anmaßend. Man konnte gelähmt werden vor Sorge um seine Familie, oder man konnte sich gegen Kinder entscheiden, wenn man noch keine hatte, als eine Art proaktiver Schadensbegrenzung. So oder so würde man sein Leben jedoch freiwillig entgleisen lassen vor lauter Angst, dass es zufällig zerstört werden könnte. Oder aber man konnte sich aufraffen und weitermachen. Das waren die einzigen Möglichkeiten.

Als sie noch ihre Fernsehsendung machte, hatte sie daran geglaubt, dass das meiste nur von reiner Willenskraft abhing. Jetzt aber verstand sie, dass es Eitelkeit war. Vieles im Leben war gar nicht kontrollierbar. Die, die das verstanden, gingen weiter; sie verfügten über die Denkweise eines Kämpfers. Die Ironie daran, dass sie das nun von jemandem lernen sollte, der das nicht geschafft hatte, bemerkte sie sehr wohl.

Das streitende Paar sprach mit gedämpften Stimmen; die Freundin lehnte mit dem Rücken an der Wand, und er beugte sich über sie, die Handflächen links und rechts neben ihrem Kopf abgestützt. Sie standen neben dem Fenster des Kiosks, und Kate ging beiläufig an ihnen vorbei, als würde sie nicht versuchen einzuschätzen, ob die Frau bedroht wurde. Ihre Stimmen waren nun zärtlicher, der junge Mann klang, als würde er womöglich zu weinen anfangen.

»Einen großen Kaffee«, bestellte sie beim Verkäufer.

Während er ihr einen Becher aus einem Industriekaffeespender einfüllte, sah sich Kate am Tresen um. Es gab eine Blechdose für Trinkgeld und Spendenbüchsen für diverse Kinderkrankheiten. An der Seite neben Ketchup, Mayo und Milch klebte ein Plakat für eine Ausstellung an der NYU.

Kate hatte erst letzten Sommer auf ihrem gemeinsamen Spaziergang erfahren, dass Elizabeth auf die NYU gegangen war, oder vielleicht hatte sie es gewusst, aber wieder vergessen. Als Elizabeth Kate von ihrem Malerei-Workshop in Joshua Tree erzählte, hatte sie Kates Überraschung bemerkt und erklärt: *Ich habe am College Kunst studiert.*

Kate wusste nur wenig über Kunst und versteckte ihre Unwissenheit gewöhnlich mit Bemerkungen von der Stange über die Tänzerinnen von Degas oder Pollocks Klecksereien. *Ich war nie so richtig für so was gemacht,* gab sie zu, während sie mit einem Stock im Sand herumstocherte. Sie vermutete, dass Elizabeth an all das dachte, was Kate an kultureller Bildung fehlte, weil sie zur Kochschule gegangen war.

Ich habe das College nie beendet, hatte Elizabeth gesagt.

Ach, schau an, hatte Kate gedacht. Beinahe hätte sie einen Scherz darüber gemacht, bemerkte aber die Anspannung in Elizabeths Stimme.

Na ja, hatte sie gesagt. *Etwas unbedingt zu Ende zu bringen wird eh überbewertet.* Und Elizabeth hatte aufgesehen und sie angelächelt.

Kate setzte sich ans Fenster auf die linke Seite des Zuges, wo man die bessere Aussicht hatte, wenn man tagsüber fuhr und die vorbeiziehende Küste betrachten konnte. Sie wusste nicht, ob Chris zu Bett gegangen war oder noch auf sie wartete. Er war ein Nachtmensch, doch auch er hatte seine Grenzen. Er war verärgert und enttäuscht. Und noch etwas veranlasste ihn vermutlich dazu, den langen Tag zu beenden und ihrer Seite im Bett den Rücken zuzukehren. Es war nicht Neid, denn er war niemand, der andere beneidete, doch es kam dem nahe. Was ihm heute und in der letzten Zeit fehlte, war eine enge Verbindung zu seiner Frau oder Verständnis dafür, was sie den ganzen Sommer über beschäftigt hatte. Dave hatte genau das: Verständnis.

Als Kate zwei Stunden zuvor im Flur der Martins stand und das Taxi bereits vor der Tür auf sie gewartet hatte, hatte sie vor der Verabschiedung gezögert. Dave lehnte im Dunkeln am Türrahmen, eine Schulter an der Kante der geöffneten Tür und der andere Arm locker in die Seite gestützt. Sie konnte seine Seife riechen, die er in der Dusche benutzt hatte, moschusartig, weil er sich nicht länger mit einer Frau die Seife teilen musste. Die verblassten Valentinsherzen hingen noch an der Tür, hoffnungslos veraltet.

Die Truhe stand neben der Tür. »Hier sind sie also«, hatte Kate gesagt.

»Wieder zu Hause, wo sie hingehören.«

Ihr fiel keine angemessene Antwort ein. Mit Sicherheit nicht: *Viel Spaß damit* oder: *Ruf mich an, wenn du darüber reden willst.* Der Truhendeckel war so schief ausgerichtet wie ein Gebiss, das eine Zahnspange benötigte.

»Tut mir leid wegen des Schlosses.«

Er zuckte die Schultern. »Ich habe sowieso keinen zweiten Schlüssel gefunden.«

Sie hätte dann aus der Tür treten und ihm im Vorbeigehen einen flüchtigen Kuss auf die Wange geben können, ihn kurz an der Schulter berühren und den Rasen hinuntergehen können, zurück zu ihrem eigenen schief ausgerichteten Leben. Doch es gab da noch etwas.

»Weißt du, ihre Tagebücher aus den früheren Jahren … So wie sie über Ehe und Kinder schreibt … Sie war damals noch ein anderer Mensch.«

Im Dunkeln konnte Kate Daves Gesicht nicht sehen.

»Ich glaube, dass sie sehr hart dafür gearbeitet hat, um die Mutter zu werden, die sie dann war, und vielleicht hat sie auch mit Depressionen zu kämpfen gehabt. Aber nur weil sie nicht von vornherein so war, macht es das nicht weniger real. Ich finde, es zeigt, wie sehr sie sich ihrem Ziel verpflichtet fühlte.«

Dave sah zu Boden und schüttelte den Kopf. »Na, na«, sagte er mit der weichen Stimme eines Vaters, der ein aufgewühltes Kind beruhigte.

Er mochte keine Ahnung haben, wovon sie sprach, oder er wusste es ganz genau, aber das wollte sie nicht beurteilen. Draußen schaltete der Taxifahrer seine Innenbeleuchtung ein und sah hinüber zum Haus. Dave legte die Hand auf den Türgriff. Sie würden nicht mehr über Elizabeth reden.

Kate ging an ihm vorbei und lehnte sich für eine kurze Umarmung an ihn. Er legte ihr die Hand unten auf den Rücken. Einen Augenblick lang standen sie so, dann löste sie sich wieder. Er stieß die Fliegengittertür auf.

»Vielleicht komme ich diesen Herbst mal mit den Kindern nach Washington«, schlug Dave vor. »Ein paar Museen besuchen. In den Zoo gehen und das Einkaufszentrum und so was.«

»Das fänden sie bestimmt toll. Und James und Piper auch.«

Sie ging durch die Tür. »Es bleibt bis November noch warm. Ihr solltet kommen.«

»Gut, dann machen wir das vielleicht.«

Das Fliegengitter klappte zu, als er es losließ. Er lehnte sich innen an den Türrahmen und verschränkte die Arme.

Kate ging über den Rasen zum Taxi und spürte Daves Blick noch auf sich, als sie hinten in den Wagen stieg. Der Vinylbezug war rissig und kratzte an den Beinen, so dass sie wieder näher ans Fenster rückte, wo er weicher war. Sie blickte auf und sah, wie sich die Haustür der Martins schloss und dann die Lampe auf der Veranda, wo sie Elizabeth mit ihren alten Pflanzen und Fischen beladen hatte, erlosch. Doch als das Taxi losfuhr, sah sie noch immer den Umriss eines Mannes hinter dem hohen Flurfenster, eine Gestalt über einer aufgebrochenen Kiste, die das Vermächtnis seiner Frau enthielt.

Der Zug glitt durch New Jersey. Düstere Industriegebäude dominierten die Landschaft, Kräne und Baugerüste verschwammen im Dunkeln und in der Ferne und sahen weniger hässlich als von nahem aus. Die Motoren wurden an einer Brücke gedrosselt, und das Staccato, als sie darüber fuhren, hallte in dem weiten Raum zwischen Wasser und Himmel wider. Der Ruf war klagend, und doch wog es diejenigen sanft, die keine Angst vor dem hatten, was sie nicht kontrollieren konnten, oder die auf dem Weg dorthin waren, keine mehr zu haben.

Dreiunddreißig

Das Taxi ließ Kate am Bordstein aussteigen, und sie blieb einen Augenblick in ihrer Einfahrt stehen. Das Haus war bis auf ein schwaches Licht im Wohnzimmer dunkel. Sie suchte in ihrer Umhängetasche nach dem Schlüssel. Portemonnaie, Telefon, Stift. Dann ein Stück Papier. Sie zog es heraus und hielt es unter das Licht der Straßenlaterne. Es war ein weißer Zettel, ein Blatt von einem Rezeptblock mit Elizabeths Namen im Feld für den Patienten. Er musste aus dem letzten Tagebuch gefallen sein, das Kate nochmals im Auto gelesen und dann bei den Martins wieder zurück in die Truhe gelegt hatte. Das Rezept war für unlesbare Milligramm von etwas ausgestellt, das mit einem *P* begann und in der Mitte ein *x* hatte. Es war von einem Arzt verschrieben worden, dessen Vorname mit einem *N* begann. Natalie … Nadine … Nadia.

Es mochte einfach irgendeine Verschreibung sein. Für etwas, das mit ihrer Krankheit zusammenhing. Etwas, das ihr beim Schlafen half. Oder es war möglicherweise etwas vollkommen anderes. Kate hielt den Zettel in der Hand und dachte darüber nach, wohin Elizabeth gegangen war oder auch nicht, wo sie offen reden konnte. Dann zerknüllte sie den Fetzen und steckte ihn zurück in ihre Tasche.

Sie betrat leise das Haus und stellte ihre Tasche ab, ging dann den Flur entlang zum Wohnzimmer, wo sie Chris vorfinden würde, wahrscheinlich vor seinem Laptop eingeschlafen. Doch das Zimmer war leer. Sie schlüpfte aus ihren Schuhen und stieg die Treppe hoch, um nach den Kindern zu sehen. Sie ging zuerst zu Piper. Das Mädchen lag quer auf seinem Kissen zusammengerollt, wie eine Katze, und sein schnurrendes Schnarchen wurde leiser, als Kate es zurück unter die Decke schob. Dann ging sie zu James ins Zimmer. Sein Arm war angewinkelt, als würde er darauf warten, etwas zu umarmen, und Kate hob den Stoffdinosaurier vom Boden auf und legte ihn an seinen Ellenbogen. James rührte sich nicht. Seine entspannten Wangen und Lippen waren so rund wie bei einem Kleinkind, auch wenn seine dünnen Beine, auf der Decke überkreuzt und übersät mit Kratzern aus dem Urlaub, überraschend lang waren.

Kate ging in ihr Schlafzimmer, bevor sie überhaupt unten abschloss oder sich ausgezogen hatte, um sich neben Chris zu legen. Sie würde sich an seinen Rücken schmiegen und ihr Kinn in die Mulde zwischen Hals und Schultern legen, und wenn er aufwachte, würde sie ihm sagen, dass sie ihn liebte. Man konnte keinen einzigen Tag und keine einzige Nacht als selbstverständlich hinnehmen. Jederzeit konnte etwas passieren, das die ganze Welt einstürzen ließ. Deshalb war es gut, so zu leben, dass man nichts bereute. Kate hoffte, dass Chris aufwachte, damit sie ihm zumindest sagen konnte: Ich liebe dich. Das würde bis morgen ausreichen.

Doch Chris war nicht im Schlafzimmer. Die Steppdecke war noch glattgestrichen, und die Dekokissen lagen darauf. Kate ging wieder nach unten, war erst verwundert und dann besorgt. Im Arbeitszimmer war es dunkel, aber Kate sah trotzdem in dem kleinen Zimmer nach, ob er dort im Sitzen in seinem Ledersessel schlief, so unheimlich wie ein Fremder im Dunkeln seiner Gedanken. Aber der Raum war ebenfalls leer.

Der Flur zur Küche neben der Garage war vollgestellt mit Koffern und Bettwäsche, die Chris ausgeladen hatte. Daneben stand die Kiste mit Lebensmitteln und Notvorräten, die Kate in der Reserveradmulde aufbewahrt hatte. Es war gut, dass er sie ausgeladen hatte. Es musste alles raus.

Die schwere Hintertür am Ende des Flurs stand offen. Kate stand vor der Fliegengittertür und sah in den Garten, über die Steinplatten der Terrasse und den Grill hinweg, den sie zu selten benutzten, am Fußballtor und Schuppen vorbei. Hinten im Garten neben dem großen Lebensbaum glühte ein orangener Funke auf. Er hob und senkte sich wie ein altersschwaches Glühwürmchen.

Kate ging hinaus. Chris saß unten im Garten auf der Steinbank. Er war nach vorn gebeugt, Ellenbogen und Unterarme auf den Oberschenkeln, eine Zigarette zwischen den Fingern. Er beobachtete, wie sie näher kam, bewegte sich aber nicht. Es war, als hätte er seit Jahren reglos hier gesessen und darauf gewartet, dass sie zurückkehrte und ihn entdeckte.

Kate schob die Hände in die Hosentaschen. Glühwürmchen glimmten über den Lorbeerbüschen neben dem Haus, und die Geräusche der Nacht nahmen den Platz ein, den sonst eine gewaltige Stille besetzt hätte. Ein nachtaktives Tier scharrte unter den immergrünen Büschen. Das mechanische Rattern einer Automatiktür in der Nachbarschaft war zu hören, gefolgt vom kratzenden Geräusch einer Tonne auf Asphalt. Sie sahen sich lange an, und es war nichts Unangenehmes in dem Blick, nichts Streitlustiges oder Verteidigendes. Es war ein Blick, der nichts verbarg: das Warten und die Sorge, die schwindende Kommunikation und die Heimlichtuerei, der Drang, alles immer verharmlosen oder gar unter den Teppich kehren zu wollen. Das starke Bedürfnis und die Sehnsucht nach Sicherheit – Schutz vor Katastrophen und Missverständnissen, was es bekanntlich alles niemals geben kann. Der langsame Prozess, an dessen Ende die Entfremdung steht. Sie waren zwei Menschen, die sich allmählich voneinander fortbewegten, deren Wege sich irgendwann geteilt hatten. Jeder war abgebogen, hatte seine Strecke spannend gefunden und sich unterwegs etwas zu sehr daran gewöhnt, sie allein zu gehen.

Kate wünschte, sie könnte ihm ein Tagebuch überreichen, eine Anleitung zu der Person, zu der sie im letzten Jahr geworden war, die alles erklären würde. Sie würde es gern neben ihn legen und gehen. Am nächsten Morgen hätte er sein Buch auf ihren Nachttisch gelegt, und wenn sie sich wiedertrafen, wäre alles geklärt. Keine Angst vor einem falschen Wort, vor einem Stirnrunzeln oder einer Unterbrechung im falschen Augenblick, vor der Sorge, das gerade wiedergewonnene Vertrauen wieder zu verlieren.

Verstanden werden zu wollen war eine anstrengende Angelegenheit. Für alle Beteiligten. Kate hatte einmal ein Zitat gelesen – war es in der Highschool? Oder ein Songtext? –, das ihr im Gedächtnis haftengeblieben war: *Wenn du alles über einen Mann wüsstest, könntest du ihm alles vergeben.* Das klang natürlich zunächst etwas trivial, aber erst einmal musste man in Erfahrung bringen, was einen Menschen überhaupt ausmachte. Und das war das Anstrengende bei der ganzen Sache, nicht das Vergeben. Das funktionierte offenbar von allein.

Kate seufzte und setzte sich langsam auf die Bank wie eine alte Frau, die ihren müden Gelenken Tribut zollt. Sie saß so dicht neben Chris, dass ihre Beine sich in der kühlen Nachtluft berührten, ein warmes, vertrautes Gefühl, wie ein endloses Gespräch. Sie saßen da mit Blick auf ihr Haus und berührten sich gelegentlich, aber nicht zufällig; wie ein frischverheiratetes Paar, das die körperliche Nähe genoss und die Gewissheit, die Vorstellung von einer glücklichen Zukunft zu teilen, soweit sie diese beeinflussen konnten, ganz gleich, welche Kluft sich vor ihnen auftat.

Danksagung

Während ich dieses Buch schrieb, hatte ich zwei außergewöhnliche Frauen vor Augen, die beide nicht miterlebten, wie ihre Kinder erwachsen wurden. Für solch einen Verlust gibt es keine angemessenen Worte, doch diese fiktionale Schilderung einer Mutter, die verlorengeht, war meine Katharsis, mein Tribut.

Ein Buch zu schreiben ist ein einsames Unterfangen, aber jeder andere Teil des Prozesses, es zu verwirklichen, erfordert eine Gemeinschaft. Ich bin unendlich dankbar dafür, bei meiner weisen Agentin Julie Barer gelandet zu sein, deren umfassendes Wissen und scharfes Urteilsvermögen meine Entscheidungen lenken. Ich bewundere meine brillanten Lektoren von Crown sehr: Kate Kennedy – die als Erste an das Buch glaubte und ihm eine Gestalt gab – und Lindsay Sagnette, die mich und das Buch geschickt durch das Labyrinth bis hin zur Publikation führte. Meine hohe Anerkennung gilt all jenen von Random House, die das Buch unterstützten. Und ebenso Tom Wallace und Rick Levine, deren frühzeitige Unterstützung bei Condé Nast mir die Möglichkeit gab, mich weiterzuentwickeln.

Frühe Leser boten mir wertvolle Rückmeldungen, und es ist mir eine Ehre, dass sie mir ihre Zeit schenkten und mich an ihren Erkenntnissen teilhaben ließen: Chris Abouzeid, Juliette Fay, Henriette Power, Javed Jahangir, Dan D'Aillard, Elena Rover Strothenke und Ann Allen Hall sowie Wayland Stallard und andere vom Writing Center in Bethesda, Maryland, wo dieser Roman das Licht der Welt erblickte. Nachdem ich nach Boston zog, entdeckte ich eine wunderbare Gemeinschaft von Autoren in der Grub Street, und ich rechne es dieser Einrichtung hoch an, dass sie mich mit den begabten Menschen zusammenbrachte, die dann zu meinen Freunden und Kollegen vom literarischen Blog *Beyond the Margins* wurden.

Dafür, dass sie ihr Wissen und Können mit mir geteilt haben, danke ich Susan Reed, Annie B. Copps, Killian Higgins und Lisa Boncheck Adams, der Professional Golf Association für ihre umfangreichen Archive und Shergul Arshad für die Verbesserung meiner italienischen Wendungen. M. A. Tarver Gallerani und Tracy Birkhahn Spicer danke ich dafür, dass sie es mir logistisch ermöglichten, wegzufahren, wenn ich einmal ein wenig konzentrierte Überarbeitungszeit benötigte, und Priscila Moraes dafür, wie liebevoll sie sich um meine Kinder kümmerte, während ich schrieb. Ken und Patricia Berkov danke ich dafür, dass sie mir das Häuschen auf der Insel zur Verfügung stellten, das mich zu dem im Buch inspirierte (vielleicht baut ihr ja auch so eine Dachkammer aus?). Die Bäckerei des Romans ist eine Huldigung der ursprünglichen Humphreys Bakery im Wald von West Tisbury auf Martha's Vineyard, und ihr Name, Flour, würdigt die großartigen Bäckereien Joanne Changs in Boston. Es ist erwähnenswert, dass der Flug, auf dem Elizabeth umkommt, dem Unfall eines American-Airline-587-Flugzeugs ähnelt, wenn sich dieses Unglück auch drei Monate später ereignete; ebenso erinnert die fiktionale Bombenexplosion auf Bali an die Vorfälle im Oktober 2002.

Ein Toast auf Caroly Casey, Lauren Chacon und Jackie Hendrix, deren kritisches Ohr während eines ausgedehnten Abendessens mir half, mein Herz in meine Lesestimme zu geben. Ich denke stets an die Freundschaften aus meiner ersten Spielgruppe (Alyson Hussey, Denise St. Mary,

Cheryl Pinarchick, Betsy Casey und Catherine Raynes), deren Mitglieder mir immer wieder die andauernde Kameradschaft von Frauen vor Augen führen, die als Mütter gemeinsam älter werden.

Ich kann mir ein Leben als Autorin nicht ohne die Freundschaft zu anderen Autoren vorstellen und bin Jenna Blum, Amy MacKinnon, Robin Black und Susan Coll zu Dank dafür verpflichtet, mich an Schlüsselmomenten mit klugem Rat weitergebracht zu haben. Mein endloser Dank gilt auch Kathy Crowley und Randy Susan Meyers; jeder Autor braucht eine Heimmannschaft, die Unterstützung, Führung und liebevolle Strenge bietet, diese beiden sind mein Team.

Dank an meine Eltern, Ron und Sandra Bernier, die mir beibrachten, dass man niemals genau wissen kann, was in den Leben und Herzen anderer vor sich geht; dieses Verständnis verhilft einem zu Vorstellungskraft und Einfühlungsvermögen, beides unabdingbar für das Verfassen eines Romans. Dank an meine Geschwister, Carrie, Suzanne und Matt, und an den Ahern-Clan, deren Begeisterung mich durch die Jahre über Wasser hielt, darin eingeschlossen meine geliebte Schwiegermutter Maureen, die dieses Buch nicht in den Händen hielt, ein wenig daraus aber in ihrer letzten Nacht hörte.

Dank an meine Kinder, von denen zwei geboren wurden, während ich dieses Buch schrieb. Täglich zeigen sie mir, wie atemberaubend und komplex die Liebe ist, die Mutterschaft ausmacht. Doch vor allem möchte ich tiefe Dankbarkeit und Liebe zu meinem Mann Tom Ahern aussprechen, dessen unerschütterliche Unterstützung – zu der auch das Geschenk der Zeit gehörte, um einen Traum zu verfolgen – beweist, wie gütig und verständnisvoll er ist.